おれたちと大砲

第一章　江　戸

1

ひとつ布団に　枕がふたつ
どん畜生がどん畜生と　濡らすやら

と、口から出任せの都都逸《どどいつ》を唸りながら、二階の端《はし》の小座敷に布団を敷いていると、窓の下の河岸の近くを行き交う猪牙《ちょき》や屋台の舟底が、砂利で擦れてざりざりと鳴るのが耳につきだした。

潮が引いてきたのだろう。

そのざりざりのうちのひとつが窓のすぐ下まで漕ぎ寄せる気配がし、鳴子の音がからからと威勢よくおこった。

「松本さん、お客様のお着きですぜ」

船頭が屋形の艫綱《ともづな》を桟橋の杭《くい》にくくりつけながら、潮で涸《か》れた錆《さ》び声を張りあげている。

「……松本さん、御三人様ご到来で！」

帆待ち稼《かせ》ぎのために、おれが出入りしているこの料亭松本は、立派な表口が深川八幡宮の境内に向って開いているのに、たいていの客は栄木河岸《えいき》に面した裏口から座敷に上る。表と裏がひっくりかえっているのだ。ここの客の多くは神田や日本橋の大店《おおだな》の主人や番頭連だから、そっちからこの深川へのしてくるとなれば、松本専用の桟橋に舟を着け、裏から客となるのが便宜がいいのだろう。

廊下の突き当りの大座敷では、神田の米屋の主人たちが羽織芸者の流行《はや》っているところを総揚げして陽気に騒いでいる。騒ぎが収まれば、そのうちのだれかがこの小座敷で芸者と睦言《むつごと》の、抱き寐《ね》のという段取りになっている。三十俵三人扶持の微禄とはいえ、おれも直参《じきさん》の端っくれに連なる御家人だ。そのおれが町人の旦那衆の芸者遊びの下拵《したごしら》えをするのだから、士農工商がさかさま、世の中の表裏が見事にひっくりかえっている。松本の入口と同じことだ。

敷布団の上に木枕をふたつ並べて、こんなことをぶつくさぼやいていると、だれかが長廊下を千鳥足で渡ってきた。

「土田のお兄さんはこっち?」

言いながら千鳥足が小座敷の前でとまった。床の間の棚に載せて置いた手燭を掲げて入口へ向けると、鶴治という芸者が障子に摑まって揺れている。だいぶ酒を仕込んでいるようだ。今夜の客のなかにきっと深馴染の旦那でもいるのだろう。

「これは鶴治ねえさん、お待遠さま。お床の支度は出来てますよ」

おれは麻の夏掛けをとんとんと叩いた。

「わたしがお相手の旦那を呼んできましょう。鶴治ねえさんはここで横になっていなさるといい。それでこれからねえさんと一汗も二汗もかこうっていう果報な旦那は何ておっしゃる方なんです?」

「床急ぎをしてやってきたんじゃないんだよ」

鶴治は鼻の先で白い手をひらひらと煽《あお》ぐように振った。

「ちょっと助けてもらいたい筋があるのよ」

鶴治はいま振った手で着物の褄《つま》を摘み、半呼吸ばかりためらってからその手をいきなり上へ持ちあげた。着物の前合せが大きく割れて、これもまた白い脛《すね》が手燭の光のなかにほんのりと浮びあがった。

「……もう我慢ができないのよ。とてものことに辛抱たまらないの。ねえ、後生だから早くなんとかしておくれ」

鶴治は今度は畳の上に正座した。きっちりと膝を揃え、躰《からだ》を右へ捩《ねじ》り、左へ捻《ひね》りしている。

「ねえ、お願いだよ」

口の中が急に生唾で溢れ出した。信じられないことだが、深川きっての板頭《いたがしら》、つまり吉原《ほくてき》でいえばお職、別にいえば流行《はや》りっ妓《こ》の鶴治がおれに好意を抱いているのだ。おれへの熱い想いを打ち明けるために隙を窺って座敷を抜け出してきたのだ。普段《いつ》になく深酔いをしているのは、打ち明ける勇気欲しさに酒を加勢につけたせいだろう。それにしても毎日といっていいぐらいこの松本で鶴治と顔をつき合せているのに、そうと察しなかったおれはとんだ迂闊者《うかつもの》だ。

（ねえさん、思えば思わるるっていうが本当だねえ。じつはおれも前々からねえさんにぞっこんだったのだ）

おれはまずこう言おうと思った。鶴治はこの台詞《せりふ》でいっぺんにぐらっときて、こっちの胸に顔

を埋めるにちがいない。そこで次は、

（でもねえ、鶏の夫婦《みょうと》じゃあるまいし、こんなところで急ぎの一儀なんていうのはつまらないよ。どうだろう、この近くにおれにもすこしは無理のきく小料理屋があるんだが、そこならしんみりと話ができると思うよ）

と、迫る。鶴治はおれの胸の中で小さく頷くはずだ。だが、口を開いても声が一向に出なかった。口がからからに乾《かわ》いているのだ。ついさっきまで口の中に溢れていたあの生唾の大軍はどこへ退却してしまったのだろう。

仕方がないので、おれは言葉に頼るのはやめにして、手燭を持ったままで膝で歩き、鶴治の傍へにじり寄った。そして、鶴治の手を摑んだ。鶴治はしばらくおれの顔を、穴をあけようとでもいうようにじっと見詰めていたが、やがてふっと頰を弛《ゆる》めた。

「ばかねえ。すこし早とちりが過ぎるよ。憚《はばか》りに行きたいんだよ、あたしは……」

鶴治は強く合せた両膝をぶるぶる震わせ、その膝を両の拳で忙《せわ》しく打った。

「われながら情けないのだけどごらんの通りの酔い方だろう、着物の裾をたくしあげるのが難儀だし、それに躰《からだ》が揺れて定まらないから着物を汚してしまいそうだし、どうしようと考えているうちに、土田のお兄さん、あんたが尿筒《しとづつ》の名人だったってことに思い当ったのさ。あんたがいつも腰に差しているその尿筒を、着物の前合せの間からちょいと突っ込んでもらえれば……」

「冗談じゃないよ、まったく」

鶴治におれは言ってやった。

「まぎらわしい喋り方をして変な気を起させるのは罪だよ。それにせっかくだが、おれが腰に差したこの尿筒は将軍様おひとりのためのものだ。どちらさまもお使いくださいというわけには行かないぜ」

「うそ！」

鶴治の瞼《まぶた》がぴくりと引き攣《つ》った。死ぬ思いで怺《こら》えているのだろう。

「お客から頼まれりゃふたつ返事でその尿筒ってやつを使うくせに」

「稽古なんだよ。いつかおれはきっと将軍様の尿筒捧持役になってみせる。なれなければこの世に生れて来た甲斐がない。そのためには天下一流の尿筒遣《つか》いにならなくてはな。こうやって料亭で稼ぎ、客の尿を受けさせてもらっているのも修業のため。それにだねえ……」

おれは手燭を廊下に置き、どこへ行くときでも腰から離したことのない四本の竹製の尿筒のうちの一本、当て口の筒を抜き、鶴治へつきつけた。四本とも長さは三尺、尿を受けるときはこの四本をつなぎ一丈余の長筒にするが、当て口の筒というのは、つまり当てがう口のある筒のことだ。当りを柔かくするために当て口には革が貼ってある。

「……当て口の直径《さしわたし》は一寸二分、男なら当て口に嵌《は》めてすりゃァいいから簡単だ。だけど女はどうする？　漏斗《じょうご》でも取り付けないかぎりどうしようもないいんじゃないかねえ」

「わかったよ、もう」

鶴治は四つん這いになって廊下へ出た。

「お勝手の下働きのおばさんにでも手を貸してもらうことにするよ」

そろりそろりと階段を降りて行く鶴治を見下しながら、おれは自分もそそっかしいが、この女もそう利口ではないなと思った。なにもぎりぎりまで怺えていることはないだろうに。

鶴治がどうやらこうやら階段を降り切ったので他人事ながら吻《ほっ》としてひと息ついていると、廊下の向う端の大座敷から、「深川松本の名物、尿筒《しとづつ》はどこだ?」と、呂律《ろれつ》の怪しい酔っ払いの声があがった。

成り上りの米商人どもめ、そう気安く尿筒の名を口にするな、と小声で悪態をつきながら、おれは大座敷に向って歩いて行った。

尿筒を捧げ持って将軍様の用足しの御用を勤めるものを、正式には「公人朝夕人《くにんちょうじゃくにん》」と称する。鎌倉以来の歴《れっき》とした家柄だ。公人朝夕人の役目は、江戸城内での儀式、日光社参、寛永寺や増上寺への廟参など、公の席に目立たぬように侍《はべ》って、将軍様に御尿意をお催しの気配ありと察したら、猿《ましら》よりも素早く走り寄り、尿筒を御装束の御裾から差し入れ申しあげることにある。なにしろ、そういった儀式には、将軍様は束帯や衣冠、あるいは長上下《ながかみしも》などをおつけになっているから、その度にいちいちお脱ぎになっていては人手はとにかく暇をとる。そこで、ものものしい御装束のままで御《おん》立小便のできる尿筒が大いにお役に立てるというわけなのだ。もちろん、尿筒の働き場所は公の席ばかりとは限らない。臭気を遠ざけるためか、殿中には後架の数がいたって少い。ことに寒中などは何度も遠くへ御足をお運びにならなければならない。このようなとき、側近の方々は二度に一度は、尿筒をお使い遊ばしては、とおすすめ申し上げる。つまり、尿筒を通して庭に御用をお足しになっては、というわけだ。寒中には、公人朝夕人は絶えず筒の当て口を肌で暖め申しあげているから、寒い北風の蟠《わだかま》る後架へお立ちになるよりはよほどご快適のはずである。そのなによりの証拠に、家重様は寒中ほとんど後架へはお立ち遊ばされず、専ら尿筒のみを御愛用なされたという。そのためかどうか銅製の尿筒が一冬でぼろぼろになったそうだ。そこまで尿筒に目をかけていただけるとは公人朝夕人にとって空恐しいほどの名誉であって、まことに忝《かたじけな》いことである。

鰻《うなぎ》の切手の松・梅・竹ではないが、尿筒には銅・木・竹の三等級がある。第一の銅筒は現役の朝夕人が捧持する。現役の、とは、いま現在お上の御用足しのお役に立っているという意で、おれの望みもこの現役にある。朝夕人の家に生れていながら生涯に一度も銅の尿筒を持つことができず、したがってお上の御用便のお役にも立てずに朽ち果てるのは、空を翔けずに死ぬ小鳥、水中を遊泳することもなく死ぬ小魚、男に抱かれることもなく死ぬ女、女の味を知らずに死ぬ男と同じことで、せっかく生れてきた甲斐がない。それに現役には二百俵、あるいは三百俵の役扶持がつく。現役にならないでいては死ぬまで三十俵だ。三十俵では妻は持てぬし、妻がなければもとより子もできぬ。

とはいっても現役にはおいそれとはなれない。これがなかなか骨なのだ。公人朝夕人の総元締は土田本家だが、この本家が五十に及ぶ分家から見込みのありそうな者を選抜して木筒を持たせ、現役に欠員が出たとき、この木筒組の中で最も筒扱いに秀れた者に銅筒を捧持させるという仕組になっている。おれはまだ竹の筒、先行きを思うと心細くなってくるが、まだ二十三歳である。二十三歳で前途に望みを失うのもちょっと気障《きざ》なので、料亭で喜助、つまり若い者の真似事をしながら、客に所望する者があれば竹筒を当てがってやっている。これも修業のうち、木の筒、そして銅の筒へ、すこしでも近づきたいの一心なのだ。

……大座敷の前の廊下に踞《かが》まって敷居越しに蚊遣《かや》りで煙る座敷の中を窺うと、窓際に立っていた男がおれを見て、

「だいぶ遅かったな」

とおれを見た。まんまるとよく肥えた中年の商人である。

「へい、どうもどうもあいすみません」

中腰でひょいひょいと跳ぶようにして座敷を横切りながら、おれは何度も叩頭《こうとう》した。まるで幇《ほう》間《かん》の出来損いだが、ここではおれは喜助で向うはお客だ、やむを得ない。

「おまえさんは聞くところによると、豚一《ぶたいち》様の尿筒《しとづつ》係なんだそうじゃないか」

商人が訊いてきた。

豚一様とは現在《いま》の将軍慶喜様のことである。慶喜様は豚の肉がお好きで、それにあやかってか、このごろ江戸に豚鍋屋がいやに殖えたが、豚のお好きな一橋家出の将軍様ということで、町民たちは慶喜様を豚一様と呼んでいるのだ。まことにけしからんことだが、こっちはやはり今は料亭の喜助であると割切っているからそうは腹が立たない。

「残念ながら将軍様の御用を勤めさせていただくほどの技倆はまだないんですよ。そのへんの有《う》象無象《ぞうむぞう》さんのお相手がやっと、それが関の山でして」

商人の右にしゃがんで手速く四本の竹の尿筒を一本に長く繋いだ。朝夕人の腕の見せどころの

第一はこの繋ぎの手速さにある。相手が切羽つまっているときはこの手速さがものをいうのだ。

「するとなにかね、わたしもその有象無象のうちのひとりかね」

商人の不平を頭の上に聞き流しながら、極上の薩摩上布《じようふ》の着物の前合せの間から、尿筒の当て口をするりと内部《うち》へ滑りこませた。もちろん、尿筒の別の端は窓の外へ突き出しておいて、だ。さて、ここから先が朝夕人《ちようじやくにん》の腕のふるいどころである。まず当て口を股の付根のあたりへ素早く、しかし優しく近づけて行く。そのうちに当て口がきっとどこかに突き当る。それがいったいなにか。すべてはこのときの一瞬の判断で決まる。運よくそれが目指していたものであれば、尿筒を半まわりほど廻しながら捩じこむようにして嵌《は》める。運悪くそれがぶらさがり袋であったり、下腹であったり、あるいは股の内側のどこかであったりした場合は、目指すものと現在の当て口の位置との誤差を計算し、もう一度、当て口を動かす。これでもまだ嵌らないようなら朝夕人としては失格だ。この際大切なことは自分の顔を上に向けないことである。朝夕人は御家人、つまりお目見得以下である。お目見得以下の者が将軍様を直接《じか》に拝んだりしては、お目見得以上の者、つまり旗本の立つ瀬がない。せっかく旗本になった甲斐がなくなってしまうのだ。いずれにせよ、目指すものはそのときの事情で千変万化する妖怪もどきの生き物、これを勘と手さぐりで瞬時のうちに捉えなければならないのだから容易なことではないのである。

さいわい、商人のものはごく素直な性質《たち》のものであったから、当て口にすんなりと嵌った。商人はちょっと擽《くすぐ》ったそうな表情になったが、すぐにうーむと唸り声をあげ、座敷の朋輩たちの方へ躰《からだ》を廻して、

「じつに驚いた！　まるで吸いつくように嵌《はま》ってきたぞ」

と叫んだ。

こういう場合も難しい。相手の躰《からだ》の動きに合せて尿筒を振らなくてはならないからだ。用足しの最中に躰を動かされ、それについて行くことが出来ずに、尿筒が外れでもしたら、万事休すである。

「旦那、あんまり怺えては躰の毒です。さあ、出たがっているものを、下の河岸にさっぱりとばらしておしまいなさいまし」

おれは尿筒を微かに上下動させて商人を促した。商人は頷き、前方に目を据えた。すぐに尿筒の先と下の河岸との間に、時ならぬ小さな滝が忽然と現われる。西日でも差していれば虹のかかるところだ。やがて掌の中の筒が温かくなってきた。

「これはいい！」

商人が懐中に押し込んでいた絽《ろ》の夏羽織を引き出した。

「この夏羽織をやろう。越後屋の誂《あつら》えだよ」

「へい、どうも」

おれは尿筒を捧げ持ったままの姿勢で礼を言った。馴れないうちは、これはこれはと筒を打っちゃらかして羽織に手をのばし、失敗《しくじ》ってしまうものだが、こっちはそのへんのことは充分に心得ているのだ。この夏は絽の羽織を無造作に懐中に突っ込み、その羽織の裾をほんのちょっぴり外へ垂らして歩くのが流行った。絽で羽織を拵える余裕のないおれなどは、ぼろ切れに絽の切れっぱしを縫いつけ、その絽の部分だけを外へ垂らして胡麻化してきたが、どうやら今夜からはそんな苦労はせずにすみそうだ。客からは結構なものを頂戴し、料亭からは客寄せになると喜ばれ、月月のお給金は暮しの足し、おまけに修業にもなる。これだから料亭の喜助もなかなか捨てたものではない。

そんなことを考えていると、いきなり下から鋭い声が飛んできた。

「愚か者、このようなところで大切な尿筒を使うやつがあるか！」

どこかで聞いたことのあるきんきん声だった。おれは声の飛んできた方に目を凝らした。松本の名入り提燈《ちょうちん》が声の主の横顔を赤く浮び上らせている。猫背の上にのっている白髪頭に鉄縁《てつぶち》の眼鏡、そして、きんきん声……！　間違いない。おれたち公人朝夕人の総元締、土田本家の隠居だ。

「やっ、これは本家のご隠居様……！」

おれは愕《おどろ》いて尿筒を手からとり落した。尿筒は水面に当ってぴしゃりと派手な音をたてた。商人の薩摩上布の前がたちまち水気を吸って黒っぽくなった。まだすっかり用を足し終ってはいなかったのだ。

「……ばか」

商人は気色の悪そうな表情でもぞもぞと腰を振った。

「夏だったからまだよかったが、冬なら風邪を引くところだ」

「すみません、旦那。じつは窓の下に思いがけないお方が立っていたもので……」

「ふん、すみませんだと？　わたしがもし豚一様だったら、いまごろおまえの首が宙に飛んでいたよ」

「旦那がもし慶喜様だったら……」

とおれは答えた。

「たとえ生き死《しに》にかかわるようなことが起ろうと、尿筒《しとづつ》を手から離しはしませんでしたよ」

それからおれは絽の夏羽織を拾い上げて、

「この羽織がいただけるのやらいただけないのやら、いまとなってはわからなくなりましたが、このことにつきましては後ほどゆっくりお話を……」

と、言いかけたら、商人はもの凄い勢いでおれの手から羽織を引ったくり、

「冗談じゃない。これで羽織まで持ってかれちゃ泥棒に追い銭だよ」

と大急ぎで羽織を懐中に押し込んだ。

そこで、おれも大急ぎで座敷を飛び出し、階段を一段ずつ抜かして降りて、跣《はだし》で裏口から外へ出た。土田本家の隠居は俳句かなんかの宗匠らしい拵《こしら》えの連れと桟橋から猪牙へ移ったところだった。

「ご隠居さまがおいでになっていたとはちっとも存じませんでした」

おれは猪牙に向って深々と頭を下げた。

「なに松本へは茶を一服喫《の》みに寄っただけだよ」

隠居は船頭から、おれが落した尿筒を受け取っている。きっと船頭に命じて拾わせたのだろう。

「すぐそこの蓬萊《ほうらい》橋の近くの茶屋で句会があったのさ。この年齢《とし》になると楽しみは句作ばかりだ」

「句作とは結構でございますよ」

おれは桟橋に掲げてある提燈《ちょうちん》にできるだけ顔を寄せて愛想笑いをした。提燈に顔を寄せたのは、

隠居にぜひ愛想笑いを見せたかったからだ。

　この隠居は家斉《いえなり》様から家茂《いえもち》様まで四代の将軍様に尿筒一管で仕えた名人である。どんなところが名人かというと、将軍様が、用足しをしようかなどうしようかなとご思案なさっていると、そこへ不思議にこの隠居が現われる、そこが名人なのだ。つまり呼ばれてかけつけるのではなく、呼ぼうかなとお思いになった途端に忽然と登場するのである。将軍様の御体調、そのときの冷温の度合い、そして水気をいつ、どれぐらいお摂《と》りになったか、そういった材料を集めて判断するらしいのだが、これはだれにも出来ることではない。公人朝夕人の歴史は頼朝公のときから始まるが、この隠居の右に出る尿筒捧持役はおるまい、といわれているぐらいである。そんなわけで隠退した今でも土田本家の当主より勢力がある。分家のだれを木筒組に選抜するか、木筒組のだれを現役に昇進させるか、それはみなこの小柄で猫背の老人の胸三寸にある、といわれている。

「……それでご隠居様、本日の句会の成果はいかがでございました。一、二句、おきかせいただきたいもので」

「そうだな、たったいま泛《うか》んだ句だが、深川に滝があるとは知らざりき、というのはどうだ」

　へんな句だ、俳句というよりは川柳のようだなと考えているうちに、おれはさっきの二階からの滝のことをいっているのだなと思い当った。

「ご隠居様、じつは尿筒を自分の手と同じように思うがままに使いこなそうと発心いたしまして、この松本の客を相手に……」

　言いかけた途端、隠居が耳がこそばゆくなるようなきんきん声を張り上げた。

「武士の魂は刀、われら公人朝夕人《くにんちょうじゃくにん》の魂はこの尿筒《しとづつ》じゃ。その魂を抛り出すやつがどこにある！」

「抛り出したのではなく、落したのです」

「愚か者めが！　たとえ命を落すとも尿筒だけは落してはならぬ。おまえの、この尿筒はわしが預っておく」

隠居は船頭に向って顎をしゃくった。船頭は頷き、水底《みなそこ》に棹を突き立てる。ざりざりざり、猪《ちょ》牙《き》は舟底を砂利で擦りながら桟橋を離れた。

「ご隠居様、その尿筒はわが身と同じです。返して下さい！」

「われら公人朝夕人の魂は尿筒」という隠居の言葉をなぞって、尿筒はわが身も同じ、と叫んだところにおれの工夫がある。いかにも一所懸命という気持が出ているではないか。おれの工夫は直ぐに功を奏し、隠居の嬉しそうな声が水面を渡ってきた。

「そうじゃ、その通り、尿筒はわが身と同じ、魂そのものじゃ。よかろう、明日にでもわしのところに尿筒を取りに来なさい」

「ありがとうございます、ご隠居様。きっと伺います！」

おれは大声で礼を言った。だが、隠居も宗匠も船頭もそして猪牙も、闇に溶《と》けてもう見えぬ。松本の名入り提燈《ちょうちん》だけがゆらゆら揺れながら遠ざかっていった。

船頭に猪牙を戻させて、おれに竹の尿筒を返せばすむのに、隠居はなぜそのまま持って帰ってしまったのか。いまのひとことが効いたのだと、おれは思った。隠居の胸をずばと射たのだ、その方の心掛けまことに立派であるから、明日は竹筒のかわりに木筒をやろうぞ、という謎なのだ。

おれは小さくなって行く提燈に何度もお辞儀を繰返した。

二階の大座敷がお開きになったらしく、芸者と床睦《とこむつ》みをせずに帰る客たちの、階段を鳴らす音がしはじめた。客たちの履物を揃えるために、おれは裏口へとんで戻った。

2

隠居所は麴町の土田本家の屋敷の中にある。隠居するなら今戸か向嶋あたりと相場が決まっているのだが、この隠居はちがう、庭の隅から睨みをきかせているのだ。

あくる日の昼すぎ、麴町三丁目北横町北角の松坂屋おてつ方で買い求めた三色牡丹餅《ぼたもち》の折をさげ、降るような蟬しぐれをかきわけるようにして、おれは隠居所の建つ庭の奥へ踏みわけていった。

隠居は青簾《あおすだれ》で日射を防ぎながら、青畳に直接《じか》に臥せていた。鼻翼《こばな》にはうっすらと脂が浮んでいる。

「ご隠居様、昨夜は思わぬところでご隠居様の謦咳《けいがい》に接し、大いに学ぶところがありました」

そう声をかけながら、おれは三色牡丹餅の折を縁の上に置いた。

「麴町名物、松坂屋おてつの三色牡丹餅でございます。餡と豆粉《きなこ》と胡麻の牡丹餅を紫・黄・黒の三色に見立てたのだそうです。夏場のことゆえ、饐《す》えぬうちにお召しあがりいただきたいと思います」

「それはありがたい。衛生《もりお》、気を使わせたな」

隠居は起き上って日向から日蔭へ牡丹餅の折を移した。なお、衛生とはおれの名だ。

「ときにおしんさんは達者にしておるかな?」

「はい。おかげさまで息災で。小梅町界隈の町家の女の子を集めて裁縫塾の真似事をしております」

おしんとはおれの母親の名で、小梅町とは本所小梅町、つまり、おれの現在《いま》住んでいる所のことである。

「そうか。おしんさんはよくがんばる。おまえはいい母親を持ったな」

「はあ、よくやっているようで……」

「愚か者めが」

隠居の口調が変った。

「いい母親を持ったなどといわれて得々としているやつがあるか。おしんさんが他人から、よい息子さんを持って仕合せですね、といわれるような、そういう息子に早くならねばいかん、この不孝者め」

「おそれいります。そこでご隠居様、お願いがございます」

われながらすこし芝居がかっているなと思ったが、おれは濡れ縁の前の土の上に正座をした。

「昨夜の竹の尿筒《しとづつ》のかわりに、わたくしに木の尿筒を持たせていただくわけにはまいりませんでしょうか」

「木筒隊に編入してくれというのだな?」

「はい。かならず恪勤《かっきん》いたします」

おれは地べたに自分の額を擦りつけた。

「それは考えておらぬでもないが、しかし、衛生、おまえは弓馬鎗剣《きゅうばそうけん》に通じておるか。しかるべき道場に通っているのか?」

朝夕人《ちょうじゃくにん》は尿筒扱いをただひと筋に究めればそれでよい、というのが死んだ親父の口癖だった。親父は木筒組どまりで一生を終えたが、おれはこの親父の口癖を信念のようにしているから、弓馬鎗剣の四芸とはまったく関係なく暮してきた。むろん、四芸をひと通り心得ていたほうがいいかも知れない、と思ったことも何度かある。だが、そのたびにおれはあんまり金がかかりそうなのにおそれをなして道場の入口から逃げて帰ってきたものだ。一刀流をたとえにとれば、小太刀免許からはじまって、刃引、仏捨刀、目録、かな字、取立免状、本目録皆伝、そして指南免許と八段階もある。あるのはべつに構わぬが、一段階あがるたびにおれの家のふた月分の生計費ぐらいが軽く吹っ飛ぶというのがはなはだ困る。おしまいの指南免許を取る費用などに至っては、おれとおふくろが一年間絶食してもまだ足りぬほどの金高である。剣の免許だけでこの有様、弓馬鎗剣の総免許を取るとなったら、すくなくとも五、六年は水を飲むだけで暮さなくてはなるまい。いったいそこまでして強くなる必要があるのか。だいたい道場へ出入りしなくても、こっちには持って生れた度胸免許がある。喧嘩は結構いけるほうだ。この間なぞは、俎橋《まないたばし》の斎藤弥九郎道場に通っている薩摩の若芋侍二人を相手どって五分に殴り合ったぐらいである。もっとも向うは酔って足がふらついていたが。

神田お玉ヶ池の『玄武館』、人気の千葉道場は費用《かかり》が安く上るというので定評があるが、あれは安かろう悪かろうの口だとおれは睨んでいる。安いからそこら中の猫だの杓子だの擂粉木《すりこぎ》が集まってくる。当然教える方の手が足りなくなる。となると「おまえたち、互いに打ち合いをしておれ」ということになる。つまり自学自習というやつだ。猫が杓子《しゃくし》といくら打ち合ったとしてもたかが知れてる。杓子が擂粉木《すりこぎ》と切磋琢磨し合ったところでそのうち双方が摺《す》り減ってしまうのがおちだろう。そんなことに金を使うぐらいなら、近所の悪童《わるがき》を集めて棒っ切れ振りまわしている方がよほど気がきいている……

「これ、衛生《もりお》、なにを茫《ぼう》っとしている。日向に坐り込んだので俄《にわか》に暑気にでも当ったのか」

隠居がじれったそうに膝をせわしく叩いた。

「弓馬鎗剣の総免許でもあれば申すことはないが、四芸のうちのふたつ、いやひとつでもいい、なにか免許を持っているかな？」

「ございません」

とおれは答えた。

「ただし、筒扱いにかけては他の分家の方々のどなたにも後《おく》れをとらぬ自信がございます」

隠居は顔を顰《しか》めた。

「……おまえは当分竹の筒じゃな」

「な、なぜでございます？」

おれは問い返した。

「公人朝夕人《くにんちょうじゃくにん》にいつから武芸の免許が必要になったのでございます。鎗《やり》のやの字は野暮のやの字というようなことを朝夕人の間ではよく言い言いしておったとききます。つまり、朝夕人に武芸は無用の長物、その暇に筒を扱え、筒に慣れよ……」

「どうやらご時勢が変ってきたのさ」

隠居が吐き出すように言った。

「公人朝夕人の人事については一切を土田本家が決めて、老中や若年寄に決めたことを報告する。これが長い間のやり方だったのだが、このごろ、老中や若年寄がいちいちうるさく口を出すようになったのだよ」

「と、申しますと？」

「つまり、公人朝夕人には腕の立つのを起用してもらいたい、と言うのさ。万々が一、上様御用足し中に刺客が突進してきたらどうするか。朝夕人が最後の楯とならねばならぬ。そのために、いいてだれを揃えてほしい……」

「将軍様を刺客が狙うですって。そんなばかなことが起り得ましょうか！　いったいどこの馬鹿が……。そいつは薩摩芋ですか、土佐鰹ですか、それとも長州のだぼはぜどもですか？」

　隠居は苦笑しながら、

「だれがというより、このご時勢がといった方がいいだろうな」

　と答えた。

　おれはすこし心気が衰えて、黙って隠居を見ていた。隠居は立ち上って床の間へ歩み寄った。床の間には掛け軸のかわりに三段の作りつけの筒掛けがある。その各段に錦の袋に収めた銅の尿筒が並んでいるが、いずれも隠居と共に将軍様に仕えた名筒である。親父の跡を継いで竹筒組見習になったとき、一度だけおれも拝ませてもらったことがあるが、たしか最上段のが『嘯風弄《しょうふうろう》月《げつ》』と名付けられた尿筒《しとづつ》のはずだ。これは排出口が平たく潰してあるから、御水が様ざまな方角へ千変万化して散る。家慶《いえよし》様がこれをことのほか喜ばれたという。次の段に載っているのは『吹上菖蒲《あやめ》』である。これは、やはり先を平たく潰してあるのだが、潰した上で、上方へ捩《ね》じあげてあり、しかも排出穴は四つ。御水は、したがって四つに分れて斜め前方へ吹き上る。これは隠居の仕えた四代の将軍様のどなたもが好まれたそうである。三段目がたしか『日月風車』といったと思う。排出口のやや上方に、薄竹製の、直径《さしわたし》三寸ほどの風車が二つ、右と左に付いている。筒を流れ落ちる御水がこの風車を廻す動力となる。これも四代の将軍様の御意に大いに叶った名品である。

隠居は床の間の隅に立てかけてあった竹の尿筒を抱えて、縁の近くへ戻ってきた。

「さ、昨夜の竹筒を返してあげよう。木筒組へ入るには、これまでのような、鎗《やり》のやの字は野暮のやの字、という考え方ではいかん。そういう考え方を捨てて、弓馬鎗剣《きゆうばそうけん》の四芸とまでは行かずとも、剣の一芸ぐらいは人並みに心得ておくことだ。そして、陸軍所の試験を受けてみなさい」

竹筒を押し戴きながら、おれは隠居の言葉に耳を澄ましていた。隠居はおれになにか手がかりを与えてくれようとしている……

「陸軍所とは前の講武所《こうぶしよ》のことだが、その陸軍所の中にこの六月十日から特別幹部養成所というのが出来た」

「……特別幹部養成所？」

「そうだ。そこを卒《お》えれば立派な御番人として通用する。歩兵、騎兵、砲兵の三組あるそうだが、どうだ、その歩兵組を受験してみては？」

「ご隠居様、その特別幹部養成所を卒えれば木筒組に入れていただけますか？」

「ああ、わしが請け合うぞ」

隠居は大きく頷いてみせた。

「木筒を持つようになれば五十俵の役扶持もつく。そうなればおしんさんもすこしは肩の荷がおろせるだろう。衛生、案外これが近道かもしれんぞ」

「ありがとうございました」

おれはまた地べたに平伏した。

「やってみます」

「うむ。試験を受ける前にすこしは剣を振り廻せるようにしておくがよい」

「さっそく今日から手ごろな道場を探すことにいたします」

おれは立ち上ってもう一度隠居にお辞儀をし、さっき来た小径を引き返そうとした。

「衛生、道が違うのではないか」

隠居の声が背中から追ってきた。

「憚《はばか》りへ寄って、それから外へ出て行ったほうがよいのではないか？」

そういわれて気がついたのだが、たしかにおれはそうしたほうがよさそうな状態になっていた。

さすがは公人朝夕人の総元締であり頭支配でもある土田本家の隠居である。将軍様の御用足しの頃合いを前もって見抜いた名人という噂は伊達《だて》ではないのだ。

「ご明察おそれいりました」

とおれはまたもやお辞儀をして、憚りを借りるために母屋に向ってのびている小径を踏み直した。

深川の松本へ辿り着いたのは暮れがたである。麴町から深川まで、あっちで竹刀《しない》の音がすればそこへ寄り、こっちでヤットウの掛け声がすればまた道草を喰い、道場に出っくわすたびに見学していたので、思わず手間どったのだ。裏口から内部《なか》へ入ろうとしたら、

「土田のお兄さん、今夜はずいぶんごゆっくりね」

という声が桟橋からあがった。

見ると、猪牙で帰る客を見送り終えた鶴治がぶらりぶらりとこっちへ戻ってくるところだった。

「ちょいとのっぴきならない用が出来たもので、すっかり遅くなってしまった。おかみさん、きっとこれだろうねえ」

と、おれは両手の人さし指を額の両側に立てて、角《つの》を生《お》してみせた。景気のよいお愛想声を張り上げながら濯《すす》ぎを出し、下足を取る喜助のおれがいないのでは商売に勢いがつかないはずだからである。ところが鶴治は首を横に振って、

「ところがおかみさんはちっともおかんむりじゃないみたい」

と、口の端《はし》でおもちゃにしていた楊枝を吹き矢でも吹くように勢いよく吐きだした。わざと男っぽい動作をするところが、深川芸者の癖で、通人客はこれを「さすがは羽織《はおり》芸者だ、ずいぶんと婀娜《あだ》っぽいのう」などと賞讃する。が、おれにはどこがどう婀娜っぽいのかよくわからない。

だいたい吐き出した楊枝を拾って掃除するのはおれたち喜助なのだ。おれは楊枝をあてつけがましく摘みあげながら、

「どうしておかんむりじゃないんだい?」

と訊いた。

「新入りさんがきたんだよ。で、この新手の喜助さんがびっくりするような芸当をするのさ。お客さんはもう大よろこび……」

「芸当?　おれの尿筒より凄いのかね」

「悪いけど較べものにならない。土田の兄さんのはいわば仕掛けのおもしろさみたいなものでしょう。ところが新入りの喜助さんのはちゃんとした芸になっているのよ、つまりは手妻《てづま》のようなもの。だから何度見ても度胆《どぎも》を抜かれてしまう……」

「その新入りはいったいどんな芸を使うんだい?」

とおれが訊き返したとき、数人の客の階段を降りる気配がした。途端に鶴治の表情が童女のようにあどけなくなった。

「また一組、お客が帰る。となるとまたあの芸当が拝めるわ。土田のお兄さんも拝ませてもらいなさいな。百聞は一見に如かずとはこのことよ」

鶴治は外から裏口を覗き込むようにして視《み》ている。おれもそれにならって裏口に目を据えた。

松本の裏口は広い。式台が三畳、三和土《たたき》は六畳ぐらいはたっぷりある。その三和土の出口際に、おれたちに背を向けてひとりの男が、左手に客の草履を三、四足持って立っていた。松本の名入

りの浴衣を着て、その裾を端折《はしょ》っている。背は低いが手が長い。こいつが噂の新入り喜助か。

やがて式台に客が立った。客の頭数は四人である。客の背後から芸者たちが伸び上るようにして新入り喜助の手もとを見詰めている。式台の横手にはおかみさんと帳場の番頭が、これもまた新入り喜助の手もとを凝視していた。

「毎度この松本を御贔屓《ごひいき》くださいましてありがとう存じます」

新入りの喜助は客に向って小さな躰《からだ》を二つ折りにした。

「当松本のおかみ以下番頭板前娘分下女下男そしてこの喜助に至るまで、皆様の、またのおいでを心より楽しみにお待ち申しあげております。それでは皆様の御履物を式台の下へ、きっちり揃えてお返し申しあげます」

言うが早いか新入り喜助は、左手にまとめて持った草履や下駄をひとつずつ右手に送り込みながら、上から横から下手から次々に式台めがけて投げつけた。投げ手の立つところから式台までの隔りはおよそ二間弱、この間をある下駄は鳶《とび》のように高く宙を舞い、ある草履は燕のように地を這いながら右折し左折し、またべつの下駄は蝶のようにひらひらとあちらからこちらこちらからあちらへ浮かれ歩き、そしてまた別の草履は餌を拾い歩く雀のように三和土の上で二、三度弾《はず》みながら、結局は式台のすぐ下、お客にはもっとも履きよいと思われる位置に、しかもそれぞれ本来の組合せ通りに、ぴたりと納まったのだ。しかもその納まり方が並大抵ではない。四足の履物が物指しで計ったように等間隔で並んだのである。

居合せた者、しばらく声も出ない。半分は投げ手の新入り喜助を、半分は式台の下の履物を、狐につままれたような茫乎《ぼうこ》とした表情で眺めているだけである。

「へい、それではお客様方、どうぞ桟橋へお運びくださいますように」

新入り喜助の声がみんなを金縛りから解いた。四人の客は申し合せたように懐中から小銭を摑み出して新入り喜助へ投げつけた。芸者たちは吻《ほっ》と溜息をつき、おかみさんと番頭は顔を見合せ互いに頷きながら手を叩いている。鶴治などはさっそく三和土へとんで行き、散らばった小銭を新入り喜助のために拾い出した。おれの見たところ、両国米沢町の茶漬屋『五色』で一皿二十文の煮〆を五皿か六皿ぐらい喰えそうなほどの実入りである。

（とんでもない野郎が入ってきたものだ）

とおれは思った。

（ひょっとしたらこっちはお払い箱もんだぜ）

そのうちにおれはあれっとなった。新入り喜助が外に転がり出した銭を拾おうとしてこっち向きになったとき、ばかに大きな鼻が見えたからだ。軒燈《けんとう》の光に照らし出されたその鼻は二段になっている。そして鼻の上に大きな疣《いぼ》が載っている。屋上屋を架すとよくいうが、新入り喜助のは鼻上鼻を架すといった体《てい》で、無駄ではあるが、その無駄な鼻上鼻がそいつを愛嬌のある顔立ちにしていた。一度拝んだら最後、生涯頭の内側にこびりついて離れない、まるで鼈《すっぽん》のような顔である。

おれは新入り喜助の傍へ歩いて行き、やつが拾おうとしている天保銭を草履でぐいと踏みつけた。

「な、なにするんです。そいつはあたしの戴いたお銭《あし》ですよ。どうかお足《あし》をどけてくださいよ」

「お銭《あし》からお足《あし》をどけろ、か。あいかわらずつまらねえ駄洒落をひねってやがる。とにかくこの天保銭はおれのものだ」

「冗談いっちゃ困りますよ。これはあたしの芸に対してお客様が抛《ほう》ってくださったんですから」

「おまえ、すこし頭が惚《ぼ》け呆《ぼ》けになったんじゃないか」

おれは新入り喜助の襟首を摑んで手前に引き寄せた。

「本所小梅町にその名も高い黒手組《くろてぐみ》の規則《きまり》を忘れたのか。黒手組の組の者は小遣駄賃《こづかいだちん》の一割を組に納めなくてはならない。これにそむく者は組より永久に追放……」

黒手組とは、小梅町の貧乏御家人の悪太郎どもが作っていた集まりで、近所の板塀に墨を塗った手でぺたぺた手形をつけて歩くことと、小旗本の子供を苛《いじ》めることと、銭を出し合って買い喰いすることを三大事業としていた。どこの町内にもきっとある他愛のない餓鬼の集まりである。

新入り喜助は、しばらく、おれの顔を審《いぶか》しそうな眼差しで撫で回していたが、そのうちに急に目尻をだらりとさげて、

「隊長！　隊長の衛生《もりお》さんじゃありませんか！」

と大声をあげた。

「そうよ、土田の衛生だよ。それにしてもまったく鈍い男だぜ。いまごろやっと気がつきやがった。おれなんか、一目であッおまえだ、鶴巻重太だとわかったのにさ」

「こんなところで衛生さんに逢おうとは思ってもいませんでしたからね。懐しいなあ。でも、ずいぶん感じが変ったたな。あのころは険《けわ》しい顔をしていたでしょ。それがすっかりかどがとれて……」

「それだけ苦労をしたのさ。おまえはちっとも変らないねえ。鼻の上の疣など昔のままだ。昔は疣の上に一本毛が生えていたはずだが、いまはどういうわけか見えないね」

おれは重太の鼻の上の疣を人さし指でぴいんと軽く弾いた。

「弾き心地ももとのままだ。昔はおまえの疣に触らせてもらうたびに一文ずつ取られたっけな」

「あれから十二年ですか、諸色《しょしき》の値上りで、疣の触り賃も値上りしました。いまじゃひと撫で十文で……」

「十文出せば馬方蕎麦《そば》が一杯喰える。だれがおまえの疣に十文も出すものか」

おれは重太を突き離し、天保銭の上に乗せていた足をずらした。

「大切なお銭をいつまで地べたに放り出しておくんだよ。罰が当るぜ」

「こうやって思いがけなく幼馴染《おさななじみ》に逢えたのも深川八幡宮の御利益かもしれませんね。いま戴いたお銭は一文残らず八幡宮の賽銭箱に投げ込むことにしますよ」

言いながら重太は散らばった小銭を拾い終えた。おれは、

「勿体ねえからおよしよ」

と言った。

「宮司の芸者買の手助けをすることはないぜ。それよりも今夜はその金で、青い貧乏徳利を四、五本、二人で空にしようじゃないか」

「そうしましょう」

重太は簡単に賛成し、

「八幡宮には手を合せるだけで勘弁してもらいましょう」

と、八幡宮の社殿に向って両手を合せた。

おれたちの会話《やりとり》に耳を聳《そばだ》てていた鶴治が深い吐息をついた。

「古手の喜助が新入りをどういびるか、その地獄絵が見られると思ってわくわくしていたら、なんだねえ、幼馴染か。ちょっとがっかりだけど、江戸は広いようで狭いんだねえ」

すこし風が出てきたらしく、境内の松の枝がひとしきりさやさやと鳴った。日中の暑熱が嘘のようにひんやりした風である。そろそろ質屋から袷《あわせ》を請け出す算段をしなくてはな、とおれは思った。

重太は襟口を広くあけ、肌に風を招《よ》び込みながら、おれの傍でうっとりと松の枝の鳴るのを聴いている。

3

その夜は、重太に連れられて向両国通二丁目の柳川へ行った。創業は天保、骨抜泥鰌《ほねぬきどじょう》はここが始まり、という店で、構えも値段もお高くとまっているから、おれの趣味にはまるで合わない。内部《なか》は広く、夜もだいぶ遅いのに、客がまだずいぶんいる。

「さっきどれぐらいお布施が入ったかは知らないが、大丈夫か。重太、ここは高いんだろう」

重太がつぎつぎにいろんなものを注文するので、おれは心配になって重太の袖を引っ張った。

「いっとくがね、おれはあんまり持ち合せがないんだ」

「委《まか》せといてください」

重太は胸を叩いて、

「ここは懇意なんですから」

「懇意だと?」

「ええ、懐中無一文でも、ここなら浴びるほど飲んで、腹が爆発《はじけ》するほど喰えます」

「おまえとこの柳川となにか関係があるのか」

「それが大あり」

柳川には娘がいて、どれも別嬪、その評判は小梅町や木場あたりまで聞えている。その三人のうちの誰かと重太が……まさかそんなことはあるまいが、おれは念のために訊いてみた。

「……ここの娘となにか曰《いわ》くでも出来たのか」

重太は運ばれて来た骨抜泥鰌を、つるつると、まるで蕎麦でも喰うように器用に胃に流し込んで、

「ここのお嬢さんとではなく、ここの料理に使われている泥鰌と曰くが出来ているんですよ」

と言った。

「ど、どういうことだ、そりゃ?」

「衛生さんは月の朔日《ついたち》と十五日に両国橋で泥鰌供養のあるのを知っていますか」

おれは、知っているよ、と答えた。

月の朔日と十五日、泥鰌の好きな連中は皆そろって両国橋の橋番のところへ行くのが、ちかごろ流行《はや》っているのだ。連中は橋番からひと摑み四文で泥鰌を買い、その泥鰌を橋の上から大川へ

投げ込みながら、南無阿弥陀仏と六字の称名を唱える。つまり、いつもあなたがたお仲間のお世話になっております。本日は捕われの身のあなたをお金で買い戻し、大川へお逃がし申し上げますから、どうぞお仲間へよろしくご鳳声《ほうせい》くださいますように、というわけだ。泥鰌《どじょう》が鰻になるときもあるが、どちらも橋番が飼い育てたもので、この供養が流行りだしたお蔭で、両国橋の橋番はこのごろ有卦《うけ》に入っているという。

「で、重太、その泥鰌供養がどうかしたのか」

「ええ、その泥鰌を橋の下で捕えて、この柳川へ卸すのが、あたしの仕事で……」

おいおい、と手を挙げて、おれは重太の話を遮った。

「おまえがどんなに器用か知らないが、大川へ放たれた泥鰌がそう簡単に捕まるか。大川は広いんだぞ。唐天竺《からてんじく》はおろか、和蘭陀亜米利加《おらんだあめりか》までつながっているんだ」

「ところがそうじゃないんで。泥鰌は大川の水面にぴしぴしっと鞭を鳴らすような音をたててぶち当る。ぶち当る瞬間に正気を失う、脳震盪をおこすんですよ。そこで連中が正気を取り戻さないうちに捕えるんです」

「橋番で身を売られ、高いところから投げられ、そしておまえに捕まってまた売られ、か。泥鰌も浮ばれないなあ」

「ええ、浮びませんよ。気を失った泥鰌は沈むんです。そこを下からしゃくいあげる。一回やればひと月の喰《く》い扶持《ぶち》が出ます。それを月に二回やりますから……」

「だいぶのこしたな」

「まあ、十両ばかり貯めました。あとの二十八日は投げ草履の稽古をするんです」

「わからないいな。そんなに稼ぎのいい仕事を持っているっていうのに、どうして松本の喜助なぞになるつもりになったのだ？」

何の気なしに訊いたのだが、おれの言葉の終らぬうちに、重太の目がみるみるうちに光り出した。光っているのは涙だった。

「御家人株を買い戻そうという一心で……」

おしまいが涙声になったからおれはおろおろした。そのうちに重太は畳に突っ伏して大声で泣き出した。小粋な料理屋の座敷で、ちょっとした中年増かなんかに泣かれてみたい、というのがおれの夢だったが、まさか泥鰌屋で野郎に泣きつかれるとは思わなかった。他の客はおもしろそうにこっちをじろじろ見ているし、おれはつくづく閉口したが、それから小半時かかって重太がべそをかきながら語ったことを要約すると以下の如くになる。

《まず、おれたちと黒手組を作って遊び回っていたころ、母親が労症にかかったこと》

そういえば、重太の家へ遊びに行くたびに、奥の薄暗い三畳で、小菊紙のように白い顔をした重太の母親が、いつもこんこんと力のない空咳をしていたのを憶えている。いつだったか、重太の母親が布団の上に坐ってお粥《かゆ》を啜《すす》っているのを見たことがあるが、両腕の肉が削《そ》げ落ちてまるで孫の手のようだった。

《母親の薬餌《やくじ》代を都合するために、父親は御家人株を売らねばならなくなったこと》

重太の家は代々、将軍様の草履持《ぞうりもち》で、家禄は十二俵一人扶持である。草履持が将軍様に御草履を出すときは「投げ草履」というやり方をとる。つまり、草履持はお目見得以下、したがって将軍様を直接《じか》に見てはならないから、すこし遠いところから将軍様の御足許へ御草履を投げ申しあげる。むろん、投げた草履がぴたりと揃わないといけない。おれたち朝夕人と事情は同じで、現役の草履持の定員は二名である。重太の父親は現役には一度もなれなかった。そして薬餌料に困り果てて、現役になれぬまま、直参をやめなくてはならなくなったのだ。さぞ、無念だったろうと思う。重太の一家が小梅町から行方《いずかた》知れずになったのはこのときらしい。

《だが結局、母は死んでしまったこと。そして、父親は、その看病に精根を使い果したのだろう、母親と同じ病いに罹《かか》り、間もなくこの世からあの世へ住みかえてしまったこと》

父親は重太に、御家人株を売ってしまったのがつくづく口惜しい、とそればかり繰返して死んだそうだ。

「……だから、あたしは命がけで金を貯めているんですよ、衛生さん」

重太はこう言ってようやく泣き熄《や》んだ。

「この十年、あたしは投げ草履の稽古ばかりしてきました。一年ばかり、秩父の山奥へ籠って、草の根木の根を噛《かじ》りながら滝に打たれて修業したこともあります。『投げる』ということの勘を養うために浦安の漁師のところで半年、毎日投網を投げて暮しましたし、浅草奥山に小屋掛けの見世を出している太神楽《だいかぐら》一座にも弟子入りしました。鞠《まり》や小刀を自由に扱えるようになるまで、二年近くかかりましたがね」

「武芸者だな、まるで」

おれは半ば感心し、半ば呆れて唸った。

「とにかく必死でやってきたんですよ。だから自慢じゃありませんが、いま慶喜様の御行列のお供をしている現役の草履持よりもあたしの方が技倆《うで》ははるかに上です。あとは御家人株を買い戻すだけです。直参に戻ったら草履持の上司である目付のところへ飛び込んで、あたしの技倆《うで》を見せてやるんだ。目付はきっとあたしを現役に……」

「……さあ、果して抜擢してくれるかな？」

おれは重太に待ったをかけた。

「なにしろ投げ草履《ぞうり》の技倆《うで》だけでは草履持のつとまらないご時勢だからな。投げ草履の技倆《うで》もさることながら、弓馬鎗剣の心得もなくてはかなわぬ。若年寄、大目付はどうやらそういう方針のようだ」

おれは、昼間、土田本家の隠居から聞いた話をすこし脹《ふく》らました。

「早いはなしがだ、長州、あるいは薩摩の連中が御行列に斬り込んできたらどうする？　あたしは投げ草履が専門でございい、と高みの見物か？」

重太は恨めしそうな目でおれを見詰めている。

「そうはいかないだろう、弓馬鎗剣の心得がたとえなくっても連中と切り結ぶだろう？」

重太は頷いた。

「そこでそのとき、もしも、草履持が剣の名手だったらどうだ？　ひょっとしたら将軍様は草履持のおかげで御無事かもしれない。幕閣のおえら方は、だから、投げ草履の名人よりも、剣の達人を……」

ここでまた重太がわっと泣き出した。

「あたしは投げ草履《ぞうり》ひと筋にやってきたんです。剣術の修業なぞこれっぽっちもしてやしないんだ。あたしはどうすればいいんですか！」

泣き声の合間に重太はそんなことを喚きたてた。どうやら重太はひどい泣き上戸らしい。

あたりを気にして見まわすと、柳川にはもう客はいなかった。赤い前垂れの給仕女が店の中の灯皿《ひざら》をつぎつぎに消して行くところを見ると、もう見世仕舞いなのだろう。

「泣くな、重太、おれと明日からどっかの道場に通おうじゃないか」

おれは重太に肩を貸して立ち上った。

「そして陸軍所の試験を受けるのさ。おれは直参、おまえだって元直参だ。きっと受かるはずだ」

柳川の外には星空がひろがっていた。

「陸軍所にさえ入ればしめたものだ。卒《お》えればおれは木筒組、そしておまえは草履持。きっと将軍様のお役に立てるだろう」

返事がないのでよく見ると、重太はおれの肩に凭《もた》れて眠っていた。泣いていたと思うともう寐ている、罪のないやつだ。

「……とにかく重太、おれにまかせておけ」

重太の寐顔《ねがお》へおれは呟《つぶや》いた。

「黒手組の組長のこのおれが決して悪いようにはしないぜ」

それから小梅町まで、おれはふうふう言いながら、重太を背負って帰った。

あくる日の昼前、おれは重太を連れて九段中坂《なかざか》へ出かけて行った。むろん、道場に入門するためである。じつは前の日、麹町の土田本家から深川へ戻る途中、十五、六軒の道場を見て歩き、入門するならここと目星をつけたのが、九段中坂にあるのだ。

九段中坂には広い火除地《ひよけち》がひろがっている。その火除地に、道路に沿って蜿蜒《えんえん》と床店《とこみせ》の天幕が続いている。これはみないかり床の床店である。鰻の寝床《ねどこ》のように長いことは長いが奥行はたったの三尺。おまけに丸太に板を貼りつけただけの粗末なつくりだが、こんな造作でいかり床は一日に百貫の銭を稼ぐというからたいしたものだ。しばらくは、床師が若い弟子たちを叱りつける声や、剃刀が月代《さかやき》を剃る音が続く。いかり床の尽きたところが火除地の終りで、そこからは町屋になっている。

「衛生《もりお》さん、もうそろそろですか、その道場は？」

町屋に入ってすぐ重太が訊いてきた。

「うん、この先の横町を左に折れるとすぐだよ」

と、おれが答えると、重太は立ち止まって、耳の後に掌を立てた。

「もうすぐなら、ヤットウの掛け声や竹刀の音が聞えてもよさそうじゃありませんか」

「いくら耳を澄ましてもそんなものは聞えやしないさ」

「なぜですか？」

「弟子が尠《すくな》いからだよ」

その道場は鬼兵舘《きへいかん》というのだが、前の日、この鬼兵舘を覗いたとき、おれの気に入ったのは弟子がどうも尠そうだったからである。そのときは道場に人っ子一人いなかった。弟子が尠ければその分だけ余計に先生から稽古をつけてもらえるだろう、とおれは踏んだのだ。重太もこっちの狙いにすぐ合点が行ったと見えて、大きく頷いた。が、またすぐ、不安そうな顔になり、

「でも、どうして弟子が尠いんでしょうか。その鬼兵舘の先生は剣術があまりうまくないんじゃないんですかね？」

と言った。

「かもしれない」

おれは横町を左に折れながら答えた。

「かもしれないが、おれたちよりは出来るだろうよ」

「それはたしかにその通りだ」

重太はくすくす笑いながらおれに続いて左に折れた。

どこかで中棹《ちゅうざお》の三味線をぽつんぽつんと爪弾《つまび》くのが聞えていた。鬼兵舘に近づくにつれてその中棹の音がはっきりしてきた。そして鬼兵舘の前に立ったとき、それが道場の中でしていることがわかった。

「なんだか清元の稽古所へ弟子入りに来たという心境だなあ」

と、重太がおれの袖をひっぱった。

「武者震いぐらい出てもいいはずなんだけど、ちっともそんな気が起きてきませんよ、衛生さん」

「清元の稽古所に直心影流指南《じきしんかげりゆうしなん》なんて看板が出ているものか」

おれは鬼兵舘の看板に顎をしゃくってみせた。

「ちゃんと書いてあるだろう、鬼兵舘・直心影流指南・塚原鬼伝、と……」

「塚原鬼伝か。強そうな名ですね」

看板の斜め下に小さな板切れが釘で打ちつけてあり、それには《束脩《そくしゆう》……白扇二本。謝礼……年に二回、小菊紙十丁に蠟燭《ろうそく》十本》と書いてある。重太は一読して目を剝《む》いた。

「ばかに安いなあ！」

「だろう？　昨日、この板切れを読んでおれも驚いたのだ。弟子の尠《すくな》いこと、そして、この安さ、これがおれの鬼兵舘を選んだ理由だよ」

入口の戸は開いてた。おれと重太は内部へ足を踏み入れた。内部の薄暗さにしばらく目が俄《にわか》盲のようになり、細かいところはわからない。が、道場の広さは二十畳ぐらいはあるようだ。

「……魚清の若い者か？」

道場の、ちょうど真中あたりでぽつんぽつんと鳴っていた中棹《ちゆうざお》の音が跡切《とぎ》れて、かわりに欠伸《あくび》まじりの、暢気《のんき》そうな声があがった。

「ち、ちがいます、魚屋ではございませんで」

と言いながら、おれは三和土《たたき》に蹈《かが》まって、声の聞えてきた方へ目を凝《こら》した。すこしずつ目が馴れて、正面の神棚や左右の連子窓《れんじまど》などが見えてきた。

「……八百徳の者でもないようだな」

道場の中央に男がひとり長々と寝そべっている。男は胸の上に中棹《ちゅうざお》の三味線をのせていた。年は四十凸凹《でこぼこ》といったところ、多少面窶《おもやつ》れはしているが、役者のような整った顔立ちである。

「八百屋でもございません」

おれはお辞儀をしながら答えた。重太もおれにならって深々と頭をさげた。

「入門志願の者でございます」

おれと重太が名を名乗ると、男は肘枕《ひじまくら》になり、

「わたしが鬼兵舘の主だが、まあ上りなさい」

と言った。

「上って道場の真中へ来るがいい。ここは涼しい、よく風も通る」

たいていの道場の床板は、人間の足の脂と垢とで黒くなっているものだが、ここはそうではない。隅の方の床板などはまだ生地のままだ。木刀掛の木刀にはうっすらと埃《ほこり》が積もっている。窓の連子の間から庭と母屋が見えた。庭は夏草の天下で、母屋はどうやら夥しい数の書物の支配下にあるようだった。

「江戸には数百の道場がある。なのに二人ともなぜこの鬼兵舘を選んだのだ。よかったらその訳を聞かせてくれ」

かしこまって坐ったおれたちに鬼兵舘の先生が訊いてきた。

「なぜこの鬼兵舘なのだね」

自分の道場の戸を叩きに来た入門志願者を珍しがるようでは、いずれにしてもたいした先生ではないらしい。だが、そんなことは口に出せないから、おれは、

「束脩と謝礼の安さが、この道場に惹かれた理由の第一です」

と答えた。

「北辰一刀流の『玄武舘《げんぶかん》』、あそこも安いというぞ」

「安いのは門弟衆の数が多いからではないでしょうか。つまり、それだけ先生から直接に教えていただく機会が尠い、ということです。失礼ですが、こちらは門弟の数が尠いと見ました。これがこの道場に惹かれた理由の第二です」

くっくっと鬼兵舘の先生が笑い出した。

「門弟の数が尠いと見ましたはよかった。じつはな、今のところこの道場に門弟はひとりもいないのだよ」

「なぜですか？」

重太が訊き返した。

「なぜここにお弟子さんが寄りつかないのですか？」

「わからない」

先生は中棹を膝に抱きあげ、自分の言葉に合いの手を入れるように、ぽつんと糸を弾いた。

「べつに気にも留めていないのでわからない。しかし、お玉ヶ池の『玄武舘』がいやなら、築地

浅蜊《あさり》河岸の『士学舘《しがくかん》』はどうだ？」

士学舘というのは、言うまでもなく鏡心明智流《きょうしんめいちりゅう》の桃井春蔵《ももいしゅんぞう》の道場のことだ。水戸の斉昭《なりあき》様の御前で、桃井春蔵が唐詩の席書きを書いたときの武勇伝は、三歳の童子でさえも知っているほど有名である。斉昭様が春蔵の腕を計ろうとなさって、彼が筆を揮《ふる》っている最中に家中の腕自慢の者に木剣で背後から打ち込ませたところ、春蔵はその木剣を筆軸でがっしと受けとめつつ、左手で当て身をくらわせ、何事もなかったように平然として書き続けたそうだ。そこへすかさず第二波、こんどは家中一の力持ちが飛び出して、春蔵の筆の軸をむんずと鷲掴《わしづか》みにした。だが、このときも春蔵はすこしも騒がず、筆の軸を掴まれたまま、筆の運びの乱れ微塵《みじん》もなく最後まで立派に書き終えたという。

だが、おれはこの話は眉唾だと思っている。そんなに桃井春蔵が強いのなら、十四年前の嘉永六年、春蔵はなぜ、自分よりも五歳も年下の石山孫六などに敗れたのだろう。五本のうち、春蔵がとったのはたったの一本だったそうではないか。石山孫六は後で土佐藩の主席師範になった剣術使いだが、江戸の人間に剣術を教えて飯を喰っているくせに、土佐藩の師範に成り下るようなやつに負けていては仕様がないじゃないか！

「……『士学舘』はどうだと聞いているのだがね」

あいかわらず三味糸を弄《いじ》りながら先生が言った。

「嫌いですね」

「ほう、なぜだ？」

「土佐藩の主席師範になった男にかつて散々に打ち込まれていながら、その土佐藩の藩士を大勢、弟子にとっているところが気に入りません。桃井春蔵がもし確乎《かっこ》とした一箇の男子なら、土佐の連中は断然門前払いにすべきですよ。だってそうじゃありませんか。先生、自分より強い男が教えた土佐藩士を、唯々《いい》として引き受けるなんて、あんまり誇りってものがなさすぎる」

「なるほど。ではこの近くの九段組橋《まないたばし》の『練兵館《れんぺいかん》』、神道無念《しんとうむねん》流の斎藤弥九郎道場はどうかな？」

「ああ、あの越中の百姓の孫ねえ。おとっつぁんの初代弥九郎はとにかく、二代目はだめです。こっちが問題にしていませんよ。あそこは長州かぶれがすぎます。高杉なんとかとか桂なんとかなどという連中はみな『練兵館《れんぺいかん》』の出でしょう。将軍様のお膝下《ひざもと》で飯の種を稼ぎながら、将軍様に弓を引く長州にかぶれる、これは人非人《ひとでなし》のやり口だ。『練兵館』なぞは萩へでも山口へでも引っ越しゃいいんですよ」

「よしよし、わかった」

鬼兵舘の先生は笑い声をあげた。

「それでは飽きがくるまで此処《ここ》へ通ってみるさ」

「ありがとう存じます」

頭をひとつさげてから、おれは先生の前へひと膝すすめた。

「束脩《そくしゅう》や謝礼ですが、ほんとに表に掲げてあった通りでよろしいので？」

「いいとも。しかし、そちたちも出すのだからわたしもなにか出さなくては悪いな。そうだな、成績抜群の者には褒美を出そう」

「抜群といってもねえ、先生、おれの相手はこの重太ひとりでしょう？　おれが褒美はもらったようなものですよ」

「そんなことやってみなくちゃわからないじゃないか」

おれの背後で重太がぶつくさ言っている。おれはそれを手で制して、

「とにかく門弟の数が二人では、抜群もへったくれもありゃしません。ただでさえ安い謝礼なんだ、褒美だなんてもの入りなことをなさってはいけませんよ」

「まあ、しかし、褒美のあった方が励みにはなるだろう。成績抜群の者には、矢の羽でもとらせよう」

なるほど矢の羽なら金はかからない。うまいものを褒美に出したものだ、と感心しながら、おれは重太と道場の床板に額《ひたい》を擦りつけた。道場の床板には、剣術道場には場違いな白粉《おしろい》と香油《こうゆ》の匂いがしみ込んでいた。

4

その日から稽古があった。木剣の素振りを五百回、それに道場の床の拭き掃除と庭の草毟《むし》りである。素振りはわかるが、拭き掃除と草毟りはわからない。剣術といったいどういう関係があるんだろう、と重太がぼやいた。おれの胸にも同じ疑問が頭を擡《もた》げていたところだったので、拭き掃除と草毟りと直心影流との間にいったいどういう糸が張っているのかを訊きに、母屋の先生の居室を覗いてみた。が、先生は中棹の三味線を弄っているときとはまるで別人のようなきびしい顔付で書見中だったので、何も訊けずに引き下った。仕方がないから重太と話し合って、

「拭き掃除と草毟りは直心影流を学ぶに必要な足腰の筋肉を鍛えるのにもってこいの仕事なのだ」

と、おれたちで勝手に答を出した。

なお、そのとき、先生が手にしていたのは『西洋事情初篇』という表題の書物で、福沢諭吉だか、諭吉だか忘れたが、とにかく聞いたことのない人が書いたものだった。

言いつけられたことをすべて終ったときはもう夕風が立ちはじめていた。汗と埃と泥で躰《からだ》が油を塗ったようにてろてろに光っている。

鬼兵舘から飯田橋へ五百歩ほど行ったところに湯屋があったので、そこへ飛び込んで、おれたちはたがいに背中の流しっこをした。

さっぱりとなって湯槽《ゆぶね》に漬かっていると、洗い場へ骨と皮に痩せた十五、六の小僧が入ってきた。小僧はべそをかいていた。やれやれ、町屋の連中はこれだから情けない、十五、六にもなって人前で泣くやつがあるものか。侍の子なら、十五、六で元服、そうなれば立派な大人、叩かれようが蹴られようが泣きはしないのに、と思いながら見ていると、どうも様子がおかしい。小僧の躰には、胸にも、腕にも膝にも、脛にも、そして股の付根のところにも、毛というものが一本も生えていないのだ。それも生れつき毛がないというのではない。いたるところ、赤く腫れ上り、ところどころに血が滲み出している。剃刀まけしているのだ。しかし、それにしても、いったい何のために躰中の毛を剃ったのだろうか。

それとなく見ていると、小僧はいよいよ湯槽に足をさし入れはじめた。それがいらいらするほどまどろっこしい入れ方なのだ。足の爪先から脛まで湯に入れるのに、蕎麦を三、四杯かっこむことができるぐらいの暇をかけている。小僧は剃刀まけしているところが湯でしみるのか、三尺手拭を口にかたく銜《くわ》えていた。叫び声をあげてはならないという用心にちがいなかった。

「どうしたんだね、小僧さん……?」

とうとう見かねて、重太が小僧に声をかけた。小僧は躰《からだ》を堅くして、咄嗟《とっさ》のうちに笑顔を作った。

「すみません。おいらの泣きじゃくるのがお耳にさわったらごめんなさい」

他人にはいつもおどおどと笑いかけ、なにかというと、自分に落度がないのにすぐに謝ってしまう子、これまでも仕合せではなく、これから先も決して仕合せになれそうもない子、この小僧はそういう子どものうちのひとりらしい。そう思いながら、おれは小僧と重太の会話《やりとり》に耳を向けていた。

「なにも謝ることはないさ、ただ心配になっただけなんだから……」

と言って重太は小僧の膝小僧に顔を寄せた。

「ここは特にひどいや。この膝小僧はお湯の中へ入れちゃいけない。これは死ぬほどしみる。ちょっと待った」

重太はおれが頭の上に乗っけていた手拭をさっと掻っ攫《さら》い小僧の膝頭を縛った。それから自分の手拭で左の膝も縛ってやった。

「これでいい。これならだいぶ凌《しの》げるはずだ」

「ご親切に。ありがとうございます」

小僧はのろのろと湯槽に躰を沈めた。

「どうだい。さほどしみないだろう？」

重太というやつは他人の痛さを黙って見逃すことのできない性質《たち》で、小僧がなんとかお湯に入れたのがよほど嬉しいらしく、自分のことのように吻《ほっ》とした表情で訊いた。

「はい、お蔭様でとても楽です」

小僧は、深々とお辞儀をしたが、途端にお湯をしたたか飲んで噎《む》せ返った。お辞儀をした拍子に鼻から下をどっぷりとお湯に漬けてしまったのだ。同じ饅頭《まんじゆう》を落っことすにしても、運の強いやつは床の上に落すし、どじばかり踏むやつは、大事な饅頭がどういうわけかいつも馬糞の上にぼったりと落ちる。小僧はどうやら馬糞の上に饅頭を落す組らしい。

「どうして躰中の毛を剃ってしまったんだい。さしつかえなかったら理由《わけ》を訊かせてくれないか？」

小僧の背中に手を回してさすり、噎せるのをとめてやっていた重太が、また訊いた。

「おいら、そこのいかり床の、三番の見習なんです。いかり床《どこ》は四人一組で仕事しています。髪を結う床師、顔を剃る中床、頭を剃る三番、それからおいらのような三番の見習……」

「なるほど読めた。剃刀《かみそり》の稽古のために、おまえは自分で自分の躰を剃ったんだねえ」

「はい。毎日三回ずつ剃ります」

「じゃあしょっちゅう今みたいに躰が赤剝《む》けかい？」

小僧は頷いた。重太は手で湯を汲んで顔をひと洗いして、

「ほかの床店じゃあ見習に剃刀の稽古台に焙烙鍋《ほうろく》を使わすそうだが、さすがは江戸一のいかり床だ、きびしい修業をさせる」

と呟いた。

「ちがうんですよ」

小僧はおずおずした口調で重太に異議申立てをした。

「いかり床でも剃刀の稽古台は焙烙の鍋の底です。ただ、おいらの組だけが違う。おいらの組の床師さんは、焙烙鍋の底じゃあ生きた剃刀の使い方は覚えられない、剃刀は躰《からだ》で覚えろというんです……」

「そりゃあ、まあ、ひとつの見識だな」

「冗談じゃない、なにが見識だ!」

おれはとうとう黙っていることができなくなって、重太の顔に、指を合せて作った水鉄砲でお湯をかけてやった。

「命あっての物種《ものだね》っていうじゃないか! この子のように肌の弱い子は、いまに熱を出して死んじまうぜ。焙烙鍋で間に合うなら焙烙鍋でやらせりゃあいいんだ」

「衛生《もりお》さん、あたしがやらせているわけじゃないよ。勘違いしないでおくれよ」

「そりゃわかっている。悪いのは重太でも、この小僧さんでもない。その床師の野郎だ。ひとつおれがその野郎に申し入れをしてやろうか」

小僧がおれを拝むようにして言った。

「おいらの床師さんは決して悪い人じゃありません、仕事にはきびしいけれど、ほかのときはとてもやさしいんです。それに腕もいかり床で一番なんですよ。おいらほんとうは床師さんに憧れているほどなんです。これじゃあ、おいら床師さんの告げ口をしたことになってしまう。後生ですから放《ほ》っといてください」

「いや、放っとけないね」

おれは小僧に言った。

「おまえの赤剝《む》け姿、可哀そうでとても見ちゃいられないよ。悪いようにはしないから安心しな。で、その床師野郎の名前はなんて言うんだ。これからいかり床へ飛び込んで掛け合ってきてやる。そいつの名を教えてみな」

そのとき、洗い場の隅から男がひとり立ち上って、湯槽の方へ歩いてくるのが見えた。白い湯気に遮《さえぎ》られて、どんな顔つきかは明瞭《はっきり》しないが、胸から足の先までびっしりと毛が生えているのが人間ばなれしている。一瞬、おれは熊が、湯へ来たのかと思ったほどだ。

「わざわざ、いかり床へ足を運んでくださることはありませんぜ。この泣虫小僧の親方、悪名高い床師野郎というのはこのあたしだからね」

男は言い終ると、手早く腰のまわりに手拭を巻きつけて、

「ただ言っとくが、この泣虫小僧はあたしが預かっている弟子だ。こいつを一人前の職人にするためにどんな鍛え方をしようが、それはこのあたしの胸三寸、おまえさん達とは関わりはないはずだ。おまえさんたちの、その場かぎりの通りすがりの、安っぽい同情心は、かえってこの泣虫

熊のような床師の言っていることはわからないでもなかった。だが、おれは床師が腰に手拭《てぬぐい》を巻いたのが気に入らなかった。それは「やるかね」という合図なのだ。

「結構な屁理屈を並べてくれやがったな。だけど、理屈よりは思いやりが大事じゃねえのかい。この小僧さんの赤剝けが治るまで焙烙鍋《ほうろくなべ》の底が稽古台でいいじゃないか。五日や十日、焙烙鍋で稽古したからって、一生、いい職人になれないっていう規則《きまり》はないんだろう」

まくし立てながら、おれは小僧の膝から手拭を取り上げて、それを腰に巻いた。

「よう、熊もどき、修業なんてものは厳しいからいいってもんじゃないんだ」

「お願いです、やめてください！」

小僧が泣きそうな声をあげた。

「親方、おいらが悪いんです。このお兄さんたちがあまり親切なので、おいらつい修業が辛いだなんて口を滑らせてしまったんです……」

「どいていろ！」

床師がおれを睨みつけたまま、小僧に言った。

「湯上りにおまえを索麪《そうめん》を喰いにでも連れていってやろうと思って、後を追ってきたら、洗い場に足を突っ込んだ途端、おれの噂だ。おれが聞いていたと知ったらおまえがまたくよくよといつまでも気にするだろうと思って、おまえに背中を向けていたんだが、いいか、修業の辛いは当り前だ。辛い辛いとこぼしたって楽にならねえ。これからは気をつけるんだ」

おれは石榴口《ざくろぐち》を向うの板の間の方へ潜りながら床師に言った。

「いつまでもだらだらと下らないお説教をしてやがるんだ。こっちは湯冷めがしてくるぜ。熊もどき、外で待っているぜ」

板の間で躰《からだ》を拭いていると、床師と小僧が石榴口からこっちへ出る気配がした。板の間の、おれとは反対の隅でやはり躰を拭きはじめたらしい。そのあとすぐに重太が出てきた。

「衛生《もりお》さん、向うもやる気ですよ」

「こっちもやる気さ」

「でも、大丈夫ですか？」

「なにが……？」

「薄暗い洗い場の中じゃあよく見えませんでしたけどね、敵はいい筋肉してますよ」

「おれよりずっと背が低いだろう？　小さい野郎だろう？」

「でも、腕の太さは、衛生さんの倍はありますよ」

「ばか、喧嘩は腕の太さでするんじゃないぜ、度胸でするんだぞ」

ここでおれは床師の耳にも届くように大声をあげた。

「おれは幼いときから喧嘩だけは他人《ひと》に負けたことがなかった。それはおまえもよく知ってるだろう」

そして、ここからは小声。

「二、三度殴り合って、もし、とてもおれが敵わないようなときは、おまえ、すかさず仲裁に入るんだ。いいな？」

「わかってます」

重太は頷《うなず》いて、

「黒手組《くろてぐみ》のころによく使った手だ。その呼吸はまだ憶えていますよ」

と答えた。

帯に尿筒《しとづつ》をずらり四本手挟《たばさ》んで、おれの支度は出来上った。いざというときは、将軍様には申し訳がないが、尿筒を棍棒《こんぼう》がわりに使うつもりである。

「さて、熊もどき、支度《したく》が出来たら火除地《ひよけち》へでも行こうか」

言いながら振り返ると、向うはおれより先に着終っていて、板の間の真中に腕を組んで立っていた。

「ああ、いいとも。火除地なら邪魔の入る心配は……」

急に床師の声が間のびし、弱くなった。

「どうした、もう気おくれしちまったのかい」

からかい半分に声をかけたが、向うは黙ったままで、おれの顔から腰の尿筒へ、そして尿筒から顔へ、忙《せわ》しく目玉を往復させている。そのうちにその目玉の動きがはたと止まり、床師は顎が外れでもしたようにだらりと口をあけた。

「……土田の衛生《もりお》ちゃん」

そのとき同時に、おれもあっと思い当った。

「甚吉！　おまえ北小路の甚吉だろう⁈」

「そうだよ、衛生ちゃん。おれ、その尿筒で思い出したんだよ」

「おれはおまえの『衛生ちゃん』という甘ったれ声でぴんと来たのだ。ちっちゃいときのおまえは、おれの懐中があったかいと見ると、いつも今みたいな甘ったれ声を出してすり寄ってきたものだぜ」

おれは甚吉の頰っぺたをぺたぺたと軽く何度も叩いた。これは本所小梅町の黒手組のころによくやった挨拶の一種で、嬉しいことがあると黒手組の組員はたがいに相手の頰をぴたぴたと叩き合うのだ。

傍で見ていた重太がおれを押しのけて甚吉の前に立った。

「甚吉さん、あたしを憶えていますか？」

甚吉はひと呼吸する間ぐらい重太の顔を睨《にら》んでいたが、やがて指でぽんと重太の鼻の上の疣を弾いた。

「憶えているどころじゃないぜ。鼻の上のこの疣《いぼ》、たとえあの世へ送られてもこいつだけは忘れられない。おまえ、鶴巻重太だろう？　いつもぴいぴいよく泣いてたぜ」

「あんたに苛《いじ》められて、ですよ、甚吉さん」

「あれ、こいつ、おれのせいにしやがった」

甚吉は重太の頰をぺたぺたと叩き、重太は甚吉に武者《むしゃ》振《ぶ》りついて行き、それから二人は抱き合ったまま、床板を踏み鳴らして、そのへんをぐるぐる回った。むろん、おれも二人に抱きついて床板をどんどんと踏んだ。

番台で大福帳《だいふくちょう》をめくっていた湯屋の親爺が顔をあげて眉間に縦皺《たてじわ》を寄せ、この邂逅《かいこう》の因《もと》になった例の泣虫小僧は自分の親方の馬鹿さわぎをぽかんと見守っている。

四半刻あと、おれたちは湯屋の近くの蕎麦屋で冷索麪《ひやそうめん》を啜《すす》っていた。銚子を一本もとらなかったのは、甚吉が、

「おれの親父は御家人株まで売り払い、その代金を飲み尽したほどの飲んだくれだ。将軍様の月代《さか》
代《やき》を剃《そ》る髪結之職《かみゆいのしょく》がお城に五十人は居たが、親父はその中でも一、二の剃り上手。その親父が生きている間、ただの一度も将軍様の月代を手がけることができなかったのは、頭支配が酒乱の親父を嫌ったからだ。おれは親父のようになりたくはねえ。酒は好きだが、ここ二年ぐらい、ぴしゃりと断っている」

と言ったからである。

索麪《そうめん》のおかわりを待つ間に、甚吉は浴衣《ゆかた》の襟《えり》を押しひろげ、剛《こわ》い毛のもじゃもじゃ生えた胸をおれたちに示した。

「衛生《もりお》ちゃん、それに重太、ものは試しだ、ちょっとおれの胸毛に触ってみねえか」

甚吉の胸毛は栗の毬《いが》のように硬かった。おれは甚吉の女房になる女が可哀相だと思った。これではまるで針鼠《はりねずみ》に抱かれるようなものではないか。亭主の胸に顔を埋めるときは怪我を覚悟しなくてはならないだろう。

「おれの躰《からだ》の毛が剛《こわ》いのは十四歳のときから五年間、毎日、躰の稽古台を剃刀で撫でまわしたか

らさ」

甚吉はこんどは片肌を脱いだ。

「あっちこっちに剃刀《かみそり》で切った痕があるだろう?」

たしかに甚吉の胸から肩にかけて、楽焼の茶碗のような亀裂《ひび》が入っている。はくしょんと大きなくしゃみをすれば、亀裂のところから躰がばらばらになってしまいそうだ。

「この剃刀痕《あと》も、髪結之職の子どもとしてこの世に生れた冥加《みょうが》に、なんとかして将軍様の月代《さかやき》に剃刀を当てたい一心で出来たものなのさ。将軍様の月代を当るのは、たいてい髪結之職総元締の北小路本家の当主と決まっているが、腕さえあれば分家のおれにも出来ねえことはないはずだ。おれはそのうちに御家人株を買い戻すつもりだ」

「わかるよ、甚吉さん」

しみじみした口調で重太が言った。

「草履持《ぞうりもち》と髪結之職、仕事はまるで違うけれど、考えていることはそっくり同じだ。甚吉さんの思いは痛いほどわかる」

「こっちの事情も似たようなものだな」

とおれは索麪のおかわりを啜りあげた。

「ところで甚吉、これは重太にも言って聞かせたことだが、これからのご時勢じゃ剃刀扱いばかり上手でも、将軍様の髪結之職にはなれないんだ。たとえばの話、おまえが将軍様の日光社参の御成行列に髪結之職として抜擢されたとする……」

「ああ、早くそうなりてえや」

甚吉は箸を顎の下にあてがって、うっとりと蕎麦屋の煤《すす》けた天井を見上げた。

「そのとき、どこかの馬鹿野郎が御本陣に乱入して、ちょうど、おまえに月代を剃らせておいでの将軍様に斬りかかる」

甚吉は卓子《たくし》越しにいきなりおれの胸倉《むなぐら》を摑《つか》んだ。

「とんでもねえことを言うものじゃねえ。悪い冗談だぜ」

「冗談を言っているつもりはない。だから、そういうご時勢なのだよ、いまは。若年寄《わかどしより》や目付《めつけ》、それから各御職の頭支配は、そういう場合を慮《おもんぱか》って、これからは武芸四芸の総免許を持つ朝《ちょう》夕人《じゃくにん》や草履持《ぞうりもち》や髪結之職《かみゆいのしょく》で将軍様の周囲《まわり》をかためようとしているらしい」

ここでおれは前の日に、土田本家の隠居からきいた話を甚吉にも伝えた。

「……もっとも四芸の総免許を持つ朝夕人や草履持や髪結之職がいるわけはない。また一年や二年でそんな武芸の天才児が出てくるわけもない。そこでたとえば陸軍所に設けられた特別幹部養成所の歩兵組を卒える手なんぞはいまのところ近道だ。おれなどは途端に木筒組に昇格さ。草履持も髪結之職の場合も事情は同じだと思うがねえ」

「なあに剃刀も刃物、刀も刃物だ。馬鹿野郎が飛び込んで来やがったら、剃刀で斬り結んでやるさ」

はじめのうちはこういって意気がっていた甚吉も、そのうちにおれの話に呑《の》まれて、

「……この先いったいおれはどうすりゃいい？」

と情けない声になった。

「決まっているじゃありませんか、甚吉さん」

重太が珍しく強い語調で言った。

「昨日から今日にかけて一日も経たないうちに、十何年間も行き来のなかった本所小梅町の黒手組の組員が三人も、ばたばたと巡り逢ったんです。これはただごとじゃありませんよ。三人仲よく力を合せて陸軍所に入所しろ、という神仏のお導きです。あたしはそう思います」

重太があんまりきっぱりと言うので、おれもつい引き摺《ず》られて、じつにまったくその通りにちがいない、ここで三人一緒に行動しないのは神仏のせっかくの御加護にそむくことになるぜ、と甚吉を焚《た》きつけた。

「衛生さんとあたしは今日からさっそく道場に通っているんですよ。甚吉さん、いかり床と話をつけて、明日から一緒に道場通いをしませんか」

「うん」

と甚吉は頷いた。

「そうするか。それで衛生ちゃんたちの通おうという道場はどこのなんてとこだい？」

「この近くだ」

とおれは答えた。

「いかり床からはいくらも離れていないぜ。おまえには便宜がいいと思うぜ」

「いかり床の近くというと……、俎橋《まないたばし》の『練兵館』か？」

「いや、斎藤弥九郎の道場ではない」

おれは胸を張って言った。

「直心影流《じきしんかげりゅう》の塚原鬼伝先生の『鬼兵舘』だ」

鬼兵舘、鬼兵舘と口の中で二度ほど呪文のように唱えてから、甚吉はなにを思いついたのか、ぷっと吹き出した。甚吉の口中の索麪《そうめん》があたりに飛び散った。

「汚ねえなあ」

おれは着物の前をはたき索麪を払い落した。

「それに全体なにがおかしいんだ?」

「拭き掃除と庭の草毟《むし》りをさせられなかったか?」

よほどおかしいことがあるらしく、甚吉はまだ吹き出し笑いをしながら、そう訊いてきた。

「ああ、させられたとも。それがどうかしたか」

「あの鬼兵舘の先生は身分は旗本らしいが、惚《とぼ》けていてね、弟子が入門してくると下男に使うのさ。たいていそれでいやになってひと月とは保《も》たない」

おれたちは愕いてしばらくは口がきけなかった。束脩《そくしゅう》や謝礼が馬鹿安《ばかやす》だったのは、下男としてのおれたちの働きを見込んでいるせいなのだろうか。

「……だいたいがあの鬼兵舘は、剣術の道場というよりも、清元《きよもと》の稽古所なのだ」

ようやく笑いを納めた甚吉が言った。

「鬼兵舘の先生はあの通り渋い男前だ。先生の顔を拝みたいばっかりに、好きでもない清元を習いに行く娘が多いらしいよ」

おれは道場の床板にしみこんでいたあの白粉と香油の匂いにはじめて合点がいった。

「衛生《もりお》さん、そんな道場じゃ修業にもなにもなりませんよ」

重太がおれの方に向き直った。

「明日はまた別の道場を探しましょうか」

「ばか」

おれは重太を怒鳴りつけた。

「先生がよければこっちの腕がひとりでにあがる、そう思っているのなら、とんだ心得ちがいだ。たとえ先生の技倆《ぎりょう》が四流五流でも、こっちにやる気があれば剣の道は究《きわ》められるのだ。ものを言うのはおれたちの、剣に対する気迫だ」

「恰好《かっこう》いいこといってるよ」

と甚吉がおれに言った。

「衛生ちゃん、ほんとうは清元《きよもと》の稽古にくる娘の顔を見たいんだろう。だから別の道場を探すつもりがないんだろう？」

「あれ、どうしてそれがわかった？」

おれは感心して甚吉に訊いた。

「じつはおれ、清元の稽古所ときいて、そんならいっそ鬼兵舘に住み込んで、下男兼門弟になろうかと思っているところなのだ。甚吉にはどうしてそれがわかった？」

「わかるさ、それぐらい。衛生ちゃんは本所小梅町のときから、そればっかりだったものな。黒《くろ》手組《てぐみ》なんてのを拵《こしら》えてその親玉になったのも、近所の女の子にもてたい一心からだったんじゃないのか」

甚吉にずばと図星を指され、おれは思わず頭へ手をやった。

5

それからおれたちは鬼兵舘へとって返し、下男がわりに門弟をとるのなら、いっそ下男を召し抱えて、その下男に剣術を教えてくださいませんか、と先生に頼み込んだ。

鬼兵舘の先生はただひとこと、

「勝手にしなさい」

と言っただけだった。鬼兵舘の先生は、器《うつわ》が大きいのか、ただ間が抜けているだけなのか、すこしも見当がつかない。おれはだいたいその後者だろうと踏んだが。

陸軍所の入所試験まで三カ月もないので、おれたちはそのあくる日から鬼兵舘の勝手横の三畳に住みつくことにした。むろん松本にはわけを話して納得してもらった。甚吉だけは午前《ひるまえ》だけいかり床へ仕事に行く。いかり床の親方がどうしても甚吉を手離そうとしないのだから、これはやむを得ない。

鬼兵舘に住みついて三日たち、五日すぎ、十日になっても、先生はおれたちに何も教えてはくれなかった。ひっくり返って三味線の糸を弾いているか、本を読んでいるか、そのどっちかで、ほかのことはなにひとつしない。仕方がないのでおれたちは勝手に木剣を振ったり、剣術防具をつけてたがいに殴り合ったりした。

一、三、六、八の付く日には道場に朝から娘たちが清元の稽古にやってきた。そのときのおれたちの仕事は娘たちに茶の給仕をしてまわることである。娘たちはおれたちの注いだお茶を啜りながら、先生の清元《きよもと》にうっとり聞き惚《ほ》れたり、煎餅《せんべい》を噛《かじ》ったり、火除地《ひよけち》を肩で風切って歩いて行く陸軍所の生徒たちを眺めて熱い溜息をついたりしていた。

生平《きびら》の割羽織に真岡《もおか》木綿、黒い鼻緒の下駄に白柄朱鞘《しらつかしゆざや》の大小、そして肩にかついだ撃剣道具……、たしかに陸軍所の生徒は颯爽《さつそう》としていた。

「えへへ、じつはおれたちも、今年の暮れまでには、あんな恰好をして、この鬼兵舘の前を通ることになりそうでしてね」

ある日、おれは娘たちに言った。

「そのときは、ひとつ盛大に黄色い声を張りあげてくださいよ」

すると娘たちのうちの小憎体《こにくてい》なのが、

「衛生《もりお》さんはそのときもやはり、腰に四本、尿筒《しとづつ》差しているの？」

とまぜっかえしてきた。

このごろの若い娘の口にはつくづく毒がある。おれにはやはり深川の鶴治のような年増がいい、とそのとき思った。

おれの人気のないのに較べ、重太は引っぱり凧《だこ》だった。稽古を終えて帰る娘たちの草履を、やつは例の投げ草履の手で投げ揃《そろ》えてやるからである。おれの尿筒《しとづつ》を扱う技倆もなかなかのものなのだが、こればかりは娘たちの役には立たない。職業に貴賤の別はないというが、もてるもてないの別はあるようだ。

鬼兵舘へ来てひと月ばかり経ったある午後、道場で滅茶苦茶に竹刀を振り廻しているうちに、連子窓《れんじまど》の間から、ひとりの男が、凝《じっ》とこっちを見ているのにおれは気がついた。総髪に一面の顎《あご》鬚《ひげ》、くたびれた打裂《ぶっさき》羽織、腰の大小は異様に長い。

なんとなく気になって、おれたちは竹刀を振り回すのをやめた。するとその総髪男は、連子窓から道場の入口へ回って、

「おたのみ申したいことがあるが……」

と、声をかけてきた。その風体から察して耳にするだけでも総毛のよだつような鋭く、それでいて野太い声の持主だろうと予想していたのに、男の声は意外に優しく力がなかったので、おれも多少気抜けした。しかし、声の質だけでは相手の正体はわからない。おれはすぐ気を持ち直して、

「なにか御用ですか?」

と尋ねた。

「あなたがたはこの道場の、なにですか?」

総髪男はおれを忙しく眺めまわしながらそう訊き返してきた。

「なにといえばよいでしょうか。まあ、つまり、この鬼兵舘の門弟です」

「住み込みで直心影流を学んでいるところです」

重太がおれの傍からつけ加えた。

「住み込みの門弟……。ふうむ、住み込むぐらいならあなたがた、この鬼兵舘の高弟ですな」

「高弟といえば高弟だな」

と甚吉が言い、それからおれたちにだけしか聞えないような小声で、

「なにしろ他に弟子はいないものな」

と呟いた。

「ほほう、あなたがたが高弟ですか」

総髪男の口調がすこし変化したようにおれには思われた。用心深さが消え、そのかわりにある陽気さがとってかわったような感じだった。

「それで当道場の御主人はいまここに居られますか？」

「ご自分の居室で三味線を枕に昼寝をしておられます」

とおれは答え、続けて、

「あのう、先生になにか御用でも……？」

と訊いた。すると総髪男は突然かん高い声を出した。

「鬼兵舘の主に、後学のため一手御教授いただきたい。もとより死傷することがあっても決してお恨みは申さぬ」

おれは総髪男を入口の三和土《たたき》に残したまま、重太と甚吉の袖を摑《つか》んで、道場と母屋の境のところまで引っぱっていった。

「おい、これが道場破りというやつだぞ」

「……どうします？」

重太が心配そうな顔をした。

「二人でうちの先生を起してくるんだ。でないと、おれたちがやつと立ち合わなくてはならなくなる。なにしろおれたちは、いってみれば鬼兵舘の三高弟だからな」

「それなら先生の首に縄をつけてでも引っ張ってくるよ」

甚吉が腕まくりをした。

「でもこれでこのひと月のあいだずっと抱《いだ》いていた疑問が氷解する」

「疑問？　衛生《もりお》ちゃん、疑問てなんだい？」

「決まっているじゃないか」

とおれは二人に言った。

「うちの先生が真実腕が立つのか、それとも表に掲げてある直心影流指南の看板が偽りか、そのどっちか、という疑問だよ」

なーる、と頷いて二人は母屋へ駆け込んで行った。おれはそ知らぬ振りをして総髪男の一挙手一投足を窺《うかが》っていた。

総髪男はもう道場に上りこみ、正座をし、柿色の鉢巻で、きりきりと総髪頭に箍《たが》を嵌《は》めようとしているところだった。それからおれの方を向いて、

「当道場備付の木剣を一振り拝借したいが……。わたしは木剣は行く先々で借り受けることにし

ておる。公正を重んずる性質《たち》でもあり、また弘法大師と同じく木剣を選ばぬ主義でもあるのだ」

と言った。

おれは天保のころに江戸中の道場を荒しまわった新陰流《しんかげりゅう》の大石進の長竹刀《ながしない》のことを思い出した。むろん、天保のあたりにはまだおれは生れていなかったからこれはどこかでだれかからきいたのだが、大石進は島田虎之助と並んで当時江戸で最もできるとされていた剣客で、彼の竹刀は五尺三寸もあり、その突きにはどんな使い手でも音をあげたという。大石進に勝ったのは、のちに講武所奉行になった男《お》谷《たに》信友だけだったそうだが、総髪男の吐いた「公正」という言葉はそのへんのことを指しているのだろう。

総髪男が木剣を選び終えたとき、重太と甚吉に背中を押されて、うちの先生が姿を現わした。先生はちらっと総髪男へ視線を送ってから、大欠伸《おおあくび》をひとつした。

「鬼兵舘の主、塚原鬼伝です」

総髪男は早くも道場の中央に進み出て、鯱鉾《しゃっちょこ》ばった礼をした。

「小田小太郎と申す。小《お》田応変流《だおうへんりゅう》を使います」

うちの先生は木剣掛けから無造作に木剣を一振り摑《つか》みとりながら、

「ほほう、それはそれは」

と唸った。

「じつに珍しい流儀をお使いになりますな。小田応変流、小田流から分れ、臨機応変の立合い剣さばきに独得の工夫があるときいておりますが、この目で見るのは初めてです。よろこんでお相手しよう」

うちの先生が会釈をするのが、試合のはじまりで、総髪男は脳天から抜けるようなかん高い声をあげながら青眼《せいがん》に構えた。示現流《じげんりゅう》なども相手の度肝《どぎも》を抜くために突拍子《とっぴょうし》もない吶喊声《とっかんごえ》をあげるらしいが、総髪男のはのべつまくなし絶叫しているのである。小田応変流《おだおうへんりゅう》というのはじつに騒々しい流儀のようだ。うちの先生も青眼である。が、こっちは暢《のん》びりしたものだ。

やがて総髪男は青眼に付けたまま左へ左へと廻りはじめた。脳天から抜けるような声はあいかわらずだが、もう息が切れてきたらしく、その声が嗄《か》れ出した。これはどうやらうちの先生の方が押しているな、と思ったとき、信じられないようなことが出来《しゅったい》した。

「いや、お見事！　小田応変流のおそろしさ身に沁みました」

と叫んで、うちの先生が木剣をからりと床に投げ出したのである。

先生は小田応変流の使い手と名乗る総髪男に幾許《いくばく》かの金子を渡したようだった。言うまでもなく、そのままでは「鬼兵舘」の看板を総髪男に持ち去られてしまう。そこで看板を金で買い戻したわけである。

「……たしかにうちの先生の方が優勢だったんだ」

総髪男が引き揚げてから、おれたちはいつもの蕎麦屋へ腹ごしらえに出かけたが、その途中で重太が首を傾《かし》げながら、そう言った。

「なのにうちの先生はなぜ木剣を投げ出したんです？」

「そりゃあやっぱりうちの先生が弱いからだよ」

甚吉があっさりと結論を出した。

「でも、うちの先生のほうがずっと余裕があったんですよ。呼吸《いき》も乱れていなかったし、汗もかいてはいなかった。顔色も平静、その態度も堂々としていた。それにひきかえ、あの小田小太郎という剣術家は、あへあへ喘《あえ》ぎの、脂汗《あぶらあせ》たらたらの、顔の色は真ッ青《さお》の、どうにもならないぐらい参っていたじゃありませんか」

重太はしつっこくうちの先生を支持して譲らない。甚吉も負けずに、

「うちの先生は、はじめっから誰とでも負ける積りなんだよ」

と重太を説き伏せている。

「江戸で一番弱い道場主だと自分で思っているんだから気は楽さ。適当なところで木剣を捨てよう、と計算ずみなんだよ。だから呼吸《いき》も乱れない、汗も出ない。それだけのことじゃないのかい」

「そうかなあ」

重太はまだ首をひねっていた。

「うちの先生とあの小田応変流と、どっちが強いのか、と真面目に考えるから、ふたりとも揉《も》めるのだ」

と、おれがそこではじめて口を出した。

「どっちも強いなんてものじゃないぜ、あれは。どっちも弱いんだよ」

二人とも何か言いたそうだったが、そこはもういつもの蕎麦屋の前だった。おれたちは議論を

ひとまず打ち切ることにして、暖簾《のれん》をくぐった。だが、くぐったところでぎょっとして立ち竦《すく》んでしまった。

入口の正面の卓子に、つい今しがたの小田応変流が坐っていたのだ。彼は五、六歳ぐらいの男の子と並んで床几《しょうぎ》に腰を下していた。

「おとうちゃん、蕎麦の匂いっていい匂いだね」

男の子はかけの丼を両手でかこうようにして口を尖《とん》がらかしている。熱いので吹き冷しているのだ。男の子は帯に糸をくくりつけていた。その糸の先には麦藁蜻蛉《むぎわらとんぼ》が縛りつけてある。おとうちゃん、すなわち小田応変流は鬼兵舘で試合をする間、男の子を火除地《ひよけち》の草原あたりでひとりで遊ばせていたのだろう。そのときの玩具が糸で縛った麦藁蜻蛉にちがいない。

「ああ、いい匂いだな」

小田応変流はもりを肴に酒をちびちびやっていた。

「おとうちゃんは今日はお金持ちだ。だからいくらでもおかわりしていいのだぞ」

男の子は嬉しそうにおとうちゃんの顔を見上げ、鼻の下を袖《そで》で拭いた。袖は垢《あか》と乾いた鼻汁で柘榴石《ざくろいし》で根気よく磨いた鏡のように光っていた。小田応変流は男の子の頭を撫でながら盃《さかずき》をぐいと呷《あお》ったが、そのまま、動きを停めた。入口に呆然《ぼうぜん》と立っているおれたちに気がついたのだ。

ここでおれたちもなにかひとつ気のきいたことを言ってさっさと奥へ入ってしまえばよかったのだが、なにしろ、鬼兵舘で奇声をあげていた小田応変流の使い手と、いま蕎麦屋でわが子と並んで憩う父親とのふたつの印象がなかなかひとつにまとまらず、そのまま立ちつくしていた。

やがて小田応変流は盃をゆっくりと置くと、股の間に立てていた大刀を左に移し、右手で男の子を傍《かたわら》へ押しやった。男の子は父親の視線を辿って、おれたちを見た。

「おとうちゃんになにするんだい！」

男の子は急に土間へしゃがんだ。男の子が立ち上ったときは両手に冷飯草履《ひやめしぞうり》をしっかりと摑《つか》んでいた。

「おとうちゃんになにするんだい！」

男の子はこんどはいきなりおれたちに草履を投げつけた。そのはずみに、帯にくくりつけていた麦藁蜻蛉《むぎわらとんぼ》の糸が解けた。蜻蛉は糸を胴体に付けたまま店の中を飛び回りはじめた。

「ばか！　蜻蛉が逃げちゃったじゃないか」

「坊や、なんでもないんだよ」

重太がおれたちの前に落ちた草履を拾いあげた。

「坊やのおとうちゃんに用事があってきたんじゃないんだから、心配しなくてもいいんだよ」

蜻蛉が男の子の方へまた戻ってきた。そのとき重太が、ひょいと冷飯草履の片方を上へ投げあげた。草履は蜻蛉ともつれ合って宙に舞い、ぱたりと男の子の足の前に落ちた。草履はいつの間にか蜻蛉の糸をしっかりとからめとっていた。重太はもう片方の草履も宙の一方へ向けて抛った。草履は真一文字に勝手へ突進し、それからくるりと一転して店の中ほどへ舞い戻り、ひらひらと落葉のように回りながら、先の草履のすぐ傍にぴたりときまって落ち着いた。

「坊や、二度と蜻蛉を逃がさないようにするんだよ」

重太は手の泥をはたきながら男の子にそう言った。だが、男の子は目をまるく見開いたまま重太を見詰めていた。目をまるくしていたのは男の子ばかりではなかった。小田応変流も同様で、やがて彼は大刀を床几《しょうぎ》に寐《ね》かせて置き、立ちあがって言った。

「よ、よほどの使い手とお見受けいたしました。さきほど以来のご無礼、なにとぞお許しいただきたい。な、なお、さきほど頂戴いたしました看板料、この蕎麦屋の払い分を除いて、全額お返しいたし申す。いやあ、鬼兵舘にこれほどの使い手がおられるとは知らず、ま、まことに汗顔の至りで……。それにしても最初のあなた方の打ち込み稽古、あれを拝見して、鬼兵舘与《くみ》し易しと思い込んだのが間違いのもとでした」

ばつが悪いのだろう、小田応変流はとめどもなく喋り立てながら、懐中から財布をとり出そうとしている。それがなかなか出てこないのは気が顚倒しているのだ。

「いいんですよ、ほんとうに」

重太は小田応変流の手をそっと押えた。

「あたしたちは蕎麦を喰いにきただけなんだから……」

「おれは急に蕎麦が喰いたくなくなってきたぜ」

甚吉が気をきかせた。

「今日はすこし奢って一枚百文の豚鍋でも囲もうじゃないか」

それがいい、と重太とおれは甚吉の後に蹤《つ》いて逃げるようにして蕎麦屋を飛び出した。神楽坂《かぐらざか》に向ってしばらく歩いてから背後《うしろ》を振り返ると、小田応変流がまだ蕎麦屋の前に立って、凝《じっ》とおれたちを見送っていた。その傍《かたわら》で男の子が空へ手をのばし、右へ寄ったり左に揺れたりしている。男の子はあの麦藁蜻蛉《むぎわらとんぼ》にまた逃げられてしまったらしかった。

6

こんなわけで、おれたちには、鬼兵舘の先生がどの程度の実力を持つ剣術家なのか、依然として判らなかった。そんなことどうだっていいじゃないかとも思うのだが、やはり門弟としては、己れの師匠の実力が奈辺《なへん》にあるのか、出来れば知っておきたいのである。

小田応変流の一件があってからちょうどひと月経ったある夜のこと、甚吉が何か昂《たか》ぶった様子で部屋へ戻ってきた。

「……おれは前にうちの先生は弱い、と言ったことがあるけど、ひょっとしたらあれは訂正しなくちゃいけないかも知れねえ」

甚吉は呼吸《いき》を鎮めながらそう言った。

「いきなりなんだい。いったいどうしたのだ」

と訊くと、甚吉はひそめた声で、

「うちの先生は直心影流《じきしんかげりゅう》の免許を持っているんだぜ」

と囁《ささや》いた。

「じつはおれ、今しがた先生に頼まれて、書物を一山書庫へ運んだのだが……」

うちの先生が書痴と名付けてもいいほどの読書家だということは前にも触れたが、その書痴の名にふさわしく、先生は母屋と物置との間に、十坪ほどの書庫を持っている。角材を井桁《いげた》に組んだような建物で、奈良の正倉院《しょうそういん》とやらを真似て造ったのだそうだ。

「で、おれは先生に言われた通りの場所に書物を納めて、しばらくそのへんに置いてあった木箱に腰を下して休んでいた。とそのうちに隅の方に巻物がこう山のように積んであるのが目に入った。それで何ということもなしにそっちへ行ってみたんだがね。その巻物の山の一番上に『直心影流奥義《おうぎ》』と書かれた一巻の巻物があったんだよ」

「それでどうした？　中になんて書いてあった」

「いや、内容《なか》は読まなかった」

「なんだ、つまらねえ」

おれは舌打をした。

「それじゃその虎の巻、先生が貰ったものかどうかもわからないじゃないか」

「それはこれからゆっくり確かめることが出来るぜ。おれはわざと書庫の錠をおろさなかったからな」

ここで甚吉はにっと皓《しろ》い歯を出した。

「さすがだ、甚吉。それでこそ元・黒手《くろて》組《ぐみ》の組員だ」

おれは甚吉の頬をぺたぺたと叩いた。

「うちの先生はこれまでおれたちに一度も直心影流の手ほどきをしてくれなかったけれども、書庫にその巻物を置いといてくれたということでそれは帳消しだ。そいつを読めば、おれたちにも直心影流の極意が摑《つか》める。おれたちは明日から三人揃ってちょいとした直心影流の兵法者だ」

こんどは重太がうれしそうに白歯を剝いた。

先生の部屋の灯が消えるのを合図に、おれたちは書庫に潜り込んだ。そして書庫の戸をぴっちりと閉めてから、手燭の覆いを外した。いく峰もの書物の山が手燭《てしょく》の光の中に浮び上った。そして書物の山の端に巻物の山があった。

甚吉がその山の天辺《てっぺん》から一巻の巻物を取って手燭の灯にかざした。たしかにそれには、

『直心影流奥義』

と書かれてあった。

紐をほどくのももどかしく、床の上に巻物をひろげる。

最初はいやに難しそうな漢字がいくつもいくつも連ねてあった。句読点もなければ返点もなく、正確なことはわからないが、その大意はどうやらこうやら見当がつく。《以下の奥義はおまえだけのものだ。親にも子にも奥義を洩してはならない》《奥義を体得した後でも、師を疎略にしてはならない》《奥義を争い事に役立ててはならない》《誠意ある後学者があれば誓約を取った上で指南するのはかまわない》《なお、師の都合によりこの奥義を返してもらわなくてはならぬときがあるかもしれぬ。そのときは素直に返伝しなくてはならない》《以上のことに相違すれば、摩《ま》利支天《りしてん》はじめ八百万《やおよろず》の神の神罰を受けることになるだろう》、とまあ、こんなような意味のことが書いてあった。巻物はそれからしばらく何も書いてない部分が続いていた。と、そのうちに『奥義』の二字が見えてきた。

おれたちは躰《からだ》を硬くした。直心影流鬼兵舘に入門してわずか三カ月目で、師の流儀の真髄に触れることが出来るおれたちはなんという仕合せ者であろうか。

『奥義』の二字に続いて現われたのは歌だった。それもこんな歌だった。

身は早く　心平《たいら》に　気は敏《さと》く
他人にやさしく　我にきびしく

ありゃりゃ、という感じだった。それからおかしいような、悲しいような、ひどく頼りないような、言いようのない気分が襲ってきた。狐狸《こり》の類《たぐい》にたぶらかされるときもきっとこんな気分のものだろう。おれたちは長い間大きく口を開《あ》きぽかんとしていた。

「……なんだい、これは」

甚吉が情けなさそうな口調でいった。

「これが奥義かい。これが直心影流の真髄か」

「待て。この先になにかもっとましなことが書いてあるかもしれないぜ」

大急ぎでずっと先の先まで巻物をひろげてみたが、『嘉永五年二月吉日』『男谷下総守信友』『中根常陸介芳信殿』と、書いてあるのはこれだけだった。

男谷下総守信友は三年前に亡くなった大剣術家だが、中根常陸介芳信がわからない。うちの先生のことかな、と思ったが、うちの先生は中根ではなく、塚原だ。この奥義を授かった後に名前を変えたということもあり得る。が、しかし、こんな大切なものをだれが書庫の隅にほうり出してておくだろうか。おれなら抱いて寐《ね》る。用心のいい重太なら、腹巻のかわりに腹に巻きつけて歩くかもしれない。

「けっきょくこれで、うちの先生の剣術家としての実力はまた謎になっちまったみたいだぜ」

床にひろがった奥義一巻を巻き取りながらおれが呟いたとき、重太が手燭《てしよく》の灯《ひ》を消した。

「……気のせいかもしれませんがね、衛生さん、書庫の外に誰かいるようです」

先生かもしれない……。おれたち三人ははじめはそう思った。しばらく息を殺していると、書庫の前で押し殺した声が二人分。

「……この妙な建物はなんだい？」

「書庫じゃねえんですか。昼に様子を見に来たときは、明り取りの間から書物が見えてましたがね」

「書物じゃつまらねえな。向うの建物の方へ行ってみるか」

「あれは道場だ。道場には目星《めぼ》しいものはなにもありませんよ」

「ばか、仕事の前に逃げ道をこしらえとくんだよ。こういう危《やば》い仕事には、一に用心、二も用心、三、四がなくて五が凄味《すごみ》、だぜ」

「なーる」

「感心してる場合じゃねえだろう、さあ、早く来い」

それっきり、声がしなくなった。

「泥的さまのお出ましらしいね」

甚吉が静かに書庫の戸を滑らせながら言った。

「しかも二人組だぜ。衛生《もりお》ちゃん、どうする？」

「うちの先生を起そう。先生にとっ捕まえてもらうんだ。二人の泥棒をどうあしらうか、それを見れば先生の実力もわかる……」

「よし」

甚吉を先頭に、重太、おれの順で書庫から這い出し、裏庭から先生の居室にあがりこんだ。

「どうした……？」

先生が欠伸まじりの声で訊いてきた。

「泥棒です」

「ほう」

「いま道場にいます」

先生もさすがに起き上った。

「先生、先生は直心影流の達人でしょう。泥棒の二人や三人、造作なく捕えることができるはずです。道場なら立ち回りにも便宜がいいし、ひとつお願いします」

「まてまて、お前たちは何も知らぬようだから教えてやるが、泥棒には盗らせておいてから捕えるのが、兵法の極意にかなうことなのだ」

「盗らせてから、ですか？」

「そう、そうすれば泥棒の手は塞《ふさ》がっているから捕えるのに何の手間もいらない。つまり、相手をできるだけ不利な状態に置くようにする、そして、そこで勝負をかける。これが兵法の初歩だ」

おれは、なるほど、と思った。が、同時に心のどこかで、先生はまた逃げを打っているぞ、という声もした。ひょっとしたら、先生は泥棒が怖いのではないのだろうか。

間もなく道場から輪郭のはっきりしない黒いものがふたつ庭へ走り出た。やがて黒いものは物置の方へ消えた。

「うむ、そうだ……」

先生が軽く膝を叩いた。

「お前たちにはこの鬼兵舘でこれまで一度も稽古をつけてやったことがなかったが、その埋め合せをこれからさせてもらおう」

「……というと?」

「お前たち三人であの泥棒を捕えてみなさい」

「そ、そんな稽古ってありますか、先生」

おれたちは揃って口を尖《とん》がらかした。先生は一向に頓着なく、

「ひとりは取り逃してもよい。盗品を余計に持っている方を狙うのだよ」

と勝手に低い声で話を続けた。

「小野派一刀流を創った小野次郎右衛門は、一人を大勢の敵が囲んだとしても、八方で八人が限

度だ、この八人も異体異心であって、時に遅速、距離に遠近があるから同時にはかかれない。そこで巧みに身を処せば、たとえ相手が八人居ても、一対一で戦うことができる、と言っている。この言葉、逆に裏返せばお前たちの必勝法となる。いまのうちによく嚙《か》みしめておきなさい」

喧嘩は夢中でやるからその最中《さいちゅう》は怖いとは思わないが、こういう醒《さ》めた立ち回りははじめてだ。歯がガチガチ鳴って嚙み合わず、せっかくの先生の講義だが、歯が合わぬぐらいだからとても嚙みしめるどころではない。

先生に追い立てられて庭に下り、植込みの蔭で待ち構えていると、やがて物置から両手に箱をさげた人影と、長持ほどもありそうな大きな箱を背負った人影が現われた。両手に箱の人影はやりすごしておき、大きな箱の人影が目の前を通りかかったとき、おれたちはいっときに飛びかかった。

そいつは大きな箱を背負っていて力の半分はその大箱にとられているはずなのにじつにしぶとかった。近づけば蹴とばされ、とびつけば投げとばされ、組みつけば振りとばされた。だが結局はこの怪力の持主も大箱を背負っての立ち回りに精根つきて庭の土の上に自分からへたり込んでしまった。もう一人の泥棒は騒ぎが始まるとすぐ尻に帆を掲《かか》げて逃げ去ってしまったようである。

「ま、そんなところだろう」

母屋《おもや》の方から灯《ひ》が近づいてきた。先生が提《さ》げ行燈《あんどん》を掲げてきたのである。

「これよ、盗賊、おまえはとんだ骨折り損だったな。だいたい、そんな木の大砲を持って帰ってどうするつもりだったのだ？」

「へ、へえ、木の大砲ですって？」

「そうとも」

先生は刀の小柄《こづか》で大箱の蓋《ふた》を錠がわりに縛っていた真田紐《さなだひも》を切りすて、蓋《ふた》をずらした。

「これはわたしが生れる前から家にあったものなのだがね、砲身の材料は松材だ」

先生は提げ行燈《あんどん》を大箱の斜め上にかざした。たしかに箱の中には木の大砲が眠っていた。

「砲身の長さは三尺七寸……」

砲身は硝煙で煤《すす》け、松脂《まつやに》で鈍く光っていた。

「それから砲口の直径《さしわたし》は六寸五分」

砲口は真っ黒に焦げている。

「……旦那、おれにも大砲を見せてくださいよ」

泥棒は自分の背負っている箱の中を見ようとしてさっきから首を右や左に捻っていた。だが、轆轤首《ろくろくび》でも持ち合せていない限りそれは出来ない相談である。

「旦那、おれ、背中の箱を下していいでしょ」

「だめだよ」

甚吉が先生のかわりに泥棒の望みをぴしゃりと断《た》った。

「おめえ、さも大砲に興味がありそうな風を装って箱をおろさせてもらい、あとは隙《すき》を見て逃げだそうっていう算段をつけているんだろう。だがそうは問屋が卸さねえよ」

泥棒は黙った。心の中を甚吉に言いあてられたからだろう。先生は大砲の説明を続けているが、おれの耳にはそれが跡切れ跡切れにしか入ってこなかった。というのは、おれはその泥棒がどうも気になって仕方がなかったのだ。

泥棒は後頭部がいやにうしろに出っ張っていた。それから耳が大きい。そしてなによりも眉間の古傷の痕《あと》が心のどこかに引っ掛かる。むかし、おれたち黒手組《くろてぐみ》が小旗本の連中と大川まで出かけて行って石合戦をしたことがある。そのとき、黒手組に大怪我をしたやつがいた。眉間を石で切られてしまったのだ。そいつの名はたしか一力茂松、御駕籠《かご》之者の長男だったが……

「……先生、提げ行燈を貸してくださいませんか。ちょっとこの野郎の雁首を吟味したいんですよ」

「おお、いいとも」

先生が貸してくれた提げ行燈を、おれは泥棒の鼻の先につきつけて、甚吉や重太に言った。

「おい、この野郎の顔に憶えがないかい？」

しばらくおれたち三人と泥棒の睨めっこになった。一番先に声をたてたのは泥棒の方だった。

「あッ！　衛生《もりお》ちゃんに甚吉ちゃんに……、重太だ」

やっぱり一力茂松だった。それにしても本所小梅町の、由緒ある御家人子弟の党である黒手組から泥棒が出ようとは思わなかった。

泥棒を捕えてみれば幼馴染、まさか自身番へ突き出すわけには行かない。とりわけ茂松の家は西丸駕籠之者四十五人の中では頭《かしら》に次ぐ家格で、五十俵五人扶持と、おれたちの中ではもっとも高禄《こうろく》の家の生れである。普通に行けば、いまごろはぽつぽつ将軍様の御駕籠を担いでいるはずなのだ。なのにそれがどうして泥棒稼業に足を突っ込んでいるのか。

「……おれ、相棒にそそのかされたんだよ」

先生の許しをもらって、茂松はその夜、おれたちの部屋に泊ることになったが、おれたちの疑問にまず茂松はこう答えた。

「相棒というのは、さっき逃げちまったやつのことだな？」

と、甚吉が訊いた。

「あいつはいったいどんな野郎なんだ？」

「だから相棒だよ。おれが先棒《さき》、あいつが後棒《あと》さ」

「するとなんですか、将軍様の御駕籠之者の先棒と後棒が泥棒なんですか？　そりゃいけませんよ」

「そうじゃねえんだ、重太。将軍様の御駕籠が担げるなら、こんな恰好はしていないよ、おれ……」

たしかに茂松の風体は異様だった。頭は獅子頭《ししがしら》でおそらく虱《しらみ》の梁山泊《りょうざんぱく》。ぽつぽつ紅葉、ひょっとすると富士のお山に初雪でも降りかねないという時候なのに着ているものといえば後にも先にも袖なしのぼっこ一枚こっきり。そして肩にのせた手拭とぼっこの下に見える褌《ふんどし》はたそがれに似たねずみ色に変色している。

「……おれはな、いま辻《つじ》駕籠を担いでいるんだよ」

「なぜ、辻駕籠《かご》なのだ」

と、おれは問い質《ただ》した。

「歴《れっき》とした御駕籠之者の跡取り息子が、なぜ辻駕籠にまで落ちぶれたのだ?」

茂松はなにを思ったか、よいしょと掛け声をかけて立ち上った。

「見てくれよ、おれの躰を。こんな躰《からだ》で将軍様の御駕籠之者が勤まるか」

おれたちは眼を皿にして茂松の躰を睨《ね》めまわした。だがどこにも不審なところは見当らなかった。

「中肉中背《ちゆうにくちゆうぜい》」

「筋肉隆々《きんにくりゆうりゆう》」

「立派なものじゃないか」

と、重太、甚吉、おれの順序で茂松の躰を賞めあげた。

「……みんなはなんにもわかっちゃいねえ」

茂松は呟くように言った。

「将軍様の御駕籠を担ぐには背の高さが六尺以上なきゃいけねえんだ。そうじゃねえと、御駕籠の底が地べたと擦《す》れちまうんだ。中肉中背じゃあ失格なんだよ、ばか」

そういえばたしかに茂松の言う通りである。御駕籠之者はひとりの例外もなく相撲取りのような堂々たる体軀をしている。ただ、全員堂々としているから、それが目立たないだけだ。

「おれんところは代々大男が授かる家系なんだ。親父まで六代、みんな六尺以上の大男だった。

ところが七代目のおれが、どういうわけか五尺六寸でぴたっと伸びが止まっちまったのさ。六尺以上なければ御駕籠之者の家は継げない。それよりなにより一力の家が取り潰《つぶ》しになってしまう。そう親戚の者に説き伏せられ、泣く泣く一力家を飛び出したってわけだ……」

茂松はたそがれ色した手拭を目頭に当てながら、畳にどしんと尻を落した。

「……一力の家をいま誰が継いでいるんだ?」

訊きながら、おれは茂松の肩に掛布団を羽織《はお》らせてやった。

「妹が相撲取りあがりの男を養子にとったらしいね。皮肉だよなあ、この妹が女のくせに五尺八寸五分もあるんだからさ」

「七代目へ来て、男と女がひっくり返ったんだな。逆になったんだ」

鹿爪らしい口調で甚吉が言った。

「しかし、茂松、これから背が伸びるかもしれねえ。だから気を落すなよ」

「甚吉ちゃん、おれはもう二十二歳だぜ。二十二歳からぐんぐん背丈が伸びたなんてはなし、おれは聞いたことがねえや」

「それもそうだな。二十二歳からぐんぐん背が伸びりゃ化物だな」

甚吉はあっさりと自説を引っ込めた。

「しかし、なんとかならないものですかねえ」

こんどは重太が言った。

「少しばかり背が低くても、そこを技倆《わざ》で補いをつけるとか……」

「ばか、相撲じゃあるまいし、背丈の足りない分を技倆で埋めるなんてことができるか！」

「じゃあ、同じ背の高さの相棒と組ませてもらって、将軍様の御子様の駕籠を専門に担ぐとか……」

「しまいにゃ張り倒すぜ」

茂松は手を拳固にして殴る真似をした。

「小人国ならいざ知らず、将軍様の御膝元じゃ五尺六寸は半端な寸法なんだよ」

「甚吉も重太も下手に茂松を慰めるのはよせよ。慰《なぐさ》めになるどころか茂松をどんどん怒らせるばっかりだぜ」

おれは茂松に正対して坐《すわ》り直した。

「茂松、黒手組の仲間が住み込んでいるこの鬼兵舘に物盗《ものと》りに忍び込んだというのもなにかの縁だ。いや、なにかどころではない、これは蔭《かげ》で誰かがはっきりと糸を引いている」

「だれだ、そいつは？」

「間の抜けたことを訊くなよ、茂松。神様と仏様に決まっているじゃないか」

「はーん」

「つまり、元・黒手組の組員は一致して試練の嵐を乗り越えよ、というこれは有難い謎なのだ。茂松、おれたちとまた一緒にやる気はないか？」

そうさなと呟きながら、茂松は顎に手をあてた。

「いまさら相棒の長屋へも転がり込めねえし、かといって他に行く心算《あて》もねえ。此処《ここ》に一緒に置いてもらおうか」

「そういう志の低いことを言っているのではない！」

ここでおれは茂松に、四人で陸軍所に出来た特別幹部養成所の歩兵組を受験してみようではないか、と誘った。おれたちはみな微禄《びろく》ではあるが由緒正しい直参《じきさん》、陸軍所は問題なく受け入れてくれるはずである。陸軍所で懸命に励めばおのずと道は拓けてくるはずだ、とも説いた。茂松はやはり顎のあたりを撫で撫で長いこと考え込み、やがておれにおずおずとこう訊いた。

「受けてもいいがね、衛生《もりお》さん、まさか背の高さが足りないなんてんで、撥《は》ねられたりしないだろうね？」

「つくづく情けない男だねえ、おまえさんて人は」

甚吉が茂松の襟首を摑んで上に引っ張りあげた。

「五尺六寸も上背《うわぜい》があるくせに、おどおど背の高さばかり気にするんじゃねえや。衛生さんも重太もちょっと立ってみてくれ」

甚吉はおれたちを横一列に並べ、自分もその列の中に加わった。

「茂松、よく見較べてみろ。まず重太が一番小さい。次に小さいのがこのおれ。おまえは衛生さんにはちょっと追っつかねえが、重太やおれよりは大きいんだよ。おれたちより上背のあるおまえに、あたしゃ背が低くて、と嘆かれては、おれたちの立つ瀬がねえ。二度と背丈のことを言うなよ」

茂松はすこし晴れ上った顔になり、

「わかった」

と言った。

「おれも陸軍所へ入ることにするよ」

どこかで一番鶏が啼きはじめた。その声に愕《おどろ》いて庭の向うへ眼をやると、あたりはうっすらと白みはじめ、明け残った星がいくつか、町屋の屋根の上で気弱に光っている。

7

十月半ばのある朝、針のように鋭く肌を突き刺す木枯しにさからいながら、おれたち鬼兵舘の四人は、神田明神社の近くにある陸軍所へ出かけて行った。おれたちもずいぶん早起きして駆けつけたつもりだったが、世の中にはもっと感心な連中がふんだんにいるらしく、御成門の隣りの裏門の前は、受験者たちで溢れそうだった。寒さ封じにどかどか足踏みして待っているうちに、小半刻ほど経ち、やがて裏門が開門になった。裏門には門番所があり、その前を通るときに門役人が下足札のような、番号を記した木札を渡してくれた。おれが百三十五番、甚吉が百三十六番、茂松が百三十七番、そして重太が百三十八番だった。おれたちの後には受験生がまだ二、三十人続いていたようである。とすると受験者の総数は百六、七十。これに対して定員は百五十。こりゃ楽勝だぞ、とおれたちは、裏門を潜ったときからもう入所したような気分になっていた。

入所試験の第一は先ず面接だった。道場の横の練塀で押しくら饅頭《まんじゅう》をして暖をとっていると、役人が道場入口で、

「百三十五番！」

声高《こわだか》におれの番号を呼んでいるのが聞えた。番号札を役人に示して道場の内部《なか》へ入った。正面に四十前後の面接にあたる陸軍所教授方が坐っていた。その背後にもなにやら偉そうな雁首《がんくび》が七つか八つ。あとで聞いたことだが、教授方の背後に並んでいたのは、若年寄《わかどしより》、陸軍副総裁、御目付、御徒目付《おかちめつけ》、御小人目付《おこびとめつけ》など、ただ「お偉い」というだけでは足りない「大へんお偉い」かたがただったそうだ。「姓名は？」「身分は？」「陸軍所へ入所を希望した理由は？」と、まず教授方の横の机に坐っていた吟味役人が訊いてきた。おれが答えるたびに、それをそのまた横の祐筆《ゆうひつ》役が記録して行く。吟味役の質問が終ったところで、ようやく教授方が口を開いた。

「その方、四芸の総免許は受けておるか」

「はっ。ひとつことに凝る性格なので剣一筋に修業しております」

「剣の流儀は？」

「はっ、直心影流《じきしんかげりゅう》です」

教授方の頬が心なしかかすかにほころんだようだ。陸軍所の前身は講武所である。そして老中阿部伊勢守様を熱心に口説いて、その講武所を開所させ、頭取兼師範となったのが直心影流の男谷下総守信友だ。つまり、直心影流はこの陸軍所の主流なのである。教授方の流儀もおそらく直心影流にちがいない。だから頬がほころんだのだ。

「で、その方、直心影流のどの段階まで進んだのか？」

「はっ、直心影流奥義をこの目で……」

「ほほう！」

教授方はこんどははっきりと頬笑んだ。これで陸軍所入所は決まった、とおれはそのときほとんど確信した。確信したとたん、黒緒の下駄、白柄朱鞘《しろつかしゆざや》で九段から飯田橋、そして神田を闊歩《かつぽ》する己の雄姿が泛《うか》んで消えた。そうなれば鬼兵舘へ清元《きよもと》の稽古に通ってくる娘たちもおれを放ってはおくまい。おれは思わずにやりとした。

気がつくと、教授方もにこにこ笑っていた。おれのにやりについ誘われたらしい。お返しにおれも教授方ににっこり笑ってみせた。

「二十三歳の若さで直心影流の奥義を体得したるはまことに立派である」

「はっ！　おほめにあずかりまことに光栄であります」

「して、その方の師は？」

「はっ、塚原鬼伝先生です。道場は九段中坂の『鬼兵舘』……」

弛んでいた教授方の頬が引き締まった。教授方は背後を振り返って、お偉方たちとひとことふたこと小声で言葉を交しあっていた。やがて教授方はおれのほうに向き直って、唐突にひとこと、

「さがってよし」

と言った。

面接の次に素読《そどく》吟味があった。これは四書五経のうちから、その場で指定された個所を、御儒者の前で読むのである。おれは寺子屋の高等科程度の素読力はある。どうやらこうやらこれは凌《しの》げた。

おしまいが武芸吟味。これはまず一番と二番が竹刀を合せ、勝った方が三番と当り、その勝者がさらに四番と当る……、といった型式の勝抜き戦だった。おれは控え席で出を待つときから頭の上に濡《ぬれ》手拭をのせておく、という作戦をとった。そして、立ち合った瞬間、ばったり竹刀を落し、「風邪気味にて俄かの頭痛、まことに残念ながら棄権いたします」と言い、さっさと引き揚げた。

剣術を本格的に修業してきた連中に、ほとんど素人に近いおれのような者が、勝てないにせよ、い、い、い、い、決して負けないためには、病気による棄権を申し立てるしかない、とおれは前からはっきり答を出していたのだ。

道場から引き揚げるとき、おれは例の教授方をちらと見た。おれのこの計算を教授方が見抜いているかどうか、それを探っておきたかったのである。教授方は面接のときとはまるで別人のような顔付をして、死魚のそれのような目をただ茫乎と宙に泳がせていた。面接と武芸吟味との間に、いったいなにが起ったというのだろうか。それは皆目見当もつかなかったが、とにかく彼の落胆がおれの棄権のせいでないことだけははっきりしていた。

外では、朝の木枯しが嘘のように熄《や》み、まるで春のような柔かい日の光が、陸軍所の練塀《ねりべい》や屋根瓦に降り注いでいた。合格者の番号は昼すぎに裏門に貼り出されるはずである。おれは甚吉や茂松、そして重太たちの出てくるのを、裏門の横の馬駐《うまとど》めの杭に凭《もた》れて待っていた。

ぼんやりと所内の往来を眺めているうちに、おれは妙なことに気付いた。役人たちの挙動が尋常ではないのだ。所内にある役宅から駆けてくる役人がいる。門番所から向うへ急ぎ足で行く役人がいる。それが途中で立ち止まって忙しく二言三言、なにやら言葉を交す。そこへ作事小屋から別の役人が飛んで来て話に加わる。やがて三人は三方に分れるが、その行き先々で、またもちがう役人と立話を始める……。そして、どの役人もみな、さっきの教授方のような死魚の目をしていた。

「衛生《もりお》さん、試験の出来はどうでした?」

重太がおれの肩を叩いて訊いている。おれの目が役人たちに吸いついているうちに傍《そば》へ来ていたらしかった。気がつくと甚吉と茂松もいっしょだ。

「まあまあだ」

「わたしたちもまあまあでした」

「でも大丈夫かね?」

茂松は心配そうに顎《あご》を撫でた。

「まあまあの出来で陸軍所に入れてくれるかねえ」

「百六、七十人のうちから百五十人もとるんだ。落ちる奴はよほど駄目な連中さ。ただ、おれ、ちょっと気になることがあってね」

「その気になるってこと、もしかしたら、面接のときの教授方の態度じゃないのかい?」

「じつはそうさ」

「『師は塚原鬼伝、道場は鬼兵舘』と答えたら、教授方の表情が、こう、凍りついたようになったろう?」

甚吉は教授方に似せて笑い顔を拵《こしら》え、それを一瞬、活人画のように停めてみせた。おれたちは甚吉のもの真似に釣られて笑いだしたが、やはりどこかで教授方のあのときの態度が気になっているらしく、すぐに笑いは立ち消えになってしまった。

陸軍所内の役人たちの挙動はあいかわらずせわしかった。重太たちもそれに気がついて、「どこかに大きな打毀《うちこわ》しが起ったんじゃねえのか」「いや、浅間山が噴火したのだろう」「そうではないと思います、老中が更迭されたんじゃありませんかね」などと勝手な推察を下している。だが、おれには、打毀しも浅間噴火も老中の更迭も、役人たちのあの目を説明するには弱すぎるような気がしてならなかった。

小半刻ほど経って役人が二人、合格者の番号を列記した板を持って裏門へ出て来た。あたりに散らばってこのときを待っていた受験者たちが、どどどと裏門前に詰めかけた。役人はその板を門の柱から柱へ、ちょうど閂《かんぬき》を渡すように釘で打ちつけた。たったいま書き上ったばかりなのだろう、板の左端の方の番号は、まだ墨が乾き切っていない。

おれたちはおしまいの方から視線を滑らせていった。おしまいから追って行った方がおれたちの番号に早くぶっつかるだろうと思ったのである。だが、視線はただ番号の若い方へずらずらと滑ってゆくだけで一向に止まらない。何回繰返しても同じだった。そのたびに動悸が高くなり、口は乾き、目が熱っぽくなった。そのうちに番号を記した板の上に、硬い表情をしたあの教授方の顔や、鬼兵舘に稽古にやってくる若い娘たちの笑顔や、土田本家の隠居の眼鏡顔、それから鬼兵舘の先生の顔などが泛《うか》んでは消え、消えては泛びあがる。これではいつまでたっても埒《らち》が明かぬ。そこでいったん目を瞑り、心の中で「どうぞおれたちの番号がありますように」と三回唱え、かっと目を開いて、おれたちの番号のあるあたりを睨みつけた。すると、百三十五番から百三十八番までが、見事に欠け落ちていた。

それからのおれたちは、突然、暴れ出したらしい。役人の胸倉を摑《つか》んで「なぜおれたちを落した！」と喚《わめ》き散らしたり、合格者番号を記した例の板を門から引き剝《は》がそうとして番卒《ばんそつ》にしたたか棒で殴られたり、神田明神の前を通りかかって「おれたちは落ちた。だからおれたちを落した関係者全員をも地獄に落せ」と叫んだり、ずいぶんいろんなことをしたようだ。

ようだとは無責任のようだが、おれたちにもはっきりした記憶がないのだ。入所さえすれば前途は洋々だと信じ、しかも、多少はいやな予感はしていたにせよ、間違いなく合格できると信じていた陸軍所に、ずどんと見事に肘鉄砲《ひじてつぽう》を喰ったので、要するに逆上してしまったのである。

おれたちがすこしは落着き、すこしはものの理屈もわかるようになったのは、飯田橋の近くの行きつけの蕎麦屋の暖簾をくぐったときだった。

帳場の横の卓子《たくし》に陣取ると、おれたちは親爺さんに、今日は痛飲するつもりだ、覚悟してくれ、とまず念押しをした。すると親爺さんは、それはそうでしょう、とでもいうように頷いて、

「今日という今日は江戸中の人がそう思っていますよ」

と勢い込んで言った。

「江戸中の人がだって？」

茂松が目を丸くした。

「それほんとかい」

「ほんとですとも。泣いている人だってたくさんいるんだから」

「それはすこし、大袈裟だよ、親爺さん」

甚吉が卓子の上から、楊枝を一本抜いて銜えた。口さびしいのでせめて銚子のくる間だけでもしゃぶっていようというつもりだろう。

「いくらなんでも、泣いている奴はいねえだろうさ」

「なにを言うんですか！」

親爺さんが滅多になく気色ばんだ。

「わたしだって、たったいま泣いていたんだ。慶喜様がお可哀相でねえ」

おしまいの方は声が湿っている。

「たしかに深く掘りさげてみれば親爺さんの言うとおりですよ」

女の子の運んできた銚子を持っておれたちに酌をしながら、重太が言った。

「陸軍所は、今日、慶喜様思いの朝夕人《ちょうじゃくにん》、草履持、髪結之職、そして御駕籠之者を落第させました。つまり、連中はあたしたちを慶喜様から遠ざけたことになります。慶喜様にとってもこれは不幸ですよ。そうなるとやはり慶喜様は可哀相ですねえ」

「江戸中の人がおれたちの落第を噂の種にしてくれているとは、光栄だね」

茂松は銚子をまたたくまに空にして二本目にかかっている。

「それにしても、おれたちの落第の一件、ずいぶん早く江戸中に伝わったものだ」

「ちょっと待ってくれ」

おれは妙な予感がした。

「おれたちの話していることと親爺さんの話していることが、嚙み合っていないぞ」

「そうでしょう」

親爺さんは合点の行った顔になった。

「さっきからどうもおかしいと思っていたんです。あんたがたはいったいなんの話をなさっていたんで……?」

「おれたち四人、首を揃えて陸軍所の試験に落第したという話をしていたのさ。それで親爺さんの方のは? 慶喜様がどうかなさったとかいう風に聞えたけれども……」

「どうかなさったどころじゃあない……」

親爺さんはくすんと鼻を鳴らした。

「慶喜様が将軍の位からお退《の》きになったんだ」

ことん! とだれかが盃を卓子の上にとり落した。

「一昨々日《さきおととい》、京の二条城でそうおっしゃったそうだよ。御自分がお退《の》きになるばかりじゃない、これからは一切、徳川家から将軍は出さない、天下の政事《まつりごと》はすべて天子様におゆだねいたします、以後自分はただの一大名として生きて行くことにいたします、と自ら進んでおっしゃったという……」

「自ら……、進んで……？」

おれはやっとの思いで口を動かした。

「将軍様がご自分からそうおっしゃったというのかい？」

「この報せは、江戸には午前《ひるまえ》に届いたらしいんだ。わたしたちが耳にしたのは午後《ひるすぎ》だけどね、それからあとの報せはあたしたちにゃわからない。だから迂闊《うかつ》なことは言えないが、たしかな噂では、慶喜様はそう言えと脅かされなさったというよ。別に言えば、そう仕向けられなすったんだね」

「……だれが？　どこが？」

茂松が銚子の尻で卓子を叩いた。

「それは決まってますよ。まず、京のお公家さん……」

ばしり、という音がした。甚吉が箸を折ってしまったのだ。

「重太、なんであんな青白くて小狡《こずる》い連中に『お』だの『さん』だのつけるんだ？　おまえ、連中の回し者か？」

「では、公家。そして薩摩に長州。それから土佐」

「土佐は慶喜さまのためを思ってすすめたそうですよ」

親爺さんが注釈を加えた。

「とりわけ前の殿様の容堂さまは、そうらしい」

「わかるもんか」

甚吉が箸のもう片方を握って、折ってしまった。

「南だの、西だの、あっちの方の人間はどうも油断がならないよ。だいたい、月代《さかやき》の剃りにくいのは南だの、西だのから出て来た野郎に多いんだ。毛深くてよ、やりにくいったらないのさ」

「まあ、いろいろ悪いのはいるけど、やっぱり、薩摩と長州だなあ」

ふっと静かになった。言いたいことは山ほどあるが、どいつにまず口火を切らせていいやらわからないでいる、そういうさしせまった静けさ、平たくいえば、嵐の前のなんとかというやつだ。

これであの陸軍所の教授方やお役人たちの、死魚のような目のいわれがわかった。あのときあの連中はこの報せを知ったのだ。将軍様が将軍様でなくなったら、あの連中はどうなる。たぶん教授方は旗本、お役人は御家人だろうが……

「それよりもなによりも、公人朝夕人《くにんちょうじゃくにん》はどうなるんだ⁈」

気がついたときには、おれは叫んでいた。

「重太は、甚吉は、茂松はどうなる。おれたちはみんな将軍様の朝夕人で草履持で、髪結之職で、御駕籠之者なんだぜ」

「薩摩へ攻め込みてえ！」

甚吉は途方もないことを言った。

「京へのぼってさ、公家を一列に並べて、びんた取ったら、さぞかし胸がすうっとするだろうな」

茂松のも実現はまず無理だ。

「あたしは横浜沖や品川沖に浮《うか》んでいる薩摩の軍艦に向って悪態をつくだけでいいです。そのかわり一日中、悪態をつき通すんです。それが無理なら三田の薩摩屋敷に手鼻をかむ……」

　重太の願い事は、将軍様の草履持になりたいという願い事以外は、いつもささやかだ。だがささやかだから、すぐやれる。そこがいいのだ。

「ようし、薩摩や京へ行くのは無理だが、横浜へなら行けないことはないぜ。時候は悪いが遊山をかねて、横浜沖の薩摩の軍艦に大砲玉でも打ちこんでやろうか」

「その話に乗った！」

　甚吉が力いっぱいおれの手を摑んだ。

「せめてそれぐらいの仕返しでもしなくちゃ腹の虫が納まらねえ」

「おれも乗るよ」

　茂松も立ち上った。

「あたしはまだ乗れないな」

　重太は腕を組んで考えている。

「大砲なんてどこにあるんです？」

「鬼兵舘にあるじゃないか。敵は薩摩芋、木の大砲でたくさんだ。重太まだ乗れないか？」

「まだですね。いったい横浜までの路銀や喰扶持《くいぶち》はどうするんです？」

「おれが道々、床店を開業するさ。客の敷く尻敷板、髪やふけを受ける毛受、それにびんだらい、髪結職のこの三種の神器さえあればなんとかなる」

　甚吉がこう言うと、茂松もその後に続いて、

「おれも駕籠《かご》屋を……、あ、ひとりじゃ駕籠は担げないね」

言いかけたが尻つぼみになった。

「床店などやらなくてもいいんだ。路銀に喰扶持《くいぶち》、このあてはある。じつは鬼兵舘の先生から戴くのだ」

三人はえっとなっておれを見た。

「あの先生は弱い。そこが第一のつけめだ。第二におれたちが陸軍所を落ちたのも、どうやらあの先生にも原因がありそうだ。陸軍所の教授方が、鬼兵舘ときいて顔を硬《こわ》ばらせたろう？　あれがなによりの証拠だ」

「もっとも、おれたちの剣術もなってなかったけどね」

と茂松が言ったが、おれは構わずに、三人に訊いた。

「どうだろう、やってみるか？」

甚吉がすぐに頷き、茂松がそのあとに続き、おしまいに重太が、

「ついでにあの木の大砲もただで貰っちゃいましょうか」

と、ようやく立ち上った。

8

飯田橋近くの店屋《みせや》で、おれたち四人は、それぞれが財布の底をはたいて持ち寄った金で、牡蠣《かき》をひと笊《ざる》に酒を一升仕入れた。牡蠣は初物《はつもの》、肴屋《さかなや》に目の玉が飛び出しそうな高値を吹っかけられ

たが、これには企みがあってのことだから高いのは覚悟の上だった。つまり、おれたちの剣術の師、直心影流《じきしんかげりゅう》指南所・鬼兵舘の主《あるじ》の塚原鬼伝先生に、

「牡蠣《かき》鍋で酒を飲むなぞいかがでしょう」

と、うまく持ちかけみっちりと酔わせ、先生が正体をなくしたところを見計らって四人で一度にわっと縛りあげ、手文庫の金と、物置に放り込んである木製大砲を頂戴しようという策略があっての散財。金は横浜までの路銀、大砲は横浜沖に碇泊しているだろう薩摩の船を沈めるために要《い》るのである。

表の通りから鬼兵舘のある横町へ曲りかけたとき、暮れかかった灰色の空から白いものがおりてきた。風もかなり強くなっていて、雪片をおれたちの肌に刺しながら吹き抜けて行った。鬼兵舘の看板が風に煽《あお》られてそのたびにごとごとと柱を叩き、隣家との境目の竹藪がざわざわと鳴っている。

「こいつはいい」

と、おれは後から蹤《つ》いてくる重太たちに言った。

「温かい鍋ものや熱燗の酒には誂《あつら》え向きの雪と北風だ。先生は大喜びでおれたちの計略に嵌《はま》ってくれそうだぜ」

「うん。だけどねえ、衛生《もりお》さん、うちの先生は本当に弱いんだろうか」

重太が心配顔で訊いてきた。

「ひょっとして強かったらことですよ。四人そろって返り討ちなんていやだなあ」

「千にひとつ、いや万にひとつもそのおそれはない」

甚吉は断々乎たる口調でおれの代弁をした。

「いつだったか、小田応変流《おたおうへんりゅう》の剣術使いが道場破りに来たことがあったろう。ほら、技倆《うで》の方は案山子《かかし》に毛の生えた程度でまるで駄目の皮だが、掛声だけはいやに勇ましい子連れの武芸者だよ。うちの先生はその小田応変流に対してさえ『まいった』と木刀を投げ捨てちまったんだ。すなわち先生の技倆《うで》は案山子とちょぼちょぼ、どっこいどっこいさ」

「おれが鬼兵舘《ここ》へ泥棒に入ったときだって、うちの先生はずいぶん怯えていたようだったじゃないか」

と、これは茂松。

「自分は布団の中に隠れ、おまえたちにおれを捕えさせただろう」

そういえばそうだった、と考え込む重太の肩をぽんと叩いておれがしめくくった。

「それに、泥鰌《どじょう》じゃないが、今夜は先生を酒で弱らせておく。赤ん坊の手を捩《ねじ》りあげるよりやさしい仕事だぜ」

重太はようやっと納得した顔になった。

勝手口から入って庭先へまわると、先生は座敷の障子を開け放ち、火鉢で手を焙《あぶ》りながら、庭に舞う雪をぼんやりと眺めていた。

「ただいま」

おれが号令を掛けるように言い、重太たちがそれに合せて先生に会釈をした。

「先生、今夜は冷え込みそうです。そこで牡蠣《かき》鍋で酒というのはいかがでしょう?」

手に持った牡蠣の笊を、おれは目の前に掲げて振ってみせた。

「これはおれたち門弟四人の奢りです」

「そいつはすまんな」

先生はおれたちの本心をむろん知らぬ。嬉しそうに笑って点頭した。

「四人が四人ともいい顔をしているところを見ると、さては陸軍所に入所が決まったのか」

「だといいんですが、じつは先生、四人仲よく枕を並べまことに敢《あ》え無《な》く討死で……」

先生はしばらく火箸で灰になにか書き散らしていたが、やがておれにこう訊いた。

「吟味のときにわたしの名を出したのか?」

「はい、もちろん」

と、おれが頷くと、先生は低い声で謎めいたことを言った。

「それが悪かったのかもしれぬ」

火鉢の上の牡蠣鍋が空《から》になったのは、それから一刻《いっとき》ばかり後のことである。むろん一升徳利も空、先生の顔はすっかり桜色に仕上っていた。酔ったときの癖で先生はそのままその場に横になった。

「いけませんよ、先生。酔った上の転寐《うたたね》は風邪引きの因《もと》です」
二、三度、肩を揺すったが、もう先生は軽く寝息をたてていた。しかし狸寝入りというおそれもある。おれは殊更めかした大声で重太に言った。

「先生の寝所《しんじょ》に手早く布団をのべておけ。おれと甚吉と茂松が、先生を寝所に運び込むから。おっと、今夜は寒い、敷布団と掛布団を一枚ずつ殖やしておくのを忘れるな」

重太は胸を叩いて座敷から出て行った。

この『今夜は寒い、敷布団と掛布団を一枚ずつ殖やしておくのを忘れるな』というのは合言葉である。おれたちはお勝手で牡蠣を剝きながら、先生は酔えばその場でうたた寐《ね》と決まっているから、寝所へ先生を運ぶために先生を持ち上げたときに仕事を決行する、その際、『今夜は寒い、そろそろ廊下の雨戸を閉めようか』とおれが言えば、《運ぶ途中、廊下から庭へ一、二の三で抛りだし、先生が腰を抜かしたところをわっと四人で組み伏せてしまう合図》であり、『今夜は寒い、敷布団と掛布団を一枚ずつ殖やしておくのを忘れるな』と言えば《寝所の布団の上に先生を横にしてから凶行に及ぶ合図》と申し合せておいたのだ。

むろん念には念をで、重太は布団をのべるときに、敷布団の一枚下に細引《ほそびき》を二本仕込んでおくはずだ。つまり、先生を布団の上に寐かせ掛布団をかけたら、布団の端を直すふりを装いながら細引を引き出し、こっちの細引の端を向うへ、向うのをこっちへ交差させ、これも一、二の三で、布団ごとぎゅっと先生を縛りあげる仕掛けになっているのである。

「支度が出来ましたよ、衛生《もりお》さん」

寝所で重太の声がした。『支度が出来た』というのも合言葉で《細引二本仕込んだよ》なる合図だ。

「茂松、おまえは御駕籠之者で力持ち、先生の下半身をひとりで支えるんだ。甚吉とおれは二人がかりで上半身を持つ。いいか、そっとだぜ。せっかく先生が機嫌よく寐《やす》んでいらっしゃるのに、それを妨げたりしては門弟としての面目がない……」

小声で言いながら、おれは先生の上半身を抉《こ》じ起し、右手で先生の肩を、左手で背中を支える。甚吉もおれにならった。廊下へ出ると、甚吉がふと立ち止まって、

「衛生さんよ、今夜は寒いや」

と、言った。

「先生を寝所に運び込む前に、廊下の雨戸を閉めないかい？」

これはつまり《方針を変更し、いますぐ先生を庭に抛《ほう》り出してはどうか》という意味の質問だ。甚吉はおれたち四人の中では一番気が早くて飽きっぽい。寝所まで先生を運ぶのがもういやになってしまったのだろう。おれとしても仕事を早く済ませてしまいたいと思うのは甚吉と同じである。だが、なんといっても相手がわが師だ、おまけにこの三カ月、おれたちに飯を喰わせてくださった恩人でもある。この、師にして恩人である先生を高みから固く凍《い》てついた地面に抛《ほう》り出すのは、人非人や業報人《ごつぼうにん》のやり方である。三尺下って師の影も踏まないのが弟子の心得、同じ襲うにしても布団の上での方が冷えなくてよかろう。それに布団ぐるみ縛るのだから痛くはないはず。どう考えたって寝所で襲うほうが弟子の道にかなっている。そこでおれは、

「いいや」

と、横に大きく首を振った。

「雨戸は後だ」

「衛生《もりお》さんは心が優しいな」

甚吉はこう呟いてまた歩きだした。

寝所には布団の支度が出来ていた。が、細引《ほそびき》の端が畳へはみ出しているのがちらと目に入ったので、それが先生に見つからぬようにしながら布団に接近した。万事に気のつく重太にしては拙《つたな》い仕掛けぶりである。大仕事なので頭に血がのぼり、いつもの細心さをなくしちまったのだろう、とおれは思った。先生を横にして置き、掛布団をまず一枚かけた。次に敷布団の下に通してある細引の端をそっと引き、それを向いの者に手渡し、ついでに向うのを受け取った。おれの相方《あいかた》は甚吉だ。甚吉の顔面はさすがに蒼白で、挙措はいらいらするほど硬い。もっとも、主君に背《そむ》くのが大《たい》逆ならばこれはさしずめ中《ちゅう》逆罪である。硬くならない方がよっぽどおかしいだろう。おれの手なぞは瘧《おこり》を病んだみたいにぶるぶる震え、危く細引の端を落してしまいそうになったぐらいだ。

交差させた細引の上にまた布団を掛け、用意は残らず整った。四人が気を揃《そろ》えて力いっぱい細引を引っ張れば、胸部と大腿部を布団ぐるみ縛られ、先生は身動きひとつできなくなるだろう。あとは、

「金子少々と大砲を一門無心いたします」

と、凄味をきかせれば仕事はおしまいだ。

まず真向いの甚吉、次に先生の大腿部を縛る役目の重太と茂松を見る。三人とも、

「こっちはいつでもいいぞ」

と、目顔でおれに告げていた。

おれは声は発せず口だけを大きく「一、二の三、せーの」と動かしながら、渾身《こんしん》の力で細引を引いた。その刹那はどういうわけか目をつむってしまった。住み込みの弟子に団体で裏切られたと知って歪むであろう先生の顔を見るのは辛い、と咄嗟に思ったからかもしれない。

しばらくなんの物音も叫び声もしなかった。するはずのものがしないのは不気味で怕《こわ》い。胸部を縛るはずの細引の位置が引いたはずみにひょっとしたら少しずれて、先生の首を締めてしまったのではないか。

こわごわ目を見開くと、おれたちが縛っていたのは掛《かけ》と敷《しき》の布団の二枚だけ、その間に挟まって歪《ゆが》んでいなくてはならない先生の顔がない。顔がないぐらいだからむろん胴体もなかった。

「お、おい、先生が消えてしまったぜ」

と、おれは言ったつもりだが、口の周囲《まわり》の筋肉が引き攣《つ》っている上に口の中は旱《ひでり》のときの畠よろしくからからに干上っているから、言葉にはならない。ひゅうひゅうと息が鳴っただけだった。

重太たちはおれのこのひゅうひゅうで目をあけた。三人ともおれと同じようにその刹那に目をつむってしまったのだ。口が引き攣るのもおれと同様らしく、三人とも目を剝いてしばらくの間はひゅうひゅうの囀《さえず》りっこをするだけである。

「どう考えても変だ」

咽喉の奥から唾を吸い上げ、それで口の中を充分に湿らせてから、おれはようやく言葉らしい言葉を口から出した。

「たしかに先生を敷布団の上に置いたはずだぜ。目をつむっていたのは三呼吸か四呼吸するぐらいの僅かな間だ。なのにいったいどうしたというんだ？」

「……夢を見てるのかね」

と、甚吉が細引を離し、その手でしきりに膝を抓《つね》っている。

「夢ではないぞ」

枕許にめぐらせた三ツ折の屏風の向うで聞き憶えのある声がした。

「おまえたちの目の閉じられていた、その数呼吸の間に、布団から抜け出したまでのはなしだ」

しゃりっと鞘から刀を抜く音がして、褌《ふんどし》をつけただけであとは丸裸の先生が、脇差の抜身《ぬきみ》をぶらさげて屏風《びょうぶ》のうしろから出てきた。

「直心影流の免許目録のうちに《蛇の脱けがら》というのがある。敵に気付かれないように帯を緩められるだけ緩めておき、いざというときに帯も着衣もすべて捨ててするりと脱け出す、つまりわたしがたったいまやって見せたのがそれだよ」

「じゃ、先生は本当は強いんじゃありませんか」

重太たちと一緒に部屋の隅に後退し、そこでがたがた震えていたおれがこう訊くと、先生は微かにふんと鼻を鳴らした。

「わたしがまだ中根常陸介芳信と名乗っていたころ、男谷道場の四天王だとか八剣士だとかいわれていたことがある。わたしが講武所の教授方になるずっと前のことだが、そのころはまあ使える部類に入っていたかもしれない」

するとやはり、書庫の埃《ほこり》の中に放置してあったあの巻物『直心影流奥義』は、先生が、男谷下総守信友から伝授されたものだったのか。

それにしても相手が巨《おお》きすぎた。講武所の元教授方ではおれたちの四人や五人集《たか》ったところで勝てるわけがない。たとえば蟻が四匹で象を一頭生け捕ろうとするようなもの、あるいは小鰯が巨鯨を呑もうというようなもの、無謀という言葉はまだ生やさしい、これは無茶、滅茶苦茶である。

「そんなに強いんなら、日頃から強いように振舞ってくださいよ」

甚吉がいまにも泣き出しそうな声で言った。

「なのに弱いふりをするなんてのは狡いや。これじゃあまるでおれたちは騙《かた》りに引っ掛ったようなものじゃないですか」

「だまれ」

先生は脇差の切先を甚吉の眉間に突きつけた。

「何が狙いでわたしを縛ろうとしたのだ？」

日頃の先生とは思えないほど声に凛《りん》とした響きがある。このままでは甚吉はもとより、おれたち全員斬られてしまう。なんとかしなくてはならない。

「せ、先生は寐《ね》相《ぞう》が悪い。ですから布団があさっての方へ行かないよう、細引で布団ごと縛ろうと思ったんです」

おれは咄嗟《とっさ》に思いついたことを喋りたてた。

「つ、つまりお風邪を召さぬようにという、これは心くばりで……」

「衛生《もりお》、どうせならもっとましな嘘をついたらどうだ」

　脇差の切先がこんどはおれの鼻の先へまわってきた。

「どうせわたしはついでに生きているようなものだ。意気がって言うのではないが、おまえたちの理由次第では命の半分ぐらいはつかわしてやってもよい。だが嘘は許さん」

「じ、じつはなにもかも将軍様のお恨みを晴らそうと仕組んだことで……」

　目の前の切先がぴくりと動いた。

「将軍様のお恨みを晴らすだと？」

「そ、そうです」

「たしかにわたしの身分は旗本、お上からは少くない封禄を頂戴している。世を拗《す》ねての芸事三昧でその封禄《ほうろく》を空しく費《つい》やしているのも事実だが、それでお上から恨みを買っているとはとても思えぬ。少くないとはいってもたかだか千二百石だ」

「将軍様が先生を恨んでいるというわけではないんです」

「それはそうだろうな」

「将軍様のお恨みを晴らすために、先生が手文庫に仕舞っておいでのお金を少々と、物置に放り込んでおいでの木製大砲が要るんですよ。それで先生は弱そうだから縛り上げて、戴いて行こうか、となったわけで……」

「鉦《かね》と太鼓《たいこ》ならわかるが、金と大砲の組合せでは見当がつかん」

「これからその理由《わけ》を申します。ですから先生その前に、わたしの鼻の先にある物騒なやつを元の鞘に納めてはいただけませんか」

　おれは寄り目になって脇差の切先《きっさき》を見ながら言った。

「切先がちらちらしてどうも落ち着かないんですよ。それに先生、いつまでも褌《ふんどし》一貫じゃあお風邪をお召しになりますよ」

　先生は苦笑しながら、おれたちが細引で縛った敷布団と掛布団との間から着物を引き出し、それを羽織った。ただし寸刻も脇差を軀の近くからは離さない。先生はおれたちに対する警戒をまだ完全には解いていないらしかった。

「先生は、慶喜様が一昨々日《さきおととい》、京の二条城で将軍の位からお退《の》きになる、とおっしゃったことを御存知ですか」

　先生が帯をしめるのを待って、おれは訊いてみた。

「そのことで、今日の午《ひる》あたりから、江戸はお粥《かゆ》の大鍋を引っくり返したような騒ぎになっていますが……」

「それなら知っている。清元の稽古に来た娘っ子たちがさかんに噂をしていたようだ。おかげで今日はちっとも稽古にならなかった」

　稽古にならなかったは少し気楽すぎる。先生は将軍様の直参、つまり直属の臣ではないか。主君の身に一大事が起っているというのに、稽古にならなかったはないだろう。

「おれたち、先生とはちがい直参のはしくれにつらなる微禄《びろく》者ですが、それでも口惜しくて居ても立ってもいられません」

うんと皮肉をきかせた調子で、おれは先生に言ってやった。

「とりわけ慶喜様の御胸中を思いますと、もうなんといっていいか……」

おれの背後で重太たちが啜《すす》り上げはじめた。そこでこっちはその啜り上げの鼻三味線の下座《げざ》に乗って、薩長憎し公家うらめしし、とうたいあげた。

「ここまで将軍様を追いつめたのは薩摩の芋侍どもです。それから長州の田吾作侍に京の馬鹿公家どもです。もうおれたち黙っちゃいられない。なにがなんでも一矢も二矢も報いて連中に思い知らせてやらなくちゃ腹の虫が納まりません。それがせめてもの将軍様への恩返し、言葉をかえれば将軍様への忠……」

「なるほど、それで大砲が要《い》るというわけか」

「そうです。品川や横浜には、薩摩芋船がのべつまくなしに出入りしているそうですから、一発喰《くら》わせてやります。先生から無断で頂戴しようと思った金子は、その軍資金で……」

「おまえたちの企てを強いて制《と》めようというつもりはないが、少し頭を冷やして考えた方がいいのではないか」

先生は立って枕許の屏風の向うへ入りながら言った。すぐにぱちんと抜身《ぬきみ》の脇差の鞘に納まる音がした。おれの話で、警戒を解いたのだろう。

「世の中というやつは芝居小屋の回り舞台のようなものだ。そして時の流れは狂言の筋立てといったところだろう」

屏風の向うから先生は再びおれたちの前に戻ってきた。抜身のかわりに今度は莨盆《たばこぼん》をぶらさげている。

「いかなる大人物でもまた徳高き聖人でも、そしておまえたちが敬愛してやまぬ慶喜様でも、筋立てが進み変り、回り舞台が左から右へまわり切ってしまえば下りなくてはならぬ。もっとも主役にからむ傍役《わき》の働き如何では、回り舞台のまわる速さを遅くすることは出来ないこともないが」

ここで先生は莨盆の火壺に煙管《きせる》をさし入れてすっぱすっぱと吸いつけた。

「だが傍役の出来が悪いと、まわる速さは物凄く、今度のような事にもなる。いずれ将軍様が舞台から下りるときがくるだろうと思っていたが、今回は下りるどころかひっくり返ってしまったね」

「傍役というのは、たとえば幕臣のおえら方のことですか？」

と、おれが訊き返すと、先生はうまそうに煙を吐きだしながら頷いて、

「上から下まで将来《さき》の見えない手合いばかりだ。わたしの知っているところでいえば講武所、つまり現在《いま》の陸軍所だが、あそこの教授方連中は将来《さき》が見えないどころか、将来《さき》に背を向けて過去《あと》ばかり見ているのだから始末が悪い。剣術のケの字も知らぬ若者でも雷銃一挺持てば直心影流の免許目録者の五人や十人と充分に拮抗《きっこう》できる世の中になってしまっているのだ、といくら説いてもわからぬのさ。剣術などもうどうでもよい、それより講武所では砲術を第一に教えるべきだ、と口をすっぱくして言ったが、かえって同僚の教授方連中の反感を買うばかり。ついには『講武所創設者の男谷下総守の高弟でありながら剣術無用を唱えるとは不届千万《ふとどきせんばん》』という理由で体よく追われてしまった」

陸軍所入所試験の面接吟味で『師は塚原鬼伝、道場は九段中坂の鬼兵舘』と答えたとき、居合せた教授方の表情が申し合せたように硬くなったわけをおれはこのときようやく得心した。おれたち四人がそろって落第したのは、技倆《うで》がまるで駄目ということのほかに、やはり『異端者の門弟』なる最悪の格付けがなされたからではないのか。

「……噂によると、この九月、土佐藩の脱藩者で坂本龍馬という者が長崎で、雷銃を千三百挺購入したそうだ。いいか、舞台はそういう将来《さき》の見える者たちの出番になっているのだよ。そしてしかも、どうやらその坂本龍馬あたりが、今度の慶喜様ご退位の筋書をものした作者らしい。つまり龍馬が自分の元の藩主の山内侯に『事態を収拾するには将軍退位、大政の奉還しかない。それを将軍に殿様からおすすめになってはどうか』と進言したのだという。将来《さき》を読み抜いて長崎で鉄砲を買いつけ、その足で自分が脱藩したところの藩主に逢って堂々と天下の政事について説く、こんな自由闊達な人物が幕閣にいるか。いないだろう？　老中は『対客日《たいきやくび》』でなければ陳情や意見具申は聞かぬとか、奉行や目付が老中を呼ぶにはきっと官名に『殿』をつけろとか、そんな旧来の作法ばかり重んじて、お互いに縛り縛られて嬉しがっている連中ばかりだ。薩長に一矢報いるのは結構だが、相手は幕閣の薄のろではないのだ。もっとずっと身が軽く分別も上々の相手ばかりさ。せっかく射た矢が届けばいいが、なかなか当るまいよ」

「あの連中の肩を持つのはもういい加減にしてください」

とうとう辛抱しかねて、おれは先生に咬《か》みついた。

「それにおれたちは先生とちがう、特別なんだ」

「わたしは将軍様の尿筒役です。あのお方のお小水《しっこ》を摂《と》るために生れてきたんです。将軍様が将軍様じゃなくなられたら、こうして寐《ね》る間も肌身離さずに持っている尿筒はどうなるんですか」

腰に差してある四本の尿筒のうちの一本を抜き、おれはそれを頭上でぐるぐると振りまわした。

「これをどうしてくれるんですか」

「おれだって衛生《もりお》さんと同じこった」

甚吉も双肌ぬいで、先生に自分の胸毛を示してみせた。

「躰中《からだ》に熊みたいにバリバリと毛が生えているでしょうが。将軍様の月代が剃りたいばっかりに自分の躰を稽古台にしてぞりぞりやっているうちにいつの間にかこんな剛《こわ》い毛になってしまったんだ。将軍様が居なくなったら、まったくの剃り損だ。両国の見世物小屋で髪結之職という親代の因果が子に報いたる、熊毛を生やかしましたる人間でござーい、とやるしかなくなっちまうじゃないですか！」

先生がなにか言おうとして口を開きかけたが、その前に重太が先手をとっていた。

「あたしも衛生さんや甚吉さんと思いは同じです。将軍様の御足許へ御草履を投げ揃えてさしあげる、一生に一度でいいからそれをやってみたいんです」

重太は厠《かわや》に入るときでも持ち歩いている稽古用の草履を一足、すばやく懐《ふところ》から抜き出し床の間めがけて投げつけた。草履は番鳥《つがいどり》のように互いに前後してもつれ合いながら宙を飛び、燭台《しょくだい》の灯皿の上をかすめて床の間の水盤の前に舞い降りた。草履の左と右は物指しででも計ったようにきっちりと並んでいる。それを見届けてから重太が言った。

「いまのは吉日などに投げ用いる『偕老同穴番結《つがい》び』です。しかし先生、将軍様というものがこの世から消え失せてしまったら、こんな芸当、何の役にも立ちません。だから、将軍様を退位させようとする連中はみな仇です」

「そうだとも。龍馬だろうが龍虎だろうが容赦はしねえ」

今度は茂松がもっさりと部屋の隅へ立ち、そこに置いてあった長い大櫃《おおひつ》を軽々と頭上にさしあげた。

「おれは背丈が足りないから御駕籠を担がせてもらえないかもしれないが、せめて御成《おなり》道中の茶弁当持ぐらいにはなりたい。それも出来ないような世の中になったら、先生、おれは生きてはいないぜ」

「わかった」

先生はとうとう笑い出した。

「まあ、やりたいことをやってみるがいい。おまえたちの打ち出す大砲の玉の一発や二発では、回り舞台は逆にはまわせないだろうがね……」

「龍馬とかいう野郎も人間ならこっちも人間だ。やつがまわした分だけこっちも逆にまわしてみせますよ、先生」

と、おれが意気込んで言うのに重太も甚吉も大きくうんと頷いた。茂松は大櫃《おおびつ》をどしんと音をさせておろし、

「その龍馬と四ツに組んだら、おれは負けないね。揉み合う間もなく岩石落しでけりをつけてやる」

「四人ともたいした自信だ。ものを知らないのもそこまで行けば立派だ」

「おッ、先生、いやなことを言いましたね。ものを知らないとはどういう意味です？」

「いや、いいのだ、気にするな。どっちにしても、わたしのようにうじゃじゃけて生きているよりはましなのだから」

先生はぽんと煙管の火皿の灰を吐月峰《はいふき》に叩き落した。

「よし、大砲でも金でもなんでも好きなものを持っていっていい。手文庫には十四、五両入っているはずだ」

おれたちは畳に額をすりつけて、ありがとうを言った。

「そのかわり明日の朝ここを発《た》つのだ」

いやに急な話になってきた。おれたちが思わず、へ？　となり目を白黒させていると、先生はにやっと笑った。

「おまえたちとひとつ屋根の下に住んでいては夜もおちおち眠れぬ。なにしろ、またいつ縛り上げられないとも限らぬのでな」

どうやらおれたちはしめくくりに一番やり込められたようである。

第二章　横　浜

1

あくる日の朝はやく、おれたちは九段中坂の鬼兵舘を出立し、道中さしたるはなしもなく、その日の夕方近くに、横浜開港場の入口の不動山の下に着いた。

九段から横浜まで八里たらず、短い道のりだからさしたるはなしなどべつにあるわけはないのだ。ただ品川を通るときはさすがに緊張した。品川から薩摩屋敷は近い。だから『白地に、丸に十の字』の島津家の家紋を帆に描いた薩摩船の一艘や二艘は常に碇泊《ていはく》しているだろう、と踏んでいたのだが、それがまったくその気配なしで、品川は素通り。もっとも、おれたちには先生から払い下げてもらった大砲はあったものの、それにこめる弾丸がない。したがって品川沖にたとえ薩摩船が浮んでいたとしても、陸《おか》から、やーい、馬鹿だの、おーい、国府《こくぶ》くさい田舎侍だのと、届かぬのを承知の罵声の弾丸を浴びせかけるのが関の山。どっちにしろ、さしたることにはならなかっただろう。

とはいっても、途中、行き交う通行人からじろじろと珍しそうに見られるのにはまいった。なにしろ、おれたち四人の風体が我がことながら珍妙だったのだ。たとえばおれだが、左腰に五本も筒を挿している。四本は命の次に大切な尿筒で、もう一本は大砲といっしょに先生からねだった阿蘭陀《オランダ》製遠眼鏡《とおめがね》だ。一本差や二本差はそれこそどこにもいるが、五本差となると、本邦ではおれぐらいなものだろう。甚吉の旅装はさらに珍である。お盆のような形をした髪やふけを受ける毛受《けうけ》を笠がわりに頭上に載せ、背中には客が敷く尻敷板《しりしきいた》と赤銅製の鬢盥《びんだらい》を背負っているのだが、この尻敷板と鬢盥が歩くたびにぶつかりあってがんがんごんごんと騒々しい音を立てる。茂松は九段から横浜まで弱音ひとつ吐かず、筒口の直径《さしわたし》六寸五分、砲身の長さ三尺七寸、台車を含めて総目方十五貫の大砲を担ぎ通した。さすがは西丸御駕籠之者の名門の出だけある、と、これにはおれたちも舌を巻いた。本来ならこの大砲、四人で引っ張るはずだったが、前日からのみぞれ雪で往来はどこも泥濘、下手に引っ張っては大砲が泥の中に潜ってしまう惧れがあり、そこで茂松がひとりで担ぐことになったわけだ。大砲を台車ごと肩に担ぎあげ平気でのし歩く茂松の姿は、やはり傍からは奇妙なものに見えたに相違ない。おしまいに重太だが、彼は竿頭に旗をひるがえした六尺ほどの長さの竹竿を押し立てて、おれたちの先導をして歩いた。旗は晒布《さらし》を白糸で継ぎ合せたもので、その大きさは横三尺縦二尺、中央にべったりと黒墨の手形が捺《お》してある。この旗は言うまでもなくおれたち黒手組の隊旗で、手形の主は黒手組に十四両三分の軍資金と大砲と遠眼鏡を提供してくれた鬼兵舘の先生である。手形の下に墨痕鮮やかに、

『幕政再復古』

の五文字が書いてあるが、これも先生の筆だ。前夜、嫌がる先生を拝み倒して毫筆《ごうひつ》を揮《ふる》っても

らったのである。

　隊旗を先頭に泥を跳ねあげながら行進する、五本差したのや、尻敷板と鬢盥を鳴らすのや、大砲かついだのに向ってしきりに犬が吠え立てた。また町方の小役人らしい目つきの鋭いのが胡散《うさん》顔で見送っていたようだが、おれたちは悪びれることなく、八里の道を堂々と押し歩いた。ただ、六郷の渡しの近くで数人の子どもたちが、

「やあ、おにいさんたち、どこの呉服屋のお披露目《ひろめ》をやっているんだい。よう、広告紙《ひきふだ》があったらおくれ」

と、うるさく付きまとってきたのには腐った。君辱《はずか》しめらるれば臣死するとき、多年の鴻恩《こうおん》に報いるはこの秋《とき》なり、君家の楯となって反逆の薩賊を亡ぼさんと意気軒昂たるおれたち黒手組を、披露目屋に見まちがえるとは侮辱である。成人なら殴りつけてやるところだが、相手が子どもでは腹を立てるのも大人気《おとなげ》がない。知らんぷりして通り過ぎようとしたが、これがしつっこくどこまでも後についてくる。仕方がないから茶店で饅頭を奢《おご》り、やっとお引き取りいただいたが、道中で起った目ぼしい事件《こと》といえばこの一件ぐらいである。

　不動山下の茶店で小休止していると、おれは駄菓子を入れて置く箱の横に、

『横浜開港場大絵図』

と、表に刷ってある小冊子を見つけた。さっそく一部買い受け、眼前の不動山に登ることに決める。山頂から黒手組の活躍の場となるはずの横浜の地形を絵図と遠眼鏡を手引にして詳しく探ってみようと思いついたのだ。

山といっても不動山は高さがせいぜい五十尺ばかりの、丘に毛の生えたような代物だからべつに難儀はない。茶屋で喰った八十五文の、芋と鯨の煮付けでふくれた腹をこなすには手頃な高さの山である。その、羊腸の如くくねった山路《やまみち》を登りながら、おれはこう考えた。

薩長の反逆を思えば腹が立つ。君家の窮状を思えば涙が流れる。腹立ちと涙を押えて暮すのは窮屈だ。とにかく人の世はお先まっくらだ。お先のくらいのが高《こう》じると、明るいところへひっ越したくなる。どこへ越してもくらいと悟ったとき、おれたちのように、戦おうとするものが生れる……

おれの考えがここまで進展したとき、先に立っていた重太が、

「すごい眺めだ！　まるで箱庭を見ているようですよ」

と、大声で叫んだ。もはや山頂へ達したようである。おれは速足になり、重太との距離を一気にちぢめ、頂上に立った。

不動山は海に突き出しているらしく、その天辺《てっぺん》からあたりを眺めおろしたおれは、まるで大船の帆柱の最上部に居るような錯覚に捉われた。前方と左右は初冬の夕陽に照らされて蜜柑色に輝く海である。波が山頂からは縮緬《ちりめん》の皺《しわ》のように見え、その皺のひとつひとつが夕陽を映してきらきら光っていた。その皺の上に三本柱の黒船がざっと数えて十四、五艘、いずれも申し合せたように舳先《へさき》をずっと右手の陸《おか》へむけて凝《じっ》としている。

中に三艘ばかり、帆柱は二本だが、その二本の帆柱の間に、黒くて長くて、おまけに太い煙出し筒を立てている船があった。おそらくあれが帆と、蒸気機関《からくり》というやつとの二本立てで走る最新鋭の飛脚船だろう。飛脚船のことは江戸でも噂になっていて、おれもその噂を小耳にはさんで

いたから、一目見ただけでぴんときたのだ。

その黒船と不動山のちょうど中間あたりの海面には和船が二十艘以上、互いに寄り添うようにして浮んでいる。遠眼鏡で帆柱の上の藩旗を見ると、丸に武田菱の松前船、竹に雀の仙台船、杏葉牡丹の弘前船、月丸扇の秋田船、丸に三つ葉葵の福井船、丸に万字《まんじ》の徳島船など、その藩籍はさまざまである。いずれも千五百石から二千石級の大船だが、それが黒船の前ではいかにも小さく見える。和船の中には丸に十の字のおはらはァ薩摩船もいたが、不動山からそこまでは、三、四丁はたっぷりあるようだ。したがって小舟を雇って大砲を積み海上を接近して砲撃する他はないだろう……

「衛生《もりお》さんよ、陸《おか》と和船のかたまっているあたりとの間に大きな岩があるだろう。あの岩の蔭からどかん！　とやるのが一番のようだぜ」

と、おれが何を思案しているのか察したらしく、甚吉が言った。

「あの離れ岩から薩摩船までは一丁ぐらいしかないしさ、それに薩摩船の正面にあるから、狙い易い。しかも狙いがすこしぐらいそれても、他藩の船に当るおそれはあまりないぜ」

その離れ岩のことは絵図にも載っていた。深切な絵図で、岩の横に『老婆岩』と名前まで刷り込んである。言われてみればたしかにその岩は、西日に向けた背を丸め日向ぼっこをしている婆さんの上半身のように見えた。

「よし、決めたぞ」

おれは絵図の上の老婆岩をぽん！　と指で叩いた。

「薩摩船に対する天誅砲撃はあの老婆岩の蔭に小舟を隠し、その小舟に積んだ大砲から、ということにしよう」

甚吉と重太が、うむと頷いた。茂松は地面に置いた大砲に腰を下してぼんやりと実物の老婆岩を眺めている。

「おい、茂松。おまえ、いまおれが言ったことを聞いていたのか？」

「ああ」

「じゃあ、おお！　とか、やあ！　とか、うん！　とか言ったらどうなんだ。作戦計画が決まっておれたち三人の意気がわーっと盛り上っているのに、おまえにはちっとも気合いが入っていない。黒手組の士気がおまえ一人のためにぺっしゃんこだ。黒手組だからいいようなものの、これがもし京の新選組だったら腹もんだぜ」

「おれ、考えごとしてたんだけどね」

「いいんだよ、茂松。おまえの長所はその膂力《りょりょく》にある。つまり、考えごとはおれたちに委せて、おまえは力の要るときにうんと踏んばってくれればいいんだよ」

「だけどもさ、衛生ちゃん。老婆岩から薩摩船を射つのはいいが、弾丸はどうするんだね？」

「手に入れるさ」

「どこでだい？」

「そりゃあこの横浜で、さ」

「で、どうやってだい？」

「なんとかして、だよ」

「その間にあの薩摩船が出て行ってしまったらどうするのかね?」

「下らないこと訊くなよ。そのときは次のを待つのさ」

「で、その次のが、今の薩摩船のように老婆石の正面に碇《いかり》を下してくれるかね」

……おれはここでぐっと詰まってしまったが、そのとき、右手の陸《おか》の方から妙な音が風に乗って聞えてきた。耳を澄ますと、その音の中にはドンドンという太鼓やピロピロピーという笛がまざっているようである。とたんにおれは知り合いの大工の息子のことを思い出した。そいつは八つか九つの頃、父親に連れられて神田祭を見物に行きいっぺんで神田囃子《ばやし》が好きになってしまった。それからは、三度々々の飯のときにも箸を持てばその箸で茶碗を叩いてテケックチン、父親の手伝いで普請場へ行けば金槌で釘の頭をッテケドンドンドンテ、湯屋へ行けば洗桶の底を太鼓に見たててドンテケドンテケテンドンドンという凝《こ》りよう。しまいには父親の家を飛び出し神田の大工のところへ住み込んで無理矢理に神田明神の氏子中《じゅう》の仲間入りを果し、本式にお囃子を習い出した。好きこそものの上手で、そいつはたちまち大工の棟梁ならぬ太鼓の棟梁。間のいいことに、ちょうどそのとき幕府に西方《あちら》流の陸軍が出来たところで、役人がその陸軍の太鼓手を探していた。そいつは太鼓の撥棒《ばちぼう》さばきを買われて御家人入り。官費で長崎へ行き、阿蘭陀流《オランダりゅう》調練太鼓術のディンストマルスだとか、ヤッパンマルスだとか、フランスマルスだとか称するものを修得し、帰ったとたんに陸軍の筆頭太鼓手。御給金五十両五人扶持というからさすがは太鼓叩き、トントン拍子とはこのことである。「倅《せがれ》を神田囃子に奪《と》られてしまった」と嘆いていた父親もいまでは左団扇《ひだりうちわ》の楽隠居でいつ行き合ってもにこにこしているが、風に乗って聞えてきたドンドンという太鼓の音色が、そいつの習ってきた西方流のものとよく似ているのだ。茂松に問いつめられて音をあげていたところだから、これは願ってもない加勢の出現である。

「そのことについては、また後でよく話そうな」

と、茂松の追撃を振り切っておいて、おれは遠眼鏡《とおめがね》の筒先を音のする方へ向けた。がしかしどこで誰がピーピードンドンやっているのか、なかなかうまくは捉えられない。おれはときどき絵図に目を落しながら、音の源《もと》を探っていた。

おれたちの立っている不動山の真正面、三十丁ほどはるかに小高い丘がある。丘の斜面は天主《てんしゅ》教《きょう》の墓地らしく、十の字の墓標が林立している。絵図にもはっきり『異人墓』と記してあるが、開港場横浜はこの異人墓から不動山までの三十丁の中にある。

異人墓から降りたところが川、その川に架してあるのが『谷丁橋』だそうだ。谷丁橋を渡ると、白壁塗りや煉瓦建てが八、九丁も続いている。まるい屋根の家がある、二階の屋根の天辺へ物干台をのっけた家もある。これだけでも変っているが、塀と窓はさらに奇体だ。塀は矢来のような造りで透《す》け透《す》けなのだ。窓もビイドロ細工でこれも透明である。塀も障子窓も外から覗かれないよう透《す》けないものがよいと思うのだが、なにしろ絵図によればそのあたり一帯が『異人商舘町』、透《す》け透《す》けが異人流なんだろう。出来ることならついでに異人も見物したいと思ったが、鬼兵舘の先生のくださった遠眼鏡はそこまでの性能《はたらき》はない。そこで筒先をゆっくりとさらに手前へ向けると、黒く高い板塀で四周をかこまれた邸が入ってくる。広さ一丁四方、広大にして威儀厳重、その勢いは四方を払っている。絵図でたしかめると『御運上所御屋舗《うんじようしよ》』とあった。さすがはおれたちの幕府、でっかいものを建ててくれた。嬉しいではないか。

遠眼鏡をかすかに左へ、つまり海の方へずらすと、二本の長い板の橋が海へ深く突き出ているのが見えた。向う側のが『東波戸場』で、手前のが『西波戸場』だそうだ。波戸場と沖の黒船との間を八丁櫓のバッテラが何艘もせわしく往来《ゆきき》している。往《ゆき》のバッテラが積んでいるのはたぶん生糸かなんかだろう。帰りバッテラは空《から》舟のようである。

筒先を運上所に戻し、またさらにわずかずつさげて行くと、つぎつぎに瓦の屋根が筒の丸い枠を通り過ぎる。絵図で確かめると、そのあたりが、商人《あきんど》の親玉江戸駿河町三井店の出見世をはじめ、江戸で名の知られた商人たちの出見世の並ぶ『本丁』らしい。

その本丁の通りを見え隠れしながら、赤い異人服の一隊が歩いているのが筒の中に入ってきた。赤服たちのほとんどはみな口になにか咥《くわ》えている。咥えているのは山吹色の金物らしい。おそらく真鍮だろう。夕陽に鈍く光っている。不動山から本丁までもはや十丁もない。筒を通してみると、すぐそこのようだ。

「はーん、ドンドンピロピロやっているのはあの赤服の異人たちだぜ」

しばらく遠眼鏡で赤服の一隊を追っていたおれは、重太たちに言った。

「煙管にしちゃあでかすぎると思ったが、あの連中の咥えてるのは西方流の横笛や尺八だ。それにしてもばかな尺八を担いでいるのがいるぜ。筒口の直径《さしわたし》が三尺もあるんだ。髭を生やしたいい大人が他所《よそ》の国へまできてあんな尺八のお化けをブワブワ鳴らして、いったいどういうつもりなんだろうね」

重太たちがぶつぶつ言いはじめた。おれがあまり長い間、遠眼鏡を一人占めにしているのが気に入らないのだろう。黒手組の統率者として、新選組にならっていえば局長としての必要から、おれは地勢や通りの配列を究めようとしているのだ。三人の不平には一切耳をかさず赤服の一隊を追う。

赤服の一隊は、本丁通りを出て海岸通に聳《ぶち》え立つ阿蘭陀領事屋敷《オランダコンスル》の向いの、洲干弁天《しゆうかん》の境内に入った。つけ加えるまでもないが、『阿蘭陀領事屋敷《コンスル》』も『洲干弁天』も絵図から教わったのだが、洲干弁天までは不動山からもう三、四丁もない。しかも、弁天の境内の端《はし》は海に落ち込み、そこから不動山の崖下までは中間に例の老婆岩があるだけで、あとは波ばかりである。波を遠眼鏡でいくら拡大してみてもやはり波だからくだらない。そこでおれは遠眼鏡を重太たちに渡し、それからは生れつき持っている目で足許の崖下を覗き込んだ。

崖の右手は小っぽけな入江である。崖の付け根にこびりつくように漁師の家が並んでいた。家の出入口から海までは二、三間しか離れていない。察するにこのあたりの海は潮の干満による差がそうはげしくはないのだろう。漁師たちの小舟は、みなその二、三間のところに引き揚げてある。なかには舟の尻っぺたを出入口の中へ引き込んでいるところもあった。「それじゃ漁に行ってくるよ」と家の中から小舟に乗って出かけるなんてなかなか粋なものだ。

絵図によると、崖の右手下のこの漁師部落を『宮ヶ崎丁』というらしい。

「ねえ、衛生《もりお》ちゃん、あの赤服の異人隊はなんのためにドンドンピロピロピローをやっているんだろうね？」

遠眼鏡を目に当てたまま、甚吉が訊いてきた。

「それに連中はどこの国の生れかね？」

そんなこと知るもんか、と答えようとしたとき、おれたちの背後で声がした。

「今日はどんたくだから楽隊をやっているんじゃないか」

振り返ると、両手に木の枯枝を抱えた男の子が立っていた。着物の襟が鼻汁や汗や手垢でてかてかに光っている。袖口も同様だ。その上、初冬というのに裸足だった。

「それにあれは英吉利《エゲレス》の楽隊だよ。おれ、楽隊の音、聞いただけで、英吉利か阿蘭陀《オランダ》か、それとも亜米利加かわかるんだ。あれは『チンクレ・チンクレ・トンクレスタ、ハヤイモンダ・ワッチユワ』という歌だよ」

「なんだい、その『狆《ちん》呉れ・狆呉れ』っていうのは？」

と、甚吉が訊くと、男の子は得意気に、

「決まってるさ。英吉利人がやるんだもの英吉利語だよ。歌の意味も知ってるぜ。運上所の裏にいるヘボン先生に教《お》せえてもらったんだ」

「ヘボン？　なんだ、そいつは？」

「亜米利加《アメリカ》人の坊さん。お医者さんもやるんだ。おれたちに亜米利加の飴もくれるよ」

「あめりかじんがあめをくれるか。下らない駄洒落だ。だいたい、亜米利加人がどうして英吉利語を知ってんだ？」

甚吉の質問に男の子はけらけらと笑って、

「英吉利人も亜米利加人も英吉利語を喋るんだよ、知らないの。でね、『チンクレ・チンクレ・トンクレスタ……』の意味は、『きらきら星よ、そなた全体何者じゃ』っていうんだ」

「……たいしたもんだ。それで、おまえがさっき言ってた『どんたく』はどういう意味だい？」

「これは阿蘭陀語だよ。七日に一遍ずつ『どんたく』って日がめぐってくるんだ。どんたくの日は、異人は絶対に働かないよ。朝、天主教のお寺でお詣りして、あとは一日中、遊んでる。だからどんたくの日の横浜はにぎやかだぜ」

おれたちは男の子の物知りぶりにすっかり魂消《たまげ》てしまい、ただ茫《ぼう》として立っていた。

「どんたくの次の日はもんたくっていうんだ。もんたくの次の日は……、えーと……」

その次は忘れたらしい。男の子はぺろっと舌を出した。

「おじいちゃんが病気で寐てるんだ。おれ、帰るよ」

手に枯枝を抱えたまま、いきなり崖を降りはじめた。おれは思わず男の子の襟を摑んだ。

「おい、危いぜ」

「だいじょうぶ。おれんちこの真下。おれ、慣れてるよ」

「真下というと宮ヶ崎丁か？」

「うん」

男の子は顎の先で、崖下の例の、舟の尻っぺたを出入口の中まで引き込んでいる家を指した。

「あれがおれんち」

そのとき、おれの頭の中に「舟」「老婆岩」「薩摩船」「天誅砲撃」「船頭雇用」「この子の父親は如何?」「どうせ」「今夜からの寐《ね》ぐら」「この子の家の隅」「借りる」「一挙両得」などの言葉が一斉にぱっと閃き、ひとつ数えるうちにそれら雑然たる言葉の群れは、以下の如く整然と一列に繋《つな》がった。

(老婆岩から薩摩船に天誅砲撃を加えるには舟が要るし、船頭も雇わなくてはならない。それをこの子の父親に頼んでみたらどうだろうか。それにおれたちは今夜からの寐るところを探している。旅籠では金がかかるが、もしもこの子の家の隅でも借りられたら、海へは近いし、高い旅籠代は浮くし、一挙両得なのだが……)

われながらいい考えである、と思った。そこでおれは男の子に言った。

「おまえの家の人はおれたちをしばらく泊めるつもりはないだろうか。むろん、金は払う。それから、おれたちのために海へ小舟を出してくれないだろうか。これにもむろんお礼はする。どうだろう、一寸、家の人に聞いて来てくれないか?」

「家には病気で寐ているおじいちゃんのほかにはおれしかいないんだ。だからおれが大将さ。それにおれ、櫓を漕ぐのもうまいんだよ」

男の子はここでにっこり笑った。

「オーケだよ」

「なんだ、大桶ってのは?」

「英吉利《エゲレス》語でハイヨイイヨヒキウケタってことさ。じゃ、おれのあとについといでよ」

男の子は崖のあちこち突出した岩をひょいひょいと伝わって、身軽に斜行しながらあっという間に崖の下に降り立った。おれたちの方は夕暮れどきの薄明りに何度も足場をたしかめながらのろのろと降りていった。

崖の下に着いたとき、茂松などは大砲を投げるように背中からおろし、膝と手を砂の上について、しばらく鞴《ふいご》のような息をしていた。

汗を拭きながら振り返ってみると、洲干《しゅうかん》弁天の境内は入江の水を一丁ほど隔ててつい目と鼻の先である。境内には赤服の異人楽隊の姿はもうなく、ただ社殿の茅葺《かやぶき》の屋根から大鴉が一羽、じっとおれたちの方を見ているだけである。

「おじいちゃん、今夜から家に客が泊るんだよ」

男の子は薄暗い家の中へ声をかけた。

「泊り賃も出してくれるんだってさ。これでまたおじいちゃんの薬が買えるね」

家というより小屋といったほうが正解かもしれない粗末な住居《すまい》である。土間と板敷が一間ずつあるだけだ。その土間も半分近くが引き込んだ小舟の舟尾で占領されている。今夜からおれたちは多分、土間に筵《むしろ》でものべて横になることになるだろう。

板敷の方に、骨と皮の老人が煎餅布団にくるまって寐ていた。

「鉄之助、洩れそうじゃ」

老人は踵《かかと》でどたっと一回板敷の床を鳴らした。

「早く土瓶を当てがってくれ」

うん、と頷いて戸外《おもて》に飛び出そうとする男の子を押しとどめながら、おれは訊《き》いた。

「おじいちゃんは小用を足したがっているのだろう?」

「うん。それ用の土瓶は外に出してあるんだ」

「おれが居合せているときは土瓶をとりに外へ出ることはないぜ」

言ったときはもうおれは腰の四本の尿筒《しとづつ》を抜き、それを一本に繋《つな》いでいた。板敷に上って布団の裾から、当て口の筒をさしこみ、見当をつけて老人のものに、つと嵌《は》め込む。これは一度でうまく行った。われながらほれぼれするほどの仕事ぶりである。

土間の板壁に手ごろな破れ穴のあるのも、むろん計算に入れてある。その破れ穴から尿筒の流し口を外へ突き出しながら、おれは老人の耳に囁いた。

「おじいちゃん、心ゆくまで出し切ってください。わたしは将軍家公人朝夕人《くにんちようじやくにん》竹組、土田衛生《もりお》です」

流し口から小水の滴り落ちる音がしばらく続き、やがてそれが熄《や》んだ。当て口をぴっぴっぴっと軽く振って水気を切って、おれは尿筒を引き抜いた。

「……久し振りにいい小便をさせてもらいましたわ」

顔の無数の皺がゆっくりと動いて老人は笑顔になった。

「それにしても汚いところへよくおいでくださったな」

2

あくる日の朝、鉄之助が釣ってきた烏賊《いか》の刺身で飯にしてから、おれたちは本丁大通の口入れ屋へ行った。

　髪結床を志望した甚吉は太田丁の床見世に、そして力仕事ならなんでもいいと申し出た茂松は黒船へ積み込む飲料《のみりよう》の清水運びに、すんなりと話がまとまって、口入れ屋からさっそく仕事先へ飛び出して行った。

　おれと重太は花火屋志望だからなかなかまとまらない。横浜には花火屋がすくないのだろうか。

「どうしても花火屋でないとだめなのかね?」

　厚い帖面を二冊めくり終えてから、口入れ屋の番頭がおれに訊いた。

「求人申込控え帳のどこを探しても花火屋からのものはないんだがね。バッテラの漕ぎ手、異人商館の掃除人、異人商家の賄《まかない》人見習、阿蘭陀《オランダ》船大工作場の雑用人、条件のいいのが他にもずいぶんある。こっちに志望替えしたらどうだ?」

「いや、花火屋でないと困ります」

　と、おれは言下に言った。

「もうひと骨折りねがいます」

　番頭は舌打を連発して、

「しかし、どうしてそう花火屋にこだわるんだい?」

　薩摩船に打ち込む大砲の玉を作るためにいい火薬の知識を仕込みたい、というのがこっちの本音《ほんね》だ。甚吉と茂松の二人は特技を生かして四人分の喰扶持《くいぶち》を稼ぎ、おれと重太は先生から頂戴した金子を資金に火薬玉を造る、おれたちは前の夜おそくまでかかって活動方針をそう決めたのだ。だが、これは黒手組の極秘事項に属するから、口入れ屋の番頭などにそうやすやすと打ち明けることはならぬ。そこで、

「死んだ両親の遺言でして……」

と、ごまかした。

「ふん、まったくくだらぬ遺言だ」

番頭は脹《ふく》れっ面《つら》になって三冊目の控え帳と取り組みはじめた。

おれと重太は退屈しのぎに障子を細く開けて、往来へ目をやった。口入れ屋の真向いが砂糖屋で店の中には樽が山のように積んである。店先では赤髭の異人が煙管の親方のように太いのを咥《くわ》えて番頭相手に、ペケペケノサラッパアというようなことを喋っている。番頭も異人言葉で、チィパアチィパアとやり返す。なにを言い合っているのかわからないが、眺めているだけでも飽きがこない。

砂糖屋の右隣りは毛物《けもの》屋である。店の内部《なか》は暗くてよく見えないが、様ざまな鳥や毛物の鳴き声や吠え声、そして唸《うな》り声などがしている。鉄鎖の音もしているが、たぶん洋犬の大犬でも繋いでいるのだろう。そのうちに耳をつんざくような鳥の断末魔の悲鳴がし、間もなく、異人の男女が店から出て来た。異人男は鞍馬山の天狗鼻で、左手にぐったりとなった合鴨《あいがも》をぶら下げている。今しがたの悲鳴は彼《か》の合鴨の今生《こんじよう》の別れの声だったのだろう。異人女は予想していたよりも器量がいい。ぷわっとふくらんだ長袴《ながばかま》でしゃなりしゃなりと歩いて行く。その右腕は異人男の左腕と組み合されているが、真昼間からでれつくとは全く垢《あか》抜けのしない連中である。

砂糖屋の左隣りは唐物屋《からもの》だ。店先にこうもり傘や洋燈《ランプ》や洋毛織の織物を並べている。洋毛織は赤色あれば青色紺茶もあり、また花模様のもあり、美なることこの上なし。店内の一部は書棚になっており、洋書で溢れんばかりである。書棚の前には異人が三人、和人が一人、余念なく本に読み耽っている。和人は書生のようだが、しかし本当に分って読んでいるのかしらん。

いずれにもせよ、この横浜で居ながらにして、数千里の亜米利加人男女、万里余の西洋は阿蘭陀、英吉利、仏蘭西《フランス》、波爾杜瓦爾《ポルトガル》人男女などを見物することができるとは、本邦の、そして将軍様の御威徳があまねく八方にみちておればこそである……。

そんなことを考えながらなおも漫然と唐物屋に目をやっていると、和人書生が、手にしていた洋書をいきなり懐中に捩《ね》じ込んだから、おれは思わずあッと言ってしまった。御威徳あまねく八方にみちるこの国に生をうけていながら、万引するとは情けない。異人に見られたら恥かしいではないか。

おれと重太が書生をとっ捕まえようと立ち上ったとき、口入れ屋の番頭が、

「おお！　花火屋の求人が一件あったぞ」

と、控え帳を手でばしんばしん叩いた。

「花火師見習一、二名。宿舎完備せるも通住み勝手。危険手当多額。委細面談。吉田新田・中村川沿い、花火師花玉屋徳兵衛。……半年前の求人申込みだが、抹消していないところを見ると、求職人が一人もあらわれなかったのだろう。行ってみればなんとかなるかもしれないよ」

「番頭さん、その前にちょっと唐物屋へ……」

おれは通りの向う側を指さして言った。

「すぐ戻ってきますが」

「いい加減にしろ！」

番頭は今度は控え帳を机に叩きつけた。

「この忙しいのに、花火屋でなきゃだめだと手古摺《てこず》らせておいて、その花火屋を苦労して見つけてやれば、唐物屋がいいと吐《ぬ》かす」

「いや唐物屋に勤めたいというんじゃないんです。ただちょっと……」

「待てないよ。こっちは数をこなすことで商いが成り立っているんだ。さあ、最後にもう一度聞くぜ。この花玉屋へ行くのか行かないのか？」

「行きますよ」

「ではすぐに添え状を書いてやる。そこを動かずに待っていろ！」

……番頭から添え状を受け取って外へ出たときには、さっきの万引書生、むろん影も形もなかった。

本丁から太田丁へ抜け、それから中村川に架かる吉田橋を渡り、目ざす吉田新田に入ってからも、おれはどういうわけか、さっきの万引書生のことが気になって仕方がなかった。

中村川に沿って歩いて行くとやがて人家が疎らになり、そのかわり田んぼが目につきだした。またしばらく行くと小さな稲荷様の社が見えてきた。稲荷様の周りは平地で人家が二、三軒建っている。

「……そのうちの一軒が花玉屋だからすぐわかる」

と、番頭が言っていたのを思い出し、表札をあたると、たしかに、長屋のような造りの一軒の入口に『花玉屋徳兵衛』と記した木札がぶら下っていた。森閑《しんかん》たるもので物音ひとつしない。あんまり盛《さか》っていない花火屋のようである。そうっと前庭へ入って行くと、どこからか痩せこけた鶏が寄ってきて、ココ、ココと二声啼いた。いかにも「花玉屋はココ、ココだよ」と告げているようで、おれは重太と顔を見合せてにやっとした。

庭の隅に小屋がひとつ建っていた。その横には、半焼けの材木が雨ざらしにして積んである。庭の真中にも焼けて表面が黒くなった石が四個放置してあった。石の配置を見るに、どうやら土台石のようだ。するとその四つの石の上にかつてなんか建っていたということか。そしてそれが焼けたのだろう。半焼けの材木はそのときの焼け残りにちがいない。

「……衛生《もりお》さん、人がいますよ」

重太がおれの袖を引き、顎を建物の勝手口へしゃくってみせた。見ると十五、六の小娘がおれたちに横顔を見せながら、手仕事に没頭しているところだった。色が白くて切れ長の目の、なかなか結構な器量よしである。

「本丁の口入れ屋の添え状を持ってまいった者です。家の方はどなたかいらっしゃいますか？」

おれの声はそう小さくはないのだが、娘は顔を上げさえもしない。小刀を巧みに使って、ごくごく方三、四寸の薄い板を蕎麦切り職人のように切っている。楊枝《ようじ》を作っているらしい。

「ご主人の徳兵衛さんはご在宅ですか？」

さらに声を張り上げてみたが、娘の手の動きは一向に止《や》まぬ。新しい使用人が来たと見てお高くとまっているのだな、とおれは思った。姫みずから下賤な男どもに声をかけることはないというんだろう。内職に楊枝削りなんかしているくせになにが姫君だ、人をばかにしやがって、と心の中でしきりに毒づいていると、

「お菊は耳が聞えないんです。話しかけても無駄ですよ」

と、背後で声がして、四十半ばぐらいの、品のよさそうなおばさんが勝手口へ入ってきた。

「今年の五月に火薬小屋が爆発しましてね、わたしは留守にしていましたからなんともなかったのですけれど、庭にいたお菊は耳をやられてしまいました」

おれの推察は適中したようである。あの土台石はその火薬小屋のものだったのだ。

「これからが娘盛りだというのに不憫《ふびん》な子です。わたしが代ってやりたかった……」

おばさんはお菊という娘の向いに坐った。そして手に持っていた乳鉢《にゅうばち》を娘と自分の間《あい》に置いた。乳鉢には黒い粘土のようなものが入っている。おばさんはその粘土のようなやつをちょっぴり千切っては指先でまるめ丸薬の粒のようにし、お菊さんの削っていた楊枝の先に突きさした。それで一丁出来上りで、傍《かたわら》の板にそれをそっと置いて、また丸薬つくりを始める。

お菊さんは母親の挙措《きょそ》や目線の方向から、おれたちの居るのを知ったのだろう、こっちへ躰《からだ》を向けてお辞儀をした。横顔でも器量よしだったが、正面を切るとさっきの二層倍もきれいである。これは言ってみれば当然で、横顔で一層倍、正面を切ると一層倍の横顔がふたつだから二層倍となる

わけだ。おれは、重太といっしょに娘に会釈を返しながら、いましがた毒づいたことを大いに恥じた。

「ところでなにかご用でしょうか？」

と、おばさんがその小人国のたんぽ槍みたいなものをこしらえながら訊いてきた。おれは口入れ屋から貰ってきた添え状をおばさんの膝の近くへ丁寧に差し出した。

「こちらで見習人を求めておられると口入れ屋で聞いてまいりました。じつは或る重大な理由《わけ》があって花火を研究したいのです。本来ならその理由《わけ》もお話ししなければならないのでしょうが、これはご勘弁ねがいます」

おばさんはあっけにとられたようにおれの顔を見つめている。

「もうひとつ、勝手ですが、そう長い間お世話になるということはできないかもしれません。そのかわりと言ってはなんですが、決して骨惜しみはいたしません。食べるあてもありますので、二人で一人分の見習給金で充分です」

「ちょっと待ってくださいな」

おばさんはおれたちの方へ向き直った。

「あなた方、なにか勘ちがいをしてらっしゃいます。わたくしは口入れ屋へ求人を頼んだ憶えはありませんよ。それに……」

おばさんは急に落した口調になって、

「うちはもう花火はやめました」

「でも、その、いま作ってらっしゃる小人国のたんぽ槍のようなものは線香花火でしょう。さっきから焔硝《えんしょう》の匂いがしていたので、わたしにもそれくらいの見当はつきますよ」

「いいえ、これは燐寸《マッチ》というものです」

「……まっち?」

「ええ、火打石と硫黄の付け木をひとつに合せたようなもの。線香花火なら雁皮紙《がんぴし》で火薬を巻いて作るはずですよ。燐寸はまるで別です。練った火薬を、この泥柳《どろやなぎ》でこしらえた軸木の先につけ、それを乾すんです」

　異人が火を起すとき燐寸と称するものを用いるということは耳学問で知ってはいたが、実物を見るのは初めてである。おれと重太は板の間に上り込んで、小人国のたんぽ槍に目を近づけた。

「……これは同じ燐寸でも特別に新しいやり方のもので、火を付けるときは頭薬《あたまぐすり》をすり紙にこすりつけるんですよ」

　おばさんは戸棚から、別の燐寸の軸木と、膏薬《こうやく》ほどの大きさの紙を持ち出してきて、おれたちの前に置いた。こわごわ手を触れてみると軸木の先の丸薬粒のような火薬はこちんこちんに固い。紙には赤いような黒いような薬が塗ってあってざらざらしている。

「この紙は赤燐《せきりん》と水銀《みずがね》と珪砂をにかわで溶いたものを塗ったのです……」

　いきなりおばさんは、軸木の頭を紙の上でこすった。するとしゅっと面妖な音がして軸木の先に直径《さしわたし》一寸ぐらいの火花が炸裂した。火花が納まるとやがて軸がめらめらと燃えだす。おれたちは火花に愕《おどろ》き一尺もとび退《の》き、あたりに立ち籠める焔硝や硫黄の匂いにくしゃみを連発した。おばさんはおれたちの様子を眺めてにこにこしながら言った。

「お菊と二人で作ったこの燐寸《マッチ》を異人商舘や黒船へ納めて、なんとか食べているところなんですよ」

「……するとこの燐寸はおばさんが考案なさったものですか?」

「まさか。主人が考えたのですよ。異人から貰い受けた燐寸をああでもないこうでもないとひねくりまわして一年もかかって作り出したのです。あの人は作り方を書きとめた覚え帳を遺していってくれましたのでね、それをそっくり真似てこしらえているだけ。女だてらに火薬いじりを、とおっしゃる方もいます。でも生きて行かなければなりませんし……」

「いま、遺していってくれましたのでね、と申されましたが、するとご主人は……?　まさか……」

「ですから火薬小屋が爆発したときに小屋の中に居合せたのです」

「で、でもなんで小屋が爆発などを……?」

「手伝いの人がうっかり塩剝《えんぽつ》を床に落してしまったのが因《もと》でした。助かった人がそれを見ていたのです」

「エンポツ……?」

「花火の音を大きくする薬ですよ。この薬は、下駄で一寸踏んでも爆発するほど敏感らしいのですよ」

聞いているうちに背筋がぞくぞくしてきた。

「そ、そのエンポツという火薬、まだこちらのどこかにあるんですか?」

「もうありませんよ。わたしなんかにはとても扱い切れませんものね」

背筋のぞくぞくがすぐに消え失せた。

「口入れ屋に求人なさったのはご主人でしょうから、ご主人の亡くなられたいまとなってはない話も同然ですが、でも、その燐寸つくりを手伝わせていただけませんか？」

「それは構いませんよ。異人商館や黒船からの註文の半分は断わっているぐらいですから。でも、花火を研究なさるためにいらっしゃったんでしょう？」

「ご主人の覚え帳を見せていただければなんとかひとりでやってみます」

おばさんはしばらく考えていた。それから、筆と紙を持ってきてさらさらとなにか書いてお菊さんに示した。お菊さんは即座に、

「お母さんのいいように」

と、答えた。これがお菊さんのはじめての言葉である。すこし間の伸びた言い方だったが、自分の言葉を自分で確かめることができないから仕方がないのだ。それに間の伸びた言い方がかえって品のいい顔立ちに適《あ》っていた。

「ひとつだけ伺っておきたいことがあります」

おばさんはきっとおれたちを見据えた。あッ、これは武家の出だな、とおれはなぜだかそのとき直感した。

「あなたがた、煙草は召上りますか？」

おれと重太が首を横に振ると、おばさんはにっこり笑って、

「では今日からでもさっそく手伝っていただきましょうか」

と、言った。

その日、つまり一日目は、おれが八十三本、重太は九十二本、小人国のたんぽ槍をこしらえた。二日目は、おれが百十六本で、重太は二百六十本。重太に百四十四本も引き離されたのは、むろんこっちが不器用で向うが器用というせいもあるが、もっと大きな理由は、おばさんが亡くなったご主人の覚え帳を三冊貸してくださったことにある。覚え帳を読むのにおれは忙しかったのだ。覚え帳の冒頭には『火薬ノ主役ハ、硝石スナハチ焔硝ト硫黄ト木炭也』と達筆で認《したた》めてあった。

三日目。おれは九十五本、重太五百六十八本。彼我の差がさらにひろがったのは、重太が手馴れてきたことと、おれの学習が一段と本格的になったことの二つの理由による。おれはこの日、覚え帳によって、糸の束に黒色火薬を糊付けしたものを導火線と称することを学んだ。花火が地上ではなく空中で炸裂することを得るのはすべてこの導火線の作用《はたらき》による。すなわち導火線がいいいい炸裂の時期を遅らせるのである。もしこれがなければすべての花火は地上で炸裂するほかはない。それでも空中で炸裂させたければ長梯子の天辺に点火人を配しておき、下からやってくる花火の、上り切ったところで間髪を入れず点火する以外にないが、梯子の天辺で、動いている花火に点火するのは神業に近く、しかも近くで炸裂するわけであるから点火人は死を覚悟しなければならぬ。こんな損な役はどんな勇み肌の鳶《とび》職も引き受けないだろう。したがって、導火線こそは花火の生命である。また、花火の皮は雁皮《がんぴ》紙を幾重にも貼り重ねて作ることも知った。さっそく帰途、本丁通の紙屋で雁皮紙を百枚買い求めた。重太は陸奥《むつ》紙を一帖買った。なんでもお菊さんと筆談するためだという。

四日目。おれ八十二本。重太四百二十本。おれのがさらに減ったのはますます研究に熱が入ったため、同じく重太の数も減っているが、これはお菊さんとの筆談に暇をとられたためである。おれはこの日、覚え帳によって、火薬に混ぜるものによって花火の色が変ることを知った。たとえば樟脳を加えれば炸裂時の火は鮮明になるという。その他食塩は黄色を出し、軽石の粉末《こな》は赤色を増し、明礬《みょうばん》を混ぜると青色を強く呈するそうである。鉄粉は閃光剤として最良で、線香花火の燦光がその鉄粉だなんてほんとにおもしろい。帰途、お菊さんと一体どんな話をしたのか、と重太を問いつめると、やつは懐中から、陸奥紙を一枚取り出しおれに示した。それには「父は麹町に住む千六百石取の旗本でしたが、花火に夢中になり、江戸五里四方所払の御仕置を受けて、横浜村外へきたのです。なにしろ、或る日、庭で打ち上げた尺五寸玉が風に流されてしまい、半蔵門の上空で炸裂したんですって。上様にもしものことがあったらどうする気だ、と大目付がかんかんだったそうよ」としとやかな筆遣いで書いてあった。お菊さんは聞くのは不自由だが答は常人と同じように出来る。口頭で答えてもらうがいい、紙がもったいないぞ、とおれは注意しておいた。なお、その陸奥紙の隅には小さく「父の花火道楽のおかげでずいぶん苦労しました。でも父を恨めしいと思ったことはありません。だって父はとても優しかったのです。そんな父と重太さんはとても似ています」と記してあった。……勝手にしやがれ、だ。

五日目。おれ五十一本、重太三百四十一本。筆談ばかりしているので重太の能率がまた落ちた。

苦々しきことである。おれのほうはこの日、小玉の入れ方についていろいろと学習した。花火はまずどかんと大きく空中で炸裂するが、あれは花火本体が火薬の力で割れたのである。そして四方八方に散ってまた小炸裂を起すのが小玉なのだ。そこでおれは小玉に油を入れておいたらさぞおもしろいだろうと考えた。薩摩船の真上で本体を炸裂させ、油の小玉を船上に落すのだ。薩摩芋の丸焼ができるぞ。快哉。

六日目。おれ五本、重太三百四十三本。いよいよ火薬の調合を始めた。小爆発にて右手に全治三日間の火傷を負う。痛哉。

七日目。おれ一本も出来ず。重太四百九十一本。

十日目。二日休んで再びこの日より火薬の調合を始める。おれ十本。重太四百八十本。重太とお菊さんはこのごろあまり筆談をしないようである。もうお互いに訊くことがなくなったのだろう。そのかわりときどき顔を見合せてにっこり笑い交したりしている。

十一日目。おれ一本もせず。なにしろ火薬の調合にかかりっ切りなのだから仕方がない。重太が燐寸を何百本仕上げようとおれの関心はもうそこにないのだ。よって以下本数の記載は省略することにする。なお、本日、おばさんに火薬代として虎の子の討薩資金の中から五両二分支払った。おばさんはどうやらおれの狙いが薩摩船に打ち込む花火作りであると察したようで、庭の小屋の隅から大きな木箱を引っぱり出し、中の紙椀を勝手に使ってくださっていいのですよ、と言ってくれた。紙椀とは花火の本体の基《もと》になるもので、二個で一組になっている。つまり紙椀二個にそれぞれ火薬を入れ、切口と切口とをぴったり合せれば丸い玉になるわけだ。あとはその上から雁皮紙を何枚も貼り重ね、玉の直径を筒口の直径に合せて行けばよい。これでずいぶん手間が省ける。おれは箱から六寸玉用の紙椀を一組選び、あとは小屋の中に戻しておいた。

十二日目。火薬の調合が終った。本体に入れる火薬は、焔硝五・桐炭粉末《やわずみ》二・鶏冠石と油に浸した小豆《あずき》を合せて一、の割合である。鶏冠石は炸裂音を強烈かつ強力にするため、また小豆は四方八方へ燃えながら散るようにするためのものだ。つまり、江戸花火の美しさを薩摩船の連中にもちょっと見せてやろうという仏心である。小玉にはたっぷり牛脂《ボウトル》が仕込んであるから、そいつが帆や甲板に落ちて火事を惹き起す。連中は焼死を免れないだろうから、いまわのきわに目に映った花火の美しさを冥土への土産にすればいいのだ。お土産まで持たせてあの世へ送り込むなぞ、おれもなかなか気のきく男だ。火薬を紙椀に入れ、小玉を八発仕込み夕刻近くにようやく一個の砲丸とした。その上から雁皮紙を貼った。

十三日目。砲丸に雁皮紙をもう一枚貼る。なお、茂松が、今日から異人商館町百八番仏蘭西《ふらんす》商人ブランド商会の専属積荷運搬人になった。波戸場での働きっぷりのよさをブランド商会の番頭に認められたものらしい。給金もこれまでよりずんといいそうだ。

十四日目。老婆岩の正面に碇《いかり》を下していた薩摩船が、今朝、横浜から出て行ってしまった。落胆しつつ、また砲丸に紙を貼った。夜、おれの元気のないのを見て甚吉が、今夜あたり太田丁の岩亀楼《がんき》へでもみんなで繰り込もうじゃないか、と誘ってくれた。おれと茂松は稼ぎがいいんだ、女の揚代ぐらいなんとか都合がつくぜ、とも言ってくれた。甚吉の友情は涙のこぼれるほどありがたいが、どうしてもその元気が出ない。それに事が成るまでは心身を清浄に保っていたいので断わった。すると今度は甚吉の方ががっくりきていた。甚吉はひょっとしたらおれをだしにして女遊びをしたかったのではないだろうか。

十五日目。砲丸に雁皮紙を貼る。

十九日目。十五日目からこの日まで砲丸に雁皮紙を貼り、乾し、また貼りを繰り返す。夕方、宮ヶ崎の仮宿へ帰ると、老婆岩の正面に、この間、横浜から姿を消したばかりのあの薩摩船がまた碇《いかり》を下していた。しかも今度は以前よりもずっと老婆岩に接近している。おそらく品川あたりへ用足しに出かけていたのだろう。天佑神助《てんゆうしんじょ》を謝しつつ、鉄之助の漕ぐ小舟で、岩から船までの距離を測ると、三十二、三間。となると砲丸を打ち出すときの火薬の量は二百五、六十匁もあれば充分だろう。気が高ぶって、あくる朝までついに一睡もできなかった。

二十日目。夕刻、砲丸と打出し用の火薬と長さ一尺の導火線を携えて帰宅したが、重太はおれの顔色から決行の間近いことを知ったのだろう、花玉屋を出るとき、お菊さんとそれとなく別れを告げたいから衛生《もりお》さんは先に帰っていてください、と言った。おれが思うに、小舟に大砲を積み込めば、漕ぎ手の鉄之助を入れて二人までが限度だ。そうなるとおれが乗るのがいちばん理に叶っているはずである。なにしろおれはいまや火薬学の通なのだ。そこで、こんどはおれがひとりでやるよりほかはなさそうだ、と答えると、やつの頬がほんの一瞬だが、ちらっとゆるんだ。現金なやつだ。

そして、二十一日目、横浜へ来て三度目のどんたくの日の朝……

3

朝飯の済むのを待って、重太、甚吉、そして茂松の前に、おれは砲丸をでんと置いた。

「みんな、硯に墨を摩《す》っておいたから、砲丸にそれぞれの手形を捺してくれ」

「や、藪から棒になんだよ」

と、砲丸から一尺以上も跳び退《の》いていた甚吉がこわごわ訊いた。

「いきなり目の前に砲丸が飛び出して来たんで冷汗かいちまったじゃないか」

「心配しないでいいんだよ。導火線に火をつけないかぎり炸裂はしない」

「で、手形を捺してどうするんだね？」

茂松はよくいえばいい度胸の持主、悪くいえば鈍感だから、平気な顔で砲丸を持ち上げた。

「あれ、結構重いもんだね」

「一貫目とちょっとある。茂松、砲丸には文字が書いてあるはずだ。ちょっと読み上げてみてくれ」

茂松は砲丸を土間に置き、ゆっくりとその外皮を改めた。

「おう、これだな。『討薩砲丸、黒手弾・壱番』か。これ衛生《もりお》さんが書いたのかい？」

「うん。今朝、夜明けと共に起きて、前の海にざんぶと入って身をきよめ、嗽《うがい》をし、それから一気に書いたものだ。それから小舟に大砲を積み、準備はすべて終えた。残る仕事はこの砲丸におまえたちの手形を貰うだけよ」

「するとやはり今日決行ですか？」

と、重太がおれの顔を覗き込んだ。おれはうむと頷き、

「江戸を発《た》って早《は》や二十日、ここらでどうしても連中に一発かませたい。そこで、甚吉に茂松、これは重太にはすでに言ってあるが、舟は小さく大砲は重い、そこで今日はおれが一人でぶっ放してくる」

「情けないこというなよ、衛生ちゃん。黒手組に抜け駆けなしだぜ」

と、甚吉がつめ寄ってきた。茂松も恨めしそうな声で、

「ほんとうに手柄のひとりじめなんて狡いや」

「でも四人一度には乗れないんだよ。老婆岩に着く前にぶくぶく沈んだらどうする？　黒手組は満天下に恥をさらすことになるぜ。みんなが行けないからこそ、砲丸に手形を捺そうといっているんだ。そうすれば躰《からだ》は行けなくとも心は砲丸に宿る。四人の心、うって一丸となるってわけだ。つまりみんな心はおれと共に砲撃に参加するのだ」

おれの声には自分でもびっくりするぐらい気合いが入っていた。甚吉たちはすっかり気圧《けお》されて、おれの用意した硯に掌をつけだした。

「ところで、今朝のうちに『砲丸行』と題する漢詩ものしたんだが……」

言いながら、おれはかねて用意の雁皮紙を懐中から取り出した。

「手形を捺しながら聞いてくれ」

「おれたちが太平楽で眠っている間に、衛生さんはずいぶんいろんなことをやってのけたものだ

なぁ」
　重太が目をまるくした。
「それに決行に当って詩をよむなんて志士そこのけだ」
「志士は将軍様の仇、すなわちおれたちにとっても敵、いやなことを言うもんじゃないぜ。ま、なんだ、砲丸貼りに使った雁皮紙が余っちまったので一寸悪戯《わるさ》をしてみただけだ」
　おれはここで咳払いをひとつしてから、朝方、一刻はたっぷりかけてまとめ上げた漢詩風の六行を音吐朗々と読み上げた。
「砲丸行。
東都より南望すれば薩賊甚し
天下それに媚びて動乱頻発す
黒手組、赫怒して今こそ立つ
即ち、砲丸を帯して煙波を行かん
我に天機と功名有りと知れど
悲しい哉、見送るは古樹の鴉のみ」
しばらく声がなかった。間がもてなくなって、おれはみんなの顔を見まわした。
「どうだ、下手だが雰囲気は出てると思わないか？　なんとかいってくれよ」
やがて、甚吉がぽつんと言った。
「わかりやすい詩だとはいえるな」

重太と茂松が、そうだそうだ人柄が出てるよ、と相槌を打った。するとおれはわかりやすい人柄か。言葉を替えれば単純てことじゃないか。なんだか馬鹿にされているような気分である。おれは四本の尿筒《しとづつ》と遠眼鏡《とおめがね》を腰から抜き、それに雁皮紙《がんぴし》を添えて、重太の手に持たせた。

「おれに若し万一のことがあったら、こいつを本所小梅町のおふくろのところへ届けてくれ」

「そ、そんな心細いこと言わないでくださいよ、衛生《もりお》さん」

「だから、万にひとつのときと言ったろ。残りの、万に九千九百九十九は戻ってくるさ」

言い捨てて砲丸を小脇に抱え外に出た。

「すこし波が立って来たよ、おにいちゃん」

小舟の上から鉄之助が叫んでいる。

「行くなら早い方がいい」

わかってるよ、と頷きながら、小舟に飛び乗ると、それを待っていたように向いの洲干《しゅうかん》弁天の境内から、どんたくの日の名物の、赤服の異人楽隊がドンドンドンのピロピロピーと西方《あちら》流の馬鹿囃子を始めた。この間、この横浜へ着いたとき、不動山の上で聞いた『チンクレ・チンクレ』よりも調子がよくて賑やかな曲のようである。

小手をかざして眺めると、この間よりも人出が多い。楽隊、その楽隊に合せて西方流の手古舞いをしている異人男女に小児、そしてそれを見物する邦人たちで境内は人溢れがしていた。

「あれはドンドンブリキズだ」

鉄之助は楽隊の調子に合せて櫓を漕いでいる。

「いま鳴っている曲のことか?」

「うん」

「どういう意味の歌だ?」

楽隊に合せて鉄之助の歌うところを聞くと、ロンドン橋落下、落下、落下。ロンドン橋落下、お姫様、という詞である。誰が翻訳したのかは知らないがくだらぬ文句だ。甚吉たちにはあまり喜ばれなかったが、おれの漢詩風六行のほうが勝ること数等である。ただし曲は佳《よ》い。ひとりでにこっちの躰《からだ》に溶け込み、心身をわくわくさせてくれる。もしもこの決死行から生還することができたら、あの漢詩風六行の最終行「悲しい哉《かな》、見送るは古樹の鴉のみ」を「楽しき哉、見送るは異人楽隊」と改作しよう、そう考えながら楽隊に合せて躰を揺すっていたら、急に小舟が右へ傾《かし》いで、危く砲丸を海水にとり落しそうになった。

「鉄之助、もっと穏やかに走らせることはできないのか」

思わずなじり口調が出た。鉄之助は異人風に肩をすくめて、

「おれのせいじゃないよ。波だよ、悪いのは」

顎《あご》で海面を指した。

たしかに入江の出口一帯にすこしうねりが出はじめてきたようである。波頭を寒風が白く蹴散らしながら通り過ぎて行く。

「おにいちゃん、なんだったら引き返そうか」

うん、そうしようか、と釣られて言いかけたが、ここはすでに敵前であると気付いて、おれは

辛くも思い止まった。それに老婆岩まではあと十間もない。そしてその三十間先には大きな獲物が浮んでいるのだ。おれは屹《きっ》と薩摩船を睨《ね》めつけながら、

「漕げ、鉄之助。漁師の子のおまえが高さ五寸ぐらいの三角波に怯えてどうする！」

と、大声をあげた。

背後の、洲干《しゅうかん》弁天の境内からはあいかわらずドンドンブリキズが聞えている。おれたちの小舟はその楽隊の音に背押し尻押しされるような感じでようやく老婆岩に着いた。

前もって打ち合せておいた通りに、鉄之助は艫綱《とも》と、舳先に結んだ綱とを持って老婆岩へ飛び移り、岩角にその二本の綱をしっかりとくくりつけた。これで小舟は前後を岩に固定させられたわけで、上下に多少の浮き沈みはあっても、左右にはほとんど揺れなくなった。

「鉄之助は砲撃の終了するまで岩の上にいるのだ」

おれは筒先から打出し火薬を注ぎ込みながら指示を与えた。

「もしも砲丸が筒内で炸裂するようなことがあっても、小舟の反対側の岩蔭に身を伏せれば命に別条はないからな」

鉄之助はこっくりをして岩の最上部にまたがりそこからおれの作業を見下している。打出し火薬を詰め終ると、今度は雁皮紙を一枚筒口に当てがっておいて砲丸を慎重に押し込んだが、このとき導火線の末端を真下に、つまり打出し火薬と雁皮紙一枚隔てて接するようにした。これは打出し火薬から貰い火をするために必要なのだ。最後に筒の後方の細穴へ導火線をさし入れる。これは打出し火薬へ火を導く仕掛である。

弾籠《たまご》めの支度をすべて終えてあとは導火線に花玉屋の燐寸で点火するだけになったところで、おれはもう一度、薩摩船に向って目を据え、筒の傾き具合を点検し、そこから飛び出して行く砲丸の弾道を頭に描いてみる。的《まと》はそう遠くはないし、十中八九狙いの外れることはないだろう、という自信が、そうやっている間にもじわじわと胸のうちに湧いてきた。なによりも、おれは私利私欲のために燐寸《マッチ》をすろうとしているのではないのだ、すべては葵《あおい》が枯れぬようにするため、将軍様のためである。きっと東照宮様がお力をお貸しくださるだろう、いや、かならずご助力くださるにちがいない。

祈念しながら油紙に包んで懐中に隠した燐寸を手探っていると、

「おーい!」

正面でだれかが呼ぶ声がした。見ると、薩摩船の船首から、五、六人、こっちへ手を振っている。三十間の隔りがあるから、顔立ちははっきりしないが、いずれも腰に二本ぶち込み、黒羽織の裾を風に遊ばせていた。

「なにか用か、芋侍ども!」

罵声で「おーい」の返礼をしてみたが、向うに届いたかどうか怪しい。届かなくてもべつにどこかが痛痒くなるわけでもなければ、届いたからといって無礼者と叩き斬られる心配もない。いくら薩摩に妖怪変化魑魅魍魎《ちみもうりょう》が揃ってるといっても、水の上を歩くことのできるような化物はいないだろう。海の上での口喧嘩は気楽でいい。

「やーい、これからその船を火事場にしてやるが、どうだ!」

すると、向うから微かに声が返ってきた。

「ほう、釣でごわすか！」

「なにをいってやがる。おまえたち大逆の薩賊どもを狙っているこの大砲が見えないのか、この節穴め！」

「ぜんたい何が釣れるのでごわすかのう！」

「薩摩揚げだ、牛脂《ボウトル》で揚げたやつがもうじきに釣れそうだ！」

「はあ?!」

「五つ数えるうちにわからせてやる！」

「なにが五匹で?!」

それ以上、通じない話を続けていると声が嗄《か》れてしまいそうだった。船尾にしゃがみ、おれは大砲の後尾から垂れさがっている導火線のそばで燐寸を思い切って擦った。火は導火線に点いた。導火線は五つ数えると打出し火薬へ達するよう計算してある。目をつむり声を出して数を数えた。ひとつ、ふたつ、そしてみっつ……を数え終らぬうちに、おれは不意に艫の舟底に押し倒された。だれかが小舟の舳先を強い力でいきなり反対へ、つまり入江に向けてえいと廻したような感じだった。倒れたまま目を開くと、ついいましがたまで左手にあったはずの不動山の白い崖が真右に変っていた。だれが小舟を廻したのだろう、とごちゃごちゃになった頭を傾《かし》げたとたん、頭のすぐ横に火柱が立ち同時に熱い音が落ちてきた。音というよりむしろそいつは物だった。おれはいま、音に両耳を殴りつけられたのだな、そういえば大砲を射とうとしていたんだっけな、とぼんやり思いながら舟底から、灰色の空を見上げていた。なぜなのか、物音ひとつしない。長いような、短いようなな、なんともいいようのない時が経った。とやがて、灰色の空に黒い大きな輪が開き、ばしん！　という炸裂音と共に数え切れないほどの橙色の火が、拡がって行く黒い輪を追うようにして、光ったり消えたりしながら散って行った。そして、これでおしまいだろうと吻《ほっ》と溜息をつきかけたとき、洲干弁天《しゅうかん》の境内と宮ヶ崎とに挟まれた小さな内海の海面の十丈ほど上で、黄色い焔が都合八つ、ぼうぼうと燃え出し、黒煙をあげつつやがて海面に落ちた。おれにはふとその黒煙が、重太や甚吉や茂松たちが砲丸の外皮に捺した黒い手形のように見えた。

おれの背後でぱちぱちとだれかが手を叩いていた。振り返ってみると、それはさっきおれと大声で通じ合わない会話《やりとり》をしていた薩摩船の連中だった。風向きが変ったのか、今度はぴんぴんと声が届いてくる。「みごとでごわしたな」「うむ、思わぬ目の保養で」「花火は関東に限る」などと賞めそやす声の中からひときわ高く、

「もう一発！　こんどは菊玉をたのむ。なにせこれからは菊が栄える時世でごわすからな」

思わず薩摩船に背を向けたが、そのとき、ふと、舳先《へさき》の綱が途中から切れているのが目に入った。たぶん岩角でこすれて切れてしまったのだろう。そこへ波が寄せて来、小舟は艫を中心にして大きく半まわりしたのだ……

「カメ！　カメ！」

だれかが洲干弁天のあたりで騒いでいる。見ると境内の波打際にも人垣が出来ていた。騒いでいるのは赤服の英吉利人《エゲレス》である。

「来い、と言っているんだよ」

老婆岩にしがみついていた鉄之助が通辞役を買って出た。

「カメというのは来いという意味なんだ」

「ハマチドリ？　ハマチドリ？」

「……浜千鳥？」

炸裂以来はじめて口をきいたのだが、自分の声がはるか遠くから聞えてくるような感じがした。

「浜千鳥じゃないよ。ハウ・マッチ・ドル、英吉利語で、お金をいくらさしあげますか、って言ってる」

「……お金？　なんでだろう？」

「きまってる。いまの花火がきれいだったからだよ」

あれは花火ではなく歴《れっき》とした砲丸だ、と口から出かかったが、言うのはやめにした。鉄之助相手に力んでみても仕方はないのだ。

4

……小春日のやさしく降り注ぐ京の二条城黒書院の庭先で、白砂利を墨のうつし絵のように隈取っている己《おの》が影を見詰めながら、おれはさっきから身じろぎもせずにじっと控えている。己が影がしばしばぼんやりと滲《し》みひろがって見えるのは、おれの眼に抑えようとしても抑え切れぬ熱い涙が溢れてくるせいだろう。

書院からはときおり凜《りん》たる御声が洩れてくる。御声の主はいうまでもなくお上《かみ》、徳川十五代慶喜様である。お上は今日、諸侯のうちのおもだった方々をこの黒書院にお集めになり、過ぐる十月十三日に所も同じこの二条城でご表明なされた大政奉還のご決意を翻《ひるがえ》そうとなさっているのだ。つまり前に奉還なされた大政をいま再び御自分の手に奪《と》り戻そうとなさっているのである。

「……祖法の死守、これぞ我が最大の責務である。天朝を敬し民百姓を愛しつつ、わたしは生命を賭して祖法を堅守する」

お上の御声にはさらなる熱と力が加わったようである。

「わたしには直参八万騎の頼うだる味方がある。もしもここに反幕勢力に与《くみ》せんと思う者あらば疾《と》く去れ。わたしはそのようなる忘恩の輩《やから》とわが八万騎をもって最後まで戦うであろう。ところでしばらくの間、失敬する……」

お上の席をお立ちになる気配がした。

「今日は心気が高ぶっているせいか、どうも小用と小用との間が近いようだ」

おれの手が素早く腰にした四本の尿筒《しとづつ》にかかり、たちまち一本三尺の四本の筒を一丈余の長筒に繋いでしまう。ひと呼吸するかしないかのうちの早業だ。

とんとんと目の前の廊下の床が鳴った。わずかに顔をあげると、目の上端《うわはし》にお上の白足袋が見えた。おれは細心の注意をしながら、お上の御着衣の前合せの間から尿筒の当て口をするりと内《な》部《か》へ滑り込ませた。お上のものは忝《かたじけな》くも直竹のごとくであらせられ、おちこちお探り申す必要もなく当て口は難なく接続を終る。すぐに筒先からの御放流がしゃわしゃわと白砂利を鳴らしはじめた。筒を捧持するおれの手が次第に温かくなってくる。

（……これがお上の御温《おんぬく》みか）

そう思うと眼頭のあたりがひとりでに熱くなり、躯《からだ》が震え出した。

「如何《いかが》いたした？」

お上の御声が頭上でした。

「なぜ震えているのだ？」

「ははっ……」

とお答え申し上げるのが精一杯で後の言葉が容易に見つからぬ。おれたち公人朝夕人《くにんちょうじゃくにん》は直参とはいえ御家人、すなわちお目見得《めみえ》以下の士であるから、お上に謁見の資格はない。よほどの事情でもあればとにかく、普段はお上の御顔をこちらから拝したてまつることは出来ぬのである。むろん、直接《じか》にお話を申しあげることなどもってのほかで、御下問などないのが普通であるから、おれはどうしていいかわからない。

「苦しゅうない、答えてみよ。おまえはなぜ震えているのだ？」

「筒を持つ手にお上の温《ぬく》みを感じ、とたんに万感胸に迫って思わず震えてしまったのでございます。震えるなど公人朝夕人としてはまことに未熟でございました。なにとぞお許しくださいますように」

「わが温《ぬく》みを感じたと？」

御放流が御滴《しずく》になった。

「おもしろいことを申す。ときに、わが声がここまで届いて来たであろう?」

「はい。ときおり御声に接する栄に浴しておりました」

「わたしの言をどう思う?」

「断々乎たる御決意に、ただただ感動いたしました」

軽く揺すって御滴を振り落してから、おれは尿筒《しとづつ》を捻《ひね》るようにして静かに引き抜いた。

「わたくしも八万騎の末尾に連なるひとり、非力にして微力ではございますが、七度《たび》生れ変るどころか、百度も生れ変ってお上の御楯となり、反幕の猪口才《ちよこざい》連からきっとお守り申しあげる決心にございます」

「その方の名はなんと申す?」

「公人朝夕人にして黒手組隊長、土田衛生《もりお》でございます」

「はて黒手組とは初めて聞くが……」

「されば、草履取の鶴巻重太、髪結之職の北小路甚吉、西丸駕籠之者の一力茂松、そしてわたくし、以上の四名で結成いたしました隊でございます。四名とも吹けば飛ぶような軽輩でございますが、お上への忠義の心は他のだれよりも厚いとひそかに自負しております。お上のよき股肱《ここう》たらん、これが唯一無二の隊則……」

「土田とやら、面《おもて》をあげよ」

「お言葉を返すようでございますが、とてもそれは……」

「目見得《めみえ》以下だからそれは出来ぬと申すのか?」

「はい」

手繰《たぐ》り寄せた尿筒を横に置き、おれは額《ひたい》を白砂利にこすりつけた。

「あまりにおそれ多く、きっとめしいてしまいましょう」

すりつけた額のすぐ前の砂利がじゃりじゃりっと鳴った。額を砂利からわずかに離しておそるおそる音のしたあたりへ視線をのばすと、そこにはお上の白足袋があった。お上が書院の縁から庭へ飛び降りられたのだ。

「土田、その方、本日ただいまより千二百石を領せよ。黒手組の他の隊員は六百石。むろん、全隊員とも目見得以上の家格を許す」

するとおれは旗本か。千二百石取りの旗本か。江戸城を布衣《ほい》を着て歩けるのか。おれは思わず膝で三尺近くも退いて、

「ありがたいことでございます」

と、申し上げた。おれの声は嗄《か》れた上、ひしゃげていた。

「まるで夢を見ているような心地がいたしまする」

「夢ではないぞ、土田」

お上が呵々とお笑いになった。

「もしも夢ならば頬を抓《つね》れば醒《さ》めるはずじゃ。よし、わたしが抓る役にまわってやろうな」

お上が御蹲《かが》みになったようである。それにしてもなんとおやさしい御心をお持ちなのであろうか。この御方のためならばこの五尺の身、焼かれようが煮られようが一寸刻みにされようが、ど

うなっても構わない、と思いながら、おれは石のように軀《からだ》を固くして待っていた。お上の御手がおれの左頬へのびて来た。

「では抓《つね》るが、よいか」

「はい。どうぞ御存分になさいませ」

　お上がおれの頬の肉を親指と人さし指でお摘みになった。お上のお力は意外に強くて、おれの首は左頬に引張られて轆轤《ろくろ》首のように伸びて行く。お上はゆっくりと力強く、おれの頬肉を捩《ね》じりあげられた。

「痛《いた》たたたた」

　不覚にもおれは悲鳴をあげてしまった。お上の御為ならば、たとえ身を一寸角、いや五分角にこま切れにされても本望であると、とっくに心を決めていたはずなのに、抓られたぐらいで、しかも抓った御方がお上だというのに、こうも容易《たやす》く弱音を吐いてしまうとはなにごとだろう。自分で自分が情けなくなり思わずおれは声を放って泣きはじめたが、そこで目が開《あ》いた。

　やはり夢だった。おれは二条城黒書院の庭でお上の御用を勤めているのではなく、横浜宮ヶ崎の鉄之助の家で煎餅布団にくるまって寐《ね》ているのだった。おれの左頬を抓ったのはお上ではなく、横に病臥している鉄之助の祖父だった。

「……衛生《もりお》さん、洩れそうじゃ」

　老人は踵でどたどたと板敷の床を叩きながら、枯枝のような腕をのばしておれの左頬を抓っている。

「小水を取っておくれ」

　おれは右手を布団の外へのばして繋《つな》いだままで置いてある尿筒《しとづつ》を摑《つか》んだ。そしてその尿筒を左に移し、当て口を老人の布団のなかに潜り込ませた。この一カ月近く、おれは何百回となく老人の小水をとっている。だから当て口はすんなりと老人のものに嵌《はま》った。嵌ったところで筒先を板敷の床より一段低い土間に常置してある古盥《ふるだらい》の上に持って行き、

「おじいちゃん、さあ、お出しよ」

と、声をかけた。老人はかすかに頷き、汚点《しみ》だらけの頰を弛ませて、満足そうな表情で目をつむった。ちょぼちょぼちょぼと小水が筒先から古盥へ落ち、その音が、板敷と土間とが一間ずつの荒壁仕立ての家のなかに長閑《のどか》に響きわたる。老人の枕許にひとつ小さな窓があるが、その窓の連子《れんじ》の隙間から陽光が五、六本、家の内部《なか》に差し込んでいた。外面《そと》は十二月の上旬にしては珍しい上天気のようだ。そういえば夢の中の黒書院の庭にも暖かい陽が差していたが。

　古盥のちょぼちょぼが熄《や》んだ。老人の小用が済んだらしい。おれは老人の布団から尿筒の当て口を抜いて、こんどは自分のものに嵌めた。じつはおれも病い持ちの身なのである。

　このあいだのどんたくの日の朝、おれは鉄之助の漕ぐ小舟に大砲を積み、老婆岩の先に碇を下していた薩摩船めがけて、直径《さしわたし》六寸五分の《討薩砲丸・黒手弾・壱番》を打ち込んだが――もっとも発射寸前に大波に襲われ、小舟が半回転したため狙いは逸《そ》れて、黒手弾は洲干《しゆうかん》弁天の上空で炸裂し、なんのことはない、どんたくの日の賑わいに興を添えただけで終ってしまった――、そのとき、波の飛沫《しぶき》を被って風邪を引き、それ以後ずうっと軀《からだ》の芯が熱っぽくて力が入らず、寐《ね》た

り起きたりの毎日が続いている。

とは言っても、幸いにここ数日、体調はすこぶるつきにいい。おれの病気で黒手組はここのところ開店休業に等しい状態だが、このへんで活動を再開しなくてはならぬ。さっきの夢にお上が登場なされたのは「黒手組よ、蹶起《けっき》せよ」という天のお告げではないのか。

そんなことを考えながら尿筒を使っていると、戸口の向うに人の気配がした。

「ごめんくださいい。土田衛生《もりお》さんはいらっしゃいますね?」

まろやかな女の声である。夕餉の菜を海へ釣りに出ていた鉄之助が戻ってきたのだろうと思って尿筒を装着したままだったおれは大いに慌てた。

「ど、どなたです?」

と、大急ぎで尿筒を外した。

「花玉屋のおばさんよ、衛生さん。入らせていただきますよ」

「ま、待ってください」

いくらなんでも小水を湛えた古盥の傍に女人を招じ入れるわけにはいかない。それに、おばさんは現在《いま》は娘のお菊さんや重太を助手に燐寸《マッチ》をこしらえて細々と竈《かまど》の煙を立てているが、数年前までは千六百石取りの旗本の奥様だったお方だ。とても粗略には扱えぬ。おれは縕袍《どてら》をきちんと着て戸外《そと》へ出た。

目の前の入江は波ひとつなく、青い玻璃紙《びーどろがみ》を敷きつめたようである。

「内部《なか》が片付いていないのです。ここでご挨拶させていただいていいですか」

「わたしは構いませんよ。でも……」

と、おばさんはおれの顔を覗《のぞ》き込むようにして見た。

「衛生さんのからだに外の風が毒にならないかしらねえ。病人のお見舞に来てあべこべにもっと病気を悪くこじらせたりさせてはたいへんですから」

「もう常人と変りませんよ」

おれはひとしきり両腕を勢いよく左右に開いたり、両膝を深く折り曲げたりしてみせた。

「ご覧の通りです」

「それならいいけれど。そうそ、これは薩摩産の黒砂糖ですよ」

おばさんはおれの手に小さな紙包みを握らせた。

「異人商館街へ燐寸を届けての帰りに本丁を歩いていたら目についたの。衛生さんの薩摩嫌いはよく知ってますよ。でも黒砂糖はとても病後にいいっていうから、我慢して召し上れ」

「ありがとう。薩摩を喰うつもりでいただきます」

おれは黒砂糖の包みを押しいただいて、懐中に捩じ込んだ。

「ところで重太は怠けてませんか」

「とんでもない。あんなによく働く人は珍しいわ。それにお菊とはとても仲好くしてくださるし……」

「仲好く、ですか?」

「そう。まるで兄妹ですよ。いや、兄妹というより、おままごとの夫婦みたい」

「夫婦……」

おれは汀《みぎわ》に流れついた流木に腰を下した。やはりすこしふらふらする。ここんとこずっと、横になってばかりいたので血が横に流れることに慣れてしまったらしい。ところがそこへ急に上下に流れることを強いられて、血の軍勢すこし混乱しているのだろう。

「今のままでいったら二人は他人《ひと》が羨むような仲になるわ。わたしにはそうなるのがはっきり目に見えるのです」

隊長のこのおれが、第一次攻撃失敗という心の傷を抱いて、しかも健康さえも損ねて逼塞《ひっそく》中だというのに、重太のやつ、ずいぶんいい気なものである。

「衛生さん、重太さんとお菊はお似合いでしょう?」

いったい現在《いま》は女にもてていいときか。おれなどはちらっと脳裏を女の姿が走るだけでも、ああ心にまだ隙があると懺悔するぐらいである。じつにたるんでいる。

「これは半分冗談のようなものだけど、わたしは二人が早く間違いを仕出かしてくれればいいと思っているほどなのですよ。間違いが出来ればのっぴきならなくなる。そうすれば花玉屋はすばらしいお婿さんを手に入れることができるわけですから」

医者よ、薬よ、鍼《はり》よ、按摩よと出銭の多い病気ぐらし、みんなが働いているのに、このおれだけが金を費いただ寐ているだけ、だから、おれは小さくなって生きていたのに、重太のやつ、大いに羽根と鼻の下をのばしていたらしい。

おれの頭の中で、あのおっちょこちょい野郎め！　という声がした。そもそも重太は黒手組の隊員である。そして黒手組にはこの横浜の沖合に碇泊する薩摩船を焼打にして、反幕勢力の気勢を殺ぎ、『王政復古』へ傾きかけた世の中を『幕政再復古』の方へ押し戻すという大望があるのだ。このひと月のあいだにおれが小耳にはさんだところでも、福井藩の中根雪江なる士《さむらい》が「幕府は兵力を以てその権威を回復すべきである」と述べて天下の支持を大いに集めたようだし、薩長合作を発起したとかいう怪しからぬやつ、土佐の脱藩ものの坂本龍馬が京河原町の宿で斬られているし、『幕政復古』の気運は巷に満ちている。ここにおいてわが黒手組が決死一番、薩摩船を痛めつけることに成功するならば、情勢は一気に幕府の有利に展開するだろう。夢で見たお上の『大政奪還』が現実《ほんとう》になるのだ。すくなくともおれはそう信じている。その大事の秋《とき》に黒手組の隊員が勤め先の娘なんぞににやにさがっていていいのか。まったく腑抜けたやつだ。

そういえば、このあいだの夜、おれはうつらうつらしながら、「年の暮れが近いんでいかり床は押しかけてくる客で毎日てんてこ舞をしていることだろうなぁ。江戸は九段坂の見世へ飛んで帰って、親方の手伝いをしてさしあげたいものだ」とぼやく甚吉の声や、また、「うん、お正月は久しぶりに家へ帰って雑煮を祝い、めでたく御慶《ぎょけい》といきてぇなぁ。なによりも、家を継いでいる妹の顔が見てぇ」とべそをかく茂松の声を聞いた。甚吉も茂松も里心がついたのにちがいない。初志を貫こうとしているのはこのおれだけじゃないか。まったく情けない連中ばかり揃っている。隊の空気はいまやまったく糜爛《びらん》している。おそらくおれの病気がいけなかったのだろう。隊長のおれが病いの床に臥したことによって、一時的にではあるが隊の行動目標が見失われ、そのことが隊員の士気の低下を招いたのだ。隊員に大急ぎで目的を与える必要があるのではないか。

おれは目を左右に転じて老婆岩の向うを見た。そこにはひと月前と同じように薩摩船が悠々と浮んでいた。

「土田、わたしはその方を頼りにしている」

入江の水を一丁ほど隔てた向岸の洲干弁天《しゆうかんべんてん》の森でなにに愕《おどろ》いたのか鴉が騒ぎ出したが、それがおれには夢の中で聞いたお上の御声に似ているように思われた。

「かならずわたしのよき股肱《ここう》となってくれよ」

わかっております、とおれは洲干弁天の森に向って心の中で言った。彼《か》の憎体《にくてい》な薩摩船をかならず焼打にいたします。薩摩船の乗員のほとんどが毎夜、横浜吉原の何某《なにがし》楼で章魚《たこ》踊をし、泊りがけの豪遊をしているのはこのあたりでは誰でも知っている事実、つまり連中はお味方すなわち幕府側に、焼打をかけてくるだけの胆ッ玉を持った者など一人もおるまいと高を括《くく》っているのです。連中のその考えが大きな間違いであることをわれら黒手組が今夜にでも知らしめてやりましよう。お上よ、ようく御覧になっていてくださいまし……。

「急に黙り込んでどうしました。やはり風に当ったのが、よくなかったようですね。気分が悪くなったのでしょう?」

花玉屋のおばさんの心配そうな声で、おれは我に帰った。

「気分が悪いどころじゃありません。大いに爽快です。ところで、おばさん、おねがいがあるのですが」

「なんでしょう?」

「重太を早引けさせてくださいませんか」

「今日、ですか？」

「はい、重太にわたしが今夜あたり焼芋会をやろう、といっていたと伝えてください。その下準備があるから早く帰って来い、と」

焼芋会とは薩摩芋どもを焼打にする、という隠語である。

「わかりました。これから帰って重太さんにすぐそう伝えておきましょう。じゃ、衛生《もりお》さん、お元気でね」

おばさんはおれにくるりと背を向けた。おれは流木から立ちあがって、その背中へ、

「おばさんもずいぶんとお達者で」

と、小さく言った。おばさんは汀《なぎさ》ぞいに野毛橋の方へ足早に去って行った。

5

家の内部《なか》に戻っておれは久し振りにきちんと袴をはいた。それから、天井裏に油紙に包んで隠しておいた三寸玉の手投げ弾を八個、戸外の日向の石の上に並べた。この手投げ弾もおれの作で、導火線に点火すれば五つ数え終ったところでどかんと炸裂する仕掛けになっている。中身の火薬は鶏冠石の割合を多くしてあるから、音だけは馬鹿に大きいはずだ。薩摩船に乗り込みざまこいつを投げて、まず音で連中の度肝を抜いてやろうという算段である。連中が寐耳《ね》に水ならぬ寐耳に炸裂音でうろたえている隙に、隊員は腰の瓢《ふくべ》の油を撒《ま》いて火を放ち、海に飛び込んで逃げる。

もしも、乗組員の人数がこっちより少なかったり、あるいはこっちより弱そうなときは、火を放たずに居直って船を拿捕《だほ》する。とまあこれが今夜のはかりごとの大要だ。

手投げ弾を並べ終えると、おれは流木に腰を下して軍資金の勘定にかかった。鬼兵舘の先生から十四両三分の寄附を受け、そこから火薬代として五両二分支出しているから残金は九両一分のはずだが、財布の中からは十両二分出てきた。差額の一両一分は横浜へ到着して以来、重太、甚吉、茂松の三人が自分の稼ぎの一部を醵金《きよきん》してくれたために出来たものである。

「あれ、衛生《もりお》にいちゃんじゃないか」

背後から声がかかったので振り返ると、鉄之助の小舟がこっちへ静かに近づいてくるところだった。

「起きたりして大丈夫かい?」

「ああ。時勢がおれに立てと命じたのだ」

「ふうん、時勢が、か」

鉄之助は小舟を汀に突っ込ませ、片手にイナダを二本ぶらさげて、すとんと砂の上に立った。

「つまりぼつぼつ焼芋会を始めようってわけだね」

「そういうことだ。それについては鉄之助に是非とも頼みたいことがある」

おれは鉄之助の手に金を三両握らせた。

「値の安いやつでいいが、古着屋で夏用の白羽織を四枚見つけてきておくれ」

「お安い御用だけど、それにしてもこれじゃあお金が多すぎら。中古の羽織四枚ならこの半分で買えるよ」

「余ったお金はおじいさんの薬代にでも使うがいい。ここふた月近く、おまえにはずいぶんと世話になったが、そのお礼だ」

「薬代というより葬式の費用になってしまうかもしれないな」

おれもそうなるだろう、と思った。ここのところ、老人の病勢は悪化する一方だったからだ。

「おにいちゃん、ありがたく貰っておくよ」

鉄之助はイナダを土間に投げて、野毛橋の方へ走り出した。

「おっと待て、まだ頼みたいことが二つほどある。古着屋のついでに異人商館街のブランド商会の茂松と、衣紋坂の前田床の甚吉のところに寄って、今夜はここへ帰らなくていい、暮六ツに横浜吉原の岩亀楼《がんきろう》で落ち合おう、と言っていたと伝えてほしいんだ。まて、もうひとつ頼みがある。鉄之助には明日の明け七ツ《ごぜんよじ》に、向いの洲干弁天のところへ小舟をつけて待機していてもらいたい。そのときは、ここに乾してある手投げ弾と、油で満たした瓢《ふくべ》を四個、同時に運んでおくこと。それだけだ」

「すると、決行は明日の朝早くかい?」

「うん。決して他言はするなよ」

「軀は軽いけど口の方はそんなに軽くないや」

鉄之助は右の人さし指を舐《な》めて空中に突っ立てた。

「すこし風が吹いてきたみたいだ。明日の朝あたりは結構風が強くなるんじゃないかな。火を放《つ》けるにはもってこいだよ」

鉄之助が走り去ってから、おれも真似て、濡らした人さし指を頭上に立ててみた。たしかに人さし指の腹がかすかに涼しく感じられた。見ると、ついさっきまで玻璃紙を敷きつめたようだった入江の水面に小波が立ちはじめていた。(風よ吹け吹け、吹き募《つの》れ)と呪文のように唱えながら、おれは手投げ弾を一個ずつしっかりと油紙で包んだ。

半刻後、四枚の白羽織をかかえて鉄之助が戻ってきた。おれは羽織の胸と背中のところに墨を塗った右の掌をぺたぺた捺した。即製ではあるが、これが黒手組の正式な羽織である。いまに新選組のそれよりも有名になるかもしれない。そうこうしているうちに七ツ近《よじ》くになった。だが重太はまだ戻ってはこない。吉田新田の花玉屋へこっちから迎えに行ってやろう、と思い、おれは羽織を包んだ風呂敷をさげて、鉄之助の家を出た。宮ヶ崎から吉田新田まで道は一本である。こっちから出かけても重太と行き違いになるおそれはない。

風の吹いていることはもう人さし指を濡らして立てなくてもはっきりとわかる。野毛橋に向って歩きながら左手に見る入江はいまや大きな縮緬《ちりめん》紙をひろげたようである。

野毛橋はあいかわらず人通りが多い。野毛橋を渡って左へ行けば吉田橋を経て横浜である。野毛橋を渡らずに右へ進めば奉行所の前を通って程ヶ谷道に出る。つまり、野毛橋は東海道と横浜を繋ぐ橋とも言えるわけで、賑やかなのは当り前だ。

流しの占い屋と夜売の行商人とにはさまれて橋を渡りはじめたが、数歩も行かないうちにおれははっとして立ち止まってしまった。橋の向うは、片側が吉田町の家並み、入江に面した側が松の片並木になっているのだが、その松の一本に、並んで背を凭《もた》せかけながら、重太がぼんやりと立っているのが見えたからである。

橋の欄干《らんかん》に軀《からだ》を預けてそれとなく様子を窺《うかが》うと、重太の足許には娘がひとりかがんでいる。色白の切れ長の目、間違いなく花玉屋のお菊さんだ。

しばらくの間、二人はかわるがわる溜息をつきながら、路肩の崩れを防ぐために水際に打った太い杭をぱしゃぱしゃと叩く波を眺めていたが、やがて重太がお菊さんの傍へしゃがんで、彼女の左手をとった。そしてその掌に右の人さし指で一字一字ていねいになにか書きはじめた。お菊さんは耳が不自由である。だからつまりそれは筆談の一種だろう。それにしても、風向を測った鉄之助の人さし指といい、重太の筆がわりの人さし指といい、今日はいやに人さし指の活躍する日である。

おれはこれから横浜吉原の岩亀楼《がんきろう》へ全隊員を集め、軍資金の大半を投じて壮行の宴を張ろうとしているが、そのときもおそらく相方の女に対して人さし指が大働きをすることになるだろうな、などとにやにやしながら、おれは重太がお菊さんの掌にどういう文字を書こうとしているのか、目を凝らして視た。だが、彼我《ひが》の隔りはおよそ十間、重太がどんな字を書いたかわかりはしない。

ただ、文字を四つ綴ったことだけはわかった。では四文字の言葉にはどんなものがあるだろう。重太はおれがおばさんに言伝《ことづ》てした《今夜は焼芋会》から、今日限りで花玉屋の燐寸《マッチ》職人を辞めなくてはならぬ、と悟ったはずである。するといまの四文字は、

「さ・よ・な・ら」

ではなかったろうか。

だが、もし、重太とお菊さんとの仲が花玉屋のおばさんが予想していたよりももっとずっと進展している場合は、

「す・き・だ・よ」

あるいは、

「に・げ・よ・う」

のどちらかであったとも考えられる。いったいどれが本当なのだろう。

答はすぐに出た。お菊さんが目頭を袂《たもと》で押えたのだ。きっと重太は、「さ・よ・な・ら」と綴《つづ》ったのにちがいない。

おれは風呂敷包みを脇の下ではさみ、欄干の上に左手の甲を載せ、重太の流儀で掌に、

「ふたりとも、つらいだろうが、こらえておくれ、これもあおいの、ためじゃもの」

と書いてみた。その感触は擽《くすぐ》ったいというよりも妙に哀しくてへんに切なかった。

再び松の根方に目をやると、もうお菊さんの姿はなかった。重太がしゃがんだままひとつ残って入江の水面に小石を拾っては投げ拾っては投げしているだけである。やさしいが気の小さい重太のことだ、悲しみのあまり、自分自身を水に投げ込みかねない。そこで、

「やぁ、重太じゃないか」

おれは大声をあげながら、重太のそばに駆け寄った。

「おまえを吉田新田まで迎えに行くところだった。いいところで逢えたよ」

「すみません」

重太がのろのろと立ち上った。

「ちょっと考えごとをしていたら、すっかり暇を喰ってしまって……」

おれは重太の肩を抱くようにして歩きだしながら、

「わかっている。人間様にゃだれにだって思案ごとがつきものさ」

となだめた。

「そこが犬猫とはちがうところだろう」

「でも、宮ヶ崎丁へ帰るんじゃないんですか。このまま行くと吉田橋ですよ」

「そう、吉田橋を渡ってすぐの横浜吉原は岩亀楼《がんきろう》へご登楼よ。そこで壮行の宴を張るんだ」

「遊廓で、ですか。なぜです？」

「きまっている。そこにはこれがいるからだよ」

と、おれは重太の左手をとって、その掌に「お・ん・な」の三文字を綴り、にやりと笑ってみせた。重太も笑い返してきたが、頬が引き攣《つ》って、おれにはやつの笑い顔が泣いている顔のように見えた。


横浜吉原仲ノ町の岩亀楼は木の香もかぐわしい三階建の新普請である。とは言っても、新普請は岩亀楼だけではない。金石楼、岩里楼、冨士見楼、甲子楼、金浦楼、伊勢楼、玉川楼、そして泉橋楼などの大店《おおだな》も、またこれらの大店の裏手にうねうねとひろがる数多くの小店も、すべて建ってから一年も経っていない。これは去年十月、横浜吉原がもっと東の港崎《みよざき》丁にあったころ、豚鉄という屋号の豚肉屋から出た火で全焼したせいで、いわばこの太田屋新田の横浜吉原は仮宅なのである。したがって軒並み間に合せの速成だ。

もっとも速成といっても岩亀楼は凄い。昼間は見料を一分もとって、見物客に見せていることからもその普請《つくり》の見事さが知れようというもので、楼内に滝があり川があり橋がある。これで天井がなければどこの深山へ迷い込んだかと思うほどだ。

帳場で、四人で六両の金を前払いし、女の名前を教わってから、おれと重太は仲ノ町通に窓を開いた六畳ほどの待座敷に通された。ここで甚吉や茂松と落ち合って、それぞれの相方をくじ引きで決め、決まったところで相方の部屋へ案内してもらう、というのが今夜の式次第だ。むろん、見世に並んだ女の顔形をあれこれと品定めして相方を決めるというやり方もあった。だが、こっちが、

「ああ、憎くねぇ奴だ」

と思う女は外からも引きが多く、結局は夜っぴて膝小僧を抱き廊下の足音に耳を澄ませて一喜一憂する破目におちいるだろう。おれたちには朝暗いうちに薩摩船を焼打にするという大事が控えている。廊下を往き来する足音なぞに余計な神経をすり減らしたくはなかった。そこで不流行妓《はやらないの》でいいから、宵の口から夜中まで一緒に居てくれる女を、と帳場に頼んだわけである。四人の女の源氏名は『初音』に『梅ヶ枝』に『紅梅』に『竹川』、耳から聞いている分にはなかなか床《ゆか》しく立派である。だが、御面相にはあまり期待は持てないだろう。

そんなことを考えながらおれは懐紙で観世縒《かんじんより》を四本こしらえた。その一本一本に四人の女の源氏名が書き込んであることはつけ加えるまでもないだろう。

「おや、甚吉さんと茂松さんですよ」

　窓から仲ノ町通を見下していた重太が言った。

「二人とも走ってきます」

　見ると、水菓子や天婦羅・焼そばや田楽などの屋台見世が中央に並ぶ大通りを、駒下駄の音を鳴らしながら、甚吉と茂松がこっちへやってくるところである。真下に目を落すと、岩亀楼の前は人の山だ。女が二人、異人に手をとられながら、その黒山を二つに押し分けて、通りを大門の方へ歩きだそうとしている。女たちは異人商館に出寐《でね》に行くのにちがいない。さすが御開港地の横浜、出寐とは粋なものである。

　按摩が声色屋とぶつかったり、流しの占い屋がこれも流しの貸本屋と客の奪《と》り合いをしている中をかきわけて、甚吉と茂松が真下の岩亀楼の入口に飛び込んだ。おれは風呂敷をほどいて、中から出した黒手の紋入の白羽織を畳の上に並べた。

「……いやぁ、汗だくで駆けてきた甲斐があってなんとか刻限には間に合ったようだ」

　甚吉が入ってくるなりべったりと畳にすわり、手拭《てぬぐい》でしきりに首を撫であげる。

「いよいよ、決行だってな、衛生《もりお》ちゃん」

　と、茂松が白羽織の上に膝を折った。

「おい、茂松、頼むからおれの名前にちゃんをつけるのはよしてくれ。お互いにもう餓鬼じゃないんだからな。ちゃん付で呼ばれると、なんだか戦《いく》さごっこやっているみたいで、気が引き締まらないよ」

言いながらおれは茂松が膝に敷いた白羽織をえいと手前に引いた。

「それからこれは座布団じゃない。黒手組の隊服だぜ」

「ほう……」

甚吉が自分のそばにあった羽織をとって表裏を改めた。

「相当に安いね、この羽織は」

「安かろうが高かろうがとにかくこれは隊服である」

おれは羽織を着ながら言った。

「今後、黒手組の一員として行動するときは、かならずこれを着用してもらいたい。いや、着用しなければならない」

重太が素直に袖を通しはじめた。

「甚吉に茂松は羽織を着るのが厭か？」

「厭《いや》というわけじゃないよ、衛生さん。でも、女と遊ぶときまで手形つきの羽織を着るなんざ、野暮人《やぼじん》のやることだ」

「これからの女遊びは黒手組の正式な行事として行うつもりだ。なにしろ金は隊費から出ているのだからな。しかし厭なら着ないまでさ。そのかわりこの観世縒《かんぜより》を引くことは出来なくなるがね」

「なんだい、その観世縒は？」

と、茂松が訊いた。

「縒を戻せば中に女の源氏名が書いてある。それが今夜の相方だよ」

「それじゃあ着るよ」

「それを早く言ってくれりゃあいいんだ」

ぶつぶつ言いながら二人は羽織を着終った。

「ところでみんな、焼芋会の決行は明日の朝の明け七ツだが、手筈はすべてかねてから相談しておいた通りだ。覚悟はいいだろうな」

「念を押すことはないぜ」

と、甚吉が両腕を曲げ、それを胸の前で交差させながら言った。

「満身これやる気、よ」

甚吉のやる気は、たぶん焼打に関するやる気ではなく、これから始まることについてのそれだろう、とおれは思った。正直に打ち明ければ、おれだっていまや勇気凜々《りんりん》たるものであるが、その凜々たる勇気の向うところが薩摩船かはたまた女か、それが自分でも判然とはしないのである。

「ではくじ引《い》きをしよう」

四本の観世縒を握って前に突き出すと、甚吉は飛びつくが如く、茂松は引ったくるが如く、そして重太はためらいながら、引いて行った。

おれの手に残った観世縒には『初音』とあった。重太は『竹川』、甚吉が『梅ヶ枝』、そして茂松が『紅梅』である。

「へぇ、これは御一党さま、また変った紋所の羽織をお召しでございますなぁ」

ちょうどそこへ廊下から顔を覗かせたのは、岩亀楼の若い衆である。

「みなさまは素人茶番の講かなんかを作っていらっしゃるお仲間でいらっしゃいますか？」

「お追従はほかの座敷のためにとっておけ。それよりもはやくおれたちを女の部屋に案内してくれないか。相方がいま決まったところだ」

女とおれたちの組合せを聞いていた若い衆は「それではまず初音さんのお部屋から御案内」と言い、おれの袖を引っぱって廊下を奥へと歩いて行く。

「それにしても初音さんを引き当てるとはあなたも果報者ですよ」

廊下の途中で若い衆がふと立ち止まり、おれの顔を見てにやりとした。

「初音さんはこの岩亀楼第一の美形でして」

「嘘を吐《つ》け。おまえはだれにでもそんなことを言うのだろう。おれは帳場にとりわけ不流行妓《はやらないの》を四人と頼んだのだ。ここ第一の美形がどうして不流行妓の中に入っているんだ、うん？」

「初音さんはちょいと軀の具合を悪くしていましてね。ひと晩に何人ものお客をおとりにならない。ひと晩におひとり、こう決めていらっしゃるんですよ。ま、自分で望んで不流行妓の仲間入りをなさっているわけです。さ、こちらこちら、廊下のとっぱずれ」

なんだか陰気な部屋の構えだった。ここまでのなかでは一番小さな部屋のようである。廊下のあちこちに金網行燈《あんどん》が吊《つる》してあるが、それがここからは遠いので、陰気に感じられるのだろうか。気のせいか、入口の襖紙の模様もここまでのうちでは最も大人しいように思われる。

「初音さん、お客さまのおいででございますよ」

若い衆が襖を横に引いた。目の前に風塞《かぜふさ》ぎの二枚折の屛風が立っていて、その向うから、

「……ご苦労さま、入っていただいて」

と、大儀そうな声があがった。声の見当ではおれの相方は中年増らしい。婆さまや大年増でなかったのは拾いもの、とおれは吻《ほっ》としながら敷居を跨《また》いだ。

「へい、それではごゆっくり」

若い衆の声と共に背後の襖が閉まった。

屛風越しに見渡せば、部屋の広さは八畳、右手窓際に長火鉢ひとつ、左手に布団。長火鉢には燗銅壺《かんどうこ》がかかっていた。女は長火鉢の猫板に片肘ついたままでこっちを見もせずに、

「一本つけましょうか」

と言った。

どんな美しいしゃっ面《つら》しているのか知らないが、客あしらいは下の下である。おれは大股で部屋を横切り、布団の上にどすんとあぐらをかいた。

「酒など飲んでいる暇がないのだ。後に悔いを残さないように、さぁ、車輪でやるぜ」

「鶏の夫婦《みょうと》じゃあるまいし、そう慌てちゃいけないよ。酒が厭なら煮花《にばな》でも淹《い》れようか」

「客に意見をするな」

おれは脱いだ白羽織をまるめて畳へ叩きつけた。

「煮花は後で貰うぜ」

「若い人はせっかちだから楽しみが少ないねぇ」

初音が膝をまわしておれの方に向き直った。若い衆が言ったことは嘘ではなかった。片袖を前

歯で引き上げた女の顔はたしかに美しい。すこし面瘦《おもや》せしたところなどなんともいえぬ。おれはさっそく帯を解きはじめたが、そのうちに、あれッと思い当ることがあって、ひとりでに手がとまった。

「おや、どうしたのさ。気が変ったのかい」

たしかにあの女《ひと》である。深川八幡宮傍の旗亭『松本』の御座敷へ毎夜のようにやってきていた鶴治にちがいない。

「おかしな人だねぇ。わたしの顔になんかついているのかい」

女は袂《たもと》で顔をひと撫でした。その仕草にも見憶えがあった。半年前まで、おれは『松本』の喜助、つまり若い者をしていたが、廊下の隅や階段の踊り場で、顔に付いた髪の毛でも払おうというのか、首を横に抜いておいて、袂で顔を軽くふうわりと撫でている鶴治を何回も見たことがある。そのたびに、さすがは深川きっての板頭《いたがしら》、すなわち流行《はやり》っ妓《こ》、いかにも婀娜《あだ》な身のこなしをするなぁ、とおれは感心したものだが、いまの仕草はたしかにあの鶴治のそれとよく似ていた。

「ほんとにどうしたのさ」

女はおれの真ん前へにじり寄ってきて、皿のように大きく見開いたおれの目の前に、右手をかざして二、三度振った。

「おや、瞬《まばた》きはするわねぇ。それじゃあ、正気は正気なんだわ」

「鶴治さん、あんたは深川で芸者に出ていた鶴治さんじゃありませんか?」

女はぎくりとなっておれを視た。

「深川八幡宮傍の『松本』へよく来ていた鶴治さんでしょう?」

「な、なんだよ、藪から棒に。びっくりするじゃあないか。それで、あたしがその鶴治だったらどうだと言うのさ?」

「そうか、やっぱり鶴治さんだったのか」

おれは女、つまり鶴治の手をとってしっかりと握りしめた。

「わたしですよ。ほら、『松本』に土田という喜助がいたでしょう。御家人で尿筒《しとづつ》使いの……」

嶮《けわ》しかった鶴治の目の色がふと穏やかになった。

「ああ、思い出した。腰にいつも竹の筒を四本差してたわねぇ、あんた」

「今でも尿筒は腰から離したことがありませんよ」

鶴治の視線がおれの顔からおれの左腰へ移り、それからもう一度、おれの顔へ戻った。鶴治の目はもう笑っていた。おれもそれににっこりと応えたが、そのとき異人商舘街の向うで増徳寺の酉《むつ》の鐘がごーん。

「こんなことを訊いてはいけないかもしれないが、姐さん、深川の流行《はや》り妓《こ》のあんたが、なんでこんな横浜くんだりへ……?」

「色の達入《たてい》り情けの出入りってやつさ」

鶴治は火鉢へ桜炭をひとつ注《つ》いだ。

「平べったく言やァ、二人の男を操っているうちに、操りの糸がふっつり切れて、あべこべに双方失敗《しくじ》ってしまったのさ」

鶴治は襟をぐいと押しひろげ、右の乳の下をおれの前へ持ってきた。乳下の白い肌に三寸ほどの傷の痕が桜色にのこっている。

「とどのつまりはひとりにゃ憎まれ、別のもうひとりにゃ心中をもちかけられ、この始末でね。《札付の淫婦《いたずらもの》》という鑑札を世間さまから貰ったのが唯一の収入《みいり》。そのうちに深川に居辛くなって、三月《みつき》のあいだに、内藤新宿、品川、そしてここ横浜と三度も住みかえたってわけ。へい、御退屈様」

「苦労したんだね、姐さんも」

「なあに、あんまり利口じゃなかったから、その報いがきただけだよ。あたしは間抜け、間抜けの行きどまりさ」

燗銅壺《かんどうこ》と並べて火にかけてあった薬土瓶がことことと煮立ちはじめた。松脂《まつやに》くさい匂いが部屋に立ちこめる。清婦湯《せいふとう》の匂いだ。おふくろが常用していた煎《せん》じ薬だからすぐにそれとわかった。鶴治は土瓶から湯呑に薬湯を注いでふうふうと冷《さ》ましながら飲みはじめた。顳顬《こめかみ》の上のところに小さく貼ってある頭痛止めの膏薬・江戸桜がそのたびに軽く上下に動いている。

「具合がよくないみたいだねえ?」

「なにせ毎晩のお仕事だからね、それは疲れるのさ。三度三度お米の御飯にありつくってのは、どんな仕事であれ辛いことさね」

「……白状すると、おれは『松本』で働いていた時分から姐さんのことが好きだった。その姐さんと、ここでこうしてめぐり逢えたのは天の配剤、仏のお導き、おれはもうなんと言っていいか……」

「そんなに感激しなくたっていいんだよ」

鶴治は薬湯を飲み終えると、はずみをつけるように湯呑を猫板の上にぽんと置いた。それから膝を漕いで夜具のところまで寄って、

「なにしろ、あたしは一夜いくらで誰とでも寝る女なんだからね。さぁ、おいでな、尿筒使《しとづつ》いの名人さん」

と、おれに向って手招きをした。

「あんたの本当の尿筒を思う存分、使っていいんだよ」

「はあ」

おれは正座して着物を脱ぎ、夜具の中に滑り込んだ鶴治に両手をついた。

「では、鶴治さん、参ります」

「いつでもどうぞ」

鶴治は夜具の端を手で持ちあげている。おれはそこへ軀《からだ》を近づけて行った。

「まことにすみません。ちょいと失礼」

いきなり入口の襖《ふすま》が勢いよく開《あ》いた。仰天して振り返ると、風塞ぎの屏風《びょうぶ》の上から、さっきの若い衆が顔を出している。

「な、なんだ、貴様は⁈」

「初音さんとはもう済ませましたか？」

「まだだよ！　早く消えてなくなれ」

「まだでしたか、それはよかった」

若い衆がやれやれといった表情になり、屛風《びょうぶ》の向うからこっちへ入ってきた。

「お客さん、ほんとうにようございましたね」

「ちっともよくないじゃないか」

おれは褌《ふんどし》ひとつで夜具から飛び出した。

「まだ済んでいないのだ」

「だからお客さんはついている、果報者《かほうもの》だと申し上げているので……」

「こいつ！」

おれは若い衆の襟を摑《つか》んでぐいと上へ捩《ね》じあげた。

「さっきも廊下でおれのことを果報者だ、と言っていたが、そうやたらに果報者の大安売をするな」

「で、でもお客さんはほんとうについていたんです」

若い衆はおれに襟を締めあげられて苦しそうにしながらも、喋《しゃべ》るのをやめない。

「じつは初音さんが黴毒《ばいどく》だということがたったいまわかったんですよ」

「バイドク？」

おれは若い衆を突き放した。

「なんだ、そりゃ？」

「つまり瘡《かさ》なんですよ、初音さんは。集団検診の結果がいまやっと出ましたのでね、おっとり刀で駆けつけたわけです。お客さん、すこしはこちらの誠意も買ってくださいな」

「こっちがいざはじめようというときに待ったをかけるのが、なぜ、誠意だ？」

「わからないお人だなぁ」

言いながら若い衆は入口の方へちらっと視線を流した。廊下にいるだれかに目配せをしているような感じである。爪先立って廊下を睨むと、たしかに人影がひとつ。だが、廊下は暗くて、そいつの人品骨柄人相皆目わからない。

「とにかくですね、お客さん、ご存知でしょうが、黴毒は伝染《うつ》るんです。そうなりますと、将来あるお軀《からだ》が、あなた……」

「おれには将来なぞない！」

黒手組は明暁、薩摩船へ焼打をかける。生還は期し難い。したがって生命を投げ出す覚悟はとうの昔についているのだ。黴毒が怖くて焼打なぞ出来るものか。

「こっちは命なんかいらないいんだ。頼むからこの鶴治さん、いや初音と二人だけにしてくれ」

おれはまた夜具の中へ潜り込んだ。もう人目など構ってはいられぬ。

「おやおや……」

乳房へのばしたこっちの手を鶴治が笑いながら押しのけた。

「よほど長い間、女旱《ひで》りが続いていたみたいだねぇ。とにかくちょっと静かにしておいでな」

鶴治は夜具の中で腹這いになり、枕許の煙草盆を引き寄せた。

「ちょいと、若い衆……」

「へ、へい」

若い衆は長火鉢の横にまだ頑張っているようだ。まったくしつっこい男である。もっともそういうおれも、かなり「寐《ね》る」ことに拘泥《こうでい》しているが。

「あたし、ほんとうに瘡《かさ》なのかい？」

「へぇ、吉原黴毒《ばいどく》ホスピタロの代診先生がそうおっしゃっているんです。初音さんはなんでも黴毒の第二期だそうですよ。この岩亀楼では、ほかに榊さんと薄雲さんが初音さんと同病らしいですよ」

「瘡と言われてみればずいぶん思い当ることばっかりさ」

すっぱすっぱと煙管を吸いつけながら、鶴治が言った。

「このごろ頭は痛むし、微熱は出るし、なにをやってもすぐ疲れるし、どうもおかしいな、とは思っていたんだ。おまけにあそこや腋下《わきのした》にきびの兄貴株みたいな腫れ物ができるしさ」

おれの目の前三寸のところに、その問題の腋下があった。夜具をそうっと持ち上げて、枕許の行燈《あんどん》の灯りを導き入れ、おれは鶴治の腋下を探索してみた。するとたしかに野良豆《のらまめ》ほどの大きさの赤いおできがひとつあった。

「しかしね、初音さん、あんたのは第二期、そう心配したものじゃありません」

これは若い衆の声ではない。てきぱきした喋り方の、はじめての声である。おそらくさっき廊下の暗がりに立っていた男だろう。

「毎日、丁寧に患部に水銀入りの神水膏《しんすいこう》を塗る、それに時折、沃度加里《ようどかり》を併用する、また、硫黄を燻《いぶ》してその煙を嗅ぐ。そうすれば三カ月で治りますね」

「その三カ月、どうやって御飯を食べてりゃいいんです、先生？」

「それはぼくの専門外だが、岩亀楼の主人に頼んで、勝手の下働きでもさせてもらったらどうです。なんならぼくが口添えしてあげてもいい」

「……そうするほかに方策《みち》はなさそうだねぇ」

「元気を出しなさい。初音さんなら、病気さえ治ればここのお職《しょく》ぐらいは充分に張れる。また、治ったところでこの世界から足を洗うのもいい。つまり前途洋々じゃないですか」

「わかったわ、先生。いろいろとありがとう。病気が治ったら、第一番に先生に治り具合を試させたげる」

「それはまたありがたいような、怕《こわ》いようなはなしだ」

ここで鶴治に先生と呼ばれていた男はけらけらと笑い、次に夜具の上からおれにこう話しかけてきた。

「ところであなた、ぼつぼつ引き取ったらどうです？」

「余計なお世話だ」

夜具を引き被ったままでおれは言い返した。

「こっちはそのつもりで来てるんだ。このまま帰れるものか」

「『外科正宗』という医学書は黴毒のことを次のように書いている。『眉髪は脱落し、十本の指は惨痛し、双眸には孔が明き、鼻梁は蝕《むしば》まれ、舌の根元と口腔内には瘡を発し、四肢は発塊し、股の付け根は爛《ただ》れ、亀頭の全頭隠没し、婦人の陰処に汚泉湧き、ついに精神は衰耗す。げに黴毒は怖しけれ』とね。帳場と交渉して相方を変えてもらった方がいいよ」

「御託はもう聞き飽きたぜ。とにかくおれはこの女《ひと》と寐《ね》るんだ」

「あいかわらず頑張るんだな、衛生《もりお》くんは。ひとり息子が瘡持ちになんぞなったら、本所小梅町のお母さんがきっと嘆くよ」

「おまえさんの知ったことか！」

とうとう大声で怒鳴ってしまったが、怒鳴っているうちにはてな？　と思った。この医者はどうしておれの名前を知っているのだろう。またなぜ本所の小梅町におれの母親の居ることを承知しているのか。

「……貴様はいったい何者だ?!」

おれは夜具を蹴って勢いよく上半身を起した。

長火鉢の前に若い男が坐っていた。替り縞の着物に茶の帯、その上から長い羽織を着込んだ色白の美男子だ。

「やあ、久しぶりだね、衛生くん」

若い男は膝の上に部厚い洋書を一冊載せ、それを指でとんとんと軽く叩いている。

「ぼくを憶えていないかい？」

やつの膝の上の洋書から、おれは二カ月前、横浜へ着いたあくる日、本丁大通の口入れ屋から、真向いの唐物屋《からもの》を見ているうちに、洋書を一冊懐中に捩じ込んで万引した書生のあったことを思いだした。

「貴様はいつかの万引書生だな」

　おれはやつの膝の上の洋書を指して言った。

「いまから二カ月ほど前、おまえは本丁大通の唐物屋から洋書をちょっくら持ちしたろう」

「ちょっくら持ちというと万引のことだな。懐しい言葉だ」

「胡麻化すんじゃない。うん、だんだんはっきり憶い出してきた。たしかにおまえはあのときの万引書生だ、ちょっくら持ち野郎だ」

「本丁大通の唐物屋からは帳面《つけ》で書物を購入している。つまりその都度、金は払わない。衛生くんは昔っから早とちりだから、おそらく金を払わないで出たぼくをちょっくら持ちと早合点したんだろう」

「どうも気に入らないな」

「なにが、だい？」

「なぜ、おまえはおれの名が衛生だと知っているんだ？」

「やっぱり憶えていないんだなぁ」

　若い男はすこし淋しそうな表情をした。

「ぼくはこの部屋の中で若い衆と言い合いをしている君の声を聞いたとたん、土田の衛生くんじゃないかとぴんときたんだぜ。そして、廊下から横顔をひと目見てたしかに君だと確信した。そしてこの部屋に入って畳の上に転がっている尿筒《しとづつ》を見てその確信がさらに深まった」

「わかった」

おれは膝を叩いて言った。

「おまえ、時次郎だな？　丸本の時ちゃんだろ？」

「そうだよ、衛生くん」

「いかにも秀才、って喋り方、変ってないなぁ。おれはそれで憶い出したぜ」

「衛生くんのいかにも餓鬼大将然とした口のきき方も昔のままだよ」

おれは逢えて嬉しいというしるしに、時次郎の頬っぺたをぺたぺたと叩いた。時次郎もおれの頬に同じことをした。鶴治は夜具の上で、若い衆は長火鉢の横で、おれたちを眺めてただ呆《ぼう》としている。それにしても今日は、人さし指が活躍したり、昔なじみに続けて逢ったり、まったく妙な日である。

「それで時次郎、おまえは横浜《ここ》にいつから居るのだ？」

「六年前からだよ。ここで英語と医学の勉強をしている。いまはこの横浜吉原の黴毒《ばいどく》病院の代診だ。それにしても懐しいなぁ」

「ほかにも懐しいのが大勢この岩亀楼に来ているんだ。まず、鶴巻重太」

「ちびの、泣き虫の、あの重太か？」

「うん、それから北小路甚吉」

「怒りん坊の甚吉だな？」

「そうだ。それにもうひとり、一力茂松」

「のろまの茂公？」

「御明答。さぁ、来い、時次郎、みんなに集合をかけようぜ」

「しかし、みんなお楽しみの最中だろう。邪魔しちゃ悪いよ」

「構うものか。それにおれは連中のお楽しみの邪魔をしたいのだ。おれだけやれないでいるのは腹が立つからね」

　おれは着物と尿筒《しとづつ》を摑《つか》み、廊下へ飛び出した。

6

　時次郎の住居《すまい》は岩亀楼《がんきろう》の内部《なか》にあった。岩亀楼はこの横浜吉原の大店のなかでも飛び抜けて繁昌し、それだけに構えも大きく、いわば此処《ここ》の大親玉。そんなこともあって、岩亀楼は一階横手の小部屋を三間、廓の会所に提供しているのだが、その三間のうちの二間が黴毒病院として使われているようだった。

　二間とも八畳で、入口から入ってすぐが診立《みた》て部屋、その奥が病院代診である時次郎の居室だ。診立て室の真中に革を張った長椅子がひとつ、それから部屋の隅に畳一畳分ぐらいの大きな木机が置いてあった。木机の上には大小さまざまの、玻璃《びーどろ》製の容器が所せましと並べられていた。

　壁には以下のような名辞を書き並べた大きな紙が貼ってあった。

楊梅瘡

綿花瘡
果子瘡
黄豆瘡
葡萄瘡
砂仁瘡
広東瘡
翻花瘡
天泡瘡
大風瘡
楊梅風
………

美しい三文字の連続である。おれたちが、これはお菓子の名前かもしれないぞ、とひそひそ話していると、木机の上の玻璃壺に燐寸で火を点けていた時次郎が、

「それはお菓子の名じゃない。すべて黴毒の別称だよ」

と、教えてくれた。なお、時次郎が火を点けていた玻璃壺《びーどろ》は『アルコール・ランプ』とか称するのだそうだ。

「コーヒーを入れてあげるから、ぼくの部屋で待っていてくれ」

コーヒーとは異国のお茶のことらしい。おれたちは時次郎の部屋に入ってそのコーヒーとやらを待つことにした。

時次郎の八畳は書物だらけだった。ほとんどが洋書である。部屋の中央に文机があって、その上に部厚い書物が一冊載っていた。そっと頁をめくると、驚いたことに内容《なか》は異国文字と本邦文字のごった煮である。

「この書物はいったいどうなっているんだ?」

おれは診立て室の時次郎に向って大声をあげた。

「異国文字と本邦文字がごちゃごちゃに入り混《まじ》っているぜ。これは印刷の手違いかね?」

時次郎は向うで首を横に振った。

「それは平凡《ヘボン》先生の『和英語林集成』だ。つまりジクショナリさ」

「ジクショ……ナリ?　なんだか爺《じじい》が嚔《くしゃみ》をしたような書物だな」

「ジクショナリとは字引のことだ。たとえばぼくたちは仲間だ。では仲間を英語でどういうのか。そこでその書物を引く。すると英語では仲間のことを『コンペニイ』と言うのだとわかる」

「仲間はコンペニイか……」

「逆に、書物の中に『ブラザ・イヌロウ』という言葉が出てきたとする。『ブラザ・イヌロウ』とはそもいかなる意味か。そこでその書物を引く。すると『義兄弟』のことだとわかる」

「つまりおれたちはコンペニイにしてブラザ・イヌロウか?」

「まぁね」

「しかし、それにしてもおまえはよくもこれだけ沢山の洋書を読んだものだな。敬服するぜ」

「あまり買い被《かぶ》られちゃ困る。ほとんどがおれの先生のミスタ・新頓《ニュートン》のものだ。ミスタ・新頓《ニュートン》は異人商館街で医院を経営している亜米利加人だが、七日に一回、ここへ見えて診察をなさっている。遊廓の女から異人に黴毒《ばいどく》が伝染しては異人側も横浜奉行も困るらしいのさ。黴毒の女に客をとらせると楼主が罰金を喰うという御触れも回っているほどだ」

「おれはそれに引っかかったんだな。で、時次郎の俸給は誰が払っているんだ?」

「ミスタ・新頓《ニュートン》だ」

甚吉や茂松たちはさっきから脹《ふく》れっ面《つら》をしたまま、口をへの字に結んでいる。幼な友達に邂逅《かいこう》できたという嬉しさよりも、楽しみ事の最中に邪魔が入ったことの口惜しさ腹立たしさの方が、いまのところ勝っているのだろう。重太だけは普段の顔だ。

「なぁ、甚吉に茂松、すこしは嬉しそうな顔をしたらどうだ」

診立て室の時次郎の手が忙しく動き出したようなので、おれは話し相手を身近なところへ切り換えた。

「このおれ、それから甚吉に茂松に重太、そして時次郎と、十年前、本所界隈で鳴らした黒手組がこれで全員、勢揃いしたんだぜ。めでたいことだとは思わないのか」

「そりゃめでたいさ、嬉しいさ」

甚吉がここへ来てはじめて口を開いた。

「でもよ、一度目は御挨拶がわりに軽く流して済ませてだよ、それから相方とお茶漬かなんかをさらさらと掻き込み、さて腹ごしらえも出来たことだし、二度目はお互いに秘術の限りを尽しましょうと、ぐぐぐぐっと気が乗りかかったところへ、衛生《もりお》さんの待ったがかかっただろう？　だからこれは、眠れるのは当り前。こいつは殺生というものだ」

「一度でもやれればそれで仕合せだよ。おれなんかまだ一度も戦さをやっていないんだからな。で、茂松はどうだった？」

「おれはちょうど一回目が終ったところ」

「そんなところだろうな、なにしろ茂松はのろまだからね。ところで重太はどんな具合だった？」

おれは人さし指を一本重太の顔の前に立てた。

「おまえもこれの口かい？」

すると重太は、顔をすこし赤くしながらゆっくりと人さし指と中指を二本立ててみせた。お菊さんとあんなに辛そうに別れていた重太が誰よりも多く回数をこなしているのだから、まったく世の中というものはわからない。

「やぁ、ずいぶん待たせてしまった」

時次郎がお盆に湯呑を五つ載せて入ってきた。湯呑の中で焦茶色の液体が揺れている。匂いは香ばしくて悪くはないが、どうも色が薄気味悪い。まるで煮すぎた煎じ薬といったところである。

「本式にはこれに白砂糖と牛の乳《ちち》を入れるのだがね、両方ともいまはない。そのままでやってくれ」

時次郎は湯呑を鼻の下へ持って行き、しばらく目を細くして匂いを嗅いでいた。そしてそれから、口をすぼめて吸いあげて、口の中でだいぶ長いこと、この奇妙な液体を遊ばせていた。おれたちも真似してやってみたが、口が曲るかと思うほど苦かった。

「しかし、それにしても懐しいなぁ」

いちはやく湯呑を空《から》にした時次郎が一順列座の顔を公平に見回しながら言った。

「こうやってみんなを見ていると、黒手組《くろてぐみ》を名乗って悪戯《わるさ》をしてまわっていたころのことがありありと目に浮ぶ。黒手組か、ほんとうに懐しいなぁ」

「そう懐しがることはないぜ、時次郎」

おれは自分の着ていた羽織の手形の紋を示した。

「時次郎がいつこの黒手形に気が付くかとじつは楽しみにしていたのだが、それはそれとして、黒手組は現在も立派に在《あ》るのだ。隊服は黒手形の紋所の入った白羽織。武器として木製大砲一門。ほかに三寸玉手投げ弾八発。隊員四名。隊長はこのおれ」

「すると、君たちはまだ、他人《ひと》の屋敷の柿の実を盗みに入ったり、女の子のあとをつけてみたり、小旗本の跡取息子を苛《いじ》めたりして暮しているのかい」

「あれから十年経ったんだ。秀才のおまえほどではないが、こっちの頭もちっとはひらけたさ。時次郎、黒手組の旗印は『幕政再復古』、敵《かたき》は薩長よ。明日の明け方、ここの老婆岩の先に碇泊中の薩摩船へ焼打をかける気だ。おっとこれは相手がおまえだから打ち明けたのだ。他言は無用、わかっているな?」

予想では、おれの打ち明け話を聞いた時次郎は、仰天するか感心するかのどっちかだった。だが予想は大外れ、時次郎はげらげら笑いだした。

「よォ、時ちゃん、こっちは結構、大真面目でやっているつもりなんだ。なにもそうまでおかしがることはあるめぇ」

甚吉が勢いをつけて言い、余勢をかってコーヒーをがぶと飲んだ。おかげで甚吉はしばらくのあいだごほごほと噎《む》せかえる。

「たしかに笑ったのは悪かった。でも、薩摩の船の一隻や二隻沈めたって、天下の情勢は変らないよ。そりゃおれだってみんなと同じ御家人の倅《せがれ》だ。薩長憎しという気持はよくわかる。でも、いずれ天下は薩長のものさ」

「ど、どうしてだよ」

茂松は顔を真ッ赤にしている。腹を立てるといつもやつはそうなるのだ。

「ぼくの見るところでは、理由はふたつだ。ひとつは、いま人々の口の端《は》にのぼっている西郷・木戸をはじめ薩長の代表的人物が例外なく下士の出だということ。それに較べて幕府を動かしている人たちはどうだい、みんなお殿様、でなきゃ大身《たいしん》の御旗本だ。下士の出で活躍しているのは勝さんぐらいだろ？」

「それがどうした？」

と、今度はおれの番だ。

「下士の出でなくては政事はうまくやれないっていうのか」

「すくなくとも世の中が動いているときはそうだよ。早いはなしが、衛生くん、ぼくたちは幼いとき、よく旗本の子どもたちと喧嘩したろう」

「よく、どころじゃない。毎日やってたぜ」

「で、どっちが勝った？」

「決まってるじゃないか。おれたち黒手組の百戦百勝だったろ」

「そこさ。いざとなったら下っぱの、おさえつけられていた方が強いんだ」

うーん、とおれは唸ってしまった。たしかにおれたちの喧嘩法は、狡《ずる》くてこすくて汚くてしつっこかった。勝つためならどんなことでもやってのけた。逆にいえば、だからこそ百戦して百勝だったのだろう。

「幕府にも薩長以上の人材がきっといると思う。でも守る方の首脳部が下士を登用するのはとても難しいことなんだ」

「なぜだ？」

「だって下士が手腕を発揮すれば、首脳部自身の首が危くなるもの。だから首脳部は下士を決して抜擢しないのさ。幕府が危いと思う理由のふたつ目は、このところ、ええじゃないかのお蔭参りや抜け参り、それから一揆がとても多いけど、おかしなことに反幕側の、薩摩、長州、土佐にはまったくと言っていいほどそれが起っていないんだ」

「というと？」

「つまり起っているのは徳川親藩が大部分さ。薩長土がどんなやり方でそういうものを抑えているか知らないけど、とにかく向うの方が藩の力は強いとは言えると思う。それぞれ自分の藩内をしっかりとかためている。ぼくはどうも葵《あおい》は危いって気がするねぇ」

　時次郎は小さいときからいつもおれたちの軍師をつとめていた。そして名軍師だった。とにかくやつの意見はいつもよく当るのである。ひょっとしたらいまの「葵が危い」という意見も当っているのではないか。そんな気がおれにはちらっとした。したとたんになんだか無性に腹が立ってきた。なるほど情勢を冷静に眺めればそうなるかも知れない。しかし、おれたちは直参である。幕府の旗色がちょいと色褪《あ》せたからといって、これまで代々が蒙《こうむ》ってきた鴻恩を思えば、それでは、はいさようなら、というわけには行かぬ。さらに、おれの尿筒《しとづつ》操作の技術、重太の草履投げの秘術、甚吉の剃刀捌《さば》き、そして、茂松の馬鹿力、すべてお上があればこそ役に立つ。幕府が安泰であってはじめてものを言う。別に言えば、おれたちはお上のために尿筒を捧持し、御草履を投げ、剃刀を使い、力をふるうためにこの世へ呱々《ここ》の声をあげたのである。お上という存在がなければ生きている甲斐がないのだ。お上がもしも消え失せたら、それはおれたちが消え失せるということなのだ。

　時次郎の家は代々、将軍様の馬方である。もっと詳しく言うと、馬方のうちの爪髪役《そうはつやく》である。三十俵三人扶持だからおれの家と同じ微禄だ。しかし微禄ではあっても、お上の高恩によって生きて来たことにかわりはなかろう。

「時次郎、お前は大切なことをひとつ忘れているぜ」

と、おれは言った。

「お前も御家人、お上の御馬の爪髪役だ。お上あってのお前だろう。医学の勉強をしているのも、爪髪役としてそれが必要だからじゃないのか。なのに『葵は危い』などと呑気なことを言っていていいのか」

「株は売ってしまったんだ」

　時次郎はけろりとしている。そして、例の平凡《ヘボン》先生の字引を引き寄せて撫でながら、

「この字引を買うために、だけどね。なにしろこの字引は十八両もするんだぜ」

「そりゃ恩知らずってもんだ」

「かも知れない。でも、ぼくは将軍の馬の爪を切ったり髪を梳《す》いたりしているより、生き死にの境目にいる病人の役に立つ方がずっといいことだと思っているのさ。だから医学をはじめたんだ」

「この野郎ッ……」

　甚吉が拳を振り上げた。重太がそれをとめた。

「よしなさいよ、甚吉さん。御家人株を売って酒や女に費ってしまう人が大勢いるんです。それに較べたら、時次郎さんはずっと立派ですよ」

「しかし、許せない」

　こんどはおれが言った。

「ほんとうなら、お前を征伐してから焼打へ出て行くところだが、お互いに同じ汚い溝《どぶ》の匂いを嗅いで育った仲、それに免じて張り仆《たお》すのだけはよしてやる。ただしもうお前を友だちとは思わないぜ」

　おれは立ち上った。その裾を時次郎がとんと引いた。

「どうしても焼打に行くのかい」

「ああ、行くさ。まぁ見ていろ。おれたちのこれから放つ火がどこまで燃えひろがって行くか、よく見ていろ」

「よした方がいいよ。薩摩船を焼いたくらいで世の中は変らないんだから……」

「ほんとうに殴るぞ」

「殴る前にもうすこしぼくの話を聞いてくれよ。その後からならいくらでも殴られてやるからさ」

「……言ってみろ。聞くだけは聞いてやる」

　おれは時次郎を向いて坐り直した。

「ねぇ、衛生《もりお》くん、どうしてもお上のために薩長と戦う、というならもう止めやしないよ。そのかわり、戦う方法が、たとえば五年前と今ではまるで違って来ている、ということを知ってもらいたいんだ。衛生くんはガットリング砲というのを知っているかい？」

　おれは首を横に振った。

「最新の機関砲なんだ。一本、太い軸があってね、そのまわりに六本の銃身が取り付けてある。それで横に把手のようなものがついていて、それをぐるぐるまわすと、ひとつと数える間に四、五発の弾丸が飛び出して行くんだ。つまり太い軸がぐるぐるまわるだろう。それにつれて六本の銃身も回る。で、その銃身が真下に来たときにひとりでに弾丸が籠められている仕掛けになっているらしいのさ。あの機関砲が一挺あれば、おそらく五百人の敵を向うにまわしても大丈夫だと思う。悪いけど、あれを見たら焼打なんかばかばかしくて出来なくなるよ。同じ戦うにしても、これは根本的にやり方をかえなくちゃ、ときっと思うはずだよ」

「そ、そのガットなんとかっていうのをおれたちも見ることはできるのかい」

「明日なら、見ることができる。長岡藩の河井継之助という家老が明日、実射を見にくるらしい。まぁ見てから、衛生君が、でもやっぱり焼打だ、と思うのならそれでもいいいさ」

横に坐っていた重太と甚吉が一瞬ぐにゃっと頰を弛めたような気がおれにはした。中止となれば甚吉も重太もずいぶんうれしいだろう。甚吉はまた相方とゆっくりできるし、重太にはまたお菊さんに逢う機会も出てくる。それでにっこりしたのにちがいない。まったくたるんでいる。ひとつ怒鳴りつけてやろうと思って、改めて甚吉と重太の顔を睨んだら、いつの間にか二人の頰の弛みは消えていた。

「ぼくの先生のミスタ・新頓《ニユートン》と、そのガットリング機関砲の日本での売り手が親友なんだ。見たいと言うのなら頼んであげてもいい」

その凄い機関砲がもしも黒手組のものだったら、おれはどうするだろうか。おそらくそいつを担いで京の二条城へ馳せ参じるだろう。そして一騎当千のその機関砲でお上をお守り申しあげるはずである。その方が、横浜で薩摩船を焼打にするよりもっとずっと効果的だからだ。

とすると、武器が変れば黒手組の行動も自然に変更《へんが》えになるというわけで、これは時次郎の言っていることと合致する。ガットリング機関砲がいくらするのかおれにもわからない。しかし、ライフル銃は一挺十五両だ。それが六本で九十両。この見当で行くならその凄い機関砲の値は百両から百五十両か。もしもそれぐらいで買えるのなら、三井呉服店の横浜出店へ強盗に入ってでもそれがほしい。

そんなことを考えているところへ、岩亀楼の、例の若い衆が顔を出した。

「お客さん、初音さんのことで主人がたいへん恐縮しておりました。で、その主人の厳命で代りの相方さんを用意いたしましたが、どうなさいます？　今度のは若くてぴちぴち、瘡《かさ》の心配は決していりません。言うなればカサの心配のない日本晴れ娘、いかがです？」

「よし」

とおれは即座に断を下した。

「明日、みんなでガットリング機関砲というのを見に行こう。焼打はその後のことだ」

甚吉や重太がこんどははっきりと頰を弛ませ、矢玉のように部屋から飛び出して行った。茂松がその後に続いた。

「……ま、時次郎、そういうわけだから、明日は頼むぜ」

と、おれが軽く会釈すると、時次郎は机の下から一冊の帳面を引っぱり出すところである。

「何だい、それ？」

「君達が帰ったら、英語の勉強をするつもりなんだ」

時次郎が開いた頁に、墨字で蚯蚓《みみず》のぬたくったような横文字の数行が見えた。

「おまえが書いた横文字か？」

「そうだよ。英語の詩を作っているところなんだ」

「……読めるかい？」

「そりゃあ、自分で書いたものだもの、読めるさ」

「おまえの異人言葉を聞いてみたいような気がするなぁ」

「途中までしか出来ていないけど、それじゃ読もうか」

時次郎は帳面を目の高さに掲げ、すこし気取った声でこう始めた。

「……タウン・ライツ　アー　ベリ　ビューティフル、ヨコハマ、ブルーライト　ヨコハマ。ユー　アンド　アイ　ボース　アー　ベリ　ハッピィ。……と、ここまでだ。すこしは意味がわかったかい？」

「全然、だめだ。どういう意味だい」

「うん、訳すとつまらなくなるがね、大意を言えば、往還の照明、美麗なり、横浜、青い灯の横浜。君と吾《われ》、共に仕合せならずや……、というところだ」

「君と吾、共に何が仕合せなんだ？」

「だからそれはこれから作るところだよ。英詩には、脚韻、頭韻というのがあって、これでなかなか難しい……」

と、時次郎は筆の先を舐《な》め舐め、天井を睨《にら》んでいる。黒手組の軍資金が潤沢であれば、時次郎にも相方を世話してやれるのだが、と考えながら、おれは部屋を出た。

あくる日の四ツ、おれたちは時次郎と横浜吉原の大門を出た。異人墓《がいじんぼち》の向うの北方村の松林へ、ガットリング機関砲の実射を見学に行くためである。

大門から弁天丁へさしかかると、客寄せの声が聞えてきた。

「えー、一生の想い出、孫子《まご》の代までの記念、写真は如何でございい！　全楽堂蓮杖《れんじよう》館が誇る最新錫《チン》タイプ写真は如何でございい！　館主下岡蓮杖は只今健康を害し伊豆下田で静養中でございますが、機械の操作は下岡蓮杖自慢の愛弟子、横山松三郎があい勤めまする。用います機械は、プロシャ国の学者ヨーゼフ・マックス・ペッツファール氏考案、ペーター・フォン・フォクトレンダー氏製作の新鋭機。レンズはf《エフ》拾八と明るく、わずか三十数える間、じっとしていただけで、皆様の顔形が孫子の代まで残るのでござーい！　さぁ、写真は如何で……」

口上を聞いているうちに、おれはこうやって本所小梅町の悪童五人が揃うことは、この先二度とあるまいから、この蓮杖館で写真をとってもらったらどうかと思いついた。時次郎はおれたちとは別の道を歩んでいる。また一緒に行動しているおれたちだってだれがいつ薩長の放つ矢玉にあたって欠けて行くか、それは測り知れぬ。記念写真を撮るとしたら、真実、現在《いま》しかあるまい。

おれはみんなを促して蓮杖館へ入った。入ったと思ったらすぐにまた戸外《そと》へ案内されたので、すこし驚いた。機械操作者の横山という人に、どうしてですか、と訊いたら、戸外の方が明るい、明るければ静止していていただく時間がずっと少なくてすむからです、という答が返ってきた。

おれと時次郎が椅子にかけ、背後に甚吉、重太、茂松が立って構えると、機械操作者が、

「よろしいですか。わたしが三十数える間はどんなことがあっても動かないでくださいよ」

と、機械のそばで怒鳴った。

「いい写真になるかどうか、それはわたしの技倆《うで》というよりも、みなさんが動かないでいてくだ

さるかどうかにかかっているのですから」

ずいぶん乱暴なことをいう操作者だわい、と思っているうちに用意ができたらしい、操作者が、

「はい！　はじめます。ひとつ、ふたつ、みっつ……」

と、遠眼鏡に三本、足を生やしたような機械の先端の凸所《ぼっち》を押した。

「……よっつ、いつつ、むっつ、ななつ……」

どこから迷い込んだのか、おれの足許へ犬が寄ってきた。足で蹴っては写真がぶれる。じっと我慢していると、足くびのあたりが妙に温《ぬく》い。そこで、声ならいくら大声を出しても大丈夫だと思いつき、

「こらッ！　貴様は薩長の廻し者の犬だな」

と怒鳴った。操作者がびっくりして凸所から手をはなした。そして、それから、また改めて押して、

「……十三、十四、十五、十六……」

ふたたびのんびりと数えはじめる。

昨日と同じようによく晴れた空に異人凧の上っているのが見えた。その数は、ひとつ、ふたつ、みっつ。

7

松林の向うにちらちらと海が見えていた。その海から吹きつけてくる重く湿った風が松の枝を

騒がせている。

おれたちが横浜吉原の近くの全楽堂蓮杖館で錫塗写真《チンタイプ・ポトグレヒー》を撮ってもらったのが四ツ過《じゆうじ》ぎ、蓮杖館からこの北方村の村外れの松林に着くまで一刻ばかりかかっているから時刻は正午《ひる》ぐらいのところだろうが、その一刻のあいだに蒼い空が鉛色に変ってしまっている。「そのうちに白いものが落ちてきそうな空塩梅《あんばい》だぜ」「こんな寒さのときには温《あった》かい鍋でも囲んで酒を舐めているのが一番の極楽さ」「それに出来たら女を傍に侍らせて、な」「その女が横浜吉原一の別嬪ならもう言うことはないんだけどねえ」などと、いい気な御託《ごたく》宣を並べながら、おれたちは松林の中を右へ左へと蛇行する小径を辿って行った。

径が下りになった。黒かった地面がしだいに白っぽく変って行く。歩くたびに爪先が径にめりこむ。はてと思って見れば下は砂地だ。松と松との間がだんだんに広くなり、それにつれて波の音が激しさを増す。どすどすとなにか重いもので砂地を打つような音が、波の騒ぐ合間を縫って聞えてきた。音のするあたりへ目をやると、馬具をつけた鹿毛《かげ》や栗毛や連銭葦毛が六、七頭、寒風を避けようというつもりなのか、それぞれ尾本《びほん》を海に向け、たがいに平頸を寄せ合い、くっつけ合って蹄で砂を打っていた。

「うん、どれもみないい馬だ」

時次郎が馬たちの傍へ歩み寄った。時次郎の家は五代前からずっと将軍様の馬方、詳しくは馬方のうちの爪髪役《そうはつやく》である。したがって馬のことはよく知っているのだ。

「衛生《もりお》くん、見ろよ、こいつらの琵琶腰のしまり具合を」

次から次へと馬たちの臀部を軽く叩いてまわりながら、時次郎は目を細くした。

「よく訓練されているなぁ。長岡藩の馬方たちはきっと名伯楽ぞろいなんだ」

「長岡藩だと？　馬をちらっと見ただけでどうして長岡藩の馬だとわかるんだ。どこかに焼金の印でも捺《お》してあるのかい。それとも馬の長面《ながづら》に『この馬は長岡藩のものにて候』とでも書いてあるのか？」

「あいかわらず忘れっぽいな、衛生《もりお》くんは」

時次郎は馬たちのうちの一頭の平頸を肩で担ぐようにして抱いて、あちこちをやさしく撫でまわした。

「今日の正午《ひる》、この松林の中でブランド商会がガットリング砲の試射をやるが、それを見に来るのは河井継之助という長岡藩のおえら方だ、と昨夜《ゆうべ》教えてあげたはずだよ。だからつまり、この馬たちは試射を見に来た長岡藩の一行のもの、と決まっているじゃないか」

なるほどこれはたやすい謎解きだった。

「こんな簡単なことにも気がつかないようじゃ、このおれも二十三歳にしてはやくも耄碌《もうろく》したか」

おれはすこしお道化《どけ》て右の掌でお出額《でこ》をぽんぽんと叩いてみせた。すると甚吉がふふんと鼻で笑って、

「衛生ちゃんの耄碌は十三歳のときからすでに始まってるよ」

と、言った。

「みんなで黒手組の活動資金を稼ごうというのでさ、亀戸の植木職の手伝いをしたことがあったろう。あのとき、衛生ちゃんは自分の左手で松の枝を摑んで軀を支えながら、その枝を右手の鋸《のこぎり》で挽《ひ》いて地面に落っこっちまったじゃないか」

「あれは単なる間違いだぜ。おれは違う枝を挽いているとばかり思っていたんだ」

「それにしても、自分を支えてくれている枝を自分で挽いてしまうなんてのは耄碌もいいところさ」

「衛生さんの耄碌はもっと前から始まっていますよ」

こんどは重太が嘴《くちばし》を突っ込んできた。

「七歳《ななっ》か八歳《やっつ》のときのことです。衛生さんと信勝寺の境内で遊んでいたら、和尚さんが小桶に白《しら》魚鮓《うおずし》を漬けているのを見つけたんです」

重太のはなしで思い出したが、白魚鮓をおれたちはよく漬けたものだった。大川へ行って網で白魚を掬い、一日一夜塩をしておく。塩が白魚にしみ込んだところで塩水でよく洗い、水を切って、できるだけ硬く炊いた飯とよく混ぜ、小桶に入れて沢庵石をのせる。漬け方は簡単だが、味は上等、おいしかった。もっとも重太のいう信勝寺の和尚の白魚鮓については記憶はないが。

「……そのとき、衛生さんがおれにこう言ったんです。『なあ、重太、和尚さんというものはなまぐさものを口にするのは禁じられている。ひとつおれたちで和尚さんの白魚鮓を喰っちまおうじゃないか。そうすれば和尚さんも禁を破らずにすむというものだぜ』。むろん、こっちも白魚鮓の盗み喰いは望むところでした。けれども見つかって叱られるのも怖い。そこでおれは衛生さんに訊いたんです。『見つかると和尚さんに打《ぶ》たれちまう。だから盗み喰いしてもばれない手があればやってもいいけど、そういう手はあるの？』って。『あるとも』と、衛生《もりお》さんは言いました。『凄い手があるんだ』……」

「それでどうした？」

と、甚吉がはなしの先をせっついた。

「重太、おまえのはなしはまどろっこしくていけないぜ。鮓を喰ったのか、喰わなかったのか？」

「喰いました。衛生さんと小桶ひとつ、ぺろっと平げました」

「うまいことをしやがったな、畜生」

「それがそうでもなかった。すぐに見つかって和尚さんに折檻《せっかん》されちゃった」

「ざまみやがれ。……しかし、どうして見つかっちまったんだ？」

「衛生さんが下らない手を使ったからです。本堂に忍び込んでご本尊さまの口のまわりに衛生さんは小桶の底の白魚鮓を塗りたくったんです」

そういえばたしかにそんなことがあったっけ。あのとき、おれは盗み喰いの疑いをご本尊さまにかぶせてやろうと考えたのだ。

「……その最中に和尚さんが本堂に入ってきて、すべては露見です。いくらなんでも木像がものを喰うものですか。衛生さんはあのときからもう耄碌《もうろく》してたんじゃないのかなぁ」

「ひょっとしたら、衛ちゃんはおぎゃあ！　とこの世に生れ落ちたときからすでに耄碌してたんじゃないのかね」

茂松がひどいことを言い出した。

「衛ちゃんを取り上げた婆さんはおれの伯母さんなんだけどもさ、衛ちゃんは生れたときにもう皺だらけの皺くちゃだったっていうよ」

「もういい加減にしろよ、ほんとうに」

おれは茂松たちの尻を叩いてまわった。

「おれはこれでも黒手組の隊長なんだぜ。つまりはおまえたちの親方だ。親方といって悪ければ兄貴株、その兄貴株を寄ってたかって耄碌爺扱いすることはないだろう。それにな、茂松、赤ん坊ってのは、生れ落ちたときは誰だって皺だらけなんだぜ」

砂を蹴散らしながら、みんなを追っかけまわしていると、突然、砂山の向うでなんとも言いようのない凄い音が続けざまに起った。ばたばたばたばた、音の続き具合は芝居小屋の立ち回りの付け拍子に似ているが、音の迫力はそんな生易しいものではない。両国橋の仕掛け花火の炸裂音をごくごく間近で聞くような心持、ひとつひとつの音が空腹《すきつばら》にどすどすと響いて、そのたびに軀が震え、膝ががくがくッとなった。馬たちが怯えて、鼻先の吹嵐《ふきあらし》をぶるるると鳴らし、しきりに蹄で砂を蹴りあげた。

「ガットリング砲の試射が始まったんだ！」

大声で叫びながら時次郎が砂山を駆け登った。音の勢いに立ち竦んでいたおれたちもその叫び声にはっとなり、時次郎の蹴り散らす砂を浴びつつ、砂山を走りのぼる。

目の下に、長さ四尺、太さ八寸ほどの黒い鉄の筒が、炸裂音に合せるように台座の上で跳ねているのが見えた。筒の外側が「ひとつ」と数える間にぐるりと一回転している。把手を摑んだ異人砲手の軀が瘧病《おこりや》みのようにぶるぶる震えているのがはっきりと見えた。

砲の後方に異人二人を入れて十人ばかりの人が立っていた。異人のほかはいずれも武士、への字にきゅっと口を結び、小鬢《こびん》を海からの風に嬲《なぶ》らせたまま、大きく見開いた目を前方に据えている。砲の前方、一町ばかり離れたところに立つ松の幹に的径《てきけい》三尺の弓術用の標的《まと》がぶらさがっており、その標的が、踊るように右に揺れ左に揺れ上に跳ねあがっていた。前の夜、時次郎は「ガットリング砲が一挺あれば、おそらく五百人の敵兵を向うにまわしても大丈夫だろう」と言っていたが、猛虎のようなこの迫力、そして狙ったら最後決して獲物の魚を逃がさない海鷹《みさご》のようなこの正確さを目《ま》のあたりに見て、やつの言葉がはじめてすんなりとおれの腑《ふ》に落ちた。いや、むしろ、時次郎の言葉は控え目すぎる。太い軸に取りつけられた六本の銃身は、横の把手をまわすと、軸のまわりをぐるぐると回転し、軸の頂点に達したところで弾丸を発射し、軸の真下へ降りてきたところでひとりでに弾丸籠めがなされる。つまり弾丸を装塡する手間を省き、間断なく敵を迎えうつことができるわけだ。「薩摩船を焼打したぐらいじゃ世の中は変らない。世の中を変えるとしたら最新の武器だろう」とは、これまた時次郎の言だが、たしかにその通りである。あの機関砲を担いで京の二条城へ駆けつけたいものだ、とおれは思った。慶喜様の護衛は、風聞によれば、会津、桑名・彦根・津・大垣の五藩の練熟の兵二万、それに五百名の仏蘭西《フランス》伝習隊に百名前後の新選組だという。しかし、あの機関砲が一挺あればおれたち黒手組だけでも、完璧の護衛ができるだろう。すなわち何千本もの剣付鉄砲よりもあの一挺がはるかに勝るのだ。

「……欲しい、生命《いのち》と引きかえにしてもあの機関砲が欲しい」

欲しい欲しいが思わず声になってとび出したが、このとき、一町彼方で標的が真っぷたつに割れて宙に舞い上った。標的は部厚い木板で出来ているはずだが、続けざまに弾丸を打ち込まれて保《も》たなくなってしまったのだろう。

ふっと機関砲の音が熄《や》んだ。傍の甚吉たちがひとつずつ大きな溜息をつくのが聞えた。砲の後方で武士のひとりが異人となにか話しはじめた。馬乗袴に打裂羽織《ぶつさき》、お出額《でこ》が異常に広く、突き出した口の持主である。通辞を介さずに直接に話をしているのは異国語の心得があるからだろうか。それとも異人のほうが日本語を喋っているのか。もし前者だとしたらたいしたものだが。

「みんなをあの異人に紹介してやるよ」

時次郎が、ついてこい、というように顎を振って砂山を機関砲の方へ滑りおりた。あの機関砲を手に入れるためなら押し込み強盗だろうが追い剝ぎだろうがなんでもやってのけるぞ、と思いながら、おれも砂山からおりた。

機関砲はひっそりと立っていた。さっきの暴れん坊振りなどまるで嘘みたいである。そのまわりには莢隠元《さやいんげん》の外皮《から》のような弾丸滓《たまかす》が大笊いっぱいほども散らばっていた。機関砲に顔を近づけるとつんと硝煙の匂いが鼻をさした。

「おっと、そいつに触ってもらっちゃ困るよ」

弾丸滓を拾っていた異人が、いやにべらんめぇな口をききながら、おれと機関砲との間に割り込んできた。ぎょっとなって見るとべらんめぇは当り前で、そいつは皮膚《はだ》の色も目ン玉の色も、おれたちと同じである。異人服を着込んでいるので、こっちが勝手に異人だと思っただけだ。さっき、機関砲の射手をつとめていたのもどうやらこの男だったようである。

「おめぇたちに触られると、おれがブランドさんからお目玉を喰うことになるんだ」

「……あれぇ？」

茂松が素っ頓狂な声をあげて異人服の男を指さした。

「前島さんじゃないですか」

前島という男が茂松を見て、

「なんだ、茂松か」

と、釣り上げていた目を平にした。

「今日はなんだい？」

「非番なんです。それで仲間と試射を見にきたところです」

「助かった。茂松、おまえ薬莢を拾ってくれ」

「……ヤッキョウ？」

「弾丸滓《かす》のこったよ。おれは標的の始末をつけてから、松林の中に繋いである馬車をひいてくる。おっと、みんなも茂松の友だちなんだろう。なら、薬莢拾いに手をかしてやっとくれよ」

男は標的の落っこちている方角へ駆けていってしまった。

「ばかばかしいったらありゃしない。試射を見にきて弾丸滓拾いをさせられちゃ言うことがねぇや」

甚吉が茂松を睨みつけながらぶつぶつぼやいている。

「あの野郎、いったい何者だい？」

「おれに給金を渡してくれる人だよ」

茂松が右手で弾丸滓を拾い、左手で「すまない」とおれたちを拝んだ。

「つまり、前島さんはおれが沖仲仕をしているブランド商会の一番番頭なんだ。だからおれ、あの人には頭があがらないのさ。前島さんもおれたちと同じ御家人の出でね、先行きは唐物屋《とうぶつ》になるのが望みなんだそうだよ」

おれたちは弾丸滓を拾う合間に、かわるがわる機関砲に触ってみた。太軸のまわりの六本の銃身はまだ熱かった。全体に油でよく磨き込んであって、惚れ惚れするような色合いである。何度も銃身に頬ずりしたいという誘惑にかられたが、火傷のおそれがあるので、それはやめにした。

弾丸滓を拾い終ると、時次郎が例の馬乗袴と打裂《ぶっさき》羽織の武士と話をしている二人の異人の傍へ寄っていった。拾った弾丸滓を機関砲の傍の木箱に入れてから、おれたちも時次郎の後に立って、やつが異人に紹介してくれるのを待つことにした。異人のうちのひとりは茶色の服を着ている。もうひとりは黒服だ。例の武士と喋っているのは主に茶色の服である。すると、茶色がブランド商会の主《あるじ》だろう。そして黙って聞いている黒服が時次郎の師匠のミスタ・新頓《ニュートン》か。

「おい、時次郎」

おれは時次郎の背中へ低い声で言った。

「長岡藩のおえら方、異国言葉で喋々《ちょうちょう》しているね。なかなかやるじゃないか」

「英吉利語《えげれす》だよ」

時次郎がこっちを向いた。

「しかし、喋々とは決して言えない。むしろ訥々《とつとつ》といったところさ」

「訥々《とつとつ》だってたいしたものだ。なにしろこっちときたら英吉利語は『ハマチドリ』と『コンペニイ』と『ブラザ・イヌロウ』の三つしか心得がない。それにくらべたら立派だ」

ハマチドリは洲干弁天《しゅうかんべんてん》で赤服の英吉利兵から、そしてコンペニイとブラザ・イヌロウは前の夜、横浜吉原黴毒《ばいどく》病院で時次郎から教わったものである。

「それでよ、時次郎、二人はどんな話をしているんだ？」

「長岡藩の河井継之助は値切っている。ファブル・ブランドは値切っても無駄だ、正価で買えといっている」

「ふうん、それで正価はいったいいくらなんだ？」

時次郎に訊き返したとき、長岡藩のおえら方がいきなり、手にした鞭で己が馬乗袴を打った。

意外なほど大きな音がした。

「ナントカカントカ！」

と言って長岡藩のおえら方は茶色服のブランドを眼光鋭く睨みつけ、それから、打裂《ぶっさき》羽織の裾を大きく翻してブランドに背を向け、ざくざくと砂を鳴らしながら砂山を登って行ってしまった。

随行の武士たちが慌てておえら方の後を追った。

「……談判は決裂かい？」

おれはまた時次郎の背中に訊いた。時次郎は前を向いたままで、

「決裂ではない。河井継之助は、すこし考えさせてほしい、ではまた逢う日まで、さらばじゃ、と言って帰ったのさ」

と、答え、それから茶色服と黒服の前に出て、

「ハイドウドウ」

と、軽くお辞儀をした。ハイドウドウの詳しい意味はわからぬが、おそらくはじめの挨拶のときに使う言葉ではないのか。もし、このおれの勘が当っているとすると、おれの所有する異国言葉は合計四つにふえるわけだが、さてどうだろう。

茶色服と黒服のふたりと喋っていた時次郎が、おれたちのところへ戻ってきた。

「ファブルさんもミスタ・新頓《ニユートン》も、さっきの長岡藩のことをほめている。異国人の言いなりにならないところが日本人には珍しく骨があって立派だってさ」

「すると、たいていの日本人は骨なしということか？」

「まぁそういうことだろうね。ところで試射を見学させてもらったお礼は言っておいたけど、あとはどうする？　二人になにか訊きたいことでもあるなら、ぼくが通辞してあげるよ」

「通辞はいらないよ」

おれは小鬢のほつれを唾で撫でつけ、襟をとんと引いて手早く身仕舞いを正した。

「なんとか自分の力でやってみるさ」

咳ばらいをひとつして切っかけをつけ、茶色服と黒服の前へ進み出て言った。

「ハイドウドウ！」

　するとどうだろう、二人の異人がにっこりと笑ってハイドウドウと言い返してきたではないか。もっとも二人のハイドウドウは注意して聞くとハウデュユデュウだったが。

「コンペニイ！」

　おれは二人に時次郎を指さしてみせた。

「ブラザ・イヌロウ」

　つまりおれは『時次郎はわれわれの仲間で、いってみれば義兄弟のようなものだ』と言ったわけだ。が、これもどうやら通じたらしい。二人は口々にピーチクだのパーチクだのとなんだかわけのわからぬことを言いながらおれに向って毛むくじゃらの手を差し伸べてきた。すこし気味が悪かったが、おれはその手を握ってやった。

「ハマチドリ？」

　こんどは機関砲を指さした。

「ガットリング、ハマチドリ？」

　むろんこれは『あれなるガットリング機関砲はいかほどであるか』というつもりである。ありがたいことにこれも無事に通じた。

「ムニャムニャ」

　茶色服はまたわけのわからぬことを言って、おれの目の前に右手をパッとひろげてかざした。天狗の団扇ほども大きいその手を見ながら、おれは考えた。片手をひろげたのは「五」という数をあらわすためにちがいない。すると五両か五十両か、あるいは五百両か。しかしまさか五両ということはあるまい。これは鬼兵舘の先生の受け売りだが、このあいだ殺された坂本龍馬だか桂馬だかという土佐藩の浪人は、殺されるふた月前、長崎で最新式の鉄砲千三百挺を一万八千八百七十五両で購入したという。すなわち一挺平均十四両二分。ところでガットリング砲は、いってみれば回転する六挺の鉄砲のことだから、六挺の鉄砲の代金がざっと八、九十両。それにさまざまな仕掛け《からくり》がほどこされているから、五十両ではあり得ない。すると五百両か。まぁこれだけの逸品だから五百両はするかも知れぬ。いや、五百両で慶喜様のお役に立てるなら安いものだ。五百両は大金だが、横浜吉原の岩亀楼に押入ってでもこしらえる。岩亀楼がだめなら、越後屋の横浜出店でもいい。江戸では薩摩屋敷に巣喰う悪《わる》どもが、毎晩のようにあっちこっちの豪商に押し込みを働いているそうではないか。薩摩の連中のやることでも真似るべきところは真似てしかるべきである。おれの脳裏に、二条城の東大手門にガットリング砲を据えつけてあたりを睥睨《へいげい》している四人の黒手組勇士の姿が泛《うか》びあがった。おれたちはガットリング砲の傍でするめを嚙み、京の名酒の「養老菊水」なんかを舐めている。もとよりそのするめと酒は、慶喜様からの特別のくだされものである。慶喜様が「そちたち黒手組がついていていてくれる限り、徳川は天地と共にある」と仰せられて、おれたちに手ずから下さったものなのだ……

「よし」

と、おれは茶色服にうなずいてみせた。

「五百両で手を打とう。金はここ数日のうちにきっと都合する」

「ひと桁ちがうんだよ、衛生くん」

時次郎が横からおれの袖を引いた。

「ブランドは五千両といっているんだぜ」

とたんにおれの脳裏から二条城東大手門前の黒手組の勇士たちの姿が消えた。

8

その夜は、吉原岩亀楼《がんきろう》の一角にある黴毒《ばいどく》病院に泊めてもらうことにした。というのはおれが俄に熱発したからで、宮ヶ崎丁の鉄之助のところまで歩く気力が失せ、それよりはずっと近い時次郎の塒《ねぐら》に転がり込んだわけだ。黴毒病院の代診である時次郎は、

「風邪だね。長い間、冷たく湿った潮風に吹きっさらしになっていたのが悪かったのだろう」

と、診立《みた》ててくれたが、甚吉たちはおれの臥せっている夜具の裾のあたりに火鉢を置き、その火鉢で手を焙《あぶ》りながら、

「なぁに、五千両と聞いてびっくり熱を出したのさ。なにしろ衛生ちゃんはあれで意外に小心者だからねえ」

などと陰口を叩いていた。普段のおれなら、厭味《いやみ》なことをいうんじゃねえと頬桁《ほおげた》をひとつふたつ張ってやるところだが、なんだか軀《からだ》の芯からごっそりと力が抜けたようで、起きて殴りつけるどころか口をきく気にもなれぬ。ただ、ぼやけた頭にガットリング機関砲の冷たく底光りしていた黒い砲身を思い泛《うか》べているだけである。どうやらおれはガットリング砲に一目惚れ、これは風

邪というよりむしろ恋患いの口だろう。娘に惚れたのなら方途はある。押して押し立て押し抜く、口説いて口説き立て口説き抜く、この一手で攻め込めばたいていの娘は靡《なび》いてくるはず。言葉には金はかからないから一切無料《ただ》だ。しかし相手が機関砲ではいくら口説いても益はない、ものを言うのは山吹色の小判だけである。しかもその小判が五千枚というのではとてものことに手が届かない。出るのは溜息と熱だけだ。

「ぼくは平凡《ヘボン》先生のところへ出かけてくる」

おれが何十回目かの溜息をついたとき、それまで机上にひろげた黒表紙の薄っぺらな洋書を睨みながら、手に構えた帳面になにかしきりに書きつけていた時次郎がぽんと筆を筆立てに投げ込んだ。

「今夜は多分帰らないと思う。平凡先生のお宅に泊めてもらうつもりだから」

「いそいそと出かけて行くところをみると、そのナントカ先生ってのは、白粉《おしろい》塗って紅つけた艶《えん》なる先生だろ」

甚吉がにたにたと笑った。

「お安くねえぞ、時次郎」

「なにいっているんだ。平凡先生は天主教のお寺の坊さんにして医者、ぼくの英語の教師でもある。今夜は宿題を見てもらうことになっている」

時次郎は例の黒表紙の洋書と帳面を重ね持って立ちあがった。

「天主教のお寺で歌う讃美歌を訳したんだけど、今夜はそれの添削を受けるのさ」

「サンビカ？」

「こっちで言やァ御詠歌かな」

時次郎は立ったままで帳面を開いた。

「ぼくの訳した歌詞を読みあげてやろうか」

「暇つぶしにはなるかもしれねえな」

茂松が甚だ気のない返事をした。

「衛生《もりお》ちゃんを置いてきぼりにして登楼もできないし、洋書ばかりで絵草紙のたぐいもないし、茶も切れていればお菓子もない。ないないづくしで死ぬほど退屈していたところなんだよ。時ちゃん、ひとつ渋いのどでやっておくれよ」

「讃美歌は新内じゃないんだ。渋いのどなんて関係ないぜ。では、讃美歌四百六十一番」

時次郎は帳面を高く掲げて次のような文句を読みあげた。

耶蘇《やそ》、我を愛す
左様、聖書申す
帰すれば童《わらべ》たち
弱いも強いも
ハイ、耶蘇愛す
ハイ、耶蘇愛す

　　左様、聖書申す

読み終って時次郎は甚吉たちの顔を見まわした。

「どうだい？」

「よかった」

すかさず重太がほめた。重太は人がいいからなんでもきっとほめる。硬い飯を出されれば歯ごたえがあっていいと言い、軟か炊きの飯を出されればこなれがよくていいと言う。また自分を殴った相手に、手を痛めやしませんでしたかと訊き、自分を欺した相手には、わたしなんか欺しても欺し甲斐がなかったでしょう、などといたわる。だから重太のほめ言葉はあまりあてにならない。

「ほめてくれたのは重太ひとりか」

時次郎は不満そうな顔をした。

「ついでだからもうひとつ読んでみようか。こんどは讃美歌四百九十番……」

時次郎は前よりも気取った口調で、以下のような文句を読んだが、こんどのは短い。

　　よい国あります
　　たいへん　遠方
　　信者は栄え光りそ

甚吉がぷっと吹き出した。

「時ちゃん、前のも今のも、歌の文句にしちゃずいぶん舌ッ足らずだねぇ。こなれてないよ。へ酒の相手に、話の相手　苦労しとげて茶の相手……と、こんな具合に粋にやってもらいたいもんだ」

「ぼくは小唄やどどいつの文句を作ったんじゃない」

時次郎は頬を脹らませて診立て室へ出た。

「ぼくが作ったのは天主教のお寺で歌う讃美歌なんだ。天にまします神への讃美の歌なんだよ。色欲のことや遊里の情趣をよむ小唄やどどいつとは種類がちがう。しかも、元歌があるんだぜ。その意味を日本語に忠実に移さなければならないという制約もある。それにもうひとつ、歌の節にもぴったり適《あ》うように字数を勘定しなくちゃならない。それなのになんだい、粋にやってもらいたいだってやがる。人の苦労も知らずに、まったく友だち甲斐のない連中ばかりだ」

がらがらぴっしゃん、時次郎は玄関の戸に腹いせの八ツ当り、大きな音をさせて出て行った。が、すぐにまた、戻って来て、大声で言った。

「戸締りをしっかりたのむ。隙間ッ風は衛生《もりお》くんの風邪には禁物だからな。それにこのごろこそ泥が横行している。診立て室の器材を盗まれないようにしてくれよ」

おれはこのときまでうつらうつらしながら時次郎と甚吉たちの会話《やりとり》を聞くともなく聞いていたのが、時次郎の台詞のおしまいの「盗まれないように」という言葉にはっと思い当って上半身を起した。五千両なんて途方もない大金の金策をつけようとするから熱も出るんじゃないか。だいたい五千両の金策など一生かかってもつくはずがないのだ。五万八千石を領する長岡藩でさえも二の足踏んで迷っていたあの機関砲を、三十俵三人扶持のおれが金で手に入れようとするほうが道理に外れているというものだ。

「衛生さん、どうかしたんですか」

夜具の上にあぐらをかいて真向いの壁を睨んでぶつぶつ言っているおれを見て、重太が膝で畳を漕ぎながら心配顔で傍へ寄ってきた。

「どこか気分でも悪いんですか。それとも……」

「寝呆《ねぼ》けているんだよ」

甚吉が重太に言った。

「きっとまた女に振られた悲しい夢でも見たのさ。そのうちしくしく泣き出すから見ててみな」

「やかましい！」

一喝しておいて、おれは掛布団を縕袍《どてら》がわりに軀に巻きつけゆっくりと立ち上った。おれの一喝に火鉢の前で居眠りの船を漕いでいた茂松がびっくりして目をさました。

「おれたち黒手組の今後の活動方針がたったいままとまったので、それを発表する」

「熱が引いてからにしなよ」

甚吉が、およしよというように右手を振った。

「熱発頭で考えついたことなんざ、どうせ碌なものじゃありゃしないんだから」

「やかましいと、言っているのにわからないのか」

こんどは大喝してやった。

「熱にうかされたのではない、おれの熱情が天に通じたのだ。さっき、時次郎が天主教の讃美歌の文句を読みあげていたろう。あの文句と、やつの最後の台詞の『診立《みた》て室の器材を盗まれないようにしてくれよ』とが、黒手組のとるべき道を指し示してくれたのだよ」

「もったいをつけないで簡単に話しとくれよ」

茂松が欠伸《あくび》をした。

「おれ、眠くて眠くて……」

「眠い野郎は楊枝で目につっかい棒をしな」

おれは時次郎の机の楊枝立てから楊枝を二、三本抜き、茂松めがけて投げつけた。

「つまり、時次郎の讃美歌をもじれば『よい武器あります、たいへん近くに、あれあればお上《かみ》はご安泰』となる。もうひとつの讃美歌をまたもじれば『われ　お上を愛す、左様誓い申す、帰すれば我等武器を分捕《ぶんど》り、ハイ、駆けつける、ハイ二条城へ、左様、誓い申す』ってわけだ」

「じゃ、じゃあ、あ、あのガットリング砲を盗み出そうというんですか」

重太がひどく吃った。

「ほ、ほんきですか?」

「本気さ。買う金がないとなれば、盗むしか手はねぇだろう」

「いいのかい、五千両の品物を盗み出したりして」

甚吉は右手でしきりに顎を撫でて思案顔である。

「ブランド商会は破産しちまうぜ」

「おれたちの目的はガットリング砲でお上をお守り申しあげることにある。御家人のおれたちにとってこれは至高にして神聖なる目的である。しかして神聖なる目的は手段も神聖化する。盗もうが欺しとろうがすけこましをしようがどうしようが、目的が神聖であれば、それは神聖なる盗みであり、尊敬すべき欺《だま》しであり、賞讃されるに足るすけこましなのである。わかるか、ここらへんの理屈が……？」

みんなは皆目わからないというような顔をしておれを見ている。

「それじゃあみんなに聞こう。おれたちがまだ二本ばなを垂らしていたころだが、双六《すごろく》遊びをやりたくてたまらなくなったことがあった。しかし、おれたちの誰も双六盤を持っていなかった。で、あのときどうしたかね。双六遊びをおれたちは諦めたかい？」

「いや、近所の小旗本の倅《せがれ》と仲好しになるふりをして、やつのところへ遊びに行ったんだ。そして……」

甚吉が膝を乗り出してきた。

「……このおれだぜ、帰るときに背中に双六盤をくくりつけ、その上から着物を羽織って外へ持ち出したのは……」

「夏が近づくと信勝寺の裏庭に赤い茱萸《ぐみ》の実がなった。見るからにうまそうだった。しかし信勝寺の和尚はけちで、どんなに頼んでも一個の茱萸の実も恵んじゃ呉れなかった。あのとき、おれたちはどうしたかね？」

「盗んださ」

さっきまでとろんとしていた茂松の目がいきいきした光を放ち出した。

「夜中に信勝寺に忍び込んでさ、おれが茱萸の木ごと引っこ抜いて持ってきちまった。あのころから、おれには馬鹿力が備わっていたようだなぁ」

「近くに松屋という駄菓子屋があった。いつもじいさんが一人で店番をしていた。おれたちは黒砂糖が好物だったが、それを買う金はむろんなかった。あのときおれたちはどうしたかね。他の子どもたちのように黒砂糖を横目で睨み、指をしゃぶって我慢したかい？」

「いや、そういうときは店先の品物をなんでもいいからぱっと持って逃げるのがおれの役目でした。おじいさんがおれを追いかけて店の外へ飛び出す、すると店が空っぽになります。そこへ近くにひそんでいた衛生さんたちが悠々と押し込んで黒砂糖の塊《かたま》りを持ってきてしまう……」

重太は暗い顔になった。

「考えてみれば松屋のおじいさんには悪いことをしましたね」

「良い悪いはとにかくとして、欲しいものがあればこの手で取る、それがおれたちのやり方だったのだ。三ツ子の魂百までも、と古い人は言っている。すると、欲しいものはこの手で取る、という方法は、黒手組の存するかぎり黒手組の方法である、とまぁこういうことになるってわけだ。小判を五千枚並べてガットリング砲を買うなんざ、金さえあれば馬鹿にだって出来る仕事さ。だが、ガットリング砲を盗むなんてことは、おれたち黒手組にしか出来ない芸当よ。どうだい、やる気が湧いてきたかい？」

「悪いけどやる気はないね」

茂松が首を振った。

「おれはブランド商会の人足だから、あそこの倉庫のことは結構詳しいつもりだがね、あそこに忍び込むのは石川五右衛門先生にも骨だと思うよ。倉庫は土蔵造り、二階には二つ三つ窓があるが一階にはない。入口にはばかでかい錠前がおりている。おまけに倉庫まわりを小牛ほどもあるでかい洋犬《カメ》が二匹、昼も夜もうろつきまわっている。これはとても成就しないはなしだよ」

「いや、きっとやれる」

おれは右手をのばして茂松の口を押えた。

「なにもいわずにおれの言うとおりにしろ」

「というとなにか策があるのかい？」

茂松はおれの手を払って訊いた。

「とっておきの策かなんかが……？」

「ある」

おれは茂松の顔を凝《じっ》と睨んだ。

「いいか、茂松。この策の当り外れはおまえの働き如何にかかっているんだ。よく聞けよ」

おれは両手をひろげ、茂松をはじめ、甚吉や重太の頭を寄せ集めて、三人に苦心の方策を打ち明けた。表戸ががたがた鳴り出した。風に吹きつけられた霙《みぞれ》が雨戸に当ってびしびしと音をたてている。願ってもない空模様だ。おれはそれがあくる日の晩まで保てばよいと思った。

あくる日の夜の四ツ半《じゅういちじ》、おれと重太と甚吉は雨具四天王で身をかため、異人商館街を北から南へゆっくりと歩いていた。雨具四天王とは大げさだが、じつは合羽に唐傘、みのに足駄のことである。

前夜の霙は夜半から雪になり、間断しながら現在《いま》も降り続いている。もっともどか雪ではないから積りはしない。ただ、道はどこもかしこも泥だらけだ。異人商館街は横浜の新名所で、月夜の晩などはかなり遅くなっても人通りの途絶えることはないのだが、今夜はおれたちのほかに人影はない。悪天候様々だ。

ブランド商会の門前で、風と雪を避けるために傘をつぼめて屋根をつくり、その屋根の下で燐寸を擦った。

しばらくたって、塀がわりの低い鉄柵の向うの土蔵造りの倉庫の二階の窓がぼうっと明るくなった。倉庫の二階で燐寸を擦ったのは茂松である。茂松はブランド商会の荷運びの人足、今日は朝から稼ぎに出て、荷を運び込むうちに隙を見て、そのまま倉庫の内部《なか》に隠れていたのだ。むろん、これはおれの授けた策略で、やつはおれたちが倉庫の二階の窓の下に辿りついたところを見計って、上から綱を投げてくれる手筈になっている。その綱に摑《つか》まっておれたち三人が倉庫へ潜入することはつけ加えるまでもない。そして四人でガットリング砲の砲身と台とを解体《ばら》し、梱包して再び窓から地上に釣りおろす、これが策略の大略である。ところで、こっちの燐寸《マッチ》の灯《あか》りは『こちらの準備はいいが、そっちは如何か』という意味の質問である。この質問に対し倉庫の二階の窓がいつまでも明るくならなければ、それは『いまはやばい』というわるい知らせ、こっちの灯りに向うも灯りで応じれば『すぐ侵入せよ』という合図だ。おれたちは泥の上に蹲んで、傘を折り畳み、合羽やみのやや足駄とひとまとめにして、用意してきた紐でくくった。そしてその小荷物を鉄柵の向うへそっとおろした。鉄柵の高さはおよそ三尺、おれたちは楽にそれを乗り越えた。

うう っ、はぁはぁ。うう っ、はぁはぁ。

近くの闇の中でけものが息を弾ませ唸っている。姿勢を低くして闇を透し見ると、四、五間先で洋犬《カメ》が二匹こっちを窺《うかが》っている。なるほど茂松が言っていたように二匹とも巨《おお》い。幼いころ両国広小路の見世物小屋で月輪熊を見たときびっくりして小児急疳《ひきつけ》を起したことがあるが、まさにあのときの熊ほどはありそうだ。唸っているぶんには構わぬが、吠えたてられてはことだ。おれは重太の脇腹をひとつとんと小突いた。重太は懐中から油紙の包みをとりだし、そっと地面の上にひろげる。包みの中には犬肉の肉団子が二十数個。昨夜《ゆうべ》あれから横浜吉原界隈を歩き廻り野良犬を一匹取っ摑まえ、ほとんど半徹夜でこしらえたのがこの犬肉団子。

重太は十個ばかりを右手に一度に持ち、ゆっくりと立ち上って右半身に構えた。ひとつ、ふたつ、みっつと小声で数えながら呼吸を整え、四つで右手の肉団子を闇の中へ投げつける。重太は草履投げの名手である。草履投げのこつを応用すれば、十個の肉団子を一度に放り投げ、右に一直線に五個、左にも一直線に五個、しかも、それぞれの肉団子の間隔を等しく並べるのは朝飯前のたやすい仕事。犬は肉が大好物、肉団子の匂いに釣られて吠えるのを忘れ、肉団子を拾って歩いているうちにそのまま遠くへ去って行ってしまうはずである。自慢するわけではないがこれもおれの考え出した番犬撃退法だ。

おれのこの戦術はまたもや功を奏した。重太が肉団子を投げるや否や、二匹の洋犬《カメ》は尾を振って闇の奥深くへ走って消えてしまったのである。犬が犬の肉を共食いしている間になんとかして倉庫の二階へ忍び込んでいなくてはならない。おれたちは鉄柵から倉庫までの二十間ばかりの距離を裸足で駆けた。

窓の下へ無事たどり着いて、ふうふう息を弾ませながら上を振り仰ぐと、太綱が一本、するすると降りてきた。再三再四、くどいくらい打合せしたのはやはり無駄ではなかった。絶妙の間合《な》いである。まず太綱に甚吉がつかまる。ぐぐぐっと太綱が六尺ばかり引き上げられる。二階の内部《か》から茂松が馬鹿力とくそ力と大力と剛力と馬力を総揚げして太綱を引っぱっているのだ。これも打合せ通りである。甚吉の後に重太が続いた。再び太綱がぐぐいと六、七尺引き上げられる。人を二人もぶらさげておいて、一度に六、七尺も引き上げるとはなんという怪力であろうか。茂松が倉庫に侵入したのは、おそらく八ツ半《さんじ》か七ツ《よじ》、それから現在《いま》まで、やつは食物をなにひとつ摂《と》っていないはずだが、空腹でもこれだけの力を出すとは、さすがは本所で鳴らした黒手組の一員だけのことはある。

二番手の重太の躰《からだ》が八尺ほど宙に浮いたところで、おれも太綱を両手でしっかりと握った。が、生憎なことにおれが摑《つか》んだところは、茂松が綱を下したときにくっついたのだろう、泥だらけだった。やがて太綱がまた七、八尺引き上げられ、それにつれておれの躰も宙吊りになったが、泥で手が滑ってずるずる……、二、三尺ずり落ちた。地面に叩き落ちてしまってはここまでの苦労は水の泡、足の一本二本折れても構わぬが、音をたてるのは困る。肉団子拾いに夢中になっている洋犬《カメ》どもにおれたちのことを憶い出させてしまうからだ。そればかりではない。おれの地面に叩き落ちる音で、ブランド商会の番人が目を覚ましたりしては万事休すだ。洋犬《カメ》ならまた肉団子をばらまけばなんとか胡麻化せるかも知れないが、相手が人間様じゃあ肉団子なんぞ役立たずだ。小判をばらまくか、あるいは裸の美女たちをばらまくか、他に手はなかろう。そしてこれは言うまでもないことだが、おれたちには小判の用意も、裸の美女たちの備えもないのだ。

おれは太綱に獅噛《しが》みつき、精一杯足を縮こめた。両の足の裏になにか柔いものが当った。「あれれ？」とおれは訝《いぶか》しく思った。「草を踏んだのかな、それとも洋犬《カメ》の背中でも踏んづけたのかな？」しかし、現在《いま》は十二月の初頭、草の生えている道理はない。また、両足の下にあるのが洋《カ》犬《メ》の背中なら、洋犬《カメ》はわんとかきゃんとか啼くはずだ。と、さらに不思議なことが起った。おれの両足が踏まえているその柔いものが、ぐいぐいぐいと、おれを空中に押し上げたのである。これには胆を潰した。おれはこんどこそ手を滑らせないように用心しながら下を窺った。下にはなんにもなかった。

へんだな、妙だな、なんかおかしいな、と怪しんでいるうちに、おれは二階の窓の真下に着いた。窓からおれの方へ茂松が片手を差し出して待っていた。するといま綱を支えているのは甚吉と重太だろう。

御苦労だったな、とおれは茂松にねぎらいの言葉をかけてやりたかった。そして、今夜のおまえの力業《ちからわざ》は見事なものだった、これで憧れのガットリング砲は九分九厘までこっちのものさ、とほめてもやりたかった。がしかし、ここはまだ戸外《そと》、声を発するのは御法度である。そこでおれは片目をつむってみせることで茂松の功勲《いさおし》を称え、やつの手に摑《つか》まった。だが、なぜか茂松はべそをかいていた。

　また、へんだな、妙だな、なんかおかしいな、と怪しみながら、おれは茂松に引き上げられて無事に倉庫の二階の窓を潜った。がしかし、皮肉なことに、内部《なか》に入ったとたん、無事ではなくなった。内部《なか》には驚天動地の有事が待っていたのだ。まず、おれの目の前にピストーレの筒先があった。ピストーレをおれに擬しているのは、前の日の午《ひる》、北方村の松林でガットリング砲の射手をつとめていたブランド商会の一番番頭の前島という男である。

「貴様が間抜け盗賊どもの首魁《しゅかい》かね」

　間抜けという表現がおれの自尊心に引っかかったが、ピストーレが眼前にあっては自尊心もへったくれもない。それに大事が露見した上は、出来るだけ素直に振舞って点数を稼いでおく方が利口というものだ。おれは大人《おとな》しくうなずいた。

「ほんとうに貴様が首魁か」

「はぁ……」

「しかし、茂松をひと月前からブランド商会で働かせたり、ガットリング砲を狙ったりするところは、貴様たちだけの才覚とは思えないが、貴様たちは見るからに間抜け面《づら》をしているが、背後にかなり切れる黒幕が隠れていそうだな」

　これはすこし嬉しかった。前島はおれのたてた計画を、敵ながら天晴れなりと、それなりに評価はしてくれているのだ。それにしても、なぜ計画が暴露《ばれ》たのだろうか。考えているうちにおれは茂松がついさっきべそをかいていたことに思い当った。するとどじを踏んだのは茂松か。

「……黒幕はだれだ、と訊いているんだぜ。長岡藩の河井継之助はガットリング砲にいやに執着しているが、まさかその河井じゃあるまいな？」

「ち、ちがいます」

「じゃ、だれだ？」

「そうですねえ、強いていえば慶喜様でしょう。なにしろ、おれたちは慶喜様に忠義を尽すためにガットリング砲を欲しいと思い込んだのですから」

「ケイキって、あの慶喜か？」

「そうです。あの慶喜様です」

「ふざけるんじゃねぇ！」

　前島のピストーレがおれの頭の左へ飛んできた。脳味噌の中で三尺玉、三十二貫目の大花火が炸裂したような気がして、おれは危く「玉屋あっ！」と自分に声をかけそうになった。花火の小星が火芒を残しながら四方八方へ飛び、やがて燃え尽きて消え、それと入れかわるようにこんどは頭の中を黄色い蝶々がひらひらと舞いはじめた。

「人を人とも思わぬ野郎だ。ぎりぎりっと踏ん縛ってしまえ」

　前島の怒鳴り声がどこか遠くでしていた。茂松が泣いているのもかすかに聞える。だれかが――むろんブランド商会の雇人のだれかが、だが――おれを縄でぐるぐる巻きにしはじめた。そのだれかの手がしばしばおれの手に触れた。さっき、地面に叩き落ちそうになったとき、おれの両の足を下で支えてくれたのは、人間の手だったのではないかしらん、おれを罠に追い込むために、敵方がおれの倉庫侵入を手伝ってくれたのではないかしらん、と覚束《おぼつか》ない頭で考えているうちにやがておれはなにもわからなくなっていった。

……もっとも、正気を失っていたのはほんの半刻たらずで、それからあくる朝の五ツ《はちじ》までぶっ続けに、おれたちは前島やファブル・ブランドから、たっぷり油を絞られた。計画が露見したのは、おれが睨《にら》んだとおり、茂松の演じたへまに依る。こっそり倉庫の二階に隠れたところまでは打合せ通りだったが、茂松はそこでぐっすり寝入《ね》ってしまったのだ。しかも大鼾をかいて、である。

一方、同じころ、前島たちも茂松が終業間際になってその日の駄賃も受け取らずに、ふっとどこかへ姿を消してしまったことに気がついた。「後になにか用事が控えていたので駄賃を受け取るのを忘れて帰ってしまったのではないか」という説をなすものもあったが、前島はさすがに一番番頭だけあって用心深く、自分で商会内の敷地をひとまわりした。ついでに倉庫を覗いてみた。ところがそのとき茂松は白河夜船の大鼾。たちまちやつは取っ捕まってしまった。もちろん、茂松も芯からの馬鹿ではない。「ちょっと一休みのつもりで横になったのですが、うっかり寝込んでしまいました。みなさんを騒がせて申しわけありません」と詫びの一手でなんとか言いのがれをしようとした。しかし、茂松の横には燐寸《マッチ》箱と一巻きの太綱があった。前島はこれは臭いと睨み、すぐさま茂松の弱点を攻めにかかった。すなわち、鮓屋に人をやって大皿に山盛りの海苔巻を買ってこさせ、それを茂松の前にどんと置いて、

「ほんとのことを喋ってくれたらこいつは全部おまえのものだが……」

と、誘ったのである。

食欲と闘うのは茂松のもっとも苦手とするところ、やつは半刻ばかりは脂汗をたらして頑張ったものの、その半刻がぎりぎりの限度、茂松は海苔巻一皿と引きかえになにもかも喋ってしまったのだった。それにしても海苔巻一皿で降参とはなんとまぁ情けない男だろう。

「二度と横浜をうろつくな。今度、横浜で貴様たちを見つけたらただじゃおかないから、そう思え」

という罵声とこみでブランド商会を追い出されてからおれたちは、宮ヶ崎丁の鉄之助のところへ寄って、例の木製大砲と弾丸一発、手投げ弾八個を受け取ったが、そのあいだじゅうずっと、おれも甚吉も、茂松とは口をきかなかった。海苔巻で仲間を売るような左巻野郎にだれが口などきくものか。

「……おれたち、これからどこへ行くんですか?」

宮ヶ崎丁から野毛橋にさしかかったとき、重太がおれに訊いた。

「右ですか、それとも左ですか?」

右とは程ヶ谷《ほどがや》、左とは横浜のことだ。

「そりゃあ右だ」

おれは即答した。

「薩摩船焼打は不発、ガットリング砲のちょっくら持ち逃げにも失敗、横浜じゃあ碌《ろく》でもないことばかりだった。こんなけちのついた土地にこれ以上一日だっていられるものか」

「程ヶ谷へ出たらそれからどっちへ行く気だ？」

　こんどは甚吉が訊いてきた。

「西かね、それとも東かい？」

　言うまでもなく西なら京、東は江戸だ。

「京の二条城には慶喜様がおいでになる。おれたちが勝手に決めたことだが、黒手組は慶喜様の親衛隊だ。したがって行先は西さ、西に決まってらぁ」

「やはり西かねえ。ガットリング砲を引っ張って馳せ参じるならとにかく、旧式の木の大砲に兵四人、あまりお上の役に立てるとは思えないぜ」

　甚吉はどうやら里心づいたらしいが、そういわれてみると、たしかにおれだって母親の顔が見たくないことはなかった。あとひと月たらずで正月だ、正月のあいだだけでも、母親の肩たたきをして暮したい。しかし、小手柄ひとつ立てずに家へ帰るのはなんとなく憚られた。これまで苦労のかけどおし、肩身のせまい思いばかりをさせてきた母親に一生に一度でいい、晴れがましい目を見させてやりたい。そのためには、たとえ疥癩《かいらい》野干《やかん》の身に成り果てようと、名を挙げなくてはならぬ。となるとやはりおれたちは京の二条城へ行くべきだ。

「木の大砲に兵四人でもいいじゃないか。枯木も山の賑いよ。たとえおれたちでもいないよりはいた方がいいさ」

「ちぇっ、衛生《もりお》ちゃんはおれたちを枯木にしちまいやがった」

甚吉は石を蹴っ飛ばして、渋々おれに同意し、野毛橋を右に折れた。

「待てよ、甚吉」

おれは甚吉の背中に待ったをかけた。

「黴毒《ばいどく》病院の時次郎に一寸だけ逢っていこうぜ。ひょっとしたら、これが時次郎の顔の見納めになるかもしれない」

「かもしれねぇな、たしかに」

甚吉はうなずいておれの傍へ戻ってきた。

おれはすこし離れたところで大砲担いで塩垂れている茂松の方を顎でさしながら、重太に言った。

「茂松にはこの野毛橋で待っているようにいっときな。一刻もしたら戻ってくるから」

「茂松は連れて行かないんですか?」

重太はなじるような目付になった。

「そりゃひどいや」

「茂松の面《つら》を見るたびに、昨夜、前島にピストーレで打《ぶ》たれたところがずきんずきんしてくるんだ。わかるだろう?」

「わかります。でも、仲間でしょうが……」

「仲間だと? 笑わしちゃいけないよ、重太、やつはおれたち三人と海苔巻一皿を取っかえっこしたんだぜ」

「そうだよ」

甚吉が傍で相槌を打つ。

「あいつの肩持つのはいいが、あんまり甘やかすんじゃねぇぞ。なにしろあいつによれば、おれたち三人の重さと海苔巻一皿十二本の重さが同じだそうだ。つまり、あいつにとってはこのおれが海苔巻四本分にしか相当しねぇんだ。おれのことをそんなふうに思っている野郎とは一緒に歩きたかねぇ」

「おれたちだって茂松と同じじゃないかなあ」

重太はおれと甚吉とをじろじろっと厭な目で見た。

「朝早くから夕方まで重い荷物を担いで波止場とブランド商会の倉庫とを何十回も往復し、腹ぺこのところへさらに晩飯抜きで倉庫に身を隠す。そこを捕まって、目の前に食物を出される。茂松ならずとも喋ってしまうんじゃないかなぁ。たとえばおれだったら茂松のように半刻も辛抱できない。食物を出された途端なにもかも白状してしまう。茂松はよく耐《こら》えた方だと思うけど……」

たしかに重太の言うとおりかもしれない。考えてみると、おれが茂松だったら、一日いっぱい重いものを担ぎ、しかも晩飯抜きのところへ食物を出されたら、たとえば握飯一個で母親をさえも売り渡してしまうだろう。

「おい……」

おれは茂松にその日はじめて声をかけた。

「京へ発つ前に時次郎に逢うことにした。ついてこいよ」

「ああ」

茂松はにいっと皓《しろ》い歯を剝き、背中の大砲をゆさゆさと何度もゆすりあげた。

「大砲は解体《ばら》して担いだ方が利口だぜ」

こんどは甚吉が言った。

「でないと途中で役人どもがいろいろと五月蠅《うるさ》い」

「そうするよ」

うなずいて茂松はゆっくりとおれたちの方へ寄ってきた。甚吉も重太の言葉から（自分も茂松同様たしかに欲望には弱い）と反省したらしいが、さて甚吉だったら、空腹時に、何と引きかえにおれたちを敵方に売り渡すだろうか。

「おれはこれを抱かせてやる、といわれたらだれだろうが売ってしまいそうだ」

おれの心底をいちはやく読み取ったらしく、甚吉は右の小指を立ててみせた。

「おれは食い気よりもこっちの気に弱いんだよ」

岩亀楼の前に大八車が停っていた。大八車の上には十冊ぐらいずつ紐で括った洋書が、百冊ほど積んである。岩亀楼の角を黴毒病院の方へ曲ったら、病院の前で、時次郎がどこかの番頭風の男から、金を受けとっているところにぶつかった。

「道ばたでお代をお払いするのもなんですが、お急ぎのようですから……」

男は時次郎に向ってさかんに叩頭《こうとう》しながら、時次郎の右手に金を落している。

「……しめて三十二両二分で、へい」

「すくなくとも五十両にはなるだろうと皮算用していたんだけどなぁ」

時次郎は左手に抱えていた部厚い洋書を腋の下に挟み、空いたその左手で懐中から財布を引っぱり出した。

「いささかがっかりだ」

「はぁ。しかし、時次郎さんの洋書は書き込みが多くて、新本じゃ売れませんのでねぇ」

言って男は時次郎にまた一礼。

「また横浜にお住みになるようなことがございましたら、ぜひ、これまで同様、手前どもの店をご贔屓《ひいき》に」

手を揉みながら大八車のところへ行き、

「道中ご無事で」

と、愛想笑いとお世辞笑いをこきまぜて撒き散らしながら大八車の轅《ながえ》を摑んで去っていった。

「なんだい、いまの野郎はよく喋り、よくぺこぺこし、よく揉み手をし、よく笑い、ずいぶん忙しそうなやつだったじゃないか」

おれが声をかけたのに時次郎はまるでこっちを黙殺し、すたすたと歩き出した。

「おい、時次郎。衛生《もりお》ちゃんに返事ぐらいしてやってもいいだろう」

甚吉が大手をひろげて通せんぼ。

「どうしたんだ。どうも様子が変だぜ」

時次郎の足は停ったが、口をむっと結んで黙りこくったままだ。

「さっきの男は時次郎さんに『道中ご無事で』なんて言ってましたね？」

小柄な重太が、長身の時次郎を見上げるようにして訊いた。

「それに旅装束《たびごしらえ》……。どこへ行くんです？」

「……京へ、さ」

はじめて時次郎がおれたちに口をきいた。

「じゃ、ご機嫌よう」

「待てよ、時次郎」

おれは時次郎の羽織の裾を摑んだ。

「じつはおれたちも京へ上るところだ。こいつは偶然だったなぁ」

「そんな偶然は犬に喰われちまえ、だ」

「なにをそう荒れてるんだよ。おれたちは、京へ上るについては元黒手組の一員にして幼馴染みでもあるおまえに一目逢いたいと思って、こうやって遠まわりだったが寄ってみたんだ。嘘でもいいから一度ぐらいにっこり笑ってみせろよ」

「おれはいまとても笑えるような心境にないのだ」

「だからどうして？」

「黴毒《ばいどく》病院の代診をお払い箱になったんだよ」

「まさか……」

「ほんとうさ。つまりミスタ・新頓《ニュートン》の信用をおれはすっかり失ってしまったのだ。平凡《ヘボン》先生のところへも出入り差止め、だからおれは横浜に居る理由がなくなったわけだ。本を唐物屋《とうぶつ》に引き取ってもらって旅に出るのはそのためなんだ」

「はぁん、なんか仕出かしたんだな。横浜に居られなくなるような、このう、つまり悪事をやっちまったんだろう?」

「悪事を仕出かしたのは衛生《もりお》くんじゃないか!」

時次郎が怒鳴った。

「おれはそのおかげを蒙って横浜を出なきゃならなくなったんだ」

「……ガ、ガットリング砲のことをいっているのかい?」

「そうさ。あの機関砲は横浜ブランド商会とっておきの大目玉商品なんだよ。それどころかあいつ三門で世の中が右へでも左へでもどうにでも変る、といわれているぐらいの逸品なんだ。これはつまりガットリング砲を三門、もし薩摩が手に入れたとすれば薩摩が天下を制するだろう、あるいはまたあれが三門、幕府方にあれば、幕府は薩長勢力を封じ込めることができるだろう、という意味だ。それほどの大物を倉庫に仕舞っているんだから、ブランド商会としても必死だ。水も洩らさぬ警備陣を敷いている。そこへのこのこ忍び込むなんてどうかしているよ。取っ捕まるために忍び込むようなものだ。衛生くん、きみたちは狂っているよ」

「……かもしれないが、あれはあくまでもおれたち四人のやったことだ。時次郎にはこれっぽっちも関わりもない事件なんだぜ。なのになぜあの一件でおまえが新　頓《ニュートン》や平凡《ヘボン》から総すかんを喰わなきゃいけないのだい？　そこんところがおれたちにはどうもわからん」

　ほんとうにわからない、というように重太と甚吉と茂松の三人も、おれの言葉が終るとすかさず首をたてに振った。

「それは衛生くんの使った二個の英吉利《エゲレス》語の単語のせいだよ」

　時次郎は意外なことを言い出した。

「昨日、北方村の試射地で、衛生くんはブランドやミスタ・新　頓《ニュートン》にぼくを指さしながら『コンペニイ』だの『ブラザ・イヌロウ』だのと言っただろう？　あれが誤解の基だった……」

「な、なぜだ？」

「コンペニイは仲間という意味だ。そしてブラザ・イヌロウとは義兄弟ということだ。衛生くんがこの二個を並べて使ったので、ブランドとミスタ・新　頓《ニュートン》は『彼とは仲間である。しかしただの仲間ではない、義兄弟のように互いに心を許し合った仲間である』と解したんだ。そのぼくが義兄弟にも等しい四人組の盗賊どもの計画を事前に知らなかったはずはない、いやそれどころか、ガットリング砲の試射に四人組を連れてきたのはぼくが計画にからんでいたからだろう。だから下見のために仲間を北方村まで誘ったのだろう。そんな男を手許に置いておくわけにはいかない……、二人はそう考えたのだ」

「ひどい濡れ衣だ！」

　おれは責任を感じて思わず大声になった。

「おれがこれから掛け合ってきてやる。疑いを晴らしてやるよ」

「ハイドウドウとコンペニイとブラザ・イヌロウとハマチドリと、英吉利語を四個しか知らない衛生くんが、どうやって彼等に事情を説明するつもりだい？」

これにはぐっと詰まってしまった。たしかにこの四つの言葉をどう組合せたところで「時次郎は冤罪です」という文章にはなりそうもないように思われる。

「……ごめんよ、時次郎」

おれには詫びるよりほかに手はなかった。

「勘弁してくれ、な？」

「まぁ、いいさ」

時次郎の頬がかすかに弛んだ。

「衛生くんたちに試射を見せたのはこっちが軽率、ぼくの落度だった。ぼくはこの十年間に、衛生くんたちがすこしは大人になっているだろうと思っていたんだ。掻《か》っ払いやちょ、っ、く、ら持ちとはもう縁を切っているだろうと考えていた。それが甘かったな」

「……甘かった？」

「うん、ぼくは子どもについうっかり真刀を見せてしまったんだ。子どもは真刀も玩具の刀も区別がつかない、ただよく光るのに魅せられて刀を欲しがる、そして怪我をする、つまりはそういうことだった」

なにがそういうことだった、だ。おれたちをすっかり子ども扱いしやがって、と腹が立ったが、悪いのはこっちである。おれは黙っていた。

「おれたちが目指すのも京です」

重太が西の方を指で差して言った。

「京まで一緒に行きましょうよ」

「あまり歓迎したくはないが、仕方がないだろうな」

時次郎は路地から横浜吉原の大通りに出た。おれたちも金魚の糞《ふん》よろしく時次郎のあとに続いた。

「時次郎さんは京でなにをするつもりですか」

時次郎の斜め後方からにゅっと首を伸ばして重太が訊いた。

「漢方をちょっと囓《かじ》ろうと思っている」

「舶来の医学を修めた時次郎さんがこんどは漢方ですか。水と油って感じがしますけどね」

「でもないさ。平凡《ヘボン》先生はよく、どんな学問でも古くなったからという理由だけでぽいと捨ててしまってはいけない、とおっしゃっていた。どうしても捨てたいなら、よくよくしゃぶりつくしてからにせよ、そうすれば新しい学問にその古いものが融け込んでさらに新しいものを創り出すきっかけになるだろう、ともね」

「すると、時次郎さんは京へ漢方をしゃぶりに行くんですね」

「まぁ、そういったところだ」

前夜の雪と風が嘘のような上々吉《じょうじょうきち》のお天気であるが、お天道様の光の下で見る色里は白々しく味気なくうそ寂しかった。夜が華やかでまた艶やかであるだけに、塵芥溜からぶらさがった魚の骨や、遊女屋の格子戸の前で風に舞う桜紙や、通りのあちこちに落ちているおでんや団子の串、縁の欠けたお猪口などがやる瀬ないほど侘しく見えた。

「ちょいとそこ行く五人さん」

上から嗄《しやが》れ声が降ってきた。見上げると、岩亀楼の二階の窓に、白粉《おしろい》の剝げ落ちた雁首が四つ、五つ、ずらりと並んでいた。行燈《あんどん》の灯りの下では、白粉や紅の力で年齢《とし》の十や二十は胡麻化せても、こう明るくては地金《じがね》まる見え、いずれも三十五から四十の大年増ならぬ婆ァ年増だ。

「あんたたち、なんか物騒なことをやらかしたんだってねぇ」

噂の足はまったく早い。女たちはおれたちの仕出かしたことをとうに知っている様子である。

「あそこは雛鳥みたいに小さいくせにやることは結構でっかいじゃんか」

おれの前を歩いていた重太の首筋が赤くなった。するといまの横浜《はま》訛は重太の相方だった竹川という妓《おんな》か。

「あそこを鍛えてまたおいで。せいぜい可愛がってあげるからさ」

「ちょいと、黴毒《ばいどく》病院の代診先生、あんたは憎い人だねぇ。あたしたちの大事なお道具を何度もじっくり無料《ただ》で見たり、ときにはちょいと触ったりしてもうどっかへいっちまうのかい。見逃げ触り逃げは狡《ずる》いよ。あんたのもお見せよ」

冷やかしをまともにとって問答するのは垢抜けない野暮人のすることだ、おれたちはそのまま岩亀楼の前を通り過ぎた。岩亀楼の横で障子を水で洗っていた女が、おや、となっておれたちを見て、誘われるように五、六歩、大通りに出てきた。白粉を落し、頭に手拭を姉様《あねさん》に被っているが、すっきり通った鼻筋、大きな瞳《め》、先夜、時次郎に「黴毒第二期」の診立てを喰った鶴治にちがいなかった。あのとき時次郎は「主人に頼んで勝手の下働きでもして病気を治せ」と言っていたが、障子を洗ったりしているところを見ると、鶴治は時次郎に言われた通りに遊女から下女に職替えしたのだろう。

「……時次郎さん」

鶴治が下駄を鳴らしておれたちを追ってきた。時次郎の肩がぴくっと動いた。が、それだけだった。時次郎はずんずんと前へ歩いて行く。おれたちも時次郎に足調《あしなみ》を合せて先へ進んだ。背後で鶴治の下駄の音がやんだ。追うのを断念したのだろう。

おれたちがへまをしなければ、時次郎はむろん黴毒病院の代診先生を続けていたはずである。とすれば、遠いようで近いのが医者と女患の仲、時次郎と鶴治は夫婦になったかもしれない。二人に、とりわけ鶴治には申しわけのないことをした、と思いながらおれは横浜吉原の大門を出た。大門の上に、塵芥溜《ごみだめ》の魚屑を狙っているのだろう、鴉が二、三羽とまっていた。それにしても洲干《しゅうかん》弁天の境内といい、この大門といい、横浜はいやに鴉の多いところだったな。

第三章　京

1

東海道五十三次の、双六でいえば上りが京の三条大橋だが、この三条大橋へあと二里の、宇治郡山階《やましな》郷へ、おれたち黒手組四人と時次郎が着いたのは、十二月十六日の朝の四ツ《じゅうじ》である。横浜を発《た》ったのが十二月三日の午前《ひるまえ》だったから、おれたちは横浜＝京間里程百十八里を十二日半でのし歩いたことになる。大砲を担いでなおこのはやさ、おれたちは相当な健脚ぞろいだったといえるだろう。この道中で泊った駅は東から順に、藤沢・小田原・三島・蒲原・丸子《まりこ》・掛川・浜松・吉田・岡崎・桑名・亀山・土山・大津の十三。

おれたちは、生れてはじめてのこの長旅で、ふたつほど大事なことに気がついた。ひとつは江戸の人間がよく口にする『箱根山の向うには化物が住んでいる』という慣用句がやっぱり赤嘘《あかうそ》だったということ。箱根山の西にも、おれたちと同じ人間が住んでいるし、山に木が生え、海に波が立ち、風が吹けば埃《ほこり》が立ち、女を口説くには金がものを言い、金持は反《そ》り返り、貧乏人は背をまるめ、乞食が襤褸《ぼろ》を引き摺《ず》っているのもどこも同じだ。

もうひとつは、京へ近づけば近づくほど、京で起った出来事を早く耳にすることができるということである。たとえば、おれたちは藤沢の駅で「三日前、長州の兵二千五百と野戦砲十数門が摂津の西宮というところに上陸した。長州勢は西宮で虎視眈々入京の機会を狙っているそうな」という、伝わって間もない噂を耳にした。ところが浜松では「おとといの十二月八日、長州勢がとうとう入京したそうだよ」と、京での一日半前の出来事をいちはやく知ることができるのだ。桑名まで来るともっと凄い。「昨十二日、慶喜様は京の二条城から大坂城へ移られたそうな。これで洛中は薩長土の手中に落ちたも同然じゃ」と、京の、前日の事件が噂になるのである。《京に近づけばそれだけ京の噂を耳にするのが早くなる》というのは、山に近づけばそれだけ山が大きく見えてくるのと同じ理屈、当然といえば当然で、大発見でもなんでもないが、この長旅でおれは理屈としてではなく実感としてそれがわかった。旅こそ師なれ、とはよく聞く言葉だが、たしかにこれは至言である。

山階から山階川に沿って南下し、幕府の伏見奉行所に向った。三条大橋ではなく、なぜ伏見奉行所か。第一に、二条城にすでに慶喜様がおいでにならぬ以上、洛中を目あてにしても仕方がないではないか、とおれたちは思ったのである。また山階の茶店の爺さんの言では、伏見奉行所には幕府陸軍奉行が、仏蘭西《フランス》伝習隊五百名、見廻組と新選組の隊員二百名、計七百名の猛者連と共に、洛中各所の寺院に蟠踞《ばんきょ》する薩長土の軍勢と睨み合っているという。言ってみれば、現在では伏見奉行所が京における最前線の砦、黒手組が活躍するにはまさに打ってつけ、まるで誂えたような檜舞台ではないか。これが伏見奉行所に向った理由の第二である。

八ツ《やツ》をすこし過ぎたころ、伏見奉行所の前に着いた。奉行所は宇治の流れを背に、四周を長い土塀でかこまれ、どっしりと構えていた。正門の左右十間だけは板塀で、板塀の真中に櫓《やぐら》が建っている。つまり櫓の下が入口になっているわけだ。櫓は急造らしく、そう大きくはない。人が十人も乗ればお互いの肘がつっかえて邪魔になりそうだ。櫓の上には、侍がひとり、赤塗の胴腹巻の上に革羽織を着込み、髭抜きで髭を抜いている。見張りの兵だろうがずいぶんたるんでいるようだ。おれが陸軍奉行なら、あんな怠慢な見張りなぞ、櫓から突き落してしまうのだが。

「おれたちはこれから陸軍奉行に面会する。だからいいか、一挙手一投足に魂を入れろよ」

鼻糞をほじくりながら、ぼんやり櫓の上を眺めている甚吉たちに厳しく注意しておいて、おれは旅行李の中から四人分の黒手組の制服を出した。黒手組の制服とは、ぴらぴらの白羽織に手型を捺した、例のやつである。

「みんなも旅行李から手投げ弾を出しておくんだ。陸軍奉行におれたちの装備を見ていただくつもりだから」

みんなは黒手組の羽織を着て、そのへんにそれぞれ旅行李をひろげた。そのあいだにおれは茂松が担いできた木の大砲を組み立てた。砲身に箍《たが》を嵌《は》めて締め固め、それを車台に木捩子《ねじ》で固定して、完了である。

「衛生《もりお》くん、ぼくはここでさよならするよ」

おれが大砲の組み立てを終るのを待っていたように時次郎が言った。

「健闘を祈るよ」

「あ、あれ、もう行っちまうのかい？」

「一緒にいればいるほど別れるのが辛くなるからね。ぼくはこの近くの深草の浅見常隆という漢方医学の大家のところに止宿するつもりだ。落ちついたら訪ねておいでよ」

じつを言うと、横浜から大津までの道中で、おれは時次郎に「参謀の肩書をやるから黒手組にお入りよ。十年前と同じようにまた五人で楽しくやろうじゃないか」と、何度も口説いた。が、時次郎はガットリング砲の一件でよほど懲りたらしく、そのたびに足を早めたり、時には数丁も遅れたりして、おれから逃げてばかりいた。そのうちにやつは駅に泊るときも、宿屋は同じでも部屋は別にとり、たいてい平凡《ヘボン》先生あらわすところの、例のジクショナリ、『和英語林集成』を一心不乱に読んでいた。勉強が好きなせいもあろうが、あれはまたおれに話しかけられないための防衛策でもあったのではないか、と思われる。おれは時次郎の旅行李をおさえ、

「せめて陸軍奉行に面会するときだけでも傍に居てくれよ。ずいぶん心丈夫だからさ」

と、こんどは時次郎の旅行李を引っぱった。

「門前に怪しいやつがいる！」

突然、奉行所の櫓の上で見張りの兵が喚きたてた。

「奉行所に大砲の筒口を向けているぞ」

見張りの兵は櫓の床板を足でどんどんと踏み鳴らした。

「出あえ、出あえ！　敵は門前。兵五名、大砲一門！」

見るとたしかにおれたちの大砲の筒口がぴたりと櫓を向いていた。おれは大砲に駆け寄って筒

口の向きを反対の方角にまわしながら、

「決して怪しいものではありません。われわれは黒手組、陸軍奉行竹中丹後守様にお願いの筋があって、はるばる横浜から参じました」

と、門内に声高に呼ばわった。するとその門内からばらばらばらッと三、四十名、おっとり刀の兵たちが飛び出してきた。いずれも見張りの兵と同じいでたちで、胴腹巻に革羽織、そして白鉢巻だ。おまけに手には短槍を構えている。槍ぶすまに気圧され怯えては黒手組の名前に傷がつく、と思い、おれは勇気のありったけを振り絞って胸を反らした。

「ただいまも申し上げました通り、われわれは御家人の子弟で結成した黒手組の隊員です。すなわちあなたがたのお味方で……」

「真実、そのとおりで……」

甚吉がおれに続けた。甚吉も胸を張っていた。が、やつの躰《からだ》は傍目《はため》にもそれとわかるほどがたがた震えている。重太と茂松に至っては抱き合っていた。時次郎はおれの二間ほど横でにやにや笑っていた。

「黒手組だと?」

槍を構える兵たちの背後に、黒い革胴を着た侍が立っていた。革胴の上に赤いしごき、しごきをきゅっと締め、そのしごきにピストーレを一挺突っ込んでいる。年は二十七、八、鼻下に髭を蓄えた身分のありそうな侍だ。

「どう考えても黒手組というのは記憶にないな。古くは浪士の集まりである新徴《しんちょう》組に武州八王子の千人隊、泣く子も黙る新選組に旗本の次、三男を集めた見廻《みまわり》組、それにわれわれ仏蘭西《フランス》兵法仕込みの伝習隊……」

黒革胴の男は指折り数えながらおれの前へ進み出てきた。兵のひとりが門内から、陣中用の折りたたみ式の床几を運んできて男の後に置いた。

「幕府と近い藩の諸隊としては、加賀の梅鉢海軍に、紀州の騎戦隊、同じく紀州の農兵隊……」

男は床几に腰をおろして、さぁわからないというように首を振った。

「悪いが黒手組というのは聞いたことがない。おそらくごく最近の結成になるものだろうな」

「そ、そうでもありません」

おれも指折り数えて、

「結成はたしか安政二年の春、桜の頃だったと思いますよ。ですから十二年前ということになりますね。本所小梅町あたりの、貧乏御家人の鼻ったらし小僧どもが面白半分に始めたのがその濫《らん》觴《しょう》で……」

「そ、それはずいぶんと古いな。新徴組よりはるかに古い」

黒革胴は少し驚いたようだった。

「それほど長い伝統のある隊の名を知らなかったとは面目ないが、隊員の数は何十名ほどですか？　おそらくそこもとたちが先発隊で、後刻本隊が到着ということだろうが……」

「いや、われわれが本隊です」

「す、すると隊員はわずかの五名か」

黒革胴はこんどはすこし呆れ顔になった。

「いや、正しくは四名です」

おれは時次郎を指さして、

「やつは丸本時次郎といいますがね、あの時次郎、創立者の一人なんですが脱退しまして、そこでたった今も慰留を試みていたところです。やつが戻ってきてくれれば五名になりますが」

おれたちを取り巻いている兵たちの間にくすくす笑いがおこった。けしからん、なんてまぁ不作法な連中が揃っていやがるんだ、とおれの神経がぴりぴりッとなった。数の多寡《たか》が問題なのではない。問題はやる気なのだ。そして物を言うのは隊員の質だ。

「装備は？」

黒革胴の言い方が突慳貪《つっけんどん》になってきたようだ。

「ガットリング砲……」

おれの口調も黒革胴に対抗してぶっきら棒になる。

「ガットリング砲だと？　そこもとたちはあの機関砲を持っておられる、というのか？」

「いや、そいつを持ってこようという話があったんですがね、都合でそれが出来なくなりまして、目下のところ木製大砲一門に弾丸一発」

黒革胴は立っておれたちの大砲のそばへ寄り、砲身をぺたぺたと叩いた。

「武器というよりこれは骨董品だ」

兵たちが笑いだした。さっきはくすくす笑いだったが、いまはげらげら笑いである。おれはむかっとなって怒鳴るように言った。

「ほかに手投げ弾が八個！」

「これまでの戦歴は？」

「先月中旬、横浜に碇泊中の薩船を砲撃しました」

「……ほほう。で、戦果は？」

「それが武運拙《つたな》く零でした」

連中のげらげら笑いがとうとう大笑いになって炸裂した。

重太は顔を真ッ赤にしてうなだれ、甚吉と茂松は頰を脹らませて怒った顔付になっていた。そして、おれは恥かしいのと腹が立つのとが半分半分。たしかにおれたち黒手組は兵の数がすくない。しかも必ずしも少数精鋭とは言い難い。それに殆ど見るべき勲功もなく、その点については肩身がせまい。しかし、なにも笑うことはないではないか。いま幕府諸隊の花とうたわれている新選組だって、最初は僅か十三名の小世帯だったのだし、大坂の遊廓で角力取《すもうとり》相手に大喧嘩をやって名を挙げるまでは無名の郷士の集まりに過ぎなかったのではないか。……おれは黒革胴にそう言ってやりたかった。しかし、何か喋ろうとすると口がもつれた。おれはぶるぶる軀を震わせながらただ立っているだけだった。

「ここは戦さごっこの場ではない」

黒革胴はおれの足許にぺっと唾を吐いた。

「戦さごっこなら本所でやれ。いいか、黒手組とやらに言っておくが、われわれ幕府軍は貴様たちの手を借りて戦わねばならぬほどまだ落ちぶれてはおらんのだ。ここ伏見奉行所に七百、洛中二条城に一騎当千の水戸兵が二百、そして大坂には、会津・桑名・彦根・津・大垣五藩の兵が二万、総計二万一千近い練熟の兵がいる。対するに徳川に弓引く西軍は、薩摩が三千、長州が二千五百、芸州が三百、そして土州が一千、合せて七千にもならん。わかるか、戦さの始まる前からすでに優劣は明らかなのだ。悪いことは言わぬ、とっとと本所へ戻って、溝臭《どぶ》い水で顔を洗い、戦さごっこに精を出すことだ」

「……陸軍奉行に会わせてください！」

おれはやっとの思いで口を開いた。

「せっかく埃《ほこり》にまみれながらここまで辿《たど》りついたのです。せめて御奉行の竹中丹後守様にお取次ぎを……」

「いいことを教えてやろう」

黒革胴がおれたちの大砲を土足で踏みつけにしながら髭を撫でた。

「この骨董品に火をつけて焚火をするのだ。そうすれば、すこしは身軽になって本所へ帰れるだろう」

兵たちがまたどっと笑った。黒革胴は図にのって、

「骨董品を焼いた灰を頭から被って道中すればなお好都合だろう。人が乞食と間違えていろんなものを恵んでくれる。貧乏御家人の倅《せがれ》にふさわしい物乞い道中になると思うが、どうかね」

「……数をたのみやがって汚ねぇ」

おれの背後で甚吉が唸り声をあげた。

「衛生ちゃんよ、おれはこの野郎とさし違えて死ぬぜ。このままじゃ帰《けえ》られねぇ」

おれはうなずいた。おれとても思いは同じだ。どうせこの黒革胴野郎、どこかの旗本の坊ちゃまなのだろうが、貧乏御家人の喧嘩の仕方がどんなものか教えてやる……。

「あなたたちにはまだ黒手組をあれこれ批判する資格はありません」

時次郎がおれと黒革胴との間に割り込んできた。

「それに、どうやらあなたは旗本の出自らしいが、旗本も御家人も直参であるという点では同じです。いまの暴言は直参を侮辱するもの、直参に侮辱を加えるということは、とりもなおさずお上を侮辱することにつながる。あなたは謝ったほうがいい」

「な、なんだ、貴様は？」

黒革胴はいきなりまくしたてられたのですこしひるんだようだった。

「……ふん、黒手組の脱隊者か。これはおれと黒手組とかいう脳天気どもとの間の達引《たてひき》なのだ。部外者は引っ込んでいるがいい」

「それならば、たったいまから、ぼくは黒手組に復帰してもいい」

「こいつ……」

「あなた方は黒手組をさんざん笑いものにした。しかし、黒手組の装備の貧しさを笑ったとき、あなたがたはじつは自分自身をも笑いものにしたのです。というのはあなた方の装備も黒手組同様に貧しいからですがね……」

「この明き盲め、どこを見ればそんなことが言えるのだ。おれたちはみな胴腹巻に刀、そして槍、あるものは鉄砲を持っている……」

「ぼくをして言わしめれば野戦砲の類《たぐい》が少なすぎます。次にあなたたちは黒手組の勲功のなさを笑った。がしかし、それはあなた方とても同じですよ。聞きますが、仏蘭西《フランス》伝習隊はこれまでどんな戦果を得ました？　ほとんど皆無でしょう」

「これからだ、これから大いに働くのだ」

「それは黒手組も同じじゃありませんか。もうひとつ、これはさっきも言ったことですが、あなたは直参でありながら直参をはずかしめおとしめた。これは二代将軍秀忠様の元和《げんな》令、すなわち武家諸法度にそむく大罪です」

「……………」

「武家諸法度の『法はこれ礼節の根本なり』の次に掲げてある文章を覚えておいでだと思いますが、念のためにぼくが申しあげましょう。それは『士は士を軽んずべからず。士、士を軽んずれば、その科軽《とが》からず矣』と、こうです」

胸の閊《つか》えがすっとおりるような気がした。そしてなによりうれしかったのは、時次郎が、かつて黒手組の智恵袋だった時次郎が、十年ぶりにほんとうの意味でおれたちの許に再び戻ってきてくれたということだった。

「なにを呆《ぼう》ッと突っ立っているのだ。引け、門内に引け！　愚図愚図するでない」

時次郎の鋭い舌鋒に攻め立てられた黒革胴は兵たちに当り散らしながら蹌々踉々《そうそうろうろう》、門内に引っ込んでしまった。


伏見奉行所からおれたちは道阿弥丁へ出た。御香宮《ごこうぐう》という大きな神社の前に鮓屋があった。藍地に白く『江戸前風・伏見鮓』と染め抜いた暖簾《のれん》がぶらさがっている。奉行所には江戸から役人たちが大勢つめてきているが、その役人たちを当て込んでの江戸前風鮓なのだろう。

「江戸前風ってのが懐しいや。親爺、ひとつ景気よく握っとくれ」

と、声をかけながら、おれたちは飯台の前にならんだ。

「よう、おいでやす」

飯台の向うで煙管を銜《くわ》えていた親爺が間のぬけた声をあげた。

「江戸前風と暖簾にはあったけど、親爺さん、本当に鮓が握れるのかい？」

「へえ、なんとか」

心細い返事が返ってきた。

「おれたちは握りが喰いてぇんだ。箱ずしはいやだよ」

「ようわかってま。気づかいない」

「じゃ、お飯《まんま》の上に貼りつける魚は親爺さんにまかせた。片っぱしから握ってくんな」

「へぇ」

親爺は煙管を置いてごしごしと包丁を研ぎはじめる。「おッす」と入ると「らっしゃい」という威勢のいい声と共に間髪を入れずお茶が出てくる江戸風に馴れているおれたちとしては、どうにも間がもてない。

「なぁ、みんな、伏見奉行所にゃ具眼の士がいねぇ。どうせならこのまま大坂までのすか」

おれはみんなに言った。

「どうせこっちは命を棄てる気だ。それならすこしでも慶喜様に近いところで捨てる方がいいだろう?」

「そりゃそうだ」

甚吉はうなずいた。

「鮓《すし》をつまんだらこの伏見から夜船に乗ろうや」

「それともなんだね、今夜は、伏見に泊ってゆっくりして、明日の朝、発ってもいいね」

茂松がにやにや笑っている。茂松がにやにや笑いで「ゆっくり泊って」というときは、遊廓で遊んでいこうよ、と謎をかけているのだ。

「このへんには撞木丁《しゆもくちよう》という有名な遊廓があるそうだよ。そこの笹屋という店にはむかし大石良雄が居続けしたっていうねぇ。討入りの策をその笹屋で練ったらしいんだ」

「だからおれたちもその笹屋ではかりごとをめぐらしちゃどうか、と茂松はいいてぇんだな」

「うん」

「残念だが女と遊ぶ金はないね。ながの道中で黒手組の資金は尽きちまった」

「ねぇ、衛生さん、大坂へ行くのはいいけど、今日みたいなことがまたあるんじゃないんですか」

重太が言った。

「大坂城にもまたわからないのが揃っているとしたら、いやだな」

「大坂城は大丈夫だろう」

べつにおれにも大丈夫というあてはないが、なんとかなるだろう。いや、なんとかしなくてはならないのだ。

「どうもみんな負け戦さだということがわかっているのに、大坂へ行きたがるねぇ」

時次郎がおれたちに水をぶっかけるようなことを言い出した。

「幕府と薩長がもし戦えば、幕府の負けに決まってるぜ」

「どうしてだよ」

「慶喜さんのお父《とッ》つぁんは水戸烈公だ」

「知っているよ、それぐらい」

「そして水戸烈公の奥方は有栖川宮家の内親王だ」

「あれ、それは知らなかったな」

「つまり、慶喜さんの中には半分お公卿さんの血が流れている。慶喜さんの京に対する腰の弱さはそれが因《もと》になっているとぼくは睨《にら》んでいるのさ。それに水戸家には義公、すなわち光圀《みつくに》公の『万一、他日、幕府の天朝と事を構うる不幸あらば、わが子孫は大義滅親という話をよくよく考えて覚悟を定めざるべからず』という教えが生きている。幕府と朝廷とが戦さをするような破目《はめ》になったら、たとえ親戚であり、本家である徳川将軍が滅ぼうとも、朝廷側につけ、これが水戸のお殿様の考え方なのさ。大政奉還、二条城からの撤退、みな慶喜さんの血と、あの人が育った水戸家の家訓が因《もと》だと思うんだ」

「ふうん、時次郎はいやなことをよく知っていやがるねぇ。しかし、なんだってみんな朝廷なんぞを怖がるんだろ？　禁裏《きんり》御料《ごりよう》はたかが三万石、大身の旗本に三本毛が生えた程度の小大名じゃないか」

「それがみんな朝廷が怖いのさ」

　ここで時次郎は急にまじめな顔になった。

「なにしろ、朝廷には玉印《ぎよくじるし》がいる」

「なんだい、そりゃ。玉子焼のことかい」

「天皇だよ。天皇を敵にまわして戦さに勝ったやつはこれまで殆どいないんだ。言ってみれば玉を握ったやつが勝つ。これは大鉄則なんだ。しかるに、現在《いま》、薩長は玉をしっかりおさえている。ぼくがこんど戦さが始まれば、それは幕府の負け戦さだ、と言ったのは、そこなんだよ。勝てない喧嘩はするな、というのがかつての黒手組の第一の局中規則だった。その規則にそっていえば、慶喜さんにあまり肩入れするのはよくないね。それは負ける喧嘩をする、ということだからね」

「ちょっ、ちょっと待ってくれよ」

　おれは時次郎の肩を摑んでぶるぶると揺すった。

「時次郎のいまの意見を逆にとれば、玉が慶喜様の方につけば、慶喜様が必勝するってことになるんじゃないか？」

「理論上はそうなる。そこが玉が玉なるもののおもしろいところだ」

「じゃあ、もしもおれたち黒手組がその玉を握ることが出来れば、薩長はぐうとも言えなくなるわけだな?」

「そんなの出来っこないよ」

時次郎が笑い出した。

「玉を盗み出すなんてどこの誰にも出来やしない。ぼくが保証してもいい」

「天皇と思うからいけないんだ。ただの、そして一人の人間だと思えばそう鯱鉾張《しゃっちょこば》ることもあるめぇ。おれたちがその気になったら、人間の一人ぐらいちょっくら持ち出来るんじゃないか?」

「……夢の夢の夢の、そのまた夢だな」

「へい、お待遠さん……」

親爺が握り鮓を二十個ばかり飯台の上に並べた。白い酢を使っているからであろう、飯《しゃり》が白い。

「親爺、江戸前風の握りの飯《しゃり》には赤酢を使わなきゃあだめだぜ」

親爺に文句を、鮓に醤油をつけているうちに、おれは玉子《ぎょく》の握りが一個もないのに気がついて、思わず、

「玉子《ぎょく》を握ってくれ」

と、怒鳴った。

「前祝いだ!　玉子《ぎょく》を山ほど積みあげろ!」

おれの剣幕に驚いて、親爺はあわてて棚から玉子《ぎょく》焼き用の鉄板を引きずりおろした。

2

時次郎、重太、甚吉、茂松、そしておれの五人が腹いっぱい鮓を詰め込むのになんと小一刻もかかった。おれたちの喰うのが遅かったためではない。鮓屋の親爺の仕事がのろすぎるのだ。江戸の鮓《すし》屋の職人は握った鮓に己《おの》れの体温が移るのを恥としている。とくに飯の上に乗っける材料《ねた》が指や掌の温《ぬく》みであったたかくなるのを極力避ける。つまり手のなかに飯と材料とを出来るだけ長く置いておかぬように心掛ける。「あの野郎は仕事がのろまだぜ」という評判が立っては表を大きな顔《つら》で歩けないし、それどころか客が遠退《とおの》くおそれもあるからだ。

ところが、この伏見御香宮《ごこうぐう》前の鮓屋の親爺ときたらどうだろう。ひとつ握っては水を飲み、ふたつ握っては手鼻をかみ、みっつ握っては煙草にし、よっつ握っては耳垢をほじくり、いつつ握っては憚《はばか》りに立つ。いらいらする上に汚くてしようがない。そればかりか、顔見知りが来れば飯を手中に握ったままで長い立ち話をする、風が吹けば戸障子が倒れてはいないかと材料《ねた》を持ったままで裏をひとまわりしてくる、片手に飯と材料《ねた》を握りしめたままで煮物の味見をする燗をつけるで、親爺の体温と体臭が鮓にそっくり宿替えをしてしまっている。師走の鮓は冷《ひや》っこいところが乙《おつ》、そしてその冷っこいのを熱いお茶で喰うのが粋なのだが、この京ではそういう乙粋は流行《はや》らないらしい。おれたちは生れてはじめて師走に生暖《なまあった》かい鮓を喰う破目になった。しかもそのうちに、店にひとり客が殖えた。おかげで鮓の、おれたちの前の飯台に載《の》る間合いがいっそう間遠になった。忘れたころにぽつんぽつんと鮓が出てくるのだ。忘れたころにやってくるのは、江戸では災難と相場が決まっているのだが、京ではどうやらそれが鮓らしい。優柔不断な公卿どもが住みついているだけあって、いかにものんびりした土地柄である。

いつものおれなら「おう、親爺、なにをもたついていやがる。おれたちは鮓をつまみに来たんだ、休みに来たんじゃねえのだぜ」と剣突《けんつく》を喰わせてやるのだが、このときは、時次郎の「天皇を敵にまわして戦さに勝ったやつは殆どいない。玉を握ったやつが勝つ。これが大鉄則」という考えに基づいて、それではどんな手を使えばおれたち黒手組に、いま薩長の手中にある玉印《ぎよくじるし》を慶喜様のほうへ奪い返すことができるかという難問に、なけなしの智恵を絞っているところだったから、鮓どころではなかった。

さて玉印奪回法だが、まず、おれは女官変装策を提唱した。すなわち黒手組全員が女官に姿を変えて御所の常御殿に侵入し、たとえば御湯殿で入浴中の天皇にわっと襲いかかり、猿ぐつわを嚙ませて外部《そと》に運び出すのだ。

「冗談じゃないよ。なにを夢みたいなことを言ってるんだい」

おれが話し終るのを待っていたように甚吉が言った。

「おれたちが役者にしたいような、水もしたたるいい顔をしているなら、衛生ちゃんの今の策も悪くはないがね、おれたちはみんな碌でもない顔をしている。女に化けたらかえって人目につく。無理なこったね」

言われてみればたしかに甚吉のほうに理があった。おれは痘痕面《じやんこづら》、重太は面皰面《にきびづら》、茂松は脂面《あぶらづら》、そして甚吉は御出来面《おできづら》、どれもこれも白粉の乗らない顔ばかりだ。時次郎だけはまああの顔立ちだが、やつはこの玉印奪回にはあまり乗気ではないからあてにはならない。そこでおれはいさぎよく女官変装策を引っ込め、かわりにみんなに汲取人変装策を説いた。太秦《うずまさ》か嵯峨野あたりの百姓に化け、肥桶を積んだ車を引いて御所に入り、天皇が後架で用を足すところを取っ摑まえて肥桶の中に押し込め外部《そと》に運び出すという計略である。天皇はまだ十五、六歳、躰《からだ》もまだそう大きくはないだろうから肥桶には入るはずだし、それにおれたちの顔立ちもどっちかといえば汲取人によりふさわしい。これはかなり有望な方策ではあるまいか。

「与太を飛ばすのはもういい加減にしておくれよ」

　甚吉がまた反対を唱えた。

「江戸のお城だってむかしから葛飾百姓何野《なんの》誰兵衛《たれべえ》と汲取人が決まっている。京の御所でもそれはたぶん同じだろう。つまり御所の御門の番兵と汲取人とは顔馴染みのはずなんだ。だからすぐに見破られてしまうぜ」

「与太だと？」

　おれはすこしむっとなった。

「慶喜様が浮《うか》ぶか沈むかは、このおれたちの玉印奪回の成否にかかっているんだ。それほど大事の策を練っているときに、だれが与太なんか飛ばすものか。おれは大真面目なんだぜ」

「大真面目で女官や汲取人に変装しようと思っているのなら、もっと悪いや」

　このとき鮓屋の親爺がまったく久し振りに飯台に鮓を二個載せた。そのうちの一個を甚吉は素速く摑んで口の中に抛り込む。

「衛生《もりお》ちゃんの策は荒唐無稽すぎる。滑稽千万だね。まるで絵草紙を読んでいるみたいだ。つまり絵空事《えそらごと》だよ」

「こいつ、他人《ひと》の考えに文句ばかりつけてやがって」

残ったもう一個の鮓はわずかの差で茂松に喰われてしまい、おれはますますおもしろくない。声に険が出てきたのが自分でもよくわかる。

「おれの考えに楯突いてばかりいないで、たまには自分のほうからもなにか方策を捻り出したらどうなんだ」

「いいとも」

甚吉は湯呑からお茶を啜ると、ぶくぶくと口を漱《すす》いで床几に坐り直した。

「おれはね、正面突破が最良の策だと思うんだ。清涼門でも宜秋門でも建礼門でも、また建春門でもどこでもいいが、とにかくどこかの御門から、白昼堂々、御所に入ってしまうのだ。御門の番兵には『よっ、久し振り。元気でやってるかい』なんて挨拶しながら、ね。御門を突破すればあとはこっちのもの。常御殿に躍り込んで天皇をつかまえる。そして天皇の喉んところに刃物を押しつけ『御門の番兵諸君、がたがた騒ぐのはよしましょうね。でないと天皇が怪我をしますよ』なんて、またにこにこ顔で言いながら御門を出てくる。どうだい、衛生ちゃん、これなら粋だろう？　江戸ッ子は万事こう粋に行かなくちゃあ」

「話を聞いているかぎりではとてもすんなり行きそうだけど、実際にはどんなものだろうな」

時次郎が首を傾げて甚吉を見た。

「さっき、伏見奉行所の仏蘭西《フランス》伝習隊員が、相国寺に三千の薩兵が駐屯している、と言っていた。相国寺から御所へは今出川通をはさんでひとまたぎ、御所の各御門には薩兵が見張りに立っていると思うよ」

「薩兵がどうした。薩兵なんざ屁でもないぜ」

「薩兵は怖くないかも知れないが、連中の持っている腔旋《こうせん》エンピール銃や後装スナイドル銃はちょっと厄介《やっかい》だぜ。『騒ぐと天皇の命がないぞ』と脅したって、弾丸はどこからともなく出し抜けに飛んでくる、天皇の喉を切る暇なぞありゃしない。これまでのような刀の斬り合いなら、危機は目に見える。だから危機が迫ったら、天皇を楯にしてこっちの有利なように局面を展開して行くことが出来るが、これからはそうは行かない。不意に飛来する四発の銃弾できみたちは全滅だろうね」

「とはいっても、向うも天皇に弾丸が当っちゃいけないというので、そうやたらにはぶっ放してこないだろう?」

「さぁそれはどうかな。腔旋エンピール銃や後装スナイドル銃はおそろしく命中率が高いんだ。練熟した射《う》ち手にとっては百間先の柿の実に命中させるぐらい朝飯前だというよ」

「……おれ、鉄砲の弾丸に当ってだけは死にたくないや」

茂松がぼそっと言った。

「同じ死ぬにしても刀で斬られる方がまだましだ」

おれも茂松に同感だった。ひとつしかない命をちっぽけな鉛の塊と引き換えにするのは、それこそ死んでも死に切れない。どうせ死ぬなら自分の命を奪《と》ろうとするやつをこの目でしかとたしかめたい。ああ、こいつなら、自分より剣術の技倆《うで》は上だし、学問もありそうだし、男振りもいい、自分よりこいつが生き残ったほうが世のためだろうな、と納得して死にたい。人格低劣、技倆未熟、学識皆無、男振りもこっちより悪いなんて野郎が、鉄砲を持っているというだけでおれの命を持っていってしまうなんぞは許し難《がた》い。そういうのは戦さとはいわない。それはただの殺しだ。といって、おれの策もだめ、甚吉の案も不可となると他にどんな方法があるのだろう。玉印奪回はおれたちには無理なのかしらん。

「親爺さん、お公卿さんと近づきになるにはどうすれば一番いいだろうねぇ」

重太が、飯台の向うでお櫃《ひつ》の中の飯をひっくりかえしている鮓《すし》屋の親爺に訊《き》いている。

「なにかいい智恵があったら貸してくれないかなぁ」

「へ、へえ……」

突然、質問が飛んできたので親爺はびっくりしてすこし目を剝いた。

「そ、そうどすな、お公卿はんいうたら、もうどちらはんもえらい気位《きぐらい》の高いお方ばっかりやさかい、表から『ごめんくださいませ』いうて行っても『ようおいでやす』とは答えてくれへんどっさかいな、なんですわなぁ、こら難しゅうどすな」

のんべんだらりとした口調で聞いている方がいらいらしてくるが、とにかく親爺が、表から公卿のところへ行っても相手にされないだろうといっているらしいことはわかる。がそれにしても、重太はなんのつもりで公卿と近づく法などを聞こうとしているんだろう。

「すると、裏からなら方法はないことはないいんだね？」

「へえ、そうどすな、お金を積めばお出入りはかないますわな。そこらあたりはお公卿はんもあたいらもおんなじどす。金よりうれしきものはなし、どすさかいな。それにたいていのお公卿はんはみんな内証はぴいぴい、内職でようやっとたべとられるさかい、お金を持っていかはったら、それこそ二つ返事で『ようおいでやす』というてくれまっしゃろな」

「お金を積む以外に方法はないのかな」

「おまへんな」

親爺は珍しくきっぱりと言った。

「お公卿はんは地位かお金か、このどっちかのない人間を人間とは思うてやしまへんさかいな。まぁ、あとはお公卿はんところへ奉公人に入る手しかおまへんけど、これはあまりおすすめでけまへん。半期に古着一着ぐらいしかお手当をくれへんさかいな。それに位の高い雲の上人《うえびと》は奉公人募集なんぞようしまへんな。まぁ、するのはたいてい平堂上《ひらどうじょう》で」

「平堂上？」

「ごくごく普通のお公卿はんのことどす」

「その平堂上のところへ奉公人に入るにはどうしたらいい？」

重太はいやに熱心である。たぶんなにか魂胆があるのだろう。おれたちはぬるいお茶を舐め舐め、重太と鮓《すし》屋の親爺の会話《やりとり》に耳を傾けていた。

「そんならまず貸しもの屋はんへ行きはるのが早道と違《ちや》いますやろか」

親爺は飯粒の貼りついた手で煙管《きせる》の火皿《ほざら》に煙草をつめた。

「貸しもの屋いうのは、お公卿はんに衣裳《べべ》や供人を貸し出すところどす。無役のお公卿はんでも年に何回かは御所に参内しなければならへんさかいな、そんときの衣裳や供人を、この貸しもの屋はんから借り出しますのや。四位の黒袍、五位の赤袍、六位の縹《はなだ》袍、貸しもの屋はんにはなんでも揃うとりまっせ。装束のほかにも、沓《くつ》に扇に傘などの小物、雑色《ぞうしき》、白丁《はくちょう》などの人間、ないものはおまへん」

京の公卿も江戸の御家人と似たり寄ったりだな、とおれは思わず、ぷっと吹き出した。江戸にも御家人だけを相手にしている質屋がある。その日暮しの御家人が上下や大小を質入れし、公用で正式の恰好《こしらえ》をしなくてはならぬときに、それまでの利子を払って一日だけ借り出すのだが、正月の朝なぞにこの質屋の前に立っていると頭がおかしくなる。蓬髪に綿のはみ出した縕袍《どてら》、素足に冷飯草履《ひやめしぞうり》の駕籠かきか山賊まがいの風体の男たちが、ぞろぞろと質屋に入って小半刻、再び出てくるところを見ると、きりっと結いあげた髪に折目のついた上下、白足袋に畳草履で腰には大小、先刻とはまるで別人である。京の公卿相手の貸しもの屋もこの江戸の御家人相手の質屋と仕掛けは同じなのだろう。京でも江戸でも人間の思いつくことにあまりかわりはないようだ。

「……まぁ、この貸しもの屋に入りはったら、供人で行った先のお公卿はんのところへ横すべりできるかもしれへん。けどな、さっきも言《ゆ》うたけど、ええところへは奉公はでけまへんで」

親爺は飯台の縁《へり》にぽんと煙管を打ちつけて火皿から灰を叩き出した。灰はころころ転がっておひつ《ひつ》の中に落ちる。親爺はその灰をぷっと吹き散らして飯を握りはじめた。おれたちのほかにもうひとり見世にいた客から、蝦《えび》をおくれやす、という声がかかったからである。それにしても煙草の灰と飯とを一緒くたに握ってしまうなぞは汚い鮓《すし》屋だ。

「重太、おまえ、公卿の奉公人になるのにいやに熱心のようだったじゃないか」

おれは重太に訊いた。

「いったいどういうつもりだったんだい？」

「天皇に近づくのに、女官変装も汲取人変装もだめ、白昼堂々と押し入るのもだめとなると、あとは公卿に接近して事を図るという手しかないじゃありませんか」

重太は秘密めかして小声で答えた。

「公卿のところで働いていればそのうち玉印の傍にまかり出る機会にも恵まれるだろうと思うんです。そのときに玉印奪回を決行しよう、というわけです」

「おまえの考えることときたらあいかわらずのんびりしてやがるな」

甚吉が舌打をした。

「そんな遠廻りのやり方じゃいい加減日が暮れてしまう、何年かかるかわかりゃしないぜ」

「玉印奪回はいわば回天の大事業です」

きっぱりとした口調で重太がいった。

「ですから、何年もかかるのは当り前でしょう。衛生さんの女官変装策や汲取人変装策、そして甚吉さんの白昼堂々押し入り策、どちらも性急すぎますよ。だから欠点が多いんです。ここは地味に気長に慎重に行くべきではありませんか。急がばまわれ、雨滴よく穴をうがつ、ですよ」

なるほど、とおれは心の中で膝を打った。俗にも、桃栗三年柿八年梨の馬鹿野郎《ばかやろ》十三年というではないか。桃や栗、柿や梨などのちっぽけな果実を得るにも長い歳月を必要とするのだ。ましてや相手は人間、しかもただの人ではない、万乗の天子である。それを手に入れようというのだから、手間暇かかるのは当り前だろう。

「黒手組の隊長として隊員諸君に告げる」

おれは飯台を叩いてみんなの注意を喚起しつつ言った。

「玉印奪回は重太の言う、雨滴よく穴をうがつ式で行こうじゃないか」

重太と茂松はうなずき、甚吉は脹《ふく》れ、時次郎はにやにや笑っている。おれは蝦をようやく握り終えた親爺に向って、

「さっきの公卿相手の貸しもの屋のことだが、京にはそういう見世が何軒ぐらいあるのかい？」

と、訊いた。

「へえ、そらぁぎょうさんおまっせ」

親爺はまた煙管を咥えた。

「何十軒とおます。けと、大きなところ言うたら鍵新こと鍵屋新兵衛はんに、若喜こと若狭屋喜右衛門はんの、この二軒どすな……」

このとき、ばたんと床几の引っくりかえる音と見世の表戸ががらがらっと勢いよく開《あ》く音がほとんど同時に起った。なにごとならんと表戸の方を見ると、たったいままでおれたちの横で鮓を腹に詰め込んでいた客が、口に蝦の尻尾を咥えて、戸外《そと》へ飛び出そうとしている。

「ちょ、ちょっと、あんさん。あんた去《い》んなさるんやったら、鮓代払《はろ》うてもらわんとあかんのど

すけど……」

言い立てながら親爺は飯台の内側から出ようと焦る。だが、慌てているから足が縺《もつ》れるばかりで躰《からだ》は一向に飯台の外側《そと》へ出ない。

「かなんなあ、あいつ喰い逃げや。ほんまにようやいわんわ」

親爺がのんびりと騒ぎ立てているうちにもうその喰い逃げ客は、通りを横切って真向いの御香宮の石段に足をかけている。

重太が飯台の隅に並べてあった空の銚子を四本ばかり鷲摑みにして表に飛び出した。こいつはひさしぶりにおもしろい観物《みもの》だぞと思いながら、おれたちも重太の後を追って戸外《そと》へ出ようとした。

「あれぇ、あんさんらも喰い逃げどすか」

親爺が飯台叩いて叫んでいる。

「こりゃほんまになんちゅうことかいね。今日はいっそ見世を休んどったらよかったわぁ」

「おれたちは違うぜ。それどころか、あの喰い逃げ客をとっ摑《つか》まえてやろうとしているところだ」

言いながら戸外《そと》に出る。例の客は十段ばかりある石段を登り切ろうとしていた。重太は銚子を二本持った右手を大きく後方に引いて弾みをつけ、一瞬手を止め力をためておき、それから前方へ力いっぱいその右手を振った。二本の銚子はたがいに前後し、追いつ追われつしながら空高く舞いあがり、これまたほんの半呼吸のあいだ虚空《こくう》に静止したかと見る間に、いったい重太は投げるときに二本にどのような捻りを加えたのだろうか、かちんと澄んだ音を発して二本は軽くぶつかり合い、それを切っ掛けにして獲物を狙う二羽の鷹の如くたがいに競り合いながら真一文字に地上に降りた。降りたところに御香宮の門内に駆け込もうとしていた喰い逃げ客の脳天があった。

かん！　こん！

乾いた音がした。客はふっと立ち止まり、それからこっちへふらりと半回転し、ぼんやりと定まらぬ眼付でおれたちを見ながら地面に小さくなって踞《うずくま》った。銚子が石段を転がり落ち、途中で派手な音をたてて割れた。と、ここまでふたつかせいぜいふたつ半数えるぐらいの、あっという間の出来事である。

「……重太、おまえの腕はあいかわらず冴えているな」

銚子の割れる音で我に帰ったおれは、重太にそう言ってから通りを横切り石段を登った。喰い逃げ客はまだ踞ってしきりに頭を振っている。銚子の直撃で軽い脳震盪《のうしんとう》を起しているらしかった。鮓屋で並んでいたときは、こっちは議論に熱中していたから気がつかなかったのだが、お天道様の下で正面から見ると、そいつは意外なほど若かった。いや若いというより幼いといった方が正しいだろう。せいぜい十四か十五の少年だ。垢がたまっているのか埃が脂《あぶら》でこびりついているのか、ひどく煤《すす》けた顔をしているが、顔立ちそのものは悪くない。とくに鼻筋がすっきり通っていてなかなか品がいい。唇の形もよろしい。少年はその唇の端にまだ蝦《えび》の尻尾を咥《くわ》えている。蝦の尻尾がこまかく慄《ふる》えていた。

「おう、坊や。喰い逃げとは悪い心掛けだったな」

そいつの前に蹲《かが》みながらおれは言った。

「暇なんて高価のものを無料《ただ》で喰わせてくれるほど世の中は甘くねぇんだぜ」

「……かんにんしとくれやす」

少年は素直に頭をさげた。脳震盪《のうしんとう》が治ったのか、だいぶ眼が澄み焦点が定まってきている。口のききかたにも、顔の汚れや着衣の摩《す》り切れ具合とは似合わない気品のようなものが窺《うかが》える。

「昨日《きんの》の夕景《ゆうけい》から、めめくそほどの御飯《ごぜん》も喰うとらへんかったさかい、死にそうに飢《かつ》えとったんや。ほいでに、鮓《すし》の匂いを嗅いだらついふらふらと……」

「なにを甘ったれたことを言ってやがる」

ぱちんと一発、少年のおでこをおれは右の人差し指の先で弾《はじ》いてやった。

「おっさん、なにすんねん」

少年が口を尖《とん》がらかした。

「でぼちん痛いがな、もう」

「痛いのは当り前だ。罰が当ったと思え。いいか、坊主、腹が減ってりゃ喰い逃げしてもいいなんて理屈はどこへ行ったって通らないんだぜ」

「そんなんとうに判っててま。けどな、人間には背に腹はかえられない言《ちゅ》うことがおまんね。理屈なんぞもうどうでもええがな言《ちゅ》うときがおまんのやし」

品のいい、素直そうな顔をしているくせに妙に小理屈をこねる子どもである。

「こいつ、こっちが下手からやさしく出りゃつけあがりやがって。これ以上つべこべ言うようならぶっとばしちまうぞ」

「なんでやねん。わたいたしかに悪いことしました。ほんでも、わたいなんでおっさんに叱られにゃならんの。わたいは鮓屋のおっさんに損はかけたけど、おっさんにはちびっとも迷惑かけとらへんよ。これはわたいと鮓屋のおっさんの問題や。ほやさかい、鮓屋のおっさんがわたいをどつくのはええわ。けどおっさんにどつかれるのはかなん。お門違いや。そらおっさん、余計な差出口言《ちゆ》うもんと違《ちや》いますか。ほんまに邪魔くさい人たちやな。なに言《ゆ》うてけつかんねん」

「おう、そのなんとかしてけつかんねん、というのはどういう意味だ?」

押取刀《おっとりがたな》で駆けつけてきていた甚吉が少年の真横で拳固にはあっと息を吹きかけながら言った。

「どうせ悪口にちがいないだろうが、おれたちは悪口いわれてにこにこしているようなお人善しじゃあねえんだよ。よう、親爺さん……」

甚吉はすこし離れたところからこっちの様子を窺《うかが》っていた鮓屋に向って手招きをした。

「この餓鬼《がき》の始末をおれたちに委《まか》してくれるかい?」

「へえまぁそうどすなぁ、それはまぁなんでございますな、なん言《ちゆ》うたらええか……」

「委せるんだな?」

「へ、へえ……」

「それで親爺さん、この餓鬼は鮓をいくつ喰った?」

「えーと、そうどすな、蝦《えび》が八個にあわびが四個、室鰺《むろあじ》のなれ鮓が二個に大穴子《べいすけ》が六個、ほて甘鯛《ぐじ》が八個……。合せて二十八個で」

「値の張るものばかりずいぶん喰いやがったな」

甚吉が少年に向き直った。

「いいか、聞いた通り、おれたちは鮓屋の親爺さんにおまえの始末を委された。これならおまえにも文句はないだろう?」

「ふ、ふんでわたいになにをするつもりや?」

「きまってら、殴ってやる。鮓一個につき拳固が一回だ」

「そ、そんな荒くたい……」

少年は地面にどすんと尻を落とした。どうやら腰を抜かしたらしい。

「言《ゆ》、言《ゆ》、言《ゆ》うたらなんやけど、鮓一個に拳固一回は割が合わん」

「そのかわり、おまえの平げた鮓の代金はおれたちがなんとかしようっていうんだ。さぁ、立ちな」

甚吉はよほど例の「なんとかしてけつかんねん」が気に触ったのだろう、襟首《えりくび》を摑《つか》み、力いっぱい引き上げて少年を立たせた。そして、彼の襟首を握ったままの姿勢でおれの方を見た。

「衛生ちゃん、京の餓鬼は小生意気じゃないか。殴っても構わねぇだろう?」

「いやなにも殴ることはないだろう……」

言いながらおれは少年に一歩近づいた。少年の顔に吻《ほっ》とした表情が泛《うか》んだ。

「おっさん、おーきに」

「ばか、礼を言うのは早すぎる」

「へ、へえ?」

「つまり、いやなにも殴ることはないだろうと、ついさっきまでは思っていたんだが、いまはむしろおまえは殴られてしかるべきである、という考えにおれは立っている……」

「あ、あのなぁ、人を糠《ぬか》よろこびさせたらあかんえ」

「なぜおまえは殴られねばならないか」

「な、なんでやねん？」

「蝦《えび》だのあわびだの鯛だの、高値の材料《ねた》ばかり選んで喰ったのが気に入らないね。これは喰い逃げ人《にん》の仁義にもとることとだぜ」

「そ、そないな仁義、初耳や」

「おれたちもかつて喰い逃げを常習にしていたことがある。が、そのときは出来るだけ店に負担をかけないように、安いものを喰い逃げするように心掛けていたものだ。そういう心やさしさがおまえにはないね。それで、おまえは殴られるべきであると考えをかえた……」

「高いもん喰おうが安いもん喰おうが喰い逃げは喰い逃げやおへんか。どっちゃやろうと五十歩百歩。そないな理屈は無茶《やくたい》やがな」

少年は手足をばたつかせて逃げようと焦っている。が、甚吉に襟首をしっかりと摑まれているのでそれは無駄なあがきだ。

「みっともないぜ、男の子のくせに」

おれは左右の指を組合せ、節をぽきぽきと折りながら言った。

「殴られっぷりがよければ、二十八回を二十回にも十五回にもまけてやるつもりだ。さぁ、しっかりと奥歯を嚙みしめて……」

このとき、突然、少年が大声をあげて泣き出した。それも持ち合せた声のありったけをふり絞って、だ。耳の奥がきーんと鳴り、おれは頭の中を焼火箸《やきひばし》でかきまわされたような気がした。物見高いのは京も江戸と同じで、通行人たちがたちまちおれたちの周囲を遠巻きにしはじめた。

「この弱虫め、なにもされていないのに泣くやつがあるか」

睨みつけてやると、少年は逆におれを恨みのこもった眼で睨《にら》み返し、

「わたいはどつかれるのが恐《おとろ》しい思うて泣いてるのやない」

と、泣きじゃくりながら言った。

「わたいばかりがなんでこないな苦労しなきゃあかんのか、そう思うたら自然《ひとりで》に泣けてきたんや。生きてく言《ちゅ》うのはもうしんどくてかなん。ひちめんどくそうてかなん。ねぇ、殺してぇな。いっそわたいをどつき殺してぇな」

少年はおれに向って両手を合せ、拝むような恰好をした。

「ほんまになぁ、恩に着ますさかい、拳固でのうてその腰の包丁でばっさりやっておくれやっしゃ」
十四、五の少年が生きるのに疲れただの、殺してくれだのと言うのにはよほどの事情があるにちがいない。おれは甚吉に少年の襟《えり》を離してやるようにと目配せをした。
「どないしたの。なんでわたいをどついてくれへんのどす?」

少年は逆におれの襟を摑《つか》んだ。

「後生やさかい、わたいを殺してぇな」

「もうなにもいうな」

おれは少年を石段のところへ連れて行き、やさしく肩を押して坐らせた。

「わかっている」

「わかってるってなにがやね？」

「おれの睨んだところでは、おまえの親が二度目かなんかで、継子《ままこ》いじめをされたのだろう。むかしから、連れ子の家には風波絶えずというが、つまりそれだろう？」

「そうか。それだったら、すぐに家に帰るんだな」

茂松がおれの後を引き継いで言った。

「おまえをいじめたのが、継父《ままちち》か継母かしらないが、いまごろは後悔しているところだぞ」

「なんなら家まで送っていってやろうか」

重太は蹲んで少年の膝の泥を叩き落してやっている。

「おれたちはどうせ暇なんだ。遠慮することはないんだぜ。……銚子なんかぶっつけて悪いことをしたと思っている」

「おれもかっとなって荒っぽいことを言ったが、すまなかった」

甚吉は軽く頭を下げ、照れかくしにその頭をごしごしと掻いた。

「おめえがそういう身の上だということを知っていたら、もうちょっと違う言い方もあったんだが……」

「そんなんと違《ちゃ》う……」

少年は首を横に振った。

「継父でも継母でもええ、そないな人がいてくれはったら、わたい、こんなところをうろうろしとらへんよ」

「というとまさか……」

おれは思わず息を呑んだ。

「おまえにはお父《と》っつぁんが……」

「おまへんにゃ。お父《と》はん死んでもうたの」

「すると母ひとり子ひとり……」

「でもおまへんにゃ。お母《かあ》はんも死んでもうた」

「し、しかし、兄さんぐらいはいるだろう?」

「兄さんも死んでもうた」

「姉さんは?」

「死んでもうた」

「親戚もいないのか?」

「沢山《ぎょうさん》おったけど、みな死んでもうた。弟《おとと》も妹《いもと》も死んでもうた。ほいでに、お店の番頭はんも丁稚《ほん》さんも下男衆《おとこし》も女中衆《おなごし》もみな死んでもうた。わたい庭に目高《こめん》も飼うとったんやけど、それも死んでもうた……」

「ま、まて。おまえ、いま、番頭と言ってたな？」

「へえ、言うとったけどそれがなんか……？」

「するとおまえの家は商人《あきんど》だったのだな？」

「うん。西陣の大《おっ》きな織屋《おりや》やった。焼ける前は職人はんを百人から使うておったんよ」

「焼ける前……？」

「へえ、そうや。なんもかんもドンドン焼けで灰になってもうた」

「ドンドン焼けというと三年前の元治元年の大火のことかな」

これまで門柱に凭《もた》れてじっと少年の顔を見ていた時次郎がここではじめて口を開いた。

「蛤御門《はまぐりごもん》の戦さが因《もと》で火の出たあの大火のことだね」

「そうや。あんときは京の町の半分が焼けてしもうたのやで」

「家も両親も使用人も、その上、目高まで焼け死んだのに、あんただけがよく助かったな」

「うん。わたい、天神川まで逃げて、川の中へ躰《からだ》を漬《つ》けてたさかい、ほいでどうなりこうなり助かったん……」

「それは運がよかった」

「あほくさ。運なんかようない。わたい、お父はんお母はんと一緒に死んでもうた方がよっぽど嬉《うれ》しいかった。わたい、お父はんやお母はんとこへ行きたいわ。ねぇ、おっさん、はよわたいをどついてぇな」

「まぁ、そう短気を起すな」

おれはこの哀れな西陣の戦災孤児の肩をぽんぽんと叩いて慰めておいてから、鮓屋《すし》に言った。

「おい親爺、だいたいあんたがぎゃあぎゃあ騒ぎ立てるからいけないのだぜ」

「へえ、そら、えろうすんまへんな。ほやけどあんさんたちかてぎゃんぎゃんと賑《にん》やかに騒いでおらはりましたんと違《ちゃ》いますのやろか」

「とにかく鮓の二十個や三十個ただ喰いされたからって、親の仇《かたき》に巡り会ったみたいにドタバタと埃《ほこり》を立てちゃいけない。そんな尻の穴の小さいことでは先が見えてるぜ」

「そらまぁそうどすな。ほやけどわて先が見えてる方が安心や。いま以上、店が繁昌して大きゅうなってもしょむないことやしねぇ」

「いいからつべこべ言ってないで、早く店へ戻っていろ。それでいいか、蝦《えび》を五十個、あわびを五十個、そして鯛を五十個握っとくれ」

「そ、そないぎょうさん、どないしまんね」

「この子が喰うのさ」

おれは親爺に西陣の少年を指してみせた。

「腹が減ると気弱になる。気弱になるととかく人は死なんてものを考える。おれはこの子に腹いっぱい鮓を喰わせてやってつまらないことを忘れさせてやりたいんだ。親爺、人をひとり救うのだと思って大きく握れよ。材料もけちるな」

「へえへ、おーきに」

鮓屋の親爺はおれたちに向ってぺこりと頭を下げ、鮓が百五十個や、人助けや、こりゃ戦さや、と叫びながら石段を駆け降り、向いの見世に戻った。

「おっさん、わたいにほんまに餅をたべさせてくれんのん?」

西陣の少年の顔に喜色が蘇った。

「ほんま?」

おれはうなずいて立ち上った。

「戸外《そと》は冷える。見世に入っていようぜ」

少年は返事をするかわりに、ぴょんぴょんと跳ねるようにして石段を降り、餅屋へ駆け出して行った。嚢中《のうちゅう》を考えれば、百五十個の餅はたしかに大盤振舞いにすぎるだろう。だが、それならそれでもいいじゃないか、とおれは思った。とにかくおれたちは少年をひとり確実に救ったはずなのだから。

おれと同じように、満足そうに少年を見送っている甚吉たちを促して御香宮の石段を降りながらふと左手に目をやると、すでに夕光を漂わせはじめた空に比叡《ひえい》が寒々とその姿を鎮《しず》めている。

3

その夜は有金を鐚《びた》一文まではたいて近くの撞木《しゅもく》丁の遊廓に泊った。夜中に何度も繰り返し繰り返し、蝦の大軍に追いかけられる夢でうなされた。例の西陣の少年と一緒に蝦の握りをやたらに詰め込んだむくいだろう。あくる朝、支度をして表にとび出すと、空は晴れているのに、背筋を走るような寒さである。思わずぶるぶるッと慄えて立ち竦んでいると、窓から白首を伸ばすよう

にして見送ってくれていたおれの相方の妓《おんな》が、

「顔をそないにしかめたらあかんえ。この寒さは京名物の底冷え言《ちゅ》うやつなんどっせ。ほな、またな」

　と言って障子を閉めた。寒さまで名物にするようじゃ京もたかがしれている、よほど名物に乏《とぼ》しいところにちがいない、と、ぶつぶつ寒さを呪いながら一刻ばかりかかって竹田街道から烏丸《からすま》通に出て、六角堂でみんなと別れた。おれと重太が貸しもの屋の鍵新で奉公しながら、公卿と接近を計るあいだ、甚吉と茂松はそれぞれの特技を活かして三条大橋あたりの髪床や駕籠宿で待機する、ということにすでに撞木丁《しゅもくちょう》で相談がまとまっていたのである。時次郎はなんでも深草《ふかくさ》の浅見常隆という漢方医家のところで薬草の勉強をするとかで、朝のうちに撞木丁を出かけてしまっていた。

　鍵新は六角堂から西へ二丁ほど行ったところにあった。間口が四間、かなり大きな見世である。公卿相手の貸しもの屋がこれだけ大きいということは、つまりそれだけ公卿の生活が逼迫しているということを示している、雲の上人とはいえ雲を喰って生きて行けるはずはなく、しかもその上常に体裁を整えておくことも必要だろうし、公卿もなかなか気骨の折れる仕事にちがいない、などと思いながら内部《なか》を覗くと、土間には、雑色《ぞうしき》や白丁《はくちょう》姿の男たちが溢れていた。

「そこの三人、石薬師通《いしやくしどおり》北側の鷲尾様へ行っとくれやっしゃ。鷲尾様は従四位上侍従百八十石やさかいそのつもりでな。ほいから、鷲尾様ご自身がお使いになる沓《くつ》や檜扇《ひおうぎ》、それも忘れんようにな。おっとそれやないって。その檜扇は百二十五橋、三位以上のお公卿はんでのうては使われへん。その右の百二十三橋のやつ、そや、それ。それが四位の檜扇や。ほな、はよ、いきなはれ」

番頭や丁稚が五、六人、土間を駆けまわり、大声をあげて指示をしている。間口の横で、この、火事場のような騒ぎに気を呑《の》まれて茫《ぼう》と立っていると、やがて見世の内部《なか》が静かになった。雑色や白丁姿の男たちがそれぞれ出前先へ出払ってしまったのだ。番頭と丁稚たちは土間のあちこちに散らばった箱に腰をおろし、肩で息をしながらぼんやりと視線を宙に遊ばせている。大勢の人間に、得意先の官位に合せた衣裳をつけさせ、またそれぞれに誂文の品を持たせて、間違いなく送り出さなくてはならないのだから、たしかに疲れる仕事にちがいない。

「そこでなにをしてまんのや?」

内部《なか》からおれと重太に声がかかった。声の来た方を見ると、土間の隅で番頭が煙管《きせる》を咥《くわ》えながら、おれたち二人を、鋭い目付で上から下へ下から上へと撫でまわしている。

「うちになんぞ用でも……?」

「こちらで使ってもらいたいと思って来たのです。があまり忙しそうだったので、ここであなたがたの働きっぷりを拝見しておったところです」

おれはつとめて丁重に口をきいた。玉印奪回のためには公卿のうちぶところに深く入り込まなくてはならぬ。そしてそのためには、この貸しもの屋にまず雇い入れてもらわねばならぬ。いわば現在《いま》が玉印奪回という回天の大事業の第一の踏段なのである。失敗は許されない。大きいといっても相手は商人、いつもならこんなにかしこまった物言いはしないのだが、いまは仕方がない。

「うちで働きたいんと?」

番頭がにやっと笑った。

「ほな、内部《なか》へおいやすや」

番頭の口のきき方もすこし丁重になった。

「さあ、こっちゃへ入っておくれやす」

「では……」

軽く頭をさげて内部《なか》へ足を踏み入れたとたん、おれと重太のまわりに丁稚たちが駆け寄って来、いきなり着物を脱がせようとしはじめた。これにはおれも仰天して「つとめて丁重に」という心得を忘れて、

「な、なにをしやがるんだ！」

と、怒鳴った。

「いきなり着物を剝ぐところを見ると、貸しもの屋とは表の看板だけ、その実、ここの本業は山賊かなんかだろう？」

「いやぁ、これはおもろいことを言わはるお人やなぁ。ほやけど、お気に触ったんならかんにんしとくれやす」

番頭は煙管を莨入《たばこ》れに仕舞って、

「なにしろ、急いどったもんやさかい、手より口の方が遅うなってしもうて……」

「急いでいたというと……？」

「人が二人ほど足りのうて往生してたところですわ。そこへお誂え向きにあんさんたちが入って来やはった。しめた、思いまして丁稚《ぼん》たちにさっそく支度にかからせましたんや」

「す、すると、これからすぐに公卿のところへ？」

「へえ、出かけてもらわんとあきまへんな」

ついている、とおれは心の中でにっこりした。首尾よく貸しもの屋に雇われることが出来ても、公卿のところへ遣《つか》わしてもらえるまでは早くて数日はかかるだろうとおれはそれまで踏んでいたのだが、それが雇われるのと仕事に出向くのとが同時である。これも徳川安泰のために骨を粉《こ》にしている黒手組の上に東照宮様が御加護をくだしたまわっているからにちがいない。おれは再び心の中で、東の方へ手を合せながら、番頭に、

「それで行く先はどこの公卿です？」

と、訊いた。

「伏見宮とか有栖川宮とかの宮家ですか？」

「よういわんわ」

番頭は丁稚たちに手早く指図して、おれと重太の躰《からだ》から衣類を剝《は》ぎ取らせている。

「なんぼなんでも、ど素人のあんさんたちを宮家へは出せへん」

「では、近衛や九条などの五摂家あたりで？」

「近衛様は従一位、九条様は正二位。一位二位のお公卿はんとこもよほど年季の入った者《もん》でのうては勤まらんさかい、無理やね」

「すると華族九家のうちのどこかな。ほら、久我とか西園寺とか徳大寺とかのあのへん……」

「そのへんもまだまだでんな」

丁稚たちがおれと重太に袖細《そでぼそ》や四幅袴《よのばかま》を着せはじめた。白丁《はくちょう》や雑色《ぞうしき》でも、略式のではあるが狩《かり》衣《ぎぬ》を着用するはずである。なのになぜおれたちは袖細や四幅袴なのか。これらは狩衣よりも数等格が落ちるはずだが。

「いったい、おれたちはどこの公卿のところへ行かせられようとしているんです？」

おれはすこし心細くなって番頭に訊いた。

「正七位下……」

「正七位下？　正七位下というと公卿は公卿でも最低の位じゃありませんか」

「へえ、そうや」

番頭は丁稚から帽子を受け取り、それをおれの頭に載せた。帽子も立烏帽子《たてえぼし》ではない。先端《さきっちょ》が後方に倒れている揉烏帽子《なええぼし》というやつである。

「きょうはお得意はんから『供人を頼むえ』言う註文《ちゅ》がえらい重なりましてな、狩衣も立烏帽子もきれいさっぱりと出払うてしもた。ほやさかい、揉烏帽子に袖細四幅袴姿で辛抱しいや」

おれが急に不機嫌な顔になったので、番頭は猫撫で声でなだめだした。

「なぁに、お公卿はんのお供で狩に出るときの供人はみなこの恰好や。ちっともけったいなことはおまへん」

「それでその貧乏公卿の名前は？」

「正七位下豊前大掾《ぶぜんだいじょう》様」

「ところは？」

「今出川室町東。今出川通は烏丸通をまっすぐ北や。今出川通《いまでがわどうり》に出たら誰にでもええ、鮓屋の二《に》十口屋《じつくちや》はんはどこや、とお聞き」

「鮓屋の二十口屋か。それで、その鮓屋からどっちへどう行けばいいんです？」

「いいや、その二十口屋いう鮓屋はんに豊前大掾様がいてはりまんのや」

「どうもわからない」

おれは両手で首筋を揉みながら言った。慣れないものを頭に載せているので、もう首の筋が凝りはじめているのだ。

「番頭さん、どうして公卿が鮓屋にいるんです？」

「とにかくきばって行ってきなはれ」

番頭はなにがおかしいのかここでぷっとすこし吹き出した。

「なんでお公卿はんが鮓屋にいてはるのか、鮓屋へ行かはったらわかるさかいな」

「そのまえにお伺いしておきたいことがあるんです」

重太がおれにかわって番頭の前に出た。

「わたしたちの給金は？」

「一年間は給金などおまへんな。そのかわり、寮がおます。ほいで服《べべ》も食《まま》もこっち持ちやさかい、ちいとも心配はいりまへんで。ほな、行きなはれ」

ついさっきまで、おれは自分たちの上に東照宮様のお加護があると信じていたが、こうなってみるとどうもそれは怪しい、眉唾である。稼ぎのいい甚吉や茂松から小遣銭ぐらいはたかることができるだろうから、給金皆無というのはまぁ辛抱できる。だが、毎度、相手が正七位下の地下《じげ》官人だとすれば、玉印に接近するなどは殆ど望みがないではないか。なるほど、一所懸命勤めていればやがて五摂家や華族九家の供人に出向く機会も巡ってくるだろう。しかし、番頭の口吻《くちぶり》から察するに、その機会を摑むには二年や三年はかかりそうである。言うまでもなく玉印奪回は早いほどいい。いってみればそれは焦眉《しょうび》の急だ。なのに、揉烏帽子なんて妙なものを頭に戴いて二年も三年もちんたらちんたらしていられるものか。馬鹿馬鹿しいったらありゃしない。おれたち黒手組が玉印奪回を志したのは私利私欲のためではない、徳川家の行く末を案ずるがためである。それなのに、この揉烏帽子に袖細四幅袴姿、しかもこれが当分続きそうだ、という卦《け》が出かかっている。東照宮様はいったいおれたちのことをどう思召されているのか。神様に文句をつけるのは畏れ多いことだが、すこしはしっかりともものを見きわめていてもらいたい。それが出来なきゃ神様なぞさっさと廃業なさるべきだ……。

東照宮様に悪態を吐《つ》いているうちに、御所の横を通り抜け大きな四ツ辻に出た。四ツ辻のあちこちで武装した侍たちが焚火で尻を焙《あぶ》っている。「ごわす」「ごわっせんのう」という言葉尻から察するに、宿舎の相国寺からこぼれて道路に野営中の薩摩の下ッ端侍どもだろう。焚火で薩摩芋を焼いて喰っているやつもいる。

「薩摩侍が薩摩芋を嚙《かじ》ってやがら。ああいうのを共喰いっていうんだぜ」

重太に小声で耳打ちしながら、おれは烏丸通を左に折れた。折れたとたん、四、五軒先に、『鮓処《すしどころ》・二十口屋《にっじっくちゃ》』

と書かれた木の看板が風に揺れているのが見えた。近づいてみると三間ほどの間口の、大きな見世である。見世の右半分が飯台で、左側の土間には大小さまざまの木樽がいくつも並んでいる。樽にはおそらく室鯵《むろあじ》や鯖のなれ鮓が仕込んであるのだろう。それらの樽の向う、土間の奥に一基の竈《かまど》が築いてある。むろん鮓用の飯《しゃり》を炊くためのものだが、前の日の伏見御香宮前の鮓屋の竈の三層倍はたっぷりありそうに大きい。きっと繁昌している鮓屋なのだ。

「鍵新からきたものですが、こちらに……」

と、挨拶声をあげながら、見世の内部《なか》へ首を伸ばすと、いきなり、奥から、

「この軽忽者《ちょかもん》！」

という金切声と共にお櫃《ひつ》の蓋が飛んできた。京へきてから丸一日たっているが、この地で出合いがしらに怒鳴りつけられるような悪事を働いたおぼえはまだない。なのに何故《なにゆえ》の今の罵声であるか。重太と二人、戸板を楯に躰《からだ》を隠し、おれは数呼吸のあいだ、じっと見世の内部《なか》の気配を窺っていた。いまの金切声が空耳《そらみみ》だったのだろうか、店内は森閑《しんかん》とおさまりかえっている。そこで、再び、おそるおそる首を伸ばして、

「えー、鍵新のものですが……」

と、見世の内部《なか》へ声をかけた。

「すかたん！　このあほんだら！」

また、金切声《かなきりごえ》があがって、目の前の土間にどすんとお櫃《ひつ》の本体が降ってきた。いつでも逃げ出せるように腰を引きながら店内を見ると、飯台《はんだい》の向うの板の間で、男と女が睨《にら》み合っていた。男

の年齢の頃は四十五、六歳か。頭上に冠をいただき、緑色の袍を着ていた。疑いもなくこれは公卿の束帯姿《そくたい》である。ただし、笏《しゃく》のかわりに手に俎板《まないた》を持ち、それを楯のように構えているところが奇妙だ。土間には白綾の浅沓《あさぐつ》が転がっている。浅沓もむろん男の持物にちがいない。女は四十歳前後、細面で痩せている。目が血走って、しかもぐいと釣り上っているが、顔立ちは悪くない。

「やい、このくそ鈍《どん》、きょうはどないなことがあっても勝手な真似はさせへんど。どうしても言《ゆ》うなら、殺したるわ」

女は男を睨みつけたまま飯台にそろそろと手を伸ばしはじめた。飯台の上には包丁が四、五本、並べて置いてある。

「およしなさい！」

咄嗟《とっさ》の機転で重太が見世の内部《なか》へ飛び込み、飯台の上の包丁をかき集め、こちら側の土間に落した。

「おかみさん……」

おれも重太に続いて土間に足を踏み入れた。

「どんな事情がおありか、それは知りませんが、刃物を持つのだけはおよしなさい」

「な、なんや、あんたらは……？」

あいかわらず視線を束帯男に釘付けにしたまま、おかみさんが訊《き》いてきた。

「関係ないお人は引っ込んどいてぇな」

「といわれて大人しく引っ込んでは人死《ひとじに》が出そうだ。放っとくわけにはいきませんよ」

おれは飯台を乗りこえ、おかみさんの傍に立った。

「とにかく相手はお公卿さんですし、斬ったり殴《は》ったりしたら大事《おおごと》になりますぜ。ところで、わたしの勘では、旦那の留守につけ込んでこちらのお公卿さんが言い寄ってきた、とこういうことじゃないかと思うんですが、どうです?」

おかみさんがはじめておれの顔へ目を向けてきた。よく見ると、顔立ちが悪くないどころではない。相当な美人である。若いころはなんとか小町よと騒がれ、町内の若い衆から付文の十通や二十通は貰った口だろう。

「たしかにおかみさんの顔というものは男好きがいたしますね。こちらの色好みのお公卿さんが横恋慕するのも無理はありません」

「あ、あのな、あんた……」

「まぁまぁ、もうしばらくわたしの推量に耳をお貸しください。さて、おかみさんはお顔がきれいだが、心持はさらにきれい。そのへんのご婦人なら言い寄られたのをもっけのさいわいに亭主に知られては拙《まず》い密事《みそかごと》を持つものだが、おかみさんにはそれができないから、なにをいやらしい、わたしは身持ちの堅い女、二度とここへは寄りつかないで、とお公卿さんに肘鉄を喰わせた。ところがこちらのお公卿さんには、今日こそはという激しい思い込みがあるから簡単には引き下らない。そこでこの騒ぎになった……。どうです、どこかちがっていましたか?」

「どこもかしこも大違いのこんこんちき」

おかみさんは東帯男を目がけて、いつの間に持ったのか、しゃもじを力いっぱい投げつけた。

「この男はお公卿はんでもなんでもあらしまへん。これはうっとこの亭主どっせ」

「ご亭主?」

「そうどす」

「し、しかし、鮓屋のご亭主がなぜ束帯姿でうろうろしているんです?」

「もう、なんどっしゃろか、この人言うたら公卿気ちがいどしてな、最初《はな》のうちは、勅使の行列なんどのあとにくっついてひらひら歩き、それだけで機嫌よう仕事に精出《せーだ》いておったんどすけど、そのうちに公卿熱が募って、とどのつまり、金《ぜに》払うて、地下官人の役を買《こ》おてしもうたんどっさかいな」

いったい公卿の位が金で買えるものだろうか。おかみさんの話はおれには意外だった。おれの心中の疑念を読み取ったのか、おかみさんは、

「正七位下の位やったらなんぼでも金《ぜに》で買えまんのよ」

と、言った。

「そのへんの商人《あきんど》にも正七位下がぎょうさんいてはる。たとえば、お向いの質屋《ひちや》はんのご亭主は大舎人寮史生《おおとねりりようしせい》やし、一軒おいて左隣りの鰹節屋《かつとぶしや》はんは上総少掾《かずさしようじよう》、ほいからうっとこの裏の左官《しやかん》屋《や》はんは中務省史生《なかつかさしようしせい》なんどっせ」

おかみさんはおれの頭越しにあっちこっちへと指を差した。

「ほいでにみなはん、十日に一遍は貸しもの屋から雑色《ぞうしき》借り出して、用もないのにあっちふらふらこっちふらふら。そないなあほくさいことしてなにがおもろいのか、うちらにはちっともわからへんけど、まぁ、たぶん、胸反《そ》ってええ恰好して歩きたいんとちゃいますのやろか」

「じ、じつは……」

おれはおかみさんと、その亭主である正七位下豊前大掾《ぶぜんだいじよう》に向って会釈した。

「わたしたちは、いまおかみさんのおっしゃった貸しもの屋の鍵新からまいったものですが、しかし、こちらの旦那の公卿ごっこ、考えてみれば結構なご趣味じゃありませんか」

亭主がにっこりし、おかみさんの目尻がまたきゅっと釣り上った。

「たしかに子どもっぽい趣味だといえばその通りですが、女にとち狂ったり勝負事にのめり込んだりするよりはずっと無難で、かつ高尚ですよ。第一、罪がありませんや」

「そや、その通りやで。じつのところ、わてもそう思うとるんや」

豊前大掾はさっそく土間におりて、浅沓を突っかける。

「あんさんたち、ほないこか」

「待ってんか！」

おかみさんが横に積んであった押し鮓の木枠を摑んで豊前大掾に放りつけた。木枠は立烏帽子《たてえぼし》に命中し、烏帽子から垂れている紙飾りががさごそと音をたてて揺れた。

「夕景までに裏辻様へ、押し鮓、なれ鮓、握り鮓を都合十五人前、届けんとあかんのえ。ほかに夜は近衛様に押し鮓が十人前。さかいにそろそろ、飯《まま》炊かんと間に合わんのよ」

「御所をひとまわりしてから炊くわ」

「ひとまわりやて？　あんた、これまでひとまわりで帰ったことなんど一遍もあらへんやないか。家《うち》を出たら最後もう鉄砲玉や。こないだなんどは嵯峨野から深草まで京の端から端を斜めにのし歩き、ほいで帰ってきたんは真夜中やったやないの。あんたのひとまわりはあてにならん」

「けどな、おかはん、わてひと歩きせんかったら、なんや、こう、胸のあたりがえらい辛気《しんき》臭《くそ》うてな、こんなんではええ飯《まま》炊けへんにゃ」

二人の会話《やりとり》を聞いているうちに、おれの頭の中でぴかとなにか閃くものがあった。近衛も裏辻も公卿ではないか。この鮓処二十口屋《にじっくちや》は公卿にお得意が多いらしいが、貸しもの屋に雇われて正七位下などという地下官人の相手をしているより、いっそこういう鮓屋で使われる方がいいのではあるまいか。近衛のような高位の公卿のところへ鮓の出前に行く、この方がずっと早道ではないか。だいたいあの貸しもの屋は一年間給金なしだと吐《ぬ》かしていた。そこから類推するに食物なんぞも雪花菜《おから》の煮付がせいぜい、碌なものも喰わせてくれないだろう。そこへいくとここは鮓屋だ。たとえ残り物であれ、毎晩、蝦《えび》の尻尾ぐらいにはありつけるはずである。そこんところだけでも、この際思い切って貸しもの屋から鮓屋に鞍替えするのが利口というものではないか。

「旦那、気がねなくお出かけなさいましよ」

出歩きたいが女房が怖い、女房は怖いがやはり出歩きたいと土間でうろうろしている豊前大掾をおれは外へ押し出した。

「おかみさんはわたしが残ってなんとかなだめておきますから」

「そ、そやけどな、あんた、あれはえらいきつい女やさかい、後の祟《たた》りが恐《おとろ》しい……」

「まかしといてくださいよ」

ぽんと胸を叩いて請け合っておいてから、おれは重太に言った。

「おれがいまなにを考えているかわかるか?」

「衛生さんとつきあうようになってから何年になると思います?」

重太はにっと皓《しろ》い歯を出した。

「間が多少抜けているけれどもう二十年になります。ですから、衛生さんの考えていることぐらいすぐに読めます。衛生さんは、この二十口屋に奉公替えをした方が、よりたやすく公卿に近づくことができるのではないか、と踏んだのでしょう?」

「まぁ、そんなところだ。おまえはどう思うかね?」

「おれ、いままで衛生さんの考えに反対したことがありますか?」

重太はもう一度歯を出して点頭し、豊前大掾《ぶぜんだいじよう》を追って、四ツ辻の方へ歩き出した。

見世へ戻ると、おかみさんが飯台の前で女だてらに腕あぐらを組み、口をへの字に結んでおれを睨んでいた。

「ちょいとあんさん、えらい出過ぎた真似をしてくれはったな。あんさんは夫婦喧嘩の仲裁したつもりで、ご機嫌はんでいやはるかしれんけど、うちにとっては迷惑至極どっせ。いいや、迷惑どころかあんさんのおかげで、なんもかんもわやになってしもた。このへんの事情はあんさんにはわからへんやろけど……」

「鮓の飯《めし》を炊《た》く人間がいない、それが困る、とおかみさんはおっしゃりたいんでしょう?」

「そ、そうや」

「鮓用の飯は炊くのが難しい。お宅ではそれがご主人の仕事だった。そのご主人がいないのではもうどうにもならない。こういうことでしょう?」

「それを知っててなんでうちの人に行け言いはったん?　はよ、呼び返してきておくんなはれ」

「しかし、ご主人はいま気が乗らない」

「けどな……」

「そこで飯炊き職人をお雇いになったらどうです?」

「あほくさ。この急場に間に合いまっか」

「間に合いますよ」

おれは右の人差し指で自分の顔を指した。

「これでもわたしは結構いい御飯を炊くんですよ」

おかみさんは目を丸くしておれの顔を見ている。

「ただし、わたしは鍋釜は使わない」

「鍋釜使わんて?　ほならなにを……」

おかみさんの目がいっそう丸くなった。

「直径《さしわたし》三寸ぐらいの、太い竹を使うんです」

「……竹?」

おかみさんの目がとうとうまんまるくなった。

「わたしは江戸の本所でとれたんですが、竹筒で飯を炊くというのはこの本所の悪童連の秘法なんですよ。みんなで米を一握りずつ持ち寄ってこの式でよくやったもので……」

「け、けどな、竹筒でどうやって……?」

「竹はなるべく若竹を選びましてね、節をふたつ残して他は斜めに切り落します。つまり節と節との間を利用するわけですね。さて、この竹筒のどっちかの節の真中に穴をあけて、そこから水を入れてじゃぶじゃぶと振ってよく洗う。内部《なか》がきれいになったところで、米と水を入れ、焚火のまわりに突きさしておく……」

話しているうちに、おれの脳裏にちいさいときの遊び場だった飛切稲荷の近くの原っぱあたりが見えてくる。おれたち黒手組はなにかというと物を喰う相談ばかりで、そのたびに飛切稲荷裏の竹林の竹を伐って、この竹筒を作ったものだった。

「……焚火の熱で、やがて竹筒の青いところが狐色に変って行きます。そうしたら、筒をまわし、青いところが焚火に当るようにします。これをくり返すうちに竹筒の全体が狐色になります。そうしたら火から遠ざけてよく蒸らすんですね」

この竹筒飯は水加減さえ間違えなければ誰でも上手に炊けるところが味噌だが、それでもおれが炊くととくに美味い飯になる。それでいつの間にか飯炊きはおれ、お菜《かず》集めは他の一同という分担ができあがっていった。

「……で、よく蒸れたところで竹筒を真二つに割るんです。そうすると、竹の空洞の内側の薄紙に包まれた丸太ん棒のような飯が出てくるわけですね」

この薄い竹の紙がじつにうまかった。甚吉などはいつもこの竹の紙を狙っていた。どれどれんな具合に炊けたのだい、などと言いながら手早く竹の紙を剝ぎとって口の中へ抛り込んでしまうのだ。これでいつも喧嘩になったものだが、この竹筒飯なら、軟かい飯硬い飯、註文に応じて自由自在に炊き上げる自信がおれにはある。豊前大掾《ぶぜんだいじょう》を体よく追い出したのも、この自信があったればこそである。

「どうです、おかみさん、欺《だま》されたと思って飯炊きをわたしに委《まか》せてみてはくれませんか？」

おかみさんはしばらくの間、おれの顔を見つめてなにか考えていた。が、やがて、傍《かたわら》の銭箱から何枚か銭をつかみ出し、

「はよ、竹屋はんへ行きなはれ」

その銭を飯台の上に勢いよく置いた。

4

それから一刻半かかっておれは竹筒で十五、六本、飯を炊いた。一本は軟かすぎ、一本は硬すぎたが、あとはおかみさんの註文通りに炊きあがった。

「へえ、ほんま。飯《まま》にしみ込んだ竹の匂いが鯖や鰺によう適《あ》うようどっせ。あんさん、えーこと教《おせ》えてくれはったな」

おかみさんは押し鮓用の木枠を巧みに使いながら何度も同じことを呟いて感心していた。

裏辻家へ届ける鮓が出来上ったのは、あたりが薄暗くなりはじめたころだった。公卿の邸に鮓を届けて顔見知りになる、というのがもとより真の狙い目である。そこで、おれは鮓を岡持に並べるのを手伝いながら、

「おかみさんはこれからまた近衛家の鮓をこしらえなきゃいけない。裏辻家にはわたしが届けに行きますよ」

と、申し出た。

「へ、おーきに」

おかみさんはうなずいて、

「すまんけどそうしてんか」

と、片手を立てて軽く拝む真似をした。おかみさんの口のきき方には他人行儀なところがなくなっている。竹筒飯がうまく行ってから、おかみさんはおれを「内」の人間というように捉えているようだ。

「ほいでな、土田はん」

さっそく立ちかけたおれをおかみさんがやんわりと制した。

「裏辻様は金払いが悪《わる》うて困る。うっとこやて、これまで何十遍、鮓代を踏み倒されたかしれへん。鮓と引き換えに金《ぜに》もろうてきとくなはれや。裏辻様は閑院家二十三家のうちの十三位で正四位下、お公卿はんとしては、まぁ言うたら中の中や。ほやけど金払いの悪さ言うたら下の下の下……」

「そんなに金がないんですかね？」

「まぁ、お内証はぴぃぴぃ火の車やねぇ」

「その割には豪勢に鮓をとったものだ」

「そのことやけど、裏辻様はいつもたいてい三人前、多いときでもせいぜい五人前がとまりやった。開闢《かいびやく》以来ずうっとそうやった。ところが、こんだは十五人前や。けったいなことやなぁ思うとったら、なんでもおめでたいことがあるんやて」

「富くじにでも当ったんですか?」

「あほらしい。お公卿はんが富くじなんぞに金使《ぜに》うことは金輪際あらしまへん」

「じゃどうしたんです?」

「女子《おなご》の御子《おこ》が玉の輿《こし》に乗らはった言《ちゆ》うなぁ。ちかぢか室町の両替屋はんに行かはるんやて」

「ではこの鮓はそのお祝いか……」

「らしいなぁ。ほな、行《い》きおし」

岡持ふたつぶらさげて、おかみさんに教わったとおり室町通まで行き東に折れた。三軒目に崩れた土塀にかこまれた邸があった。門柱に『裏辻公愛』と書いた小さな木札がさがっている。そのそばに菊の紋のついた高張提燈《たかはりちようちん》がゆらゆらと風に揺れていた。この提燈だけは真新しい。買ったのか貸しもの屋から借りたのか、それはむろんわからないし、またどうでもいいことだが、古ぼけた門に新しい提燈の取り合せはどう考えても面妖だった。

「二十口屋から参りましたが……」

内証まで届くようにと大声をあげながら門を入った。

「鮓をお届けに参上いたしました。どうもお待遠さま……」

返事がない。返事のかわりに玄関の横で真っ赤な実をつけた万両がかすかに動いた。

「どなたもいらっしゃいませんので?」

式台の左右に紙の束がたくさん積んであった。玄関に足を踏み入れてひと束、手にとってみる。大きさや厚さから見るとどうやら歌留多にする厚紙のようだ。裏辻家では歌留多貼りを内職にしているらしい。

「出前持ちが玄関から入ってはあかんのよ」

正面で声がした。

「ここはお客の出入《しと》りするとこやさかいな。通用口はあっちや」

男の子の声だった。

「あっちへまわらなあかへんで」

「あっちってどっちの方で……?」

と、顔を上げると、正面の衝立のかげから少年がひとり凝《じっ》とこっちを睨んでいる。少年の顔を見た途端、おれはあれっと思った。どこかで見た顔のような気がしたのだ。しかし、公卿の子どもなぞに知り合いがいるわけはない。なんかの思いちがいだろう。

「あっち言《ゆ》うのはやね、左へ廻って家《うち》をぐるっとひとまわりしたとこのこと」

ぴんと通った鼻筋に形のいい唇、そしてのっぺりしているがどことなく品のいい顔全体からの感じ、たしかにお目にかかっている。思いちがいなどではない。

「……ほやけど、きょうは特に許す。あっちへまわらんでもええよ。鮓《すし》はそこへ置いときや」

少年はぴょんぴょんと跳ぶようにして式台へ降りてきた。おれは前の日に例の西陣の少年が御香宮の石段をこれとそっくりの仕草で降りたことを思い出した。

「けったいなやっちゃな。人の顔をなんでじっと見てんのや。わたいの大切な顔に穴があくやないか」

少年は岡持《おかもち》の蓋《ふた》をとった。

「坊っちゃん……」

「いやぁ、ふうん、こらええ匂いや……」

「なんやまだおったんかいね。おまえ、いつまでここにいるつもりや」

「坊っちゃんのお名前は？」

「わたいの名前聞いてどないすんねん？」

「ちょっと気になることがありまして」

「気になる……？」

「ねえ、坊っちゃん、わたしとどこかで逢ってませんか？」

「そら、どっかでは逢うてるやろ。おまえは二十口屋《にじっくちや》の者《もん》やし、うちと二十口屋は近いし……」

「伏見の御香宮で逢ってませんか？」

岡持のなかの鯵のなれ鮓を指で撫で、その指をぴちゃぴちゃと舐めていた少年がぎくっとなった。おれはその瞬間、前の日の西陣の少年、ドンドン焼けでみよりたよりをすべてなくしたと言っていたあの少年と、いま目の前で横柄な口をきいている少年は同一人なのだ、と確信した。

「思い出したようだな」

「な、なんでや。なんでおっさん、昨日《きんの》と違う恰好しとるんや。昨日《きんの》はお侍はんやったろ?」

「うるさい!」

おれは拳固で少年の脳天をこつんと打った。

「昨日は孤児で、今日は公卿の子、どっちが本当なんだ?」

「ど、どっちもほんとうなんよ。あのな、昨日《きんの》、おっちゃんたちと別れてからな、急にここへ貰われてきたんや。ぱたぱたっと話がまとまって、なんやしらん、わたいも夢をみてるみたい……」

「いい加減にしろ。いくらおれがお人善しでももう欺されはしないぜ」

「あのなぁ……」

少年は下を向いて水干の袖口の破れをしばらく毟《むし》っていたが、やがてぺこりと頭を下げた。

「かにしてや」

「かにしてやですむか。よくも人の善意につけ込んでこっちを土足で踏みつけにするような真似をしてくれたな」

「わっ、恐《おとろ》しい目ぇしてわたいになにすんねん」

「二、三発思い切り張り飛ばしてやる。そうでもしなきゃ腹の虫がおさまらねぇんだ」

少年が逃げ出そうとした。おれは少年の手首を摑んでえいと引き戻し、拳固を振り上げた。

「公秀《きんひで》はん、どないしやはったんえ?」

奥からこっちへ歌うような声が近づいてくる。耳の穴が擽《くすぐ》ったくなるような甘い声だ。

「すこし騒々しすぎるのやおへん?」

出て来たのは若い女だった。肌は薄桃、目は水晶、すこし下ぶくれの、やわらかな感じの美人だ。おれはうっとりとなって、小さな、形のいい唇の動くのに見とれていた。

「あら、この方は……？」

「二十口屋《にじっくちや》の人や」

少年が答えた。

「お鮓を届けてくれたんや」

「それはそれはご苦労はんどした」

女は式台に降りて岡持を持った。生えぎわに柔かそうな産毛がそよいでいた。

「ほな、公秀《きんひで》はん、いこ」

少年は女とおれを半々に見ている。女と奥に引っ込んでしまいたいが、おれの出方も気になる、というところだ。

「あ、あの……」

代金を、と言おうとしたが、声が嗄《か》れて後が続かない。

「なにか？」

女がおれを振り返って見た。

「い、いや、べつに……」

代金を貰って帰ることは諦めた。それにしても、「代金は後で」ぐらいは言ってもよかりそうなものだ。代金の「だ」の字も言わずにずいと鮓を持っていってしまうところが天真爛漫なものである。

「公秀はん、愚図愚図してたらあかんえ」

少年がうろうろしているのに気づいて、女が立ち止まった。

「明日は御所へ出る日やおへんの。天子様の御用を承る大事な日どっしゃろ。はよ、お鮓たべて、はよ寝んと……」

「う、うん」

少年はおれの顔色を窺いながらそろそろと後退《あとじさ》りをはじめた。女の（天子様の御用を承る大事な日）という言葉が、おれの頭の中でがんがんと響きわたった。天子様、すなわち玉印とこの裏辻公秀という少年とはなにか特別の関係にあるらしい。となると近衛や九条などの公卿を手蔓《てづる》にするよりもこの少年を飛び石にした方が、より早くよりたしかに玉印奪回双六の上りに行きつけるかもしれない。

「公秀くん」

おれは思わず憶えたばかりの少年の名を呼んだ。

「手間はとらせない。ちょっとの間、おれの話を聞いてくんないか」

公秀少年はびくっとなって、

「話ってなんやねん。わたい、鮓喰ってはよ寝んならんし、その前にお客《しと》はんたちに挨拶せにゃならんし、これで案外忙しいんよ」

「……昨日の伏見での喰い逃げの一件、姉さんに話してもいいのか」

おれは公秀《きんひで》少年の傍《そば》へ寄ってひくい声で言った。

「それでもいいなら引っ込みやがれ。がしかし喋られて困るのならすこしの間、ここに残っていろ」

「脅しかけてきよるとは、おっさんも相当な悪《わる》やな」

公秀少年は覚悟を決めたらしく、女に「いますぐ行くさかい、わたいの鮓、とっといてえな」と大声で言い、それからどでんと板の間に腰を下した。

「いまお姉さんが言っていたけど、お前、天子様の御用を承っているってほんとうかい？」

女の姿が奥へ消えるのを待って、おれは公秀少年に訊いた。

「あれ、おっさん、わたいをどつくつもりやなかったん？」

「ああ、もうあのことはとうのむかしに水に流してしまった」

「へへへ、おっさん、わたいの姉はん見て気が変ったんと違《ちゃ》うの？」

公秀少年は公卿の子らしからぬ下卑た笑い方をした。

「姉はんに付文でもするつもりやな。ほいでわたいにやさしい口きくようになったんやな。けど付文つけてももう無理やし。姉はんの売れ口もう決まっとるさかいな」

「どうしておまえのはなしはいつもあっちゃこちゃするんだよ。おれは、天子様とおまえの関係を聞いていているんだぜ」

「はぁ、それはこうや。わたい、天子様の児《こ》や」

「児？」

「うん。御所の中での走り使い、儀式んときのお供、それからお遊びの相手、みんなわたいら児《こ》のつとめや。御所の奥向きは男は御禁制やけど、わたいら児は例外なんよ」

「お遊びの相手もつとめる、といったな。するとおまえは相当天子様と親しいわけだ」

「そらもうな。天子様はわたいのことを『公《きん》ちゃん』と呼ばはるし、わたいは天子様のことを『睦《むつ》ちゃん』と呼ぶんよ」

ついに金脈を掘りあてたぞ、とおれは思った。天皇、御利発御聡明とはいえ、まだ十五、六の少年、鬚の生えた大人の言うことよりも、遊び友達の言うことの方にどうしても御耳の傾くお年頃だ。この公ちゃんの口を通して睦ちゃんを外へ誘い出そう。

「……で、睦ちゃんは御所の外へおしのびでお出になることなど、あるかい？」

「そんなんしょっちゅうや。建春門の傍に土蔵があんのやけどな、この土蔵と塀との間に松の木があってやね……」

「わかった。土蔵の屋根から松の枝へ、松の枝から塀の上、塀の上から表へひらりだな」

「わぁ、おっさんもわかりが早いわ」

「それで表へ出てどうする？」

「買い喰いや。それもいつもきまって鮓屋《すし》行きや」

「鮓がお好きなんだな」

「御所に関係してはる人はみな鮓に目がないんや。ほやけどな……」

公秀少年はここでおれの顔をじろっと眺めまわし、

「なんでやねん？　おっさん、なんで睦ちゃんのことばかし聞き出そうとすんのや？」

　ここだ。ここが一世一代の大芝居の打ちどころだ。おれは三和土《たたき》の上に正座し、玉印の親友の前に両手をついた。

「じつはわたくし江戸は本所に住む土田衛生《もりお》と申す御家人で……」

「わぁ、ほなら、おっさん、睦《むつ》ちゃんの敵やんか！」

「まぁ、まぁ、お待ちください。御家人ではありますが、勤皇の志においては、あの高山彦九郎先生にも決して負けはいたしませぬ。そこでこの国に生れ合せた仕合せに御稜威《みいつ》を崇めたてまつらんと思い立ち、江戸を出奔し、京へやってまいりました」

「ふーん、ほいで？」

「一目でいい、どんなに遠くからでもいい、天子様の御神容をちらとでも拝したてまつりたい、これがわたくしの一生の悲願で……」

「おっさんのいまの台詞、睦ちゃんに聞かせてやりたいなぁ」

「この悲願達成のために、わたくし、お得意先にお公卿の多い鮓屋に奉公いたしておるのですが、公秀さん、いかがでしょう、あなたのお力で天子様にわたくしをお引き合せくださいませんでしょうか……」

「ふーん……」

　公秀《きんひで》少年は鼻の穴をほじくりながら考え込んだ。

「こら難題やねぇ。けど、まるっきり無理言《ちゅ》うこともないな」

公秀少年の顔に悪戯っぽそうな笑いが泛《うか》んだ。

「外《おもて》へ鮓喰いに出るときに、おっさんがどこぞで待っとりゃええんや」

「鮓の用意ならわたくしが致します」

「そないしてもらえばいっそう好都合や」

「ではかならず鮓はわたくしが……」

「ほいからもうひとつ……」

公秀少年は立ち上って、

「女子《おなご》の用意もしとったらええんよ」

「おっ、おっ、女子……？」

「うん、睦ちゃん、このごろ猥談ばっかしてはる。そやさかい……わかるやろ、おっちゃん？」

ぴょんぴょんと跳ぶようにして公秀少年は奥へ去った。

おれはそれからもしばらくの間、裏辻家玄関の三和土の上に正座していた。おれはなんという幸運に恵まれているのだろう。なにしろ玉印接近を志してから一日たつかたたぬうちに、ほぼ完璧にそのめどをつけることができたのだ。今日の午前、貸しもの屋から二十口屋《にじっくちや》へ行く途中、東照宮様をさんざんこきおろしたけれども、あれがよかった。あの悪態をお聞きになった東照宮様が、これはいかんとご発奮、いま黒手組に大きな幸運をお授けになったのだ。それにしても公秀少年に蝦《えび》をただ喰いされたなと気がついたときは、ずいぶん腹が立ったが、いま思えばあの蝦がずいぶん役に立った。蝦で鯛を釣る、という古諺《こげん》があるが、おれたちの場合はどうやら蝦で玉《ぎょく》が釣れそうである。

裏辻家を出たら、もうあたりはとっぷりと暮れていた。いやに首筋がちくちくするので上を見上げると、暗い空からこぼれ落ちるように小さな風花《かざはな》がちらついている。おれは袖細《そでぼそ》の襟を掻き寄せ、二十口屋の方へ勢いよく駆け出した。

5

飯《めし》を炊くときの火加減の鉄則に「はじめちょろちょろ、中ぼうぼう、吹きはじめたら火を弱め、親が死んでも蓋《ふた》取るな」というのがあるが、これは小人数用の炊き方だ。おれと重太が住む込むことになった京は今出川室町東の鮓屋二十口屋は大見世だから一遍に五升や一斗は炊く。そこでおのずと火加減の鉄則もちがってくる。すなわち「はじめぐらぐら、中ごうごう、吹きはじめたら火を落す」のである。べつにここで鮓屋での飯の炊き方の講釈をするつもりはないが、ものはついでだからもうすこし言わせてもらうと、つまり鮓屋のやり方は「湯炊き」というやつだ。竈の上の大釜の中がぐらぐらっと煮立ちはじめたら、そこへよく磨《と》いだ米を一気に投げ込み、長さ六尺の、檜の飯杓文字《めししゃもじ》でここを先途と攪《か》き廻し、それから厚さが一尺もある木蓋をする。そして、吹きはじめたら透《す》かさず火を落し、後は竈の余熱で炊き上げるのである。

おれは深川生れで諄《くど》いことは嫌いだが、せっかく乗りかかった船だ、鮓屋の飯の炊き方について、もうちょっと喋々《ちょうちょう》させてもらおう。鮓屋の竈《かまど》にくべる薪が櫟《くぬぎ》と相場がきまっているのは、櫟がいい燠《おき》を残すからである。言ってみれば、鮓屋の飯は燠で炊くのだ。さて、充分に蒸し上げてから蓋を取るが、このときは湯島の天神様の富突きを見物するよりも胸がどきどきする。「生きめし」なら千両当ったほどにも嬉しく、「死にめし」なら千両落っことすよりも悲しい。といってもおれはまだ千両どころか一両の金も落っことした経験はないが。ところで「生きめし」と「死にめし」をどこで見分けるかというと、これは大釜の真中を見て判断する。大釜の真中あたりが上野のお山を遠望したときのようにふっくらと盛り上り、おれの痘痕面《あばたづら》よろしくあちこちに小穴が開《あ》いていればそれは「生きめし」、鮓にしてよく、振り飯にしても上等、削り鰹節《ぶし》と醤油をぶっかけて掻き込んでも結構という三拍子も四拍子も揃った飯が炊けているのである。

それにひきかえ、大釜の真中が根岸の里みたいに真っ平《たいら》だったら「死にめし」だ。こいつは不《ま》味《ず》くて、たとえ山海の珍味をお菜《かず》に添えたって喰えたものではない。着物の洗い張り屋に糊の原料として引き取ってもらうほかに使い途《みち》がないのだ。威張るつもりは毛筋ほどもないが、おれは次の日から「生きめし」ばかり炊いた。二十口屋で働いていれば、まもなく玉印奪回の機会が巡ってくるにちがいないという見通しがこっちには立っている、そのためにはどんなことがあってもこの鮓屋を失敗《しくじ》ることはできない、だからおれは例の公卿狂いのご亭主に諄いぐらい飯の炊き方を聞き、自分にも、「死にめし」を炊くなよ、と何度も言い聞かせて炊いたおかげだろう。つまり、こっちは命がけだったのだが、二十口屋の内儀《おかみ》さんはそんなこととは知らないから、

「あんた、うちへきやはる前から、どこぞで飯炊《ままた》き職人をしてたんと違《ちゃ》う？　それにしてもええお人に居ついてもろうたわ」

と上機嫌で、十日も経つと、

「ほんまにもうあてにもなんにもならん亭主なんぞはよ追い出して、うち、あんたと添い直そう

かしらん」

　なんて、艶《いろ》っぽい流し目を使ってくる始末だ。玉印奪回、すなわち天皇を誘拐して、公卿や薩長の方へ傾きかかった大政を再び慶喜様の御手に取り戻させて差し上げるという大望がこっちになければ、おれは内儀さんの流し目に流し目を以《もっ》て応えていたかもしれない。まったく仕事をよくすると妙にもてるから困る。

　もっとも、内儀さんに親切にされるのはいいが、飯炊きの仕事はこれでなかなか容易ではない。大釜に米を投げ込み飯杓文字《しゃもじ》で攪拌するとき、また、椹《さわら》の大きな木櫃に移した熱あつの飯に、塩と味醂《みりん》をまぜた米酢をぱっぱっと振りかけ、宮本武蔵よろしく右手の大杓文字と左手の小杓文字でかき合せるとき、飯の蒸気で手や顔が火脹《ひぶく》れになってしまうのだ。おかげでおれの手の指、鼻に顎など、鱈子《たらこ》のように真ッ赤に腫れあがっている。大釜に水を張るときなどに、その水に自分の顔が写る。そのたびに「やれやれ、ひどい顔になってしまったぜ」と思うのだが、おかみさんは、

「その顔がいかにも鮓屋の飯炊き職人《ままた》はんらしゅうて、よろしおます」

と、熱っぽい目つきでおれを見る。このあいだなどはとうとうおかみさんはこんなことまで口に出した。

「なぁ、衛生《もりお》はん、粋な男いうもんは普通どないな恰好《こしらえ》をしてまんのやろな？」

「それは人によってちがいますよ」

　そのときはちょうど夕景、飯炊きだ、酢つくりだ、出前だという一日で最も忙しい午後が過ぎて、おれは吻《ほっ》として大釜を洗っていた。

「衛生はんの考えてやはる粋な男でよろしいの。ねぇ、教えてくれてんか」

「うーん」

と、おれは手を休め、暮れかかった往来を眺めながら、

「たとえば、吉原の花魁《おいらん》に惚れられる男となると、相場はまず年の頃なら三十二、三、色の浅黒い、眼のぎょろりとした鼻筋のつうんと通った、にがみ走った男前……」

「ほてから？」

「結城の着物に羽織は胡麻柄の唐桟《とうざん》、帯が紺献上で、ちょいと尻を端折《はしょ》ると絹のすててこなんかがのぞきますよ。足許は白足袋に雪駄ばき、小道具は半紙が一帖、手掛が一本。ちょいと目が悪いと見えて、紅絹《もみ》の布《きれ》を出して、時どきこう目を押えている……。ま、そんなところですかね」

「結城の着物に唐桟の羽織やね、うち、衛生はんにその結城と唐桟を着せてみたい……」

「冗談じゃありませんよ、おかみさん。そんな結構なものを着てちゃらちゃらしていたら、いっぺんで旦那さんに睨まれてしまいます」

「いんえ、冗談《てんご》いうてんのやありまへんどっせ。うち、本気なんよ」

「でも、結城《ゆうき》に唐桟《とうざん》なんてものは、さっきも言いましたが、鼻筋のつうんと通ったにがみ走ったいい男が着るから粋なんです。あたしなんぞは鱈子みたいに赤脹れがして鼻筋などは探したってありゃしない……」

「鼻筋の通っていないところが、うちには粋なんどっせ」

ここでおかみさんは傍に寄ってきて、おれの手をとった。

「この火脹《ぶく》れした指、いとしいなぁ」

「ちょっと、おかみさん、そんなもったいない……」

「衛生《もりお》はん、あんた、この半月、ほんまによう働いとくれやしたなぁ」

おかみさんはおれの手を引いて帳場の前へ坐った。

「そやさかいな、正月にはどないしてもあんたはんにその粋な服装《なり》をさせてあげたいと思うてます。けど、内証がなぁ……」

「苦しいんでしょ？　わかってますよ。いくらわたしがよく働くといっても素人に毛の生えたぐらいが精いっぱい。働き手の旦那は毎日のように重太をお供に引き連れて、公卿さんの恰好をして町をほっつき歩いている。せっかく鮓の註文があっても半分は断わらなくちゃならない。その窮状はお察しいたしておりますよ、おかみさん。ですからわたしのことは気になさらずに……」

「いんえ、うちにかてあんたに粋な服装《なり》をさせるぐらいの金はおまんのどっせ」

おかみさんは帳場の机の上から帖面を一冊とって、おれの膝の前に置いた。

「たとえば、これは裏辻様の通い帳や。この半期で鮓代が十二両三分貸しになっとります」

「十二両三分とはまたずいぶん摘《つま》みやがったな」

「鮓代取りになんべんうっとこの亭主を通わせたかわかりゃしませんどっせ。けど、そのたんびにのらりくらりと言い抜けをしよる。暖簾《のれん》に腕押し、ちっとも埒が明かんのどす。十二両三分を十両にまけます、いうてもあきまへん」

「図太い連中ですねぇ」

「ほんま、うち、お公卿はんが恨めしい。せめて裏辻様へ貸した金《ぜぜ》が取れれば、あんたに結城と唐桟を着てもろうこともでけるんどっけどな。ほいかてしみたれお公卿はんにはかなやしまへん。かんにんえ」

おれはおかみさんに、十両の受取証文を書いてください、と言った。むろん、裏辻家の鮓代取り立てに赴く気になったのは、結城や唐桟が欲しかったからではない。深川生れの江戸ッ子、おれは金品で動くような男ではないのだ。公卿がどんなに偉いのかしらないが、手前の口に入れた鮓の代金も払わずに弱い者を泣かせ、日向《ひなた》の溝板《どぶいた》じゃあるまいしそっくり返っていていいという法はあるまい。こういう理不尽な野郎を放って置けないのが、こっちの性分なのである。

とは言っても喧嘩に行くわけではないから、手土産がわりに鯵のなれ鮓を五人前ばかり岡持に入れ、おれは二十口屋《にじっくちや》を出た。

裏辻家へは五百歩もないが、玄関に立ったときには肩や岡持の蓋の上が雪で白くなっていた。「二十口屋でございますが……」と邸内に一声叫んでおいて、後から後からと雪を降らせてくる暗い空を仰ぎながら、おれはおかみさんの「うち、あんたに粋な服装《なり》をさせたいんどっせ」という言葉について考えてみた。おかみさんはどうやらおれに好意以上のものを抱いているようである。大望あるおれにとっては有難《ありがた》迷惑だが、しかし、ちっとも嬉しくないといっては嘘になる。なによりもおれの働きを認めてくれたこと、そしておれを頼りにしてくれていること、それが嬉しい。ここで十両の金を取り立てて帰れば、おかみさんはますますおれを大事にすることだろう。今夜の夕餉《ゆうげ》からおれの膳にも銚子がつく、なんてことにもなりかねない。それに例の結城と唐桟だ、きっとご亭主が悋気《りんき》するよ。これが困る。こっちはなにもおかみさんと亭主を夫婦別れさせようと思って働いているわけではないのだからな。ひょっとしたらあの強気なおかみさんのことだ、ご亭主に、

「うち、衛生《もりお》はんと添い直しまっさかいな、かんにしてや」

などと言いだすかもしれない。が、こうなると難しい。おかみさんは姥桜《うばざくら》だが、男勝りでおれの好みには適《あ》う。新世帯を持って鮓職人に転向というのも悪くはない。しかし、玉印奪回の大望はそのときどうなるか。こっちは当然宙に浮く。そうなったら、右せんか左せんか、きっと迷うだろう。それが辛い。

「空に向ってなにをぶつぶついうてんの?」

振り返ると、公秀《きんひで》少年が式台に立っていた。

「鮓を持ってきてやったぜ」

おれは岡持を式台の上に置いた。

「けったいなはなしやな。わたいん家《ち》ではどこにも鮓など頼まなかったんやけど……」

「そいつは手土産だよ」

「ほんま? そらおおきに」

公秀は岡持の蓋をずらし、鰺のなれ鮓を一個摑むと、大きくあいた口にそれをぎゅっと詰め込んだ。食べることに関しては全く手の早い少年である。おれの餓鬼の時分と同じだ。

「家の人、だれかいるか?」

公秀がもぐもぐと口を動かしながらうなずいた。

「呼んできとくれ。いいか、公秀くん、今夜は鮓代を貰いに来たんだ。つまり、鮓を置いてではさようならと、すぐに帰るわけにはいかないのさ。上らしてもらうよ」

公秀はまたうなずいて、おれを玄関横の小部屋に案内し、廊下の置き行燈を紙屑だらけの畳の上に移した。壁際には歌加留多の台紙にするらしい厚紙の束が積み上げてあった。窓の下に文机《ふづくえ》がひとつ、文机の上には続飯《そくい》を入れた大皿や糊刷毛などが載っている。もとは来客のお供たちのための控え部屋だったみたいだが、現在は裏辻家の内職所として使われているようだ。

「すぐに誰か寄越すよって、ここで待っとってや」

口中の鮓をようやく嚥《の》み下した公秀が岡持をさげて奥に引っ込みかける。

「公秀くん、ちょっと待った」

「なんや?」

公秀がこっちを見た。

「睦《むつ》ちゃんにおれのことを話してくれただろうか。土田衛生と名乗る勤皇の志厚き御家人が睦ちゃんに一目お目にかかりたいと言っていることをちゃんと伝えてくれただろうか?」

「うん、伝えといたけど……」

「で睦ちゃんはなんと仰せられていた?」

「あ、そう、やて」

「ほかには?」

「なんも」

「……そうか。これからもせいぜい睦ちゃんにおれの名を売り込んどいてくれ。で、近いうちに是非とも睦ちゃんの御神容を拝したいのだが……」

「おっちゃん！」

公秀《きんひで》の口調が鋭くなった。

「わたいは睦ちゃんの遊《あす》び友だちやさかい、天子様を睦ちゃんいうてもかめしまへん。ほやけどおっちゃんはちがうやろ。ただの人やろ。ただの人が天子様を睦ちゃんと呼ぶのは、ちいっと筋道に外れとるんやないかしらん。そのへんの区別もつかんとこをみると、おっちゃんはほんまは勤皇の志士やあらへんのやないの？」

さすがは公卿の子だけあって、その声音には凛《りん》たる響きがある。

「そないなお人をとても睦ちゃんに引き合せることはでけへんよ」

「い、いや、そういうつもりで睦ちゃんとお呼び申し上げたのではない。つまり、そのう、親愛の情でつい……」

「天子様に対して親愛の情を持つなぞ思い上りもはなはだしいわ。調子《いちび》にのっちゃいけんよ。おっちゃん、ようお聞きや、天子様に対しては畏怖の念を持つよう心掛けねばいかへんど。ほんましようもないお人や」

「ど、どうも、申しわけのないことを言っちまったようで……」

「これからはよう気をつけてんか」

「は、はぁ……」

「ほなしばらく待ってんか」

公秀は廊下の奥へ去った。おれは二十三歳、むこうは十三歳、十歳もこっちが年上なのにおれは手もなく圧倒されてしまった。口惜しいが、これが人間の「格」の違いというものだろう、なんともいたしかたがない。

ばさっと窓の外で重い音がした。雪が木の枝から落ちたのだ。しばらくの間しんと邸内は鎮まりかえっている。とやがて廊下の奥がぼうっと明るくなり、衣擦れの音が近づいて来て小部屋の前で止まった。

「ようおいでやした。先刻《さつきん》はお鮓文字《すもじ》をおおきに」

紙燭を掲げた若い女が廊下から小部屋を覗き込むようにして立っている。すこし下ぶくれのやわらかな感じの顔立ち、大きな目に、小さな形のいい唇、名を問うまでもない、公秀の姉の美巳《みみ》様である。二十口屋《にじっくちや》のおかみさんのはなしでは、

「裏辻様といやはる女子《おなご》の御子《おこ》が、ちかぢか室町の両替屋はんへ片付かれるんやて」ということだったが、お輿入れはまだだったらしい。

「お姫様のことで目出度《めでた》いことがあるとうけたまわっておりましたが、どうやらそれは年が明けてからのようでございますね」

おれは膝を揃え直して畳に手をついた。

「それにしましてもお目出度《めでと》う存じます」

「おおきに。室町へは明日の朝、出むくことになってまんのえ」

美巳《みみ》様は口をおちょぼにして紙燭の灯を吹き消し、おれの前へふうわりと坐った。

「すると、今夜がこちらで過す最後の夜というわけでございますか」

「へぇ、そうなりまんな」

「しかしなんでございますな、お姫様のようにお美しいお方を女房にする男の顔を見たいものでございますね」

「あァら、なんでやねん」

「その果報者の顔を拝んで、できたらその果報にあやかりたい……」

「お上手をいやはるもんやありまへんどっせ。うちはどうにもしょむないお多福《たやん》どす。そやさかい、相手のお方が果報者かどうか、わからしまへんやろ」

ここで美巳様はまた口をつぼめてふふっと笑った。それは、可愛らしさのところへ艶めかしさが居候に入ったような不思議な笑いで、おれはなんだか背中のへんがぞくぞくっとなった。

「ほいで二十口屋はん、こないな夜分《よさり》になんの御用どす?」

「はぁ。本日は極月二十八日、そこでこの半期分の鮓代を頂戴にあがりましたので……」

おれはおかみさんから預ってきた十両の受取証文と通い帳を美巳様の膝の前に差し出した。

「しめて十二両三分になっております」

「たったの十二両三分どすか」

美巳様は受取証文や通い帳に手を触れようともしない。

「思うていたより少のうおしたえ。うち、二十両にはなっておるやろうと胸算用しておったんどすえ」

「その十二両三分を十両におまけ申します」

「そないな配慮はいらへんのよ。十二両三分はどこまで行っても十二両三分でっさかいな」

これはまたずいぶん話のわかるお姫様である。おれの目の前に結城《ゆうき》の着物と唐桟《とうざん》の羽織が泛《うか》んだ。

「それならお姫様、十二両三分耳を揃えて払っていただけるのですね。では、受取証文の額面を書きかえてまいりましょう」

おれは美巳様の膝の前の受取証文へ手をのばした。

「その必要はおへんえ」

美巳様の手がおれのより早く受取証文と通い帳を攔《つか》んでいた。

「十両でも十二両三分でもどっちゃでも同じことです。なんしろうちには現在《いま》、一文の金《ぜぜ》もおへんのやから……」

おれの目の前から結城と唐桟が消えた。

「あれ見ておみやす」

茫《ぼう》としているおれに美巳様は壁際に積んである厚紙の束を指し示した。

「歌加留多の材料どっせ。うち、内職して御飯《まま》たべておりまんの。内証のどこを探したところで鐚銭《びた》一枚出てくる気遣いはおへん。嘘やとお思いなら、かまへん、どこでも探しておみやす」

まるで貸した方が悪いというような言い方だった。おれもさすがにかちんときてひと膝進め、

「お姫様、それはいくらなんでも阿漕ぎな言い草だ。こっちも子どもの使いじゃあありませんし、はい、さようでございますか、とただ帰るわけにはいきませんよ。今日が駄目なら明日、明日が都合悪ければ明後日《あさって》、とせめてたしかな言質《げんち》ぐらいはくださらなくっちゃ……」

「明後日も明後々日《しあさって》もその先ずうっとあかんどっしゃろな」

美巳《みみ》様はけろっと言ってのけた。

「なんしろ明日から、うちという働き手が居《い》のうなるんどっさかいな、先の見通しはよう立たんのどす」

「す、すると鮓代《すし》はいったいどうなります?」

「そうどすな、弟《おとと》の公秀《きんひで》はんが大きゅうなって侍従宰相《じじゅうのさいしょう》にでも出世しなはったら、そりゃもうそのときは真っ先に……」

「五年も十年も待っていられますか。お姫様、こっちには正月の晴れ着がかかっているんですよ」

「侍従宰相になるには五年や十年ではあかひん。いい、これは侍従と参議を兼ねる晴れがましい御役どすさかい、二十年は要《い》りまんのよ」

「それじゃなお悪いや」

「けど、お母様《たあさま》はとうに死《うた》んでしもうたし、お父様《でーさま》は長い間病気《せんどから》やし、うちどないしたらええのどす。どうぞ教《おせ》えとくれやす」

「お姫様の稼ぎ先に払ってもらったらどうです」

「あかひんどす」

美巳様は言下におれの提案を斥けた。

「そないな体裁《かた》悪いこと、ようでけしまへんのよ。なんぼ貧乏《びんぼ》してても、うちは閑院家二十三家のうちの十三位、正四位下の歴とした公卿なんどすえ」

「それなら勝手にするがいいや！」

抑えに抑えていたおれの癇癪玉がとうとう爆裂した。

「こっちは人助けのために鮓を握っているんじゃないんだ。三度三度のおまんまを戴くために、洟水たらしてこの寒いのに冷水で大釜を洗っているんだ。お姫様、お勘定を戴くまでこの座敷にいさせてもらいます」

足をあぐらに組み直し、おれは美巳様の顔を睨みつけてやった。

「さぁ、十両に一文欠けても帰りませんぜ」

ばさっ、おれの剣幕に愕《おど》いたのか、庭木の枝からまた雪の塊が落ちた。

「いやぁん、おにいはんの根性悪《こんじよわる》……」

美巳様が鼻声を出した。

「うちを困らせてなにが面白《おもろ》いんどすのん？」

耳の穴を羽毛で擽《くすぐ》られるような甘ったるい声だ。

「いけずなお人……」

「し、しかし、こっちも困ってんです」

「……ほんまにうちに居坐るつもり?」

「へえ、御迷惑でしょうが、こっちにも都合てぇものがありますんでね」

おれはぐいと躰《からだ》を捻《ひね》って壁を向いた。

「面壁十年の達磨《だるま》和尚の真似をさせてもらいます」

しばらくはしじま、置き行燈《あんどん》の灯心が秋の虫のようにじじじじと鳴く音が聞えているだけである。

「……ようわかりました」

やがて美巳様がごくりと大きな音をさせてひとつ生唾を飲み込んだ。

「ほんならいますぐ払わせてもらいます」

「ほら、ごらんなさい」

おれは美巳様の方へ向き直った。

「やはりお金があるんじゃありませんか」

「金《ぜぜ》はおへんのどす」

「じゃあ何でもって鮓代を払ってくださろうとおっしゃるんです。掛軸かなんかでですか。それとも唐《から》渡りの壺とか、それから……」

「あんなぁ、おにいはん……」

美巳様は例の十両の受取証文と通い帳を帯の間にきゅっと押し込むと、おれの傍ににじり寄ってきた。

「ものは相談どすけど、うちの躰《からだ》で払わせてくれはらへんどっしゃろか？」

おれは美巳様の言う意味が咄嗟にはよくわからずしばらくぼんやりしていた。十七、八の娘、しかも雲上人のお姫様がまさか「躰でカタを付ける」などという下世話な話し合いの方法を御存知であるとは夢にも思わなかったのだ。

「こないなこと口に出すなんて、えらいまた蓮葉《はすっぱ》な女子やとお思いかもしれまへん。ほやけど、いまのうちにはそれしか方途《みち》がおまへんのどす」

「し、しかし、あのぅ……」

おれの咽頭《のど》は焦げついてからからだ。

「……お姫様はお輿入れを明日に控えた大事なお躰でしょうが」

「向うはんは公卿から嫁を迎えて家名に箔《はく》をつけたいと思っていやはるだけなんどす。うちのことなどどうでもええのんよ。向うはんにとって大事なのは公卿という看板だけなんどっせ」

「それにしても、わたしのような見ず知らずの、どこの馬の骨とも知れない男に躰を投げ出すなんて、お姫様、それはちと無謀というもので」

「おにいはんは勤皇の志士どっしゃろ？　弟《おとと》の公秀はんから、先日《せんど》に聞きましたん。勤皇の志士やったら他人やおへん、身内も同じどす」

「し、しかし、お姫様……」

「それに、うち、誰《だれ》ァでも、借金を躰で、なんてよう言いまへん。相手がおにいはんやから、そない言うたんどす」

「というと……？」

「うち、おにいはんのような愛嬌のある顔立ちのお人が好きなんえ」

美巳《みみ》様は下を向いて声を低めた。

「うちの初恋の人もおにいはんのようなサイヅチアタマのお方どした」

とうとう美巳様はおれの手を取った。

「拝みます。うちの躰で十両を差引いておくれおし」

炊きたての飯のようにやわらかく熱い手だった。おれは美巳様の手を握り返しながら、二十口《にじっくち》屋《や》のおかみさんの顔を思いうかべた。おかみさんはこの裏辻家から取り立てる十両で、おれに結城や唐桟を買ってくれるつもりでいる。それならばおれさえ承知なら、このお姫様に善根をほどこしても別に腹を立てることはないはずだ。むしろ、結城や唐桟を着るよりもおれがよろこび、おまけに人助けにもなったと知ったら、「それはええことしやはりました。それこそ『生きめし』ならぬ『生き金』というもんやおへんか。ほんまにあんたは心の温《ぬくと》いお人や。惚れ直しました」とほめてくれるにちがいない。

「……拝まれて見殺しにしたのでは、関東男の名がすたります」

おれは美巳様をぐいと引き寄せた。おれの鼻の穴を丁子《ちょうじ》と白檀《びゃくだん》と龍脳《りゅうのう》の匂いがかすめていった。

「お姫様、さっそくその差引き仕事というやつをはじめようじゃありませんか。こういうことはお互いの気の変らないうちに……」

「いますぐはあかひんどっせ……」

美巳様は抱き止めようとするおれの手からするりと抜けて、

「弟《おとと》がまだ起きておすやろ。それにうちかてこのままの顔ではいや。せめて頰《ほおべた》に白粉塗って唇《くちべら》に紅《べに》差して真新《まつさら》な着物きて……。わかりまっしゃろ？」

置き行燈《あんどん》につと寄って紙燭に火を移してから美巳様はゆっくりと立ち上った。

「押入に夜具や綿入《ののこ》が入ってます。それ、塩梅《あんばい》よう敷いといてもらえまへんどっしゃろか。ほいから衝立《めかくし》も入ってますよって、それを枕許に立ててまわして……。ほな、おにいはん、またあとで」

紙燭の灯《ひ》が廊下の奥へ去っていった。

言いつけられた通りに小座敷の真中に押入の布団を敷き、その枕許に衝立を立てた。それから布団にもぐり込み、廊下をこっちへやってくるはずの衣擦れの音に耳を澄していた。だが、それらしい気配は一向に聞えてこなかった。さては化粧に手間取っているなと思い、窓を開けて外へ出た。雪はまだ降り続いている。おれは庭に降り積んだ雪を両手に盛って、その雪で顔を撫で、それが済むと、こんどは何度も雪を口中に含んだ。顔や口中をすこしでも清めておこうという、これはつまり身だしなみである。

庭は百坪ほどだが、その庭を隔てた向う側にも座敷があった。座敷の障子に影法師が三つ揺れている。ひとつは美巳様、もうひとつは公秀少年のものにちがいない。残るひとつは男の影だが、その影の主が誰かはむろんわからぬ。ひょっとしたら病身だという父親かもしれない。美巳様にとって今夜は裏辻家の人間としての最後の夜、それで親子水入らずで話に花を咲かせているのだろう。

名残りを惜しむ気持はよくわからないではないが、美巳《みみ》様との大事な仕事の残っているおれとしては早く散会してほしいものだと思った。そこで、

「早く終れ、早く終れ、早く終れ！」

と、呪文を三回唱えて小座敷に戻り、手拭できゅっきゅっと躰《からだ》を何回も擦った。

布団に入って天井を眺めているうちに、躰中がかっかっと火照《ほて》って、陶然としてくる。昼間の疲れが出て、睡魔が頭を擡《もた》げだした。ここで眠っては美巳様に失礼である。飛び起きて小座敷のなかを片付けることにした。畳の上の紙屑や壁際の厚紙の山を押入のなかへ移し、文机の上の皿や刷毛をきちんと並べる……。が、美巳様はまだやって来ない。そこで、続飯《そくい》と紙屑で障子の破れ穴を塞《ふさ》ぎだした。

と、そのとき、廊下に足音がした。ついに美巳様の御入来である。おれは手早く着物を脱ぎ捨て布団に滑り込み、狸寝入りを装った。足音は小座敷の前で停《とま》った。どんどこ、どんどこ、どんどこどんと動悸の音が高くなる。まるで本所七不思議のひとつの狸囃子《ばやし》のようだ。

「……姉はんはまだ御用繁多《はんた》や」

枕許で公秀《きんひで》の声がした。

「もうちょっと待っとってと言うとった」

「おお、公秀くんか……」

おれは作り欠伸《あくび》をひとつしてみせた。

「ご苦労さん」

「へぇ、無理してる。姉はんやなかったんでがっくりきとるくせして……」

こういうこまっしゃくれた言い方にいちいち腹を立てていてはこっちの神経が保《も》たなくなる。

おれは公秀を無視し布団をかぶった。

「御用繁多と言うてもお客《ひと》はんの接待や」

公秀はおれの枕許に坐ったようである。

「じつはえらいお客《ひと》はんが姉はんを尋ねて見えとられるんや。そのお客《ひと》は姉はんの初恋の相手なんよ」

すこし気になって、おれは布団から顔を出した。

「そのお客というのは、やはり公卿の子息かなんかかい？」

「そうやなァ……」

公秀はちょっと考え込んで、

「公卿といえば公卿かもしれんな。ま、いうてみれば公卿の御大将というとこかしらん」

「公卿の御大将だと……？」

おれは飛び起きた。

「ま、まさか天子様じゃないだろうな」

「じつはそうなんや。睦ちゃんがお忍びで姉はんにお別れをいやはるために見えられとるんよ」

「ばか、それをはやく言え」

おれは大いそぎで着物を躰に巻きつけた。

「公秀《きんひで》くん、おれを天子様に引き合せてくれ」

「今夜《こんにゃ》はあかん」

「ど、どうして?」

「お忍びいうても随行の公卿たちが門の外に仰山《ぎょうさん》いてはる。ほやさかい、滅多《めった》なことはでけへん。おっちゃん、後でゆっくり引き合せてあげるさかい、きづかいないて」

たしかに今夜は拙《まず》いかもしれぬ。なにしろ敵は大勢味方はひとり、玉印奪回を試みるには手駒が足りないのだ。その上、美巳《みみ》様とのあいの約束もある。二兎を追ってはいけない。今夜は貸金の取立てに徹すべきだろう。

「……けど、お言葉を賜わるのは後日のこととしても、やっぱり遠くから御姿ぐらいちらっと拝んでおいた方がええかもしれへんなぁ」

公秀はまた考え深そうな表情になった。

「おっちゃん、どうやろ?」

「それはもう聞くだけ野暮だ」

「ほな、わたい、潮時《しおどき》を見計って座敷の障子を広う開けるさかい、おっちゃんは庭で待っとって」

「うむ、いろいろとすまんなぁ」

公秀の足音が廊下の奥へ去るのを待って、おれはふたたび小座敷の窓から庭の雪の上におりた。雪はいつの間にか熄《や》んでいる。天には早くも星が六つ七つ、寒《さ》むざむとした光を地上に送ってきていた。積雪を漕いで庭を横切り、おれは向いの座敷の廊下の前に正座した。

世の中は勤皇と佐幕に二分し、たがいに熾烈な抗争をくりひろげている。おれは尿筒《しとづつ》をもって将軍様にお仕えすることを生涯の目標としている「公人朝夕人《くにんちょうじゃくにん》」のはしくれであるから、なによりかにより将軍様が大切、そのところでは佐幕派中の最右翼に属しているだろう。がしかし、だからといって天子様を軽んじているなどということはない。政治談議は得手ではないが、あえていえば、おれは天子様から将軍様が「大政」をお預りして政事を担当するというこれまでの型が最もよいと考えている。なのに薩摩や長州の山師どもがおっちょこちょいの公卿どもをおだて上げ担ぎ上げ、横合いから「大政」をかっさらおうとしているのが腹に据えかねて、山師どもの向うを張って玉印を奪おうとしているにすぎない。したがって「大政」の源があくまでも天子様にあることは百も承知で、それだからこそ、皇室には人並以上の敬意を抱いているつもりであるが、その天子様が障子一枚を隔てたところに鎮座なされておいでだと思うと、胴震いが出て、これが一向におさまらない。もっとも胴震いの因《もと》は、雪上を裸足で歩き、さらに雪上に正座していることにもあるかもしれないが。

障子の向うの座敷のなかで笑い声が起った。障子に写っている三つの影法師のうちのひとつ、先刻おれが美巳様や公秀の父親ではないかと考えていた影が、躰《からだ》をふたつに折って笑い転げている。美巳様たちの父親と見てとったのはおれの思いちがい、その影こそは一天四海《いってんしかい》の大君であらせらるる天子様のものに相違ない。が、それにしてもまぁご陽気なお方だ。なにがおもしろくておいでなのかは知らないが、腹の皮を撫でさすりなさるのはとにかく、畳をお叩きになったり、畳の上を転げまわってお笑いになったりなさらなくてもよかりそうなものではないか。

間もなく座敷の笑い声が鎮まり、公秀が立って障子に近づいた。おれは雪の上にへへーっと平伏した。頭上で障子を開け放つ音がして、同時に公秀の声。

「睦《むつ》ちゃん、雪がやんどるわ」

おそるおそる顔をあげると、座敷の正面が床の間で、その床の間を背に十六、七歳の、サイヅチアタマ、つまり関東でいう出っ張りおでこの、大人びた感じの少年が坐っているのが見えた。天子様というからには錦絵のなかの役者よりも美男子におわしますであろう、という勝手な思い込みがおれにはかねてからあったから、サイヅチアタマを拝した途端、正直にいってちょっとがっかりした。さらに八の字眉で鼻の穴が天井を向いているのも、天子様の名にそぐわぬことのように思われる。

「おお、雪がやんだか」

だが、声にはさすがに争えない威厳があった。

「……明日には嫁《ゆ》く人ぞあり今出川　餞《はなむ》けならむ雪はやみけり」

和歌には不案内だが意味ぐらいは摑《つか》める。つまり、これは、今出川のこの屋敷から明日になれば花嫁が出て行く、それなのに雪が降っているので難儀な道中になるのではないかと案じていたが、その雪が熄《や》んでしまったのは、これこそ嫁ぐ人への天のはなむけだろう、という心であろう。そのときどきの玉想を咄嗟《とっさ》に三十一文字にお托《たく》しになるところなぞ、さすがお見事なものである。おれはなんだか有難い気持で胸がいっぱいになり、気がついたときは雪に額《ひたい》をこすりつけていた。

やがて静かに障子がしまった。

小座敷へ戻る途中、足を縺《もつ》れさせておれは何度も雪の上にひっくり返った。長い間、腰から下を雪で冷やされていたせいだろう、足が自分のものであって、また自分のものではないような妙な感じなのだ。そこでふたたび足を手拭でごしごしと何百回もこすって床に入った。躰《からだ》が温まるにつれ、例の睡魔がまた襲ってきた。しばらくのあいだ眠っていようとおれは思った。果報は寝《ね》て待て、だ。美巳《みみ》様が忍んで来たときに起きればよいのだ……

6

……どこか遠くで、起きいやす、起きとくれやす、という声がしている。美巳様だ！　お待ち申しておりましたよ、美巳様！　と、半分、目を覚し、声のする方へ両手を伸ばした。だれかがその両手をぱしっと打った。痛いなぁ、と思わずおれは声をあげ、その声で完全に目を醒した。

「おっちゃんは呆れた寐坊《ねぼ》すけやなぁ」

おれの目の上に逆さになった公秀の顔があった。つまり公秀は枕許に坐っておれを覗き込んでいるのである。

「おっちゃん、いつまで寐てる気や。もう朝やで」

窓の方が眩しい。たしかにあれはお天道様の光にちがいない。

「美巳様は……？」

おれは床の上に起き直った。

「姉はんは半刻も前に室町へ去《い》ってしもうたわ」

「す、すると、あ、あの約束はどうなるんだ⁈」

おれの手が公秀《きんひで》の襟《えり》を摑《つか》んだ。

「おっちゃんは阿呆太郎《あほんだら》の総大将やで」

公秀はおれの手を払って、

「それに我儘者《かってもん》の大親玉や」

「あほんだらでかってもん？　どうしてだ？」

「昨晩《やぜん》、あれから小半刻ほどしてから睦ちゃんが御所へ帰りはったん。ほいで姉はん、お湯《ぶ》へ入って仰山磨き立てて、おっちゃんの横へもぐり込んだんやぜ」

「ほ、ほんとか？」

「ほんまや。わたい、こっそり覗き見してたさかい、それはたしかなこっちゃ」

「それで？」

「おっちゃんは高鼾かいとったでェ。姉はん、おっちゃんの額《でぼちん》叩いたり、鼻摘んだり肩揺すったりして目を覚させようとしとったけど、あかんやった……」

「……畜生」

「おっちゃんのいまの気持、わたいにはようわかるわ。お互いに男の子やさかいな」

「で、美巳様はそれからどうなさった？」

「いったん自分の寝所《しんじょ》へ引き揚げたけどな、暁方《あけがた》まで、ここへ三遍通うたらしいわ。ほやけど三度ともおっちゃんは姉はんに肘鉄喰わしよった……」

「水でもぶっかけてくだされぱよかったんだ」

「門《かど》を出るとき、姉はん、半べそかいとった。ほんまに可哀そうやったなぁ」

なんて忽体ないことをしてしまったのだ。おれは自分の手で自分の頭を四つ五つ打《ぶ》った。

「そうや、おっちゃんは罰当りや。すかたんのドカ寐大臣《ねおとど》や。もっとぎゃんぎゃん精出《せーだ》いて頭打《ぶ》ったらええわ」

公秀が妙な励まし方をしたので、すこしばからしくなり、おれは自分の折檻をやめにした。

「……美巳様はほかになにか言い残していかなかったか」

「おっちゃんに形見を残してったんよ」

公秀は窓際の文机の方へ顎をしゃくった。見ると、文机の上に短冊が一枚、置いてある。摑むようにして短冊をとると、そこにはかなり上手な筆蹟《て》で和歌が一首、書きつけてあった。

恋すてふ　鵠《くぐい》に似てか労痛《ろうた》しく
倦《う》みて眺めし　半夜《はんや》の月かも

「恋すてふは、恋をしているという、言《ちゅ》う意味やで。次の句にかかる連体句や」

短冊を睨んで首を捻っていたおれに公秀が鑑賞の手引役を買って出た。

「ほいでからに、鵠は白鳥の古名で、労痛しくはいじらしや、言《ちゅ》うこっちゃ。そやさかいにここまでを繋げると、恋をしている白鳥は相手を慕うて、声の嗄《か》れるまで鳴くそうどっけど、うちもその白鳥と同じ、待ちくたびれていじらしいほど打ち萎れておるんどすえ……」

「ふうん。……で、倦みて眺めしはわかるが、その次の、半夜は？」

「真夜中ごろの月のこと。さすがに待つのにも飽いて、空を仰ぐと、真夜中の月が寒むざむと照っております。その寒い月はまるでうちの心のようどすわいなぁ……」

「……お、おい、ちょっと待て。寒い月はまるでうちの心のようどすわいなぁ、に相当する文句なんざどこにもないじゃないか」

「おっちゃんの朴念仁《ぼくねんじん》！　つまりそれは言外の意味なんよ。純《じゅん》情な娘に待ち呆け喰わしたりしよってからに、おっちゃんはほんまに根性悪《わる》やなぁ。この女泣かせの姫たらし！」

公秀が腹を立てるのももっともだと思いながら、おれはその短冊を懐中の奥深くに収めて、雪解けの泥道を二十口屋《にじつくちや》へ向った。両足の甲が田舎饅頭のように脹れあがって痛痒い。前の夜、裸足で何度も庭の雪の上を歩いたせいでどうやら霜焼にかかってしまったらしい。

「おや、衛生《もりお》はん、お帰りやす」

しょんぼりと背をまるめて二十口屋へ入って行ったおれを、土間で馴れ鮓の樽をかきまわしていたおかみさんが世辞笑いで迎えた。

「泊り込みの貸金取立て、ほんまにご苦労はんどしたなぁ。いまお湯《ぶ》わかして、熱いお茶入れてあげますよって、裏ではよ足を洗うてきて」

「……はぁ」

「ほいで、どないでした？　裏辻様、金《ぜぜ》払うてくれはりましたか？」

「……それがだめでした」

おれはおかみさんに向って深々と頭をさげた。

「けど、なんしろ泊り込みの強催促《こわざいそく》や。一両や二両は払うてくれはったやろ？」

「いいや、一文も……」

「恐《おと》ろしいほどしぶとい人たちやなぁ」

「というより、そのうじつは……」

「ま、ええがな。こうなったらこっちもねちこく行きまひょ。よろしおす。衛生はん、あんたには気の毒やけど、今夜《かや》もまた泊り込みで掛け合うてきておくんなはれ。ほな、夕景まで、受取証文と通い帳、うちに返しといておくれんか」

「ですから、受取証文も通い帳もないんですよ」

なれ鮓の樽をかきまわしていたおかみさんの手がぴたっと止まった。

「どこぞに落っことしてきたいわはるんどすかいな？」

「いや、受取証文と通い帳を裏辻家に呉れてやったんです」

「な、なんやて?!」

おかみさんの眉がきゅっと吊り上った。

「受取証文と通い帳を向うに呉れてやるということは、お金《ぜぜ》はたしかに頂戴しましたいうことと同《おん》じ意味なんどっせ」

「そ、それを承知で呉れてやったんでして……」

「こ、このクソ鈍《どん》！」

俄然、おかみさんの口調が荒っぽくなった。

「この阿呆《あほ》んだらのへげたれ！　お前《まい》、気でも狂うたんと違《ちゃ》うか。お前《まい》はただの下男《おとこし》や。そのお前がなんで主人から言いつかった以外のことをしさらすのや。うちは貸金を催促《せっつい》て来いとはいうたが、呉れて来いとはいわへんかったはずや。この怪体《けた》くそ！」

裏辻家を出るときから、どんな理由があれ主人に無断の貸金棒引は奉公人としては大失態にちがいないのだから、多少の叱言の雨は甘受しようと覚悟はしていた。がしかし、「このクソ鈍」の「この阿呆んだらのへげたれ」の、「この怪体くそ」のと並んだのでは、もう雨なんてものではない。これは嵐だ、暴風雨だ。男としては、断然これを凌《しの》がなければならぬ。

「おかみさん、勝手な振舞いをしたのはたしかにおれの落度です。これはあやまります。が、それにしても、おっしゃり方があんまり非道すぎるじゃあありませんか。あの十両でおかみさんは、おれに結城《ゆうき》や唐桟《とうざん》を着せたい、とおっしゃっていた。だからおれは、結城や唐桟を買っていただかなくてもいいから、あの金は裏辻家に置いてこようと考えたんです。つまり、おかみさんはおれに結城と唐桟を買ってやったのだ、と思ってくだされぱいいんですよ。おれはこれから、おかみさんに結城と唐桟を買っていただいたと思うことにしますから、いやぁ、おかみさん、結城と唐桟、たしかに頂戴いたしましたよ。ほんとうにありがとうございました……」

「ぺらちゃかぺらちゃかといつまでしょうもないこと吐《ぬ》かしとるんじゃやい！」

おれの顔めがけて鰺のなれ鮓が一尾飛んできた。

「あの十両が入ったら、米代に三両払うて、ほいから魚代に四両、薪代に二両一分、樽代に三分という具合に、ちゃんと使い途もきまっておったんやで。お前《まい》の結城と唐桟はそれからの思案じゃ」

「……三両に四両に二両一分に三分でしめて十両じゃないですか。結城と唐桟はそれからの思案じゃとおっしゃいましたが、思案しようにも残金がないはずで……」

「じゃかぁしい！」

こんどは鰺が二尾、おれの鼻の頭と額めがけて喰いついてきた。

「お前《まい》にも重太にも、当分、給金なしや」

「……当分？」

「ああ、まず五年は只働きしてもらわんと、十両の穴は埋まらんな。ほんまにこのしようことなしの貧乏《びんぼ》たれめが」

それ以上抗弁すると、土間が鰺だらけになるおそれがあった。おれは外から裏にまわって井戸水で足の泥を落し、寝所《しんじょ》としてあてがわれていた後架《こうか》の横の三畳間の、万年床にもぐりこんだ。そして、美巳《みみ》様の形見の短冊を出し、それをぼんやりと眺めながら、人間の運不運は紙一重ならぬ瞼《まぶた》一枚だな、と思った。美巳様が裏辻家のあの小座敷へ忍んできたとき、おれがもし瞼の皮をあけていたら、こんな風に空《すき》ッ腹《ぱら》を抱えてふたつ折りの煎餅布団に柏餅の餡《あんこ》よろしくはさまって寝《ね》ていなくてもすんだはずだ。あのとき、おれたち二人が割りない仲になったなら、美巳様は室町の両替屋への輿入れはやめたかもしれない。なにしろ美巳様はおれに「恋すてふ」だ。おまけに「鵠《くぐい》に似てか」で「労痛《ろうた》しく」って塩梅《あんばい》だったんだから、枕を交したとなれば、どうしたっておれと夫婦《みょうと》になりたくなるのは人情というものだろう。おれとても美巳様には最初からほの字にれの字、こっちに異存のあるはずがない。美巳様は京女、おれは東男、これで格言どおりのいい夫婦が出来あがったわけだ。むろん裏辻家を継ぐのは義弟の公秀くんだが、おれは蔭にまわって裏辻家の財政を支える。なにをやって支えるか、そこまではまだ考えていないからわからないが、とにかく公秀くんには金の心配はさせせぬ。それどころか猟官のための軍資金を提供して大いに出世させてやろう。そうなると、このごろ一番の出世頭裏辻公秀様には蔭に出来物《できぶつ》の義兄《おにい》さんがついてはるんやて、などとお喋り好きの京雀がきっと噂の種にすることだろう。美巳様も、やっぱりうちの目は確かどした、なんて口癖のように言う……、とそんな先まで話を進めなくとも、あのとき瞼一枚あけてさえいたら、すくなくともいまごろは、裏辻家のお勝手で美巳様と差し向い、千枚漬かなんかで熱いお粥をふうふうふうふうふ吹き冷やしていただろう。出来たての夫婦《ふうふ》が炊きたてのお粥をふうふうふうふ、この地口は絵になる……

ぎしぎしと廊下板を軋ませてだれかが三畳間へやってくる。女文字で「恋すてふ」などと書かれた相聞歌《そうもんか》を眺めてうっとりしているところをおかみさんに見つかった日にはまたひと騒動である。おれは短冊を枕の下に隠し、布団をかぶった。

「……衛生《もりお》さん、どうしたんです？」

聞えてきたのは重太の声だった。この二十口屋のご亭主は、金を積んで正七位下豊前大掾《ぶぜんだいじょう》の位を買ったという公卿狂い、公卿の恰好《なり》をして京の町をほっつき歩くのが生き甲斐の酔狂人である。

重太は今朝も狩衣に立烏帽子《たてえぼし》で、このご亭主の供人《ともびと》を勤め、足を棒にしているはずである。

「どこか具合でも悪いんですか?」

　重太が冷たい手をおれの額にのせた。

「……すこし熱っぽいようだ」

「恋患いなんだよ」

「まさか、そんな馬鹿な……」

「まさかとはなんだよ。おれが恋患いをしちゃあおかしいか。おれだって人の子なんだぜ。とにかく、恋すてふ、とこう来てるんだ」

「な、なんです、その、恋すてふ……というのは?」

「恋をしている、という意味で次の句へかかる連体句だな」

「はーん」

「恋すてふ、の次がまたいいのだ。……鵠《くぐい》に似てか労痛《ろうた》しく倦《う》みて眺めし半夜《はんや》の月かも、とこう続く。わかるか、この三十一文字のなかに托された若い娘の、人を恋うる切ない心が。うん?」

「どうもよくわからない……」

「そうだろうな。おまえたちのような凡人には解釈つきでなきゃ無理だろう。いいか、鵠とは白鳥の古名だ……」

「衛生さん、その和歌の解釈はまたゆっくり聞かせてもらいます。じつはそれどころじゃないんですよ」

重太は立烏帽子《たてえぼし》を取って額の汗を拭った。

「今朝、ご亭主のお供をして御所の横の烏丸通《からすまどおり》を通りますとね、どうもいつもと様子がちがうんです。たいていあの辺には宿舎の相国寺からこぼれた薩摩の下ッ端侍が野営しているんですが、それが今朝は影も形もない……」

「おおかた薩摩が恋しくなって国許へでも引き揚げたのだろう。ふん、意気地のない芋侍どもめ」

「そうじゃないんですよ。烏丸通に屋台店を出している雑炊屋のおじいさんに聞いたら、これがびっくり。連中は昨夜のうちに東寺《とうじ》まで南下したらしいのです」

「芋侍どもが東寺に行こうが湯治に出かけようが、おれの知ったことか。おれはそれどころじゃない。なにしろこっちは『恋すてふ、鵑に似てか、労痛しく』と、こうきているところなんだ。わかるか、重太?」

「ちっともわかってないんだなぁ」

重太はいきなりおれの布団を剝いだ。

「なにをしやがる……」

布団を取り戻そうとしてのばしたおれの手を重太がぴしゃりと叩いて、

「しばらく静かに聞いてくださいよ。いいですか、衛生《もりお》さん、大坂城においでの慶喜様が澱川《よど》をさかのぼって京に攻め込んでくるのではないか、と町中がその噂で持ち切りなんです。薩摩の先鋒隊が東寺に入ったのは、それに備えるためではないか……」

いきなり大桶いっぱいの冷水を頭からぶっかけられたような気がした。

「宇治川べりの伏見奉行所には徳川の見廻組《みまわりぐみ》と新選組、そして仏蘭西《フランス》伝習隊計六百がいて洛南《らくなん》から京へ睨《にら》みをきかせている。薩摩軍の東寺進駐はこの伏見奉行所に対しての備えでもある……と、取り沙汰はさまざまですが、とにかく京中がいまにも戦さが始まりそうな騒ぎですよ」

「そ、そうか。ついに慶喜様が立たれたか」

おれは布団の上に正座した。

「そうこなくっちゃ嘘だ。大政の奉還、二条城から大坂城への撤退と、これまでの慶喜様はあんまり大人しすぎた。この辺で薩摩や公卿どもをがんと叩いておかぬと、連中、つけあがるばかりだからな。しかし、なにが切っかけなんだろう。いったいなにが慶喜様や松平容保《かたもり》様をして立たしめたのだ？」

「これも、雑炊屋のおじいさんの受け売りですが、この二十五日、江戸で庄内藩が三田薩摩屋敷を焼打《やきうち》にしたそうです」

「ほう、そいつは豪儀だ」

「この焼打は庄内藩の一方勝ちだったそうで、その知らせが大坂城の慶喜様たちにやる気を起させたんでしょうねぇ……、とはまた雑炊屋のおじいさんの受け売りですが、とにかくわたしはこのことを衛生さんに知らせたくて、ご亭主を烏丸通《からすまどおり》に放ったらかしにして、こっちへ駆け戻ってきたんです」

重太の話を聞きながら、おれは昨夜から今朝にかけて、裏辻家のお姫様と共寝《ね》が出来なかったり、二十口屋《にじっくちや》のおかみさんの信用をなくしたりしたのには、ひょっとしたら東照宮様の御神慮が働いていたのではないか、と考えていた。公卿の姫君と人目を憚る深い仲になっては『黒手組いざ立たん』とする秋《とき》に躰《からだ》をふたつに引き裂かれるよりも辛い思いをせずばなるまい。また、この二十口屋のおかみさんと必要以上に昵懇《じっこん》の仲になってもやはり別れが切なくなる。東照宮様はその辛さをおれに味わわせまいとされて、すべての物事をぐれはまにお運びになったのではないか。いや、きっとそうにちがいない。そうとも知らず、黒手組に課せられた玉印奪回の大使命をどこかに置き忘れ、結城の着物と唐桟の羽織に心を惹かれたり、公卿の姫君と差し向いで朝粥を啜《すす》りたいだのとふやけたことを考えていた自分はなんという愚か者だったのだろう。大樹様《しょうぐん》と薩長勢との間が風雲急を告げつつある現在《いま》こそ、さっそくに玉印奪回の事業に着手し、幕政再復古の気運を天下に醸《かも》し出さなくてはならない。これは黒手組にしか遂行できぬ事業である。睦ちゃんの大親友である裏辻公秀くんと特別な関係にあるおれたちにしかやれぬ大仕事である。さらに言えば、黒手組はこの玉印奪回の大事業を成しとげるためにのみその存在を許されているのである。

「出かけてくるぜ」

おれは重太を押しのけて廊下に出、

「……ちょいと、何処へ行きさらす。はよ、鮓飯《すしまま》炊かんかいな」

と怒鳴り散らしているおかみさんの声を背中で聞きつつ、裏口の土間の泥まみれの草履を引っかけた。両足の甲はあいかわらず霜焼でこんもりと脹れあがっているが、もう痛くも痒くもなかった。

「おや、おっちゃん、なんぞ忘れものでもしたんかいな?」

門前で雪掻きをしていた公秀《きんひで》がおれを見て、竹箒を使う手をとめた。

「公秀くん、おれは睦ちゃんに正式にお目通りしたいのだ。きみとおれの仲だ、なにも言わずに仲介の労をとってはくれまいか」

すこし芝居がかりすぎるかなと思いながら、おれは正座をし、雪の上に両手をついた。

「昨夜《よんべ》、睦《むつ》ちゃんに引き合せてあげたやないか」

公秀は立てた箒《ほうき》の柄の端に両手を載せ、さらにその上に顎《あご》を乗っけておれをじろっと見おろした。

「睦ちゃんは天子様なんやぜ、見世物と違《ちゃ》うんよ。そう見せろ見せろ言われても、わたい困るがな。だいたいがやね、天子様を囲繞《いにょう》する、つまり朝廷に仕える公卿でさえ、昇殿を許されない者《もん》がおまんのや、天子様にお目通りのでけへん公卿がおまんのやで。ほやさかい、昨夜《よんべ》、公卿でもなんでもあらへんおっちゃんが、ちらとでも睦ちゃんを拝めたいうんは、あれは異例中の異例のこと、大特典なんよ。雪見にかこつけて障子を開ける言《ちゆ》う奇策を用いなんだら、おっちゃん、未来永劫《えいごう》雪の上に坐り続けたところで、睦ちゃんを拝むことはでけへんやったろな」

「わかっている。その無理を承知で頼んでいるのだ」

おれの前の雪は、だれかが立小便でも放ったのだろう、黄色くなっていた。おれはその黄色い雪にまた額をなすりつけた。

「睦ちゃん……、いや天子様におかせられては鮓が無上の好物であらせられると聞く。また、ことのほか女子《おなご》がお好きだともうけたまわっておる。そこで、鮓《すし》と女を用意するゆえまげて再度の御謁見を……」

「鮓と女子なぁ……」

公秀は目の前の黄色い雪を箒で左右に払いながらしきりになにか考えていた。

「……ぜんたい、なんでやねん？」

そのうちに箒の動きが止まった。

「なんでそないに睦ちゃんに逢いたがるんや？」

引っ攫《さら》って徳川軍の人質にするのだ、などとはむろん言えぬ。ここは舌先三寸の勝負どころ、おれは慎重に言葉を撰《えら》んだ。

「昨夜、天子様の御神容を拝したてまつったのがじつは後を引いたのだ……」

「……後を引いた？　それどういう意味や？」

「たとえば旨い鰺のなれ鮓を一口たべる。その味が忘れられずまたあくる日もそれが欲しくなる、それと同じように御神容を拝したときの感激がどうしても忘れられぬのだ……」

「ふうん、おっちゃんの気持、わからんでもないな」

「損も得もない。仕来《しきた》りも慣習も知ったことではない、ただがむしゃらにもう一度、天子様のお顔をお拝み申しあげたい、そして、せめてこの世に生れ来たった冥加として天子様にご好物の鮓と女子をふんだんに味わっていただきたい。……それだけのことだ」

「……女子いうても種《いろ》いろあるやろ。おっちゃんはどの類《て》の女子を考えとるの？」

「あとくされのないところで白拍子、下世話に申せば女郎なぞはどうだろう。それともあのお方は女郎はお嫌いだろうか?」

「天子様でもお公卿でもこの道ばかりは下々《しもじも》といっしょや。うん、女郎か、なかなかええ思いつきや。ほいで、どこの女郎を考えとるの?」

「島原の女子は格式の、教養の、とうるさい上に情がない。鴨川河原に筵《むしろ》小屋を張る惣嫁《そうか》と称する夜鷹の類《たぐい》は、気楽に遊べるが黴毒《ばいどく》を移されるおそれがある……」

「汚《むさ》いのはあかんよ!」

「そこで中をとって撞木丁《しゆもくちよう》の女郎などはいかがで?」

撞木丁遊廓と伏見奉行所とは、指呼の間《かん》、といえるほど近くはないが、それでも十数丁とは離れていない。玉印、すなわち天子様を攫《さら》って伏見奉行所に逃げ込むには、京の花街のうちでは撞木丁がもっとも地の利を得ている。だからおれとしては、どうしても玉印を撞木丁へ誘い込む必要がある。

「……撞木丁の女は、格式も大事にしているし、愛嬌も忘れていない。しかも、若い妓《こ》は美形揃いだし、年増は情が深い。どっちが相方についてもこの世の極楽で……」

「おっちゃん風にいうと『後《あと》を引く』わけやな?」

「その通り」

「ふうん……」

公秀《きんひで》は箒《ほうき》を振りかぶり、邸内から門外へ枝をのぞかせている松の雪を振り払った。

「睦《むつ》ちゃんに言《ゆ》うてみるわ」

「頼む。それで、鮓や女の用意もあるので、いまここで日時を決めておきたいが、どうだろう?」

「……ええよ」

「おれとしては早い方がいい。つまり、おれは一刻も早く天子様にお目にかかりたいのだ。それほど激しく一天四海《いってんしかい》の天子様に恋い焦がれているわけだが……」

「さすがは勤皇の志士やなぁ」

「また、薩長軍と徳川軍との間に戦さが始まれば、徳川の禄を喰《は》む御家人ながら、薩長軍に加わるつもりでいる。そうなれば、戦死ということも充分に考えられるし、その前にぜひとも……」

「わかっとるって」

公秀は躰《からだ》を屈めて片方の高足駄を脱ぎ、門柱にそれをこんこんと叩きつけた。

「早い方がええことは、わたいにもようわかっとるんや。ほやけど、睦ちゃん、年末年始はえらい忙しいんやで」

公秀の高足駄の歯の間に詰まっていた雪の塊がすっぽと抜けた。

「明日は御煤払《おんすすはら》いの儀、明後日《あさって》は大晦日で案配悪いし、明後々日《しあさって》は元旦で睦《むつ》ちゃんが一年中で一番《いっち》忙しい日。寅の刻(午前四時)に、清涼殿東庭で四方の神様《かみはん》に五穀豊穰、皇祚《こうそ》長久を祈願しやはるのを皮切りに、夕方まで儀式がぎょうさん目白押しや」

「では、二日は……?」

「元旦に引き続き、清涼殿で御屠蘇《おとそ》の儀。二日もあかへん」

「三日はどうだ?」

「午前《ひるまえ》に御手水《おんちょうず》の儀がおます」

「すると次の四日は……?」

「あっ、おっちゃん、待ちぃな」

公秀の右の口許に笑窪《えくぼ》がひとつ掘れた。

「三日の午《ひる》過ぎからなら、わたい、躰《からだ》が空いとるよ。むろん、睦ちゃんも儀式なしや」

しめた、と思った。正月三日ならあと五日待つだけでよい。いくらなんでもこの五日の間に、徳川軍と薩長勢とが戦さをはじめることはあるまい。どうやら三日の夕刻までには、玉印を伏見奉行所に運び込むことができそうだ。

「この恩は一生忘れないよ、公秀くん」

おれは、もう一度、雪に額をなすりつけた。

「かたじけない。では、正月三日の未《ひつじ》の刻（午後二時）に、祇園鳥居内西側の駕籠宿敦賀屋からこちらへ駕籠《のりもの》を二挺差し向けることにしよう」

祇園の駕籠宿敦賀屋には、黒手組の隊員のひとり、一力茂松が住み込んでいる。茂松に頼めば駕籠の一挺や二挺はどうとでも都合をつけてくれるはずである。二十口屋《にじっくちや》へ戻ったら、重太を茂松のところへさっそく走らせなくては。

「駕籠にゆられるのも約半刻の御辛抱、ぜひとも撞木丁《しゅもくちょう》へ……」

「うん」

「笹屋という撞木丁第一の茶屋で待っているよ。おっと、それから……」

「なんや？」

「御随行《おつき》の者はできるだけ数少く、な」

「おっちゃんも阿呆やねぇ。姫買いに行くのに御随行《おつき》を連れて行く者《もん》がおるかいな。お供はわたいひとり、御密行《おしのび》で行くさかい、案じることないわ。前にも言うたことがあると思うのやけど、建春門の傍に土蔵があんのんや。ほいでこの土蔵と塀との間に松の木が立っとってな……」

「おっとそうだったっけな。土蔵の屋根から松の枝へ、松の枝から塀の上……」

「その塀の上から門外《おもて》へひらりや。わたいも睦ちゃんも猿《えて》より身が軽いんよ。だれぞに見《め》っかるような下手《へま》はようせぇへん」

「うむ。ではくれぐれもよろしくな」

おれは四度《よたび》、額で雪をこすった。おかげで額の当るあたりの雪は、おれのおでこの形どおりに凹《へっ》こんでしまっている。

「おっちゃん、そないに何遍もでぼちんを雪で冷やしたらあかんがな」

公秀《きんひで》がにやにや笑っていた。

「しまいにゃ、でぼちん風邪引くで」

7

大晦日、元旦、二日と、拭ったように青い空の日が続き、朝のうちは愛宕山の、夕景になると比叡山から如意ヶ岳にかけての山襞《やまひだ》に積った雪が眩《まぶ》しかった。京の鮓《すし》屋はなんだか知らないが、年末年始が書き入れ時、おれと重太は徹夜で飯を炊き鮓を作り、日中はその青い空の下を、東に走り西に行き、北に上り南に下りして、鮓の出前をしてまわった。

重太とおれがあまりよく働くので、二十口屋のおかみさんはだいぶ機嫌を直し、褌《ふんどし》用の晒布《さらし》を一反ずつ年玉《としだま》に呉れたが、おれたちがこまねずみのように動きまわったのは、晒布が欲しかったからではむろんない。三日には、出前に出るふりをし、鮓の入った岡持もろとも逐電《どろん》をきめようという肚《はら》だったので、その罪ほろぼしのつもりもあって、骨身を惜しまなかったのである。

三日の午前《ひるまえ》、三条烏丸東の近江布問屋平野屋へ、押し鮓、なれ鮓、握り鮓を都合三十人前、届ける仕事を言いつかった。三十人前ともなると、特大の岡持《おかもち》ふたつに、それこそ鮓詰めにして詰めこんでやっとおさまるぐらいの量がある。特大の岡持ふたつとなればとてもひとりでは持てぬから、当然これは重太と一緒に出かけることになる。

（……逐電《どろん》するならいまをおいてない）

と、おれは思った。

（いくら天子様と公秀が大喰いだとしても、三十人前はとてもこなしきれまい。鮓の準備はこれで万全である。また、これから撞木丁《しゆもくちよう》へ出かければ、向うへ着くのがちょうど正午すぎ。妓《おんな》を見繕《みつくろ》って座敷の支度をしているうちに、天子様と公秀を乗せた駕籠も着くだろうし、頃合いもよろしい）

そこで、おれはこのひと月近いあいだの、食と住とに対する感謝の想いをこめて、おかみさんに丁寧にお辞儀をし、行ってまいります、と挨拶をした。

「うちにそないに馬鹿丁寧なお辞儀してもはじまらへん」

おれたちの胸のうちを知る由もないおかみさんは、手にしていた長煙管《ながぎせる》で戸外《おもて》を指した。

「そないな極上のお辞儀はお得意はん用にとっておきなはれ。さ、とにかくはよ行きおし。愚図《とろ》愚図《とろ》しとると、鮓が腐ってしまうやおへんの」

おれたちはのどかに毬杖《ぎっちょう》で毬《まり》を打つ音のしている烏丸通を南へ下り、鮓の届け先の平野屋の前を素通りし、半刻後に撞木丁の笹屋に着いた。

薩摩の先鋒隊の駐屯する東寺と徳川軍の精鋭の立てこもる宇治川べりの伏見奉行所との、ほぼ中間、心持ち伏見奉行所寄りにこの撞木丁はあるのだが、思っていたよりはるかに平和なたたずまい、三味《しゃみ》を賑《にぎ》やかにかき鳴らし、やんらめでたや、やんらたのしや、さっき御代《みよ》のさかりのまん中、と祝語を唄って門付《かど》をする紅染手甲《べにぞめてこう》の鳥追女《とりおい》、太夫は扇、才蔵は鼓《つづみ》で、徳若の御万歳《まんざい》と枝も栄えまします、新玉《あらたま》の年立ちかえる日の朝夕より、水も若やぎ木の芽も咲き栄えけるは誠に目出度候いけると囃す大和《やまと》万歳の二人連れ、飼籠《かいかご》を左手にさげ、右手の笞《むち》で猿を追い立てながら、厄をさる、病をさる、貧をさる、新妻ある家はさるまいとて猿を舞わしめたまえ、と頓狂な声を張り上げる猿引き、三味太鼓の囃方に合せ十二、三の小娘が馬の人形を掲げて、さあさ春の駒をごろうじ、白馬を見れば春の気を受くることができそうろ、と踊る春駒の一行などで、撞木丁の廓内《うち》は、浅草の境内や上野の山下そこのけのにぎわいである。おれの聞き込んだ噂によれば、一昨日《おとつい》の元旦、大坂城で慶喜様がついに討薩の表をお出しになり、昨日のうちに大坂から伏見奉行所西隣の本願寺太子堂へ八百の会津兵が集結したという。これに対し、薩・長に土・芸を加えた反徳川勢は伏見奉行所を三方から包囲しつつあるそうで、現にここへ来る途中でも、それらしい一隊を追い越してきたぐらいだが、この廓に足を踏み入れたとたん、それらの見聞はどこかへ吹っ飛んでしまった。下々《しもじも》の、というおれからしてその下々の一員だが、とにかくこの人たちは鼠のように聡《さと》い。戦火ごく近ければ、主戦場になるだろうと思われる伏見奉行所とはそう遠くもないこの撞木丁は無人になっているはずである。ここ数日はまず両軍睨み合いのままで終始するな、つまり戦さはあるまい、とおれは廓の門を潜りながら直感した。そして結局、戦さはいつまでたっても始まらぬだろう。なんとなれば、おれたち黒手組が間もなく、玉印奪回に成功することになっているからだ。

笹屋にあがるとすぐ、妓《おんな》たちの品定めをした。天子様の相方には暮れに木曾から出てきたばかりだという山出しの、気性の荒っぽい妓を決めた。廓での呼び名は、同郷の女傑巴《ともえ》御前にあやかって「巴」だそうだ。名までが荒っぽくてよろしい。

「天子様をひっぱたいたりしたら事《こと》ですよ。もっと大人しい、そしてきれいな女《ひと》にかえたらどうなんだろうなぁ」

重太はおれの選考に不服そうな顔をした。おれが思うに、これまで天子様の相手をしてきたのは、大人しく、気取った、品とか教養とか称するがらくたをなにより大切にしている女官どもだろう。つまりそういう手合いは天子様にしてみれば、御噯気《おげっぷ》の出る存在なのだ。それにひきかえ、巴は女官には居ない部類に属する女である。野趣横溢の女郎をあてがえば、「世の中は広いものだのう」と天子様はきっと満足してくださるにちがいない。そうおれは踏んだのだ。が、おれは重太にはこの説明はしなかった。あとで天子様のお喜びになる様子を見れば自然に合点が行くだろうと思ったからである。

公秀《きんひで》には潮路という最年長の大年増を見立てておいた。彼《か》の少年はいまその道のとば口に立ったばかりのところだ。それゆえ、顔の皺も多いが経験もまた多く積んでいるおばはんを相方にすれば、いろいろと裨益《ひえき》するところがあるだろうという、これは一種の親心、あるいは友情である。それに潮路は最年長だけあって玉代が安い。軍資金に乏しい黒手組としては、潮路のような存在はすこぶる重宝だ。さらに潮路はこのところ連夜、お茶を引いているという。公秀に潮路をあてがおうと思いついた理由のなかには、彼女の窮状を救ってやろうという人助けの心も含まれている。自画自讃やひとりよがりはおれの最も嫌うところだが、しかし、潮路を選んだことには一石三鳥の効力があるだろうと思われるのだ。

「よう、衛生《もりお》ちゃん、おめでとうよ」

妓《おんな》の品定めを終って、主人から器《うつわ》を借り受け、その器に重太と二人で岡持の鮓を見場《みば》よく移しかえているところへ、勢いよく梯子段を鳴らしながら、北小路甚吉があがってきた。

「昨日、重太から衛生ちゃんの言伝てを聞いたぜ。三日午《ひる》過ぎ、黒手組全員、撞木丁笹屋に集合のこと、なんて重太から聞いたときは嬉しかったね。妓を傍にはべらせて新年宴会とはまことに結構ですよ」

「だれが新年宴会だなんて言ったい？」

「いや、おれがそう思ったのさ」

甚吉は岡持から玉《ぎょく》の握り鮓をひとつ摘みあげた。

「それにしても京都の雑煮というものは不味《まず》いねぇ。薄味なのは仕様がないとしても、具《ぐ》の賑やかなことはどうだい。丸鮑《まるあわび》、煎海鼠《いりこ》、焼栗、山の芋、里の芋、大豆、昆布、牛蒡《ごんぼ》、鯣《するめ》、栗、人参、青菜、田作《ごまめ》、大根《でえこ》、焼豆腐、数の子、しまいにゃ芋の茎《くき》まで入っていやがる。雑多でまるでごみ捨場みてぇな雑煮だ。味がごたごたに混《まじ》っちまって、なにを喰ってんだかわけがわからねぇ。そこへ行くと深川の雑煮は雑魚でとった下地《したじ》に青菜か根深《ねぶか》かどっちか一種《ひといろ》、さっぱりして粋なものさ」

鮓を喰いながら喋るから飯粒が四方八方に飛び散る。あいかわらず威勢のいい男である。

「ところで衛生ちゃんよ、新年宴会じゃねぇとしたら、ぜんたい何会《なにかい》なんだい？　おっと、わかった。ここは遊廓、つまり女郎かいというわけだ」

ここで甚吉は自分の発した駄洒落を自分で受けて、手を叩いて笑った。まったく無邪気なやつだ。

「あれ？　そういえば茂松と時次郎の顔が見えねぇな。あの二人、今日は都合でも悪いのかい？」

「時次郎には書状で知らせてあるから、そのうち顔を出すだろう。ところで、甚吉、おまえ、銭をいくら持っている？」

甚吉の勤め先は三条寺町の、よく流行《はや》っている髪床である。年末は髪床が一年中でもっとも忙しい時期だし、甚吉は剃刀の扱いが早くて上手だ。だから相当貯めこんでいるだろうとおれは睨《にら》んでいる。甚吉には悪いが、その金を今日の玉代と座敷の借賃にあてなければならない。

「二両と一分だ」

甚吉は着物の上から懐中をぽんぽんと勢いよく叩いた。

「これがおれの全身上《ぜんしんしょう》よ」

おれは思わず吻《ほっ》となった。二両一分あれば今日のところは間に合うだろう。

「衛生《もりお》ちゃんはいまにやっと笑ったね。いやな笑い方だなぁ。なんかまた妙な魂胆があるんじゃないのかい」

甚吉が不安そうな面持で両手で懐中を押えたとき、みしみしと梯子段が耳障りな音をたてた。見ると、風呂敷包みを左手にぶらさげた一力茂松が、廊下にぼんやりと突っ立っている。茂松の額や首筋に汗が小さな滴《しずく》になって貼りついていた。

「……いかに馬鹿力の持主でも、祇園からここ伏見まで大砲引っぱってくるのはさすがに辛いや」

茂松は右手で額の汗を払いながら、風呂敷包みをおれの前にどさっと投げ出した。

「これ、おれが預っていた黒手組の羽織四枚。大砲と弾丸一発はこの笹屋の裏に置いといたよ」

「ご苦労」

風呂敷包みをほどき、羽織を手にとった。前は汗と泥と垢の匂いの立ちのぼっていた羽織がいまや黴《かび》臭い。懐しさで胸をいっぱいにしながらおれは黒手の紋のついたその羽織を羽織った。

「なにぼやっとしてるんだ。おまえたちも羽織るんだよ。これはおれたち黒手組の制服なんだぜ。忘れたのかい？」

重太は素直に羽織を着込んだが、甚吉と茂松は口を尖《とん》がらかした。

「衛生ちゃんはあいかわらず四角四面だね。垢抜けないよ。いったいここをどこだと思っているんだよ。ここは遊廓、お茶屋の座敷だぜ。いまに綺麗首のところがずらっと並んで、あでやかに伏見音頭かなんかやりだそうというときに黴臭い羽織を着ろなぞは野暮の骨頂だ」

なにを考えついたのか、不平口を突き出していた茂松が急に羽織に手をのばした。

「たぶん、今日は黒手組の解散式なんだな。だから、衛生ちゃんはおれたちに羽織を着せたいんだよ。おれたちはそれぞれすっかり京の町に馴染《なじ》みだしている。だからこのへんで黒手組を解散して、各自勝手に生きようってわけだ。そうだろ、衛生ちゃん、図星だろ？　じつはおれにもな、親切にしてくれる女がいるんだよ。おれの住み込んでいる駕籠宿の下女衆《おなごし》なんだけどさ、名前はお清はんと言って、顔はよくないが気立てはいいんだ……」

「ばか、だれが黒手組を解散するなどと言った、うん？　いいか、茂松、おまえも知っているだろうが、いま、この近くでは大樹様のご軍勢と薩長土肥芸の軍勢とが睨み合っている。まさに一触即発といっていい形勢だ。そんなときに、どうして黒手組を解散しなくちゃならないんだい？むしろこれからが一旗も二旗もあげる機会じゃないか。そんなことより、茂松、おまえ、未の刻に今出川室町通の裏辻家へ駕籠を二挺まわすのを忘れてこなかったろうな」

「ああ……」

うなずきながら茂松は羽織の紐を結んでいる。

「ちゃんとやってあるから心配いらないよ。言われた通り、駕籠賃もおれが先払いしといたし、酒手もどんと弾んでおいた。だから裏辻家へ出向いた連中、ずいぶん張り切っていたぜ」

「よし」

おれは坐り直した。

「おれたち黒手組は、今日、歴史を変える。変える、というよりひょっとしたら歴史を創る、と言い換えた方がいいかもしれん」

ぷうっと甚吉が吹き出した。茂松はにやにや笑いながら他所見《よそみ》をしている。その二人に重太が、しばらく真面目に聞きなさいよ、と身振りで制した。

「元弘年中に児島高徳《たかのり》は後醍醐天皇の御舘の桜の木の幹を削って、そこに天勾践《こうせん》を空《むな》しうするなかれ、時に范蠡《はんれい》なきにしもあらず、と書きつけた。が、そのとき高徳は、いま自分のなしつつあることが歴史に残るだろうと考えていただろうか?」

「そんなことはその児島高徳って御仁《ごじん》に聞いとくれよ。こっちはそれほど暇じゃねえや」

「……甚吉、静かにしろ。千早城にたてこもった楠正成が部下たちに、攻めたて来たった北条氏の軍に長柄の肥杓子《こえびしやく》で人糞をぶっかけさせていたとき、彼はその攻防戦の顚末が正史に書きとどめられると思っていたろうか。おそらく高徳も正成も歴史書にどう書かれるかについてこれっぽっちも考えていなかったろうよ」

「いったいなにを言いてえんだよ、衛生ちゃんは」

「つまりじつは歴史に残るような大事業をしているのに、当の本人はそれがそんなに大変なことだとは気がついていないことが多いのさ。おれたちだって同じだ。これからはじまる仕事がそれほどの大事業だとは気づかない。おそらく後世の史家は『そのとき、京は伏見の遊廓撞木丁《しゆもくちよう》の笹屋に参集せる黒手組隊員は、隊長土田衛生以下、鶴巻重太、北小路甚吉、一力茂松、すこし遅れて丸本時次郎の五人。この五人は後年いずれも幕府高官に出世したが、そのときは下級御家人ないしは御家人くずれ……』などと書くはずだが、当の黒手組隊員にはそれがわからない。むろんわからないならわからないでいいが、それじゃあんまり淋しいじゃないか。それでおれはいまちょいと親切心を起したってわけさ」

「衛生《もりお》ちゃんはいま、この五人は後年いずれも幕府高官に出世したが、と言ったね？」

「言ったよ、甚吉。それがどうかしたか？」

「ど、どうしておれたちが幕府の高官になれるんだ？」

「うん、じつは間もなくこの座敷にさる御方《おんかた》が御到来あそばす。その御方にわれわれは鮓《すし》をすすめ、妓《おんな》をあてがい申しあげる……」

「ははぁ。そのお礼におれたちを出世させてくださるってわけか。つまり、鮓と妓とを賄賂玉に使おうってわけだ」

「甚吉、おまえの考えることはどうしていつもそう地べたを這うように低いんだよ。いいか、正史に残るのは、その御方が妓をお抱き遊ばした後のことだ。その御方は妓とお睦《むつ》み遊ばされた後、ここからお発ちになろうとする。そのとき黒手組がわっと襲いかかる。そして、手早く縛りあげ、伏見奉行所へ運び込むのだ。これで歴史の流れがかわる」

「歴史の流れがどうかわる？」

「大樹様は戦わずして薩長や公卿に勝てる。王政復古へ向いはじめている天下の形勢が幕政再復古をさして、再び滔々《とうとう》と流れ出す」

甚吉があッと声にならない声をあげた。黒手組が京に着いた日全員で伏見奉行の傍、御香宮《ごこうぐう》前の鮓屋で飲んだことがあったが、そのとき話題は「どうしたら玉印奪回ができるか」に終始した。甚吉はそれをようやく思い出したらしかった。

「……す、すると衛生ちゃん、間もなくここへ御見えになるお方というのはまさか……?」

「そう、そのまさか様よ。睦《むっ》ちゃんなのだ」

「睦ちゃんだと?」

甚吉と茂松は豆鉄砲を喰った鳩みたようなきょとんとした目をしておれを見ている。

「睦ちゃんとは睦仁《むつひと》様の、つまり天子様の御愛称である」

甚吉と茂松の目の色が「やっぱりそうだったか」「いやしかし、そんなことがあり得るわけはない」「だがほんとうだとしたら?」「でも、そんなことが起るはずはない」と、ぐるぐると忙しく変った。重太がおれにかわって、公卿相手の貸しもの屋から鮓処二十口屋《にじっくちや》に住みかえて以来、今朝に至るまでのおれの奮闘ぶりを二人に手早く物語った。二人の目の色はいまや「よくやったものだなぁ」という色に固定している。

「……そういうわけだから、睦ちゃんのお床入りまではせいぜい勤皇の志士らしく振舞ってくれ。お床入りの後は地にもどって大樹様のために働く。睦ちゃんを縛る役は力持ちの茂松の仕事だ。しっかりたのむぜ」

「ああ、大事な玉印だ。おれ、ぎゅうぎゅう縛りあげてやるよ」

「ぎゅうぎゅう縛ったりしちゃいけないんだよ。相手は一天万乗の天子なんだ。ふん縛るという荒々しい行動のなかにもやさしさ柔かさが大切なんだよ。天子様のお躰《からだ》にもしものことがあってみろ、後世の史家がきっとおれたちを足利尊氏なみの大悪人に書くぜ」

「わかった。それじゃゆるゆると縛る」

「ゆるゆるじゃあ掌中の珠に逃げられちまうんだよ。あいかわらず茂松はのみ込みが悪いな。ぎゅうぎゅうでもなく、ゆるゆるでもなく……」

「つまりほどほど……？」

「そうだよ、そのほどほどだよ、茂松、おまえ、わかってるじゃないか。ところで甚吉」

おれは甚吉の鼻先に右の手のひらを上に向けて差し出した。

「さっきの二両一分、いまのうちに貰っとこうじゃないか。玉代や座敷の借賃にあてるんだから……」

「い、いやだよ。なんでおれだけが金を出さなくちゃいけねぇんだ。この泥棒ッ！」

「稼ぎ頭はおまえ。だからしようがないんだよ。おれと重太は給金なしの只働き、茂松は今出川からここまでの駕籠賃を払っちまってすっからかん。時次郎もおっつけくるだろうが、やつは漢方医家の住み込み書生、懐中《ふところ》にゃぴゅーっと寒い風が吹いているにちがいない。となると、頼りはおまえだ」

「これは血のにじむような思いをして貯めた金だぜ」

甚吉は廊下へ這って逃げ出した。

「まさかの時に旅の空の下で心細い思いをするのはたまらねぇだろうというんでさ、女郎買い、買い喰い一切断って、しかも、一日に他人《ひと》の頭を百も二百も扱ってやっと貯めたものだぜ。朝から晩まで頭ばかり見て暮していたおかげで、一時、おれは人間の頭を見ると曖気《おくび》が出て悪寒が走るほどだった。そんな思いまでして貯め込んだ金をおいそれと出せるかい」

「甚吉、おまえも相当なわからんちんだなぁ」

おれも廊下に出た。

「おとなしく二両一分お出しよ。そうすれば後世の史家がきっとこう書くよ。この玉印奪回の大事業の軍資金を提供したのは、黒手組隊員の北小路甚吉で、甚吉はこのときの功により、後に若年寄格となり、幕閣に重要な地位を占めた、とね」

「若年寄格？　ほ、ほんとかい？」

甚吉の目尻がさがった。

「じゃ、じゃあ、出すよ」

甚吉から財布を受け取り座敷に戻ろうとしたとき、廓の大門からこっちへ、駕籠舁《かごかき》の元気のい い掛声の近づいてくるのが聞えてきた。廊下の窓から首を出して見ると、竹組みの町駕籠が二挺、おれの目の下にとまるところである。後の駕籠から水干《すいかん》に小袴の公秀が降り、前の駕籠に走り寄って莫蓙《ござ》の垂れをあげる。内部《なか》から小袖に袴、萎烏帽子《なええぼし》の、背の高い少年が出てきた。色白で出ッ張りおでこの八の字眉、せんだっての雪の夜、裏辻家でお目にかかったあの睦ちゃんにちがいなかった。

「天子様のお着きだ」

座敷に戻り、床の間を向いて正座をした。

「みんな、くれぐれも粗相のないように頼むぜ」

「しかしよ、衛生ちゃん、天子様が小袖に袴に萎烏帽子とは軽装すぎやしないかい？」

首を傾げながら甚吉が廊下の窓際から座敷へ入ってきた。

「天子様はこの撞木丁に四方拝のためにおいでになったわけではない。これは御忍びのお遊びだ。そんなときに、冠をかぶって笏《しゃく》を持ち、縫腋《ほうえき》の袍《ほう》を着て飾太刀をぶらさげ、靴《かのくつ》はいて裾《きょ》のお引きずりを引いてこれるものか」

「それは、まぁ、そうだ……」

「とにかくおれは前にあのお方と裏辻家でお目にかかっている。断じて天子様に間違いはない」

「ならいいけどさ……」

甚吉はおれの隣りに坐ったが、坐ってからも首を傾げたままだ。こんなときこそ、しっかり者で学問もある時次郎が傍《そば》に居てくれたら、とやつの未着が恨めしかった。時次郎なら天子様のお相手は充分につとまるだろうが、甚吉や茂松じゃあ危いものだ。御不興を買うような発言をしたら事《こと》だ。世の中がまだ明るいうちにぷいとお帰りになられてしまっては、人目もあるし、一気にふん縛り申し上げ、伏見奉行所に運び込むという荒業がやり難《にく》くなる。これは出来るだけ早い機会に巴の待つ閨屋《ねや》へ送り込み申しあげた方がよいかもしれない。

梯子段の踏板のぎしぎしと軋む音がゆっくり下から上へのぼってくる。さぁ、いよいよ青史に残る玉印奪回の戦いのはじまりだ。おれは畳に額をつけて天子様のご入来を待った。足音が梯子段をのぼり切り、やがておれたちの座敷の前でとまった。

「おっちゃん、約束どおり睦《むつ》ちゃんを連れて来たで」

公秀《きんひで》と天子様の足袋が目の前にあった。公秀のは泥まみれ、爪先あたりがほころびているが、天子様の足袋は新品である。二組の足袋が廊下から座敷の畳の上、そして床柱の前の厚い座布団の前へ歩いて行く。その足袋に常に下げた頭の中心が向いているように、平伏したままの姿勢でおれは躰《からだ》を動かした。その間、一、二度、横目を使って甚吉たちの態度を点検したが、べつに大過はないようだ。それぞれおれを見習って額を畳にくっつけている。やれやれである。

二人の足袋はいまや座布団の上であぐらをかいている。頃合いよしと見て、おれは頭をあげ、天子様を視《み》た。御歳十六歳と聞いているが、お年よりは幼く遊ばされるのではないか、という印象を受けた。御目は大きくかつ澄んでいる。口許はきりっと引きしまっている。やはり並の少年とはどこかひと味ちがう。

「おそれながら申しあげます。聖上におかせられましては、かかる草深い廓町までわざわざ御玉体をお運び遊ばされ、われら黒手組一同、恐悦至極に存じております。かく申すわたくしめは、前に非公式に御神容を拝し奉ったことがございますが、勤皇団体黒手組隊長、将軍家公人朝夕《くにんちようじやく》人《にん》で三十俵三十人扶持を禄します土田衛生《もりお》……」

「おっちゃん、そう鯱鉾張《しやつちよこば》っちゃせっかくの鮓《すし》の味が落ちるがな」

天子様と公秀はすでに鮓喰いにとりかかられていた。そろそろ、申《さる》の刻（午後四時）に近く、沈むに早い初春《はる》の陽は向いのお茶屋の蔭にかくれ、座敷には薄紫色の黄昏の色がこっそりとしのび込んできていた。昼食時からもう二刻、天子様も育ち盛りであらせられるからお腹がお空《す》きなのであろう。

「……ほやさかい、おっちゃん、お平《たいら》に。そないにぎくしゃくすることちびっともあらしまへん」

「はぁ」

しばらくのあいだ、座敷には天子様と公秀が掛け合いで打つ舌鼓の音だけが鳴っていた。その舌鼓が戸外《おもて》を銭を乞うて歩く長老君《ちょろけん》の打つ太鼓の音と妙に間合いが合うからおもしろい。長老君というのは、おれも京ではじめてお目にかかった代物だが、福禄寿《ふくろくじゅ》の張りぼてを冠《かむ》り太鼓に合せて「ちょろが参りましたドイドイ」と騒ぎ立てる門付《かどづけ》芸人のことだ。

「……わあ、よう喰うたわ」

やがて公秀が背後にまわした両手を突っ支《か》い棒にし、腹を前につき出すようにして天井を向いた。

「わたい、こんなにぎょうさんの鮓喰うたの、生れてはじめてや。睦ちゃんはどないだす？」

天子様は公秀の問いにゆっくりとおうなずきになり、公秀と同じ姿勢をおとりあそばした。おれは土瓶を捧げ持ち、膝で畳を漕いで天子様の御前へと進み、御膝許の御湯呑に茶を注ぎたてまつった。が、このとき、天子様はときおり御噯気《げつぷ》をお混えになりながら、次の如くおっしゃった。

「ひさかたの光のどけき春の日に……」

はじめて聞く凜《りん》たる御鳳声《ごほうせい》である。おれは全身を耳にして続きを待った。

「しづ心なく鮓《すし》をくうらん」

　どこかで聞いたことのある歌だな、と思った。が、あまりにも間近で御玉声に触れる光栄に浴したので頭にかっと血がのぼり、どこで聞いたのかは思い出せぬ。

「睦《むつ》ちゃんのいまの歌の意味はこうや」

　歯をせせっていた公秀《きんひで》が通辞役を買って出た。

「日の光がこんなにものどかな春の日に、しっとりと落ちついた心で、わたしは鮓をつまんでいるのである。どないだす、おっちゃん、ええ歌やないか」

「は、はぁ」

「ほやけどな、いまのは表の意味なんよ。裏の意味は、こんなにもしっとりと落ちついた心になれたのも、そちたちのおかげである、というこっちゃ。つまりな、睦ちゃんはおっちゃんたちに鮓のお礼をいうてはりまんのや」

「も、もったいないことで……」

　天子様がお立ちになり、おれや甚吉たちの顔をひとつずつ丁寧に御覧になり、御満足気に何度もおうなずきになった。そして、席にお戻り遊ばすやふたたび御音吐朗々と御発声。

「うれしさに席を立ちいで眺むれば、いずこも同じ志士の顔立ち」

　さすがは天子様、なにごとかおっしゃる時もわれわれとちがって、すべて和歌仕立てである。たいしたものだ。

「いまの歌の意味はこうや」

　こんどは公秀が立って座敷をひとまわりしながら、

「うれしさに思わず席を立って志士たちの顔を眺めてみると、志士というものはいずれも同じような、凛々《りり》しい顔をしているものだなぁ。ほんにおっちゃんたちは仕合せや。これまでにもぎゃんぎゃん勤皇の志士がおったけど、直接《じか》に歌を賜わったのはおっちゃんたちがはじめてやないかしらん。ほやさかいこれからも達者《まめ》に、ほいで精出《せーだい》して睦ちゃんのために手伝《てつた》わなあかひん」

　おれはしばし途方に暮れた。なんとなれば、黒手組は幕政復古のために働くことを第一の、そして唯一の目的としているからだ。ここでいきなり王政再復古へ鞍がえするわけにはいかぬではないか。がしかし、おれはすぐに冷静さを取り戻した。薩長の奸賊めらの唱える王政復古を幕政再復古に対峙させるから、はなしがこんがらかるのである。薩長のいらざる容喙《ようかい》を排し、天子様の名分を立てつつ大樹様の政事を担当する、これでいいのだ。これこそ王政復古であり、かつ同時に、幕政再復古なのだ。このふたつの旗印はおれの内部《なか》では両立するのである。

「……粉骨砕身、勤勉努力、不眠不休、東奔西走、疾風迅雷、豪宕《ごうとう》勇烈、深慮遠謀、大胆不敵、沈着果断、用意周到を旨として、政事改進に励む所存にございます」

「それなんやねん？」

　公秀は懐中から小さな矢立てを取り出しながら、おれの顔をみている。

「えらい仰山《ぎょうさん》、漢語みたいなものを並べとったようやけど、おっちゃん、漢詩でも詠んだんか？」

「い、いや、漢詩ではありません」

「そうやろな。いまのが漢詩やったらえらい不細工やもんな」

公秀《きんひで》は矢立てを天子様に差し出す。天子様はその矢立てから筆をお抜きになり、膝の上の懐紙を凝《じっ》と御覧遊ばされている。なにをおはじめになるおつもりかこっちにはわからぬが、あたりはずいぶん暗い。さぞかしご不自由なことであろうと推察し、おれは灯を取りに、重太を階下《した》へやった。

やがて重太が行燈《あんどん》をさげて戻った。それを切っ掛けに、天子様は懐紙にさらさらと筆をお走らせになった。

「おっちゃん、びっくりしたらあかひんよ」

公秀がこんどは直径《さしわたし》が四寸はあろうかと思われる、丸く黒く、そして平べったい器物を懐中から取り出して天子様の御膝の前に置き、その蓋をとった。なかには朱肉が入っていた。

「これから睦ちゃんがおっちゃんたちに勅書をおくだしになるんよ」

「……勅……書?」

「そや。万乗の君、一天の主、十善の王、現人神《あらひとがみ》の大君であらはる睦ちゃんが、ご自分の命令を臣下に布告なはる公式の文書、それが勅書や」

これは思いもかけぬことだった。たかが鮓と妓とを饗応するぐらいで勅書の下賜とは、あまりにも身に余る光栄である。口のあたりがすっかり強《こわ》ばってしまい言葉が出ない。

やがて天子様、静かに筆を擱《お》かれ、御懐中から豆腐半丁分ほどの大きさの紫の袱紗《ふくさ》包みをお出しになった。公秀が手を差しのべてそれを受け取り袱紗を剥《は》いだ。出てきたのは方三寸、高さ四寸ばかりの銅色をした木塊である。

「またとない機会や。よう見とうみ」

公秀は木塊を捧げ持って右から左へ、左から右へとゆっくり振って見せた。

「これが睦ちゃんのハンコ、御証印、つまり玉璽《ぎょくじ》なんやで」

おれたちはただ呆然、木塊の動きに合せて首を右から左へ、左から右へと振るばかり。公秀は木塊で朱肉を軽く叩き、天子様の御手にお戻し申しあげる。天子様は先ほどの懐紙に木塊をお押しつけになり、袱紗でお包み直し遊ばした。公秀が懐紙を摘みあげちらっと一瞥、

「へえ、全員に従六位上か。睦ちゃんたらえらいお気張《きば》りはったもんやな」

ぶつぶつ呟きながら、その懐紙をおれに向って差し出した。懐紙にはこうあった。


勅。

黒手組全員ヲ、従六位上、兵部省少丞《しょうじょう》に任ス。

睦仁

むろん『睦仁』の御名の下には朱の色も鮮かに〈天皇御璽《ぎょじ》〉と御証印が捺してある。おれはこの勅状を捧持《ほうじ》したまま甚吉たちのところまで後退した。

「……た、たいしたものを頂戴しちまったなぁ」

甚吉の声は震えている。

「ど、どうする、衛生ちゃん？」

「む、むろんありがたくお受けしよう。そしてこれからはおれたち黒手組、王政復古と幕政再復

古とがうまく並び立つように努力を重ねなければならん。そのためにならば、よろこんで命を捨てよう。いいな？」

　甚吉、重太、茂松が申し合せたように揃って点頭した。

「衛生《もりお》ちゃんよ、さっきはごめんな」

　甚吉が声をひそめ、首を縮めた。

「衣裳が悪いから偽天皇《にせてん》じゃないか、みたいなことを言っちゃって悪いことをしたな」

「いいのだ、甚吉。本物だとわかってくれればおれはもうなにも言わない……」

「それにしてもよくここまでやったよなぁ。さすがはおれたちの隊長だ。衛生ちゃん、おれの全身上の二両一分、鐚《びた》一文あまさず使ってくれていいんだぜ……」

　甚吉はいつの間にか涙がかった声になっていた。

「去らざらむ伏見の遊里《さと》の思い出に……」

　天子様の御玉声が座敷に響きわたった。こんどはなんと仰せられるおつもりなのであろうか。おれたちは上座に向き直って畳に手をつき、下の句を待った。

「……いまこそ女等《めら》に逢わんとぞおもう」

「いまの御製の通釈ゥ……」

　公秀《きんひで》は朱肉入れを懐中に仕舞いながら、

「去らざらむ、は次句の、伏見の遊里《さと》にかかる連体句。むろん主語は作者の睦ちゃんやけど省略されておるんやわ。『む』は推量の助動辞むの連体形。これを終止形と考えれば、初句切れの歌になるわな。歌意はそれでも通じるんやけど、歌調を大事にすれば、やはり連体形とすべきやろね。ほいで歌全体の解はこうや。わたしはまもなくこの伏見の遊里《さと》を立ち去らねばならないが、この遊里《さと》の想い出のために、せめてわが相方の妓たちに逢いたいものであることよ……」

　勅書下賜《かし》の喜びに浸《ひた》りすぎていたあまり、天子様に妓たちをお引き合せするのを失念していたとは、まことに迂闊《うかつ》だった。おれは勅書を丁寧に畳んでしっかりと懐中におさめると、階下《した》に向ってぽんぽんと手を鳴らした。

「巴さんに潮路さん、それからほかの妓衆《おんな》、お客様のお床入りだよ！　さぁさ、お床入り、お床入りィ！」

　途端に階下で三味太鼓胡弓の鳴物囃子が起り、どどどどと梯子段を踏み鳴らしながら、白首の妓たちが八、九名、二階へ駆けあがってきた。

「ようおいでやしたなぁ」

「けど、えらい長い間、待ち呆《ぼう》けくわせてくれはりましたな」

「その罰に、たんと恐《おと》ろしい目に逢わしたるわ」

「そや。一晩中、倒《こか》して、撫で《さすっ》て、舐め《ねぶっ》て、戯《じゃ》れたぁる」

「ちびっとも寐《ね》かしまへんで」

「帰しまへんで」

　ここへ着いたとき、鮓を十人前ばかり進呈してあるので、妓たちはどれも愛想がいい。口々に黄色い声で世辞を言いつつ座敷に乱入し、床の間に向って一列に並んだ。並んだところで、廊下に控えた鳴物囃子方の婆さん連が三味太鼓胡弓の調子を変える。乱入時のは賑《にぎ》やかな急調子だったが、こんどのはのどかな陽気である。

〽大岩山から伏見を見れば
　髯の大将はんいそいそと　ハコリャ
いそいそとどこへ行く
　毛槍担いでどこへ行く　ハテハテ
聞くだけ野暮《やぼ》やおまへんか
　大将はんは鞘《さや》さがし
撞木丁には鞘屋がおます
　毛槍に合う鞘ぎょうさんおます　サイサイ

鳴物囃子に合せて妓たちは手を引き差しして、歌い出した。天子様の御口許に今日はじめての御笑《おんえ》みが泛《うか》んだ。公秀などはすでに中腰になり、妓たちの仕草を真似て手を振り腰を振っている。歌舞の間に天子様にそれとなくこれからの相方を御紹介申しあげておこう、とおれは思いつき、腰を屈めて頭を低くしながら妓たちの前を通って御前に近づこうとした。が、そのとき、ずゥんという重い地響きが近くで起った。妓たちの声が先細《さきぼそ》になり、手の振り足の蹴りが小さくなった。はて、これは地震かな、と思わずおれも棒立ちになる。そこへ、どっしーん！　という音が轟《とどろ》き渡った。窓の障子ががたつき、妓たちがきゃーっと悲鳴をあげ互いに抱きつき合った。

あたりが一瞬しんと鎮まりかえる。撞木丁全体が一挙に深山の奥深く所替えしたように静かだ。とやがて廓の大門からこっちへぱたぱたと草履の音が駆け込んできた。

「戦さや！　戦さが始まったんやで！」

草履の音は笹屋の近くまできてとまった。

「御香宮《ごこうぐう》様の境内に薩摩がおるで。いまのはその薩摩が伏見奉行所にうち込んだ大砲の音や。伏見奉行所から火の手があがっとる。わい、いまこの目で見たのやから確かや」

草履の音がまた大門の方へ走り出す。

「伏見の奉行所もきっと大砲打つやろ。ほしたら、ここは御香宮様の蔭やさかい、剣呑《けんのん》や。逸玉《それだま》が飛んできよるで。はよ逃げた方がええ。そや、逃げるんなら伏見稲荷の境内がええわ」

注進男の声が終らぬうちにずしん！　とさっきよりも二層倍も三層倍も激しい地響きがし、間髪を入れず、撞木丁《しゅもくちょう》の横手の田圃《たんぼ》あたりでどっしーん！　注進男の予言が瞬時の後《のち》に適中したようである。伏見奉行所から御香宮めがけて打ち出した大砲の逸玉が近くに落ちたのだ。この一発がきっかけで、廓中がにわかに騒がしくなった。駆け出す拍子にだれかがぶつかったのだろう、茶屋の軒下に積みあげてある天水桶の上の小桶が転がり落ちる音、戸障子を乱暴に引き開けたり、踏み倒したりする音。子どもが泣き出し、その子のおっかさんは喚き出す。遊客はうろたえ声を、その相方の妓《おんな》は金切声をあげる。犬が吠え、猫が啼き、鶏はときをつくり、猿引きの猿までがキキキキと暴れ出し、こんどは撞木丁がまるごと叫喚地獄へ引っ越したような塩梅である。

座敷の妓《おんな》たちはついいましがたまでの世辞や愛嬌を忘れ、廊下の囃子《はやし》鳴物方《なりものかた》の婆さんたちは三味太鼓胡弓の商売道具を置き忘れ、梯子段の降り口で先を争っている。妓のだれかが自分の足で己《おの》が着物の裾を踏み、耳の穴がこそばゆくなるような叫び声をあげながら踏段を転がり落ちた。

「なにもたついとる、このクソ野呂《のろ》！」

「じゃかぁしいわい、このへげたれ！」

妓が二人、たがいに相手の襟《えり》がみを摑《つか》み合い、ねじり合い、これも足を踏み外して、頭からまっ逆さまに滑り落ちて行く。

「見苦しい！　静かにせい、ここは御前であるぞ。巴に潮路、二人は残るのだ。引っ返してお客の相手をせい！」

声を嗄らして呼び戻したが、無益である。もう戦さを始めるなどとはとんだ慌て者ぞろいめ、とおれは心の中で御香宮に陣取っているという薩摩軍と伏見奉行所の徳川軍に悪態をついた。もう一刻も待っていてくれれば、至尊の主上、すなわち玉印はおれたちのもの、そうすれば大砲の玉を無駄遣いせずにすんだのに。

「なにとぞしばらくお待ちくださいますように」

おれは畳に手をつき、天子様にお詫びを申し上げた。

「せまいようでもこれで結構広いのがこの撞木丁《て》、なかには大砲の音にも驚かぬ、度胸の据わった妓がおると思います。すぐに黒手組隊員を四方に放ち、その種の妓をかき集めさせますので暫時……」

こんどは四つ、五つ続けざまに砲声がおこり、すぐに砲声の数だけ炸裂音が轟いた。そのたびに天子様は公秀《きんひで》に紙のように白い顔をお向けになり怯《おび》え遊ばす。

「天子様に両国の川開きをお見せいたしたいものでございますなぁ」

御心を安んじまいらせようと思い、おれは天子様の御前にどっかと坐り、できるだけ大きく口を開いて笑っておみせした。

「『雷《かみなり》』と称する三尺玉、こいつは音専門の花火で、重さが三十二、三貫、その大部分が鶏冠石でございますが、その炸裂音のすさまじさときたら、いま炸裂している大砲の玉なぞ赤ん坊か孫みたいなもの。その音をたとえて申しますと、そうでございますなぁ、ええと……」と、なににたとえていいかわからず口籠ったとき、座敷のすぐ横手の田圃に太い火柱が突っ立ち、同時にずばーんと熱い音が耳を殴りつけてきた。目の前では天子様が公秀と抱き合われ震えておいでになる。

「……そ、そうです。ちょうどいまのぐらいの音がいたしますな」

正直いっておれも胆を冷やした。

「で、ですからそのう、あまり怯えにならずにほんのしばらくのあいだお待ちくださいますように」

「いやや。う、うちもう帰るわ」

天子様がはじめて和歌の型式にお頼りにならずに口をおききになった。

「すぐに家《うち》へ帰るわ。女子《おなご》はまた今度にする……」

「うん、潔《きよ》ちゃん、わたいも帰る」

天子様がお立ちになるのに合せて、公秀《きんひで》も腰をあげた。

「そうおっしゃらずにもうしばらくお待ちを」

と、おれは言おうとしたが、言えなかった。なにかが心に引っかかり、それが言葉を途中で引っこめさせたのだ。

「……おい、一寸待てよ」

甚吉が座敷を出ようとしていた公秀たちの前に立ち塞がった。

「公秀、この子は本当に天子様なのかい？」

「わ、わぁ、あ、あんた、そないなこと言《ゆ》うてええんか。百代までも罰が当るでぇ。この不忠者《もん》、逆臣、足利尊氏の生れ損《ぞこな》い……」

「うるせぇッ！」

公秀の頬に甚吉が平手打を喰わせた。

「おまえ、さっきまでこの子を睦《むつ》ちゃんと呼んでいたはずだ……」

「当り前や。こちらは睦仁様やさかい睦ちゃんやないけ」

「だが、おまえはたったいま、この子を『潔《きよ》ちゃん』と呼んだぞ。睦ちゃんがなぜ急に潔ちゃんに変ったのだ？」

公秀ははっとなって息を呑み、下唇を歯で嚙《か》んでいる。

「それにもうひとつおかしいことがある」

甚吉を押しのけて、こんどはおれが公秀の前に立った。甚吉が先山《さきやま》をつとめてくれたおかげで、おれも心に引っかかっていたものの正体を突きとめたのだ。

「いま睦ちゃんは『家《うち》へ帰るわ』といわれたが、こいつはどうもおかしいぜ。この子がほんとうに至尊の主上、現人神の日之御子なら『御所へ帰るわ』とかなんとかおっしゃるはずだがね？」

公秀の顔が蒼くなり、赤くなり、また蒼くなった。

「もう一発、ぶっ喰わせようか」

傍から茂松が、公秀の鼻ッ先にぬっと拳骨を突き出した。それを見て、公秀がペロリと舌を出した。

「……当ったわぁ。おっちゃんたちにとうとう尻尾摑《つか》まれてしもうた」

「す、するとやっぱり……？」

「そうなの。この子、睦ちゃんやおへんの。潔ちゃんや。わたいの親友なんよ」

「……押小路《おしこうじ》潔徳《きよのり》ですゥ」

偽天《にせてん》皇が頭を掻きながらお辞儀をした。

「父は正四位下遠江権介《とおとうみごんのすけ》実潔《さねきよ》。百三十石。押小路家は公坊《きんぼう》の裏辻家と同《おんな》じ、閑院家二十三家のうちのひとつどす」

「いうたら、わたいら親戚みたいなもんや」

「そうなんどす。公坊がえらい御迷惑をおかけしたようで、ほんまにすまんこっとす」

「他人事《ひとごと》みたいに言うな」

おれは潔徳のサイヅチアタマを指で小突いてやった。

「おまえだっておれに、いや、おれたち黒手組に、ずいぶん迷惑かけてくれたじゃないか」

「そ、そうだったどすな」

「ご大層に和歌など詠みやがって、考えるだけでも腸《はらわた》が煮えくりかえるようだぜ」

「はぁ。うちらの内職は百人一首の歌加留多なんどす。ほやさかい、なんか言うたびにすぐに百人一首が口から飛び出しまんのや。うち、ほんまに困ってしまう……」

「なにが『困ってしまう……』だ、この野郎。おれたち深川育ちはな、蛇とか三十一文字とか、長ったらしいものは大嫌いなんだ。こんどからせめて短く十七文字、俳句で来い、俳句で」

「はぁ。そう努めまひょ」

「肝ッ玉でんぐり返ったのは和歌だけじゃねぇ……」

おれは懐中から例の勅書を摑み出した。

「勅書だなんて言って他人《ひと》を驚かすのもたいがいにしろよ。ふん、従六位上兵部省少丞だってやがら。ずいぶん大盤振舞いをしてくれたじゃないか」

「はぁ。鮓と女子のお返しどす」

「お公卿さんてのはどうしてこう間が抜けてやがんだろうね、ええ？　偽の勅書じゃお返しにもなにもならないのッ！」

「けど、糠よろこびもよろこびのうちどして……」

「こいつ、しまいにはひっぱたくぜ」

「でも、偽勅書に捺したこの『天皇御璽《ぎよじ》』のこの御証印は本物なんでしょう？」

重太がおれがひろげて持っている偽勅書の玉璽《ぎょくじ》を指しながら、潔徳を見た。

「玉璽なんかそうやたらに持ち出さないほうがいいと思うけどなぁ。もし落しでもして、それを悪人に拾われたら大変でしょう。日本中に偽の勅書が溢れてしまう……」

「心配《きづかい》ないって。さっきの玉璽も偽物なんやから」

公秀は潔徳の懐中に手を滑り込ませ、袱紗《ふくさ》包みを引っぱり出した。

「……ほうら、よく見とうみ。銅色の絵具塗ってごまかしとるけど、これ芋判《いもばん》なんや」

公秀は袱紗包みの中から出した偽玉璽をぽっきんとふたつに折った。

「火に入《く》べれたら、ええ焼芋になるわ。けどこれ彫るのにしんどかったなぁ。芋を三本も無駄《わや》にしてしもうたんよ」

重太たちはふうんと口々に嘆声をあげながら、芋判の彫文字を覗いていた。大砲の玉の炸裂音が間遠になり、かわりに豆幹《まめがら》を炊くような鉄砲の音がかすかにしている。大砲の玉の応酬が終れば鉄砲の射ち合い、そして次に展開されるのは白兵戦である。いやしくもおれたちは御家人、あるいは旧《もと》御家人、徳川家に深い恩顧のある者ばかり、この公卿の卵の悪餓鬼を二、三発張り飛ばし、伏見奉行所にかけつけるべきだろう。だが、なにかもうひとつすっきりしないのだ。五日前の雪の夜も、たしかこの潔徳は睦ちゃんを騙《かた》っていた。となると……、

「……そうか、こないだの夜、睦ちゃんが御来臨になっているから美巳《みみ》様がおれの待っている小座敷へなかなかくることが出来なかったというのも嘘だったんだな?」

「かんにんな、おっちゃん……」

公秀《きんひで》はぺこんとおれに頭を下げた。

「二十口屋《にじっくちや》の借金を払うとったら、うっとこ年が越せへんかったんや。ほいで姉はんや潔《きよ》ちゃんと一計を案じた言《ちゅ》うわけやったんよ」

「す、すると、夜中に、小座敷のおれのところへ、美巳《みみ》様が何回も通ってきたというのも……？」

「嘘や。姉はんも白河夜船《しらかわよふね》、よう眠っとったなぁ」

おれは公秀のおでこにしっぺを二発、打ち込んでやった。

「お、おっちゃん、痛いがな、もう」

「おまえたちのおかげでおれは結城と唐桟《とうざん》を貰いそこねたんだぜ。多少痛いの当り前だ」

「ほやけどなぁ……」

「うるさい！　さあ、もう我慢できないぞ……」

「わ、わたいになにするつもりやねん？」

「他人《ひと》様を担いでただで鮓喰ったむくいだ。海苔巻みたいに簀《す》の子で巻いて、高瀬川へでも放り込んでやる」

公秀の襟がみに手をのばそうとしたとき、廊下の暗がりでくっくっくと笑う声がした。

「……だ、だれだ？」

思わずぎくりとなって振り返ると、暗がりの中からこっちへ笑いを堪えながら時次郎が顔を出した。

「だいぶ前からここで問答《やりとり》を拝聴していたがね、衛生《もりお》くん、騙されたのはあんたが悪い」

「時次郎、おまえ……」

「まぁ、お聞きよ。これは噂だがね、薩長の連中は玉印のまわりに常時四、五人の護衛をつけているそうだ。もう戦さが始まっちまったようだが、薩長軍不利と見れば、直ちに玉印を女装させて長州へ運ぶという計画も立ててあるらしいよ。おれはこのふたつの噂は本当に近いと思うけど、とにかくそれほど薩長が大事にしている玉印が、ひとりでふらふら、しかも伏見奉行所の近くまで遊びに出てくることができると思うかい？」

「ちぇッ、時次郎はいつもそれだ。幼いときから、自分じゃなんの手出しもせずに、他人《ひと》のやったことにつべこべ能書《のうがき》ばかり並べやがる……」

「とにかくさ、この件についちゃ騙される方が悪いよ」

「わたいもおっちゃんの友だちの、その時次郎はんのいわはったことが正しいや思うな」

公秀が嘴《くちばし》を入れてきた。

「いまわたい思い出したことがおまんのよ」

「おまえも時次郎と同類、つべこべうるさいやつだな。いったい、なにを思い出したというんだよ」

「おっちゃん、姉はんからの恋歌、いま覚えとる？」

覚えているなんてもんじゃない。あのあくる日から、おれは美巳様の短冊を晒布《さらし》で腹に巻きつけて歩いているぐらいだ。

「あの歌はたしかこうやったと思う。恋すてふ、鵠《くぐい》に似てか、労痛《ろうた》しく、倦《う》みて眺めし、半夜《はんや》の月かも……。そうやったな?」

公秀のにやにや笑いが気になる。おれはいやな予感がして、懐中深く手をさし入れ、晒布の下の美巳様の短冊を探った。

「おっちゃん、この歌を五・七・五・七・七に切って、それぞれの頭の文字を繋いでみてんか」

「……恋すてふの頭の文字は『こ』じゃねぇか。次のは鵠に似てかで『く』だ。お次の労痛しくは『ろ』、倦みて眺めしは『う』、それでおしまいは半夜の月かもで『はん』だ。ふん、なんの造作もない……」

「ほいで繋げば?」

「……こ……く……ろ……う……はん」

「そや、ご苦労はん、や」

だれかがぷっと吹き出したようだった。おれの心の臓はどきんとはねあがった。公秀は得意顔で、

「おっちゃんに和歌の素養があれば、すぐになんもかんも芝居や、嘘や、遊びや言《ちゆ》うことが見抜けた思うんやけどな。姉はんが気のありそな素振りしてみせ、それをおっちゃんが信じこんださかいにご苦労はん、潔ちゃんを至尊の主上と信じ込んでくれはったさかいにこれもご苦労はん……」

重太が口を手で覆った。笑いを堪えたのだ。

「朝まで姉はんが忍んでくるんやないか思うて泊り込み、これまたご苦労はん、あくる朝、鮓代とれずに雪道をとぼとぼ帰りはる、かさねがさねご苦労はん……」

茂松と甚吉が抱き合ってたがいに顔を相手の右肩に伏せている。やはり笑い声を殺しているのだ。いいとも、そんなに笑いたきゃいつまでもそうやっているがいい。

「わかるか、おっちゃん。わたいたちなぁ、おっちゃんが普通並のおつむ持ち合せとったらそれと見抜いて深入りせずともすむようにちゃんと手がかりを歌に詠み込んどいたんよ。なのに、おっちゃんはなんも気付かんとぐいぐい喰いついてきよった。ほやさかい、わたいはおっちゃんが悪い、言わせてもろたの」

「……あのう、ついでどっけどな、あの歌、作ったんはうちなんどす」

潔徳が時次郎や甚吉たちににこにこしながら会釈をしている。これでは世の中さかさまである。いやさかさまどころか、騙した方が時を得顔に振舞うなぞ世も末だ。

「衛生ちゃんよ……」

甚吉が傍へ寄ってきて、おれの肩に手をのせた。

「たしかにこれは騙される方が悪い。騙される方が頓馬《とんま》ってことだ」

「やかましい！」

短冊摑《つか》んだ手を懐中《ふところ》から抜くついでに甚吉の手を払い、おれは短冊を破り捨て、床に叩きつけた。

「こうしている現在《いま》も、伏見奉行所と御香宮の間で、徳川軍が薩長の奴輩《やつばら》と血を流し、命のやりとりをしているんだぜ。言ってみれば現在《いま》は関ヶ原以来の天下分け目の秋《とき》なのだ。そういう大事なときに、貧乏公卿の悪たれ餓鬼ども相手にうだうだ油を売っていていいのか」

おれは廊下に飛び出した。

「茂松、大砲を曳《ひ》いてついてこい！　甚吉に重太、だれが一番先に伏見奉行所に行きつくか、久し振りに速足くらべをしようじゃないか。時次郎も遅れるなよ」

「いつまでも子どもじゃあるまいし、駆《かけ》ッ競《くら》などよせよ」

梯子段を駆けおりていたおれの背中へ時次郎の声が追いついてきた。

「いまから駆け出したって間に合いやしないと思うよ。天下分け目の結着など、去年のうちについてしまっているんじゃないのかい」

「そうどすがな。それよりなぁ、うちを女子《おなご》と遊ばせてんか」

「それにな、おっちゃん、鮓《すし》もまだ仰山《ぎょうさん》残っとるで。みなはんで仲良《なかよ》う鮓の喰い直しせぇへんか？」

酒の飲み直しならとにかく、女子どもではあるまいし鮓の喰い直しなぞできるものか。だいたいあの二人、大砲の玉の炸裂音が熄《や》んだとたん、落着きと元気を取り戻したのが現金で気にいらぬ。

裏から戸外《そと》へ出ると、南の空が真昼のように明るい。燃えているのは御香宮の社《やしろ》か伏見奉行所か。御香宮であればよいと念じながら、おれは伏見田圃の畔道《あぜみち》を南に向って駆け出した。

第四章　江戸ふたたび

1

江戸へ舞い戻って二カ月半になるが、二日と晴天が続いたことがない。

朝、抜けるように晴れていた空が午過《ひる》ぎには灰色に曇り、夕方近くにはめそめそと泣き出す、いい夕焼だ、明日は晴れに間違いなし、と太鼓判を捺して寐《ね》ると、夜半には板葺《いたぶき》屋根を叩く激しい雨足に目を覚す、ここんところその繰り返し、江戸中が芯の芯まで湿気でふやけている。雨に祟《たた》られて、この春の上野の山の桜の満開《さかり》もあっという間に終ってしまった。上野のお山や向島の土手に桜霞のたなびくころが江戸のもっとも結構な時候だ、と思っているおれには今年の春はまったくつまらない春だった。

……ぺしゃ。

三尺の紐を両手に持って、雨に煙る上野のお山の葉桜を眺めていたおれの顔に勢いよく蛙が貼りついてきた。

「あ、衛生《もりお》ちゃん、ごめんよ」

二間ほど向うで重太が竹竿を立てて拝むようにしながらおれに謝っている。

「おれも上野のお山を眺めてぼうっとしていたものだから、つい手許が狂ってしまって……」

「まぁ、いいってことよ」

おれは水下駄《みずげた》をそうっとあげさげして、不忍池の南岸、池之端仲町の新土手の方へ歩き出した。水下駄というと聞えはいいが、直径《さしわたし》一尺ぐらいの樽の蓋に鼻緒を挿《す》げたもの、自家製の履物である。見てくれはよくないが、この不忍池のような柔かい泥底を歩くには体重で足がずぶずぶと泥濘《ぬか》らなくて重宝だ。

「此処《ここ》いらに鼈《すっぽん》野郎の巣があると睨んだが、どうも鉱山《やま》が外れたらしいや。もっと岸の方へ河岸をかえてみようぜ」

「うん」

うなずいて重太がばしゃばしゃと水下駄で水を蹴散らして歩き出した。波紋が勢いよくひろがって池の水面の蓮の葉を揺すった。

「おいおい重太、おまえ、何年おれと組んで鼈を捕っているんだよ」

「深川小梅町のころからだからもう十年になるかなぁ」

「だったら、すこしは仕事を憶えろよ。そう勢いよく歩いちゃ鼈が逃げちまうじゃないか」

鼈は飢えるとすぐ共喰いをはじめるほど貪食《どんしょく》だが、またたいした臆病者でもある。だから、おれたちは沼の中ではできるだけ静かに移動しなくてはならないのだ。

「……それとな、重太、おまえの蛙のおろし方がすこしはやすぎるぜ」

鼈《すっぽん》は忍者みたいな連中だ。ふだんは甲羅を泥の中に埋めてじっとしている。そして、自分の上に雑魚や蛙や水草の種などを見つけると、すうっと首をのばして獲物を捕捉する。だからおれはまだ子どもの頃に、竹竿に結えた釣糸の先に蛙をくくりつけて泥底におろし、鼈が首をのばしたところを横合いから素速く紐で首をくくってしまうというやり方を編み出したわけだが、重太が蛙を放り出すようにおろしてしまうので、鼈が警戒して、さっぱり喰いついてこないのだ。

「いいか、蛙をおろすときにはゆっくりと、だ。そいで、鼈の気を惹くためにときどき、ぴくぴくなーんちゃって動かしてみる。わかるか、工夫が大切なんだぜ」

「うん、こんどはうまくやる」

「あてにしてるぜ。もうそろそろ昼になろうってのに一匹も捕れないんじゃあ、みっともなくって、千代本に帰れやしねぇ」

千代本というのは、不忍池から五、六丁南の湯島天神にある蔭間《かげま》茶屋のことだ。千代本は客に鼈鍋を供することで知られている。汁たっぷりにして煮ながら食べさせ、そのあとで汁に飯をぶちこみ雑炊にする。鼈には強精の効能があり、特に痔にはてきめんに効くそうだから、蔭間茶屋には打ってつけの料理であるが、それはとにかく、この千代本の主人がむかしはおれと同じ本所深川小梅町の住人、この春、小梅町に用足しに来たとき、かつて子どもながら深川で鳴らした鼈捕りの名人が上方から帰って以来家でぶらぶらしていると聞き、住み込みできてくれないかと誘ってくれたのだ。それでいまおれは重太や茂松たちと千代本の下男部屋で寝《ね》起きしている。甚吉は千代本の隣りの天神床で稼いでいるが、寝起きはおれたちと同じ部屋。時次郎も同様、下男部屋から上野のお山寛永寺の学寮の文庫に日参して書物ばかり読んでいる。時次郎にいわせると、学寮の文庫の書物の冊数は日本一だそうである。ついでだからいうと、あのときは結局、伏見の戦さには間に合わなかった。おれたちが駆けつけたときはもう奉行所は薩長の連中でいっぱいになっていたのだ。ちいさいときから火事と喧嘩があればすぐに鉄砲玉よろしく家を飛び出し、そしていつも間に合っていたのに、大がかりな火事と喧嘩の交え物《あ》のあの戦さに間に合わなかったとは、どう考えても面妖なはなしだ。伏見から大坂へ、大坂から紀州和歌山へ、敗走する徳川勢と前《さき》になり後になりして辿りついたが、途中でも火事と喧嘩にはついぞ出っ喰わすことがなかった。そこで、去年は西瓜と南瓜《かぼちゃ》の当り年だったが、今年は火事と喧嘩が不作の年じゃないかしらんなどとぶつぶついいながら、和歌山から出る紀州の蜜柑《みかん》船に便乗させてもらい、一月末に江戸へ帰ってきてしまった。

「……このへんにゃどうもでかいのがいそうな気がするな」

新土手まで四、五間のあたりに、蓮にかこまれた、八畳ほどの広さの水面があった。このへんは土手が近いから遊客の捨てる食物の屑が多いはずである。それを当てこんで鼈《すっぽん》が潜んでいるのではないか。

「重太、蛙をゆっくり水の中におろしてみろ」

「うん……」

重太は竹竿の先をゆっくりとさげながら、

「でもねえ、衛生《もりお》ちゃん」

「なんだよ」

「彰義隊が浅草の本願寺から上野のお山に入ってもう五日ですよ」

「それがどうしたい？」

両手の紐をぴんとのばして構えて水中へ入れ、蛙の動きにつかずはなれずゆっくりと動かして待つ。泥中から鼈が蛙めがけて首をのばしてきたら、やつの首に紐を巻きつけるのだ。

「昨日だか一昨日《おとつい》だか、彰義隊はどこかから大砲二門に小銃四百挺、手に入れたそうです。お城の明け渡しも迫っているし、そろそろドンパチが始まるんじゃないんですか」

「そりゃいつかは始まるだろうさ」

蛙のそばを小鮒《こぶな》が通りすぎて行った。

「……おかしいな」

「なにがだよ」

「黒手組はなぜ静観してるんです。大砲曳いてどうして彰義隊に加勢しないんですか」

小鮒のあとを鯉が追っている。

「上野のお山の大慈院には二月のなかばからずうーっと慶喜様が恭順謹慎中ですし、いつもの衛生ちゃんなら飛んで行くところなのに……」

「小鮒いずくんぞ大鯉の志を知らんや、だ。おまえたちには隊長のおれの企んでいることなぞわかりっこないよ」

「それを言うなら、燕雀《えんじゃく》いずくんぞ鴻鵠《こうこく》の志を知らんや、でしょう？」

「とにかく地面《じべた》の上でいくらドンドンパチパチをやらかしても貧弱《じりひん》になるばかりだ。ここは一番とてつもない起死回生の手を打たなくちゃあいっそう薩長の連中に舐《な》められるばっかりだ。徳川家祖廟《そびょう》と輪王寺宮公現法親王《りんのうじのみやこうげんほうしんのう》の守護のために上野のお山に引き籠るなんて小さい、小さい。どうせやるならもっとどでかいことをやんなくちゃァ……」

「それで、そのどでかいことってどんな……？」

「ばか。それがわかっていりゃァ、褌一本になって妙な下駄はいて、鼈さがしに不忍池の泥の中這いずりまわってやしないよ」

「なんだ……」

重太がくっくっと笑った。その笑いが竿から糸へ伝わって、蛙がくっくっと躍った。

「つまり目下考え中というだけなんですね」

おれの足の三尺ほど向うの泥底のあたりがむくむくと動いた。はっとなって見ると、泥の中からぬーっと、鰻ほどの太さの黒いものが蛙めがけてのびてくるところだった。蛙のくっくっという動きが鼈の喰意地《くいいじ》を煽《あお》ったらしい。左手を固定し、右手をその黒いもののまわりにすばやくふたまわりさせ、左右に手をいっぱいにひろげた。首をしめられた鼈が水搔《か》きの付いた手足でばたばたもがく。重太が竹竿を捨て、鼈の後肢を摑んだ。もうこっちのものだ。そのまま新土手まで運び、地面に天地をひっくりかえして置きひと息入れる。

「さすがは衛生ちゃん、鼈捕らせたら天下一だねえ」

土手の上をこっちへ「千代本」の名入りの傘がやってくる。

「径《わたり》が一尺五寸はたっぷりある」

傘の下で時次郎が目を細くしていた。

「鼈捕らせたら天下一……という条件のつくところが気に入らないね」

腰に巻いておいた荒縄で鼈《すっぽん》を十の字に縛った。

「いかにも、ほかのことはまるでだめ、というように聞えるじゃないか」

「そう尖《とん》がらかるなよ」

時次郎は足許に転がっていた丸太棒を拾いあげ、こっちへ差し出した。

「今日は土産ばなしがあるんだ」

「土産ばなし……？」

丸太棒に鼈をぶらさげ、重太と二人で担いだ。

「どんな話だ？」

「じつは慶喜様を見た」

「ほう、それはうまいことをした……」

重太を先棒にして歩き出した。

「時次郎は黒手組で慶喜様に拝謁した一番乗りだな」

「拝謁？　まさか。大慈院の庭を散策されているところを遠くからちらちらとおがんだだけだ……」

「どんなご様子でした？」

重太は新土手から左に折れ、仲町の横の無縁坂に入る。

「それがひどい。黒羽織に白の小倉縞《じま》の袴《はかま》、それから麻裏草履《あさうらぞうり》……」

「小身の旗本並みの服装《みなり》ですね」

「お顔の色は暗くて、月代《さかやき》も伸び放題のびていたようだったよ」

たしかにおれたち御家人の間でも慶喜様の評判はあまり香しくない。鳥羽伏見の戦さの直後、そのとき大坂城におられた慶喜様は、ご自分が陣頭指揮をして薩長ともうひと勝負する、とおっしゃって城中二万の兵を喜ばせておき、夜中に老中や松平容保様を従えて城をぬけだし、さっさと幕府軍艦開陽で江戸に引き揚げてしまわれた。噂によると、そのとき新門辰五郎の娘で慶喜様の愛妾のおひな様も一緒だったというが、これはよくない。「妾を傍《はべら》せて戦さをなさろうというんじゃ、勝負ははじめから決まっていたも同然さね」という陰口や、「だからこそ三百年の天下を三日で失うような破目になるのだ」という悪口も、その意味でわからないではない。だが、とにかく慶喜様は天下の大樹にして大棟梁、八百万石の征夷大将軍である。その大樹様《しょうぐん》が麻裏草履に月代《さかやき》伸び放題とはあまりといえばあまりではないか。

「これは学寮の文庫で書見中にある訳知りの学生僧に聞いたのだけどね、江戸城《おしろ》では慶喜様に自殺をすすめてはどうか、という閣議まで開かれたそうだよ」

「ほ、ほんとうか?!」

先棒と後棒が急にとまったので、駕が大揺れに揺れた。

「ああ」

「どこのだれだい、そんな恩知らずな閣議なぞ開きやがったのは……?」

「おそらく田安中納言あたりじゃないのかな」

「あん畜生、慶喜様が上野大慈院入りをなさった後の、徳川方の大黒柱のはずなのに。とんでもない中納言だ」

「江戸城《おしろ》の明け渡しが迫っている。薩長の連中が入城してきたときとっちめられるのが怖いのさ。それで薩長の機嫌をとるために、そういう閣議を開いたのだろうね」

「それで、慶喜様の暗いお顔、なのですね？」

「まぁな。どこかのおっちょこちょいが、江戸城《おしろ》でかくかくしかじかの閣議をしておりますが、などと注進に及んだのだろうよ。おっと、サ・セ・ノトル・マンシオン！」

千代本の前で時次郎が妙なことを口走ったので、おれと重太は思わずよろけた。

「な、なんだいまのは？」

「仏蘭西《フランス》語だ。やぁ、おれたちの宿舎だ、というような意味だ」

「あれ、おまえ、こないだまで英吉利《エゲレス》語使いだったはずだぜ？」

「いまは仏蘭西語を勉強しているんだ。上野のお山はさすが天台宗の総本山、すごい坊さんがずいぶんいる。学寮の文庫長などは仏蘭西語使いの達人なんだぜ。その人について習っているところだ」

「へえ……」

「将来は黴菌《ばいきん》学を専攻したいと言ったら、黴菌学は仏蘭西国が本場、まず仏蘭西語をやりなさい、だとさ」

時次郎は千代本の勝手口へ繋《つなが》っている石段をぴょんぴょんと一段おきに登っていった。

重太と二人で鼈《すっぽん》を生簀《いけす》に放し、井戸で躰《からだ》を洗ってから、下男部屋に行った。甚吉と茂松が時次郎の例の慶喜様を拝んできたという話をお菜《かず》に箸を動かしている。

「衛生《もりお》ちゃんに重太、一足先に始めてたぜ」

甚吉はおれたちにひねり沢庵をつまんだ箸をあげて挨拶し、

「そうするてぇとだな、放っておくと慶喜様は、臆病風に吹かれた重臣どもにせっつかれ、腹を切らせられてしまうかもしれないってわけだな?」

そのひねり沢庵をまた時次郎の眉間に突きつける。

「必ずそうなるとはいえないが、そういう場合がひょっとしたら、あり得るかもしれないね」

「慶喜様を日光山へお連れするというのはどうだろうね」

さっきから考えていたことを、おれは時次郎にぶっつけてみた。

「日光山には家康様を祭った東照宮がある。会津はじめ東北雄藩にも近いから、地の利もいいぜ。彰義隊は慶喜様を奉じて日光山に籠り、再挙の一戦を薩長にぶちかませてやればいい。そうすれば臆病重臣どももそうやたらには近づけまい」

「東北雄藩なんてそうあてになるとは思えないがねぇ」

時次郎はお菜の章魚《たこ》の足を囓《かじ》りながら、

「それは鳥羽伏見の戦さのときの淀藩や津藩の裏切りを見ればわかるはずだ。淀藩の藩主は現職の幕府老中なのに、徳川方の兵士の入城を拒否し、見殺しにしたじゃないか。津藩は春日局以来、徳川家と特別な間柄にあるのに、徳川軍に大砲を射ってきた。いざとなるとみんなそんなものさ。

どこの藩も『朝敵』になるのが怖いんだ。まぁ、東北雄藩のうちであてになるのは、会津ぐらいなものかな」

「そうか。やはり問題は玉印か」

「まぁね」

「となるともういちど玉印奪回といくか」

「もう『恋すてふ』はごめんだよ」

茂松が手で章魚《たこ》の足を千切った。時次郎や甚吉がぷっと口の中の飯粒をお膳に吹きつける。重太は飯粒を吹くのを防いですばやく口に手の蓋をした。あれ以来、なにかというとこの連中は《恋すてふ鵠《くぐい》に似てか労痛《ろうた》しく倦《う》みて眺めし半夜《はんや》の月かも》を持ち出してひとをからかうが、これはまったく不愉快である。おれは鉢の中の章魚の足を四本、箸で一度にしゃくって自分の茶碗に移し、ひとり占めにしてやった。

「衛生ちゃん、それはねぇだろう」と甚吉が口を尖らしたとき、

「……時次郎さん」

部屋の窓から艶《つや》っぽい男の子の声がした。見ると、この千代本お抱えの蔭間《かげま》の縫之助が長い前髪を、細い、白い指で掻きあげながら、部屋の中を覗いている。千代本には蔭間若衆が八人いるが、縫之助はその中ではずば抜けた全盛ぶり。細面で目が大きく、唇なぞはぞっとするほど朱《あか》い。もっとも、蔭間は唇に紅《べに》を塗っているらしいから朱いのは当り前だ。紅をさせばおれの唇だってたいてい朱くなる。

「……ちょっと」

朱い唇から絶え入りそうな甘ったるい声を発して、縫之助は長い目つ毛《まげ》をしばたたいた。あんまり長い目つ毛なのでバサバサと音がしたかと思ったぐらいだ。

「なんだ、縫之助……？」

「ですから、時次郎さん、ちょっと戸外《おんも》へ……」

「構わないから言いなさい。みんな顔見知り。遠慮するような顔ぶれではないだろう？」

「はい、でも、あのう……」

縫之助が伏し目になって障子窓の破れ穴を毟《むし》りはじめた。おい、あんまり風穴を大きくひろげるんじゃないよ、とからかってやろうと思ったが、それはやめにした。縫之助の大きな目が涙で潤んでいるのが見えたからである。

「いったい、どうしたんだ？」

「……わたし、さよならを言いにきたんです」

大きな目からぽろりと大粒の涙が落ちた。幸か不幸かおれには蔭間趣味はないが、それでもこの涙にはどきりとした。これだ、この涙が上野のお山三十六坊の好きものの僧たちを虜《とりこ》にしているのだ。湯島天神には、千代本のほかにも「加賀屋」「藤村屋」「三谷屋」などの名だたる蔭間茶屋が軒を並べているが、遊客のほとんどが上野の坊主たちだ。そしてその坊主たちの間でこの縫之助は絶大な人気を誇っている……。

「さよなら？」

さすがに時次郎はびっくりして茶碗を膳の上に置いた。

「堅気《かたぎ》に戻るのか？」

「ううん」

縫之助は細手の首をかぼそげに横に振った。

「急に落籍《ひか》されることになったんです。間もなくここを発ちます」

「ふうん。それでおまえを落籍せたのはだれだい？」

「上野福聚院《ふくじゆいん》の別当、金円様……」

ははぁ、縫之助は福聚院の寺小姓になるのだな、と心の中で合点しながらおれは飯を噛《か》んでいた。女犯は畜生道に堕ちる大罪であるが、男犯は差し支えがない、という不文律のようなものが上野のお山にはあるらしく、高級僧侶たちは大金を投じてお気に入りの蔭間を寺に入れ、寺小姓という名目で傍に置く、いってみれば寺小姓とは山内での女房のようなものである。それにしても福聚院別当金円に懸想《けそう》されたとは、縫之助も大したものだ。福聚院は寺そのものが裕福な上、上野三十六坊全体の会計役でもある。福聚院の金蔵には常時、百万両からの金がうんうん唸っているというが、話半分にしても五十万両、そこの「女房」とは、まさしく玉の輿というものではないか。もっとも、男に玉の輿なる言葉を使っていいものかどうか、おれにはよくわからないが。

「……身請金は五百両だと聞きました」

「尻の穴ひとつで五百両の大金をひりだすとはたいしたもんだぜ」

甚吉が箸で茶碗を叩いた。

「そこへ行くとおれの尻の穴なぞは屁しかひらねぇや。まったく芸のねぇ穴よ」

「ものを食べているときにそういうことを言ってはいけませんよ、甚吉さん」

重太がきびしい顔をした。

「それに縫之助に悪いでしょうが……」

「あんまり羨ましいからちょっと愚痴ってみただけじゃねぇか」

甚吉は音高くひねり沢庵を嚙《かじ》った。

「それで、時次郎さん、さっきはさよならを言いにきましたと申しましたが、これからもときどき、ここへお邪魔していいでしょうか?」

「あ、そうか。縫之助は痔が悪かったんだっけな」

「……ええ」

縫之助が赤くなった。

「すみません」

「べつに謝ることはないさ。蔭間に痔はつきものなんだから。いってみれば職業病ってわけだ」

「はぁ……」

「完全に治るまで仕事が休めるといいんだが、きみの場合はそうはいかないねぇ。まぁ、半年はかかると思わなくちゃァ」

「ええ。お山からこの湯島は近いのですもの、せっせと通いますわ」

「そうだな、これまでと同じように五日に一度の割で薬を塗ってあげることにしようか」

「はい、お願いいたします」

「よし、発つ前に薬を塗っておこう。こっちへ入っといで」

「わたし、恥かしい」

縫之助が両手で顔を覆った。

「なにも恥かしがることはねぇじゃねぇか」

甚吉は茶碗に土瓶のお茶を注ぐ。

「どうせぶらさげているものは同じなんだ」

「でも、わたしのは、とっても小さいんですもの」

「そりゃ使わねぇから悪い、使えば大きくならぁ……」

重太が咄嗟《とっさ》に甚吉の口を抑えたので後半はもがもがもが。

「屛風の蔭で治療をしてあげる。見えやしないよ」

時次郎は部屋の隅に置いてあった手文庫を引き寄せ、なかから軟膏や粉薬の入った貝殻を四つ取り出した。そして、竹製の練篦《ねりべら》でちょいちょいちょいとそれらの薬をひとわたり杓《しゃく》り取り、蒲鉾板ほどの金物の練台の上でごしごしと練り合せはじめた。縫之助も観念したらしく、勝手口をまわり、紫の小袖の左の袂で顔を隠しながら部屋へ入ってきた。そして、薬を練っている時次郎のうしろに小さくなって坐った。こういうときにはよく気のつく重太が、折り畳んで廊下に立てかけてあった屛風を運び込み、ひろげて時次郎と縫之助のまわりに立て回した。

「さぁ、袴を脱いでお尻を出した」

「……は、はい」

「ふうん、相変らずだな。だいぶ、悪いよ」

「でも、痛みはそうないんです。ただ、あのときにちょっと……」

「だろうね」

「……しみる。時次郎さん、しみるわ」

「我慢しなさい」

「で、でも、しみるのがいいわ」

「動かさないで。振ってはだめだ」

「え、ええ」

どうも妙な気分だ。おれたちは茶碗と箸をとめ、金縛りにあったように凝《じつ》としていた。ただし茂松だけは忙しく箸を動かし、飯と沢庵を交互に口の中に放り込んでいる。鈍感もここまで徹すれば立派なものだ。

「衛生《もりお》ちゃん……」

思わぬときに屛風の向うから自分の名を呼ばれたので、おれはびっくりして腰を浮かせた。

「縫之助に薬を塗りながら慶喜様のことを考えてたんだけどね、いっそ仏蘭西《フランス》ってのはどうだろう」

「仏、仏蘭西？」

「うん。自殺をすすめる重役どもがいるぐらいだ、薩長に対して手柄顔をするために慶喜様を殺そうなどということを思いつく連中もいないとは限らない」

「う、うむ」

「だから日光山より仏蘭西の方がいい」

薬の塗布が終ったらしく屛風の向うから時次郎が出てきた。

「慶喜様を仏蘭西へお連れ申すのだよ」

飯の途中で妙なものを見たために、時次郎の脳味噌がどうかしてしまったのではないか。

「そんな顔で見なくてもいいよ。おれは正気なんだから」

「し、しかし、仏蘭西とはいかになんでも遠いぜ。遠すぎる」

「そこさ。遠いから安全なんじゃないか。遠いからこそわざわざ自殺をすすめに来る馬鹿もいない。刺客もその遠さに辟易する。それにだいたいが、慶喜様自身が大の仏蘭西好きなんだ。その証拠に幕府の兵士たちの調練方式は仏蘭西式だし、慶喜様自身仏蘭西国王から贈られたあちら式の変てこりんな礼装を好んで着たりなさっているというじゃないか」

屛風が向うから畳まれた。縫之助は畳んだ屛風を壁に立てかけ、時次郎の横に坐ったが、終始うっとりとして定まらない顔をしていた。きっといま塗った薬がしみて、それがまたいいのだろう。

「衛生ちゃん、こういう話を知ってるかい。徳川に近い藩主のなかには、自分の子どもを外国に送り出しているのがずいぶんいるんだってさ」

「へえ、それはまたどうしてかね？」

「万一、天下が完全に薩長のものになり、報復のために藩主一族みな殺しなどと言ってきても、自分はとにかく、可愛い子どもにまでは累が及ばない」

「なるほど、遠いのがかえって幸いするか」

「そういうことだ。子どもを国外に遣《や》っている藩主は、おれの知っているだけでも五人や十人はいる」

「……おもしろい。これはちょいとしたものだぞ」

おれはこのところ毎日、髷を追いかけながら《世間があっと目を剝くようななにかどでかいこと》を思いつこうとしていたが、そのどでかいことというのはこれではなかったのか、という気がした。はじめは、それほど大した案ではないと思って上ッ調子で聞いていたが、あっという間にこの案はおれの心の中で大きく育っていった。

「ようし、やろうじゃないか。やってみようじゃないか。おれたち黒手組の手で慶喜様を仏蘭西国へ無事にお落ししようじゃないか。お命はご安泰、世の中は目を剝く。凄いぜ、これは……」

「慶喜様をその仏蘭西とやらへお落ししておいて、その間にこっちは徳川の味方をひとつのでっかい力にまとめてあげるってわけか」

甚吉が箸を箸箱におさめながら、ふんと鼻を鳴らした。

「すこし考えが甘すぎるんじゃないのか」

「うん、それに恰好《かっこう》よすぎら」

茂松はお櫃《ひつ》の底の飯粒を丹念にひろっては口へ運んでいる。

「横浜の薩摩船焼打にしても、京の玉印奪回にしても、衛生《もりお》ちゃんの思いつくことは恰好はいいけど、いつだって出来たためしはないんだから。おれ、薩長でも徳川でもどっちでもいいや。御飯が腹いっぱいいただけりゃなにがどうなろうとさ……」

「情けねぇやつだ。おまえ、それでも黒手組の隊員か」

「なにかっていうとそういわれるのいやだからさ、このあいだ黒手組を解散するか、おれをやめさせてくれるか、どっちかにしてくんないと言ったら、衛生ちゃん、頭から湯気出して怒ってたじゃないか。どうしてもやめるというんなら差し違えて死ぬ、なーんちゃって……」

「うるさい、ばか」

おれはお櫃を引ったくって、窓の外へ放り出してやった。

「おれは恰好つけるために慶喜様の肩を持っているのではないんだ。それにいまとなっては徳川の勢いの盛り返しなど、じつを言うとそう気にもとめていない。おれは気の毒なんだよ。それだけなんだよ」

「おッ、泣きが入ってきたぜ」

甚吉が半畳を飛ばした。

「こりゃ久しぶりだぜ」

「なんとでも言え。とにかく、おれは世の中の連中が慶喜様にくるッと掌《てのひら》を返すように冷たくあたっているのを見るたびに腹の虫がおさまらなくなってくるんだよ。これまで慶喜様にへいこらして徳川八百万石のうちから何万石、何十万石とかすめ取っていた大名連中が背を向ける、旗本連中はただおどおどしてやがる、御家人連中は日和見だ。上野のお山のすぐ下には、御徒町から車坂町、そして御切手町まで何千という御家人連中が住んでいるはずだ。なのにそのうちからどれだけ、彰義隊に志願したかね。そういう殊勝な連中は何人もいやしない。江戸の町人どもだって同じことだ。へ日本一《ひのもといち》の江戸の町、それはどなたがしたのです。将軍さまがしたのです……、ついこのあいだまで、ちっちゃい子どもがこんな歌をうたっていた。大人は大人で、おいら将軍様のお膝もとでおぎゃァと生れた江戸ッ子でござい、などと肩で風切ってやがった。が、その将軍様が逼塞《ひっそく》なさったとたん、もうだれひとり将軍様の『ショウ』の字も言いやしない。これまでお世話になりました、せめて美味しいものでも召し上ってくださいと、初鰹をぶら下げて上野のお山へお見舞いに出かけていった職人がひとりでもいたかい。ご退屈でございましょう、うちの自慢は娘が親に似ず美人なことで、娘を差し上げますから、どうか娘を相手にご退屈を退治なさってくださいまし、と上野のお山へ出かけていった商人がいたかい。そんなものは居やしない。これじゃあんまり情けない。だいいち薄みっともねぇ。なにが江戸ッ子だ、笑わせるな。他人《ひと》が困っているときこそ手を差しのべてやるのが江戸ッ子だろ。それがいまの有様じゃァ……江戸ッ子の看板が泣くぜ……、ちくしょーッ」

「泣いているお兄さんて素敵……」

縫之助がおれに寄り添うようにして横から手拭を出してくれた。

「この江戸の町にお兄さんみたいな男の方が五千人もいたら、慶喜様もよほど心強かったことでしょうに。慶喜様は優柔不断、というのが世間の通り相場だけど、それはあの人の後にお兄さんみたいな男の中の男が、数すくなかったからよ、きっと」

励ましてくれるのは嬉しいが、こういう励まし方をされると、馴れていないせいか、どうも薄ッ気味が悪くていけない。

「と、とにかくおれは深川の生れよ。薄みっともない江戸ッ子にゃなりたくない」

立ち上って部屋の中をぐるぐると歩きまわった。

「おれはやるぜ。ひとりででも慶喜様を仏蘭西国《フランス》へお落し申しあげるからな、覚悟しろ」

「そう喚《わめ》くなよ。だれも本心で衛生《もりお》ちゃんに反対しているわけじゃねぇのだから」

甚吉は楊枝で歯をほじくりながら、

「な、みんな、そうだろう?」

と、重太たちを見廻した。まず重太が、それからすこしおくれて茂松がうなずいた。

「……縫や、縫はどこにおる? 縫之助はおらんか」

このとき、裏庭にだれかが入ってきた。よく鍛えられ、そしてよく透る太い声である。

「あら、うちの人だわ」

縫之助が立ちあがった。

「それじゃ時次郎さん、五日に一度、ここでどうぞうんとしみる薬をつけてくださいな」

軽く腰を屈めて念を押し、縫之助は部屋を出て行った。それと入れちがいに窓からぬうっと坊主頭が覗いた。

「お縫の声がしていたようだが……?」

年の頃四十二、三の、眼光炯々《けいけい》として光り、鯨鯢《げいげい》たる悪党面《づら》の大男である。顔が脂《あぶら》で熒々《けいけい》と輝いている。

「貴様たち、縫之助を知らぬか」

こいつが縫之助の旦つくの福聚院別当の金円か。別当の高位にしては、ものの訊《き》き方を弁《わきま》えない野郎だ。上野のお山三十六坊の御本坊、東叡山寛永寺円頓《えんどん》院は、江戸城の鬼門鎮護と天下泰平の祈願のため、東照宮様が天海僧正に命じて建立あそばしたるものである、ということは三歳の童子でも知っていることだ。いってみりゃ将軍家あっての上野のお山であり、手前たちではないか。その将軍家がいま危急存亡の淵に立たされているときに蔭間《かげま》狂いをしているようじゃ、外見《そとみ》はいかにも高僧然とはしていても、内容《なかみ》は屑《くず》同然、どうせ碌《ろく》なやつではあるまい。そのお粗末な内容《なかみ》がものの訊き方に自然《おのず》とあらわれたのだろう。おれたちは口をつぐんで知らんぷりをしていた。

「……まぁ、怖いお顔だこと」

縫之助の媚《こび》を含んだ声が金円にすり寄る。

「わたしが来たんですもの、機嫌を直しあそばしな」

「この浮気者め！」

金円の、紺玉虫色本素絹《ほんすけん》の法衣の右袖がひらっと翻《ひるがえ》り、縫之助の頬に平手打が鳴った。

「……あ、あれぇ」

「わしというものがありながら、若い男に気を惹《ひ》かれおって。下男部屋でなにをしておったのだ」

「べ、べつになにも。ただ さようならを申しておっただけ……」

「嘘をつけ。あの男たちの中に情夫《まぶ》がいるのだろう？」

「いいえ……」

「口答えはするな」

また法衣の袖が翻った。

「この次からは許さぬ」

金円の手が縫之助の襟がみをがしっと摑《つか》んだ。

「さぁ、来い」

金円は引き摺るようにして縫之助を連れ去った。

「男色者の嫉妬《やきもち》は男と女の間のよりも凄いというがほんとうだな」

おれは窓から首を差し出して金円と縫之助の去った方を眺めた。が、二人の姿はもうない。

「……まったく惚れるも地獄、惚れられるも地獄だぜ」

「その点衛生《もりお》ちゃんは気が楽だな」

甚吉が畳に寐《ね》そべった。

「すくなくとも蔭間《かげま》に惚れられる心配だけはねぇや」

「御面相のひどさはお互いさまじゃないか」

「かもしれねぇ」

甚吉が笑った。それに釣られておれもにやにやしていると、

「衛生ちゃん、さっきの話はどうなったんです」

重太がすこし怒ったような声を出した。

「なにをきょとんとしているんですか。言い出しっぺのくせに忘れるなんてひどいな。ほら、慶喜様を仏蘭西国へお逃がしする一件ですよ」

「あ、あれか。もちろん、あれはやるぜ。みんなも賛成してくれたし、黒手組の事業として、断乎として遂行するよ」

「でも、ほんとうにやれますか。慶喜様の渡航費、むこうでの生活費……ずいぶん金がかかると思いますよ。どこのだれに金主を頼むつもりです。あてはあるんですか？」

「……じつはある」

おれの頭の中にはこの事業の金主としてもっともふさわしいと思われる、とある人物の顔がすでに泛《うか》んでいた。

「だれです？」

「いまの焼餅《やきもち》坊主よ」

時次郎は顔をあげ、甚吉は起き上り、茂松は楊枝《ようじ》をしゃぶるのをやめ、そして、重太は坐り直した。

「なにもそうみんなで揃ってびっくり大会をやらかすことはあるまい。福聚院の金蔵は宝の庫《くら》だという評判だし、なによりも、徳川家あっての上野のお山、その上野のお山に慶喜様の御出費を負担させるというのは、これは筋というものだろう」

おれを見詰めているみんなの目が活き活きしている。それは恋すてふの一件以来、絶えて久しい尊敬の念のこもった視線だった。

「だいたいあの坊主の名前からしてが金円、縁起がいいじゃないか。慶喜様のためだ、福聚院の金蔵をおれたちの手で空っぽにしちまおうぜ」

みんなが揃ってうなずいた。

「金蔵の扉を大砲でぶち破るか、地面を掘って金蔵へ下からしのび込むか、それとも他の手でいくか、それはおれにもまだ方策が立っていない。が、仕事のやり易さから考えると、これはどうも彰義隊に加わった方がよさそうだな」

この四月のはじめに彰義隊がお山に籠《こも》ってからというもの、入山下山の点検がひどく厳重になっている。鑑札を携帯している者以外は、お山の七つの門を自由に通行できぬ。ひとりやふたりの番兵ならば力ずくで押し入る手もないではないが、各門口とも常時五名の彰義隊員が監守しているのだからこれは無理、正面突破は無駄な消耗である。福聚院の金蔵の様子を探るには山内の通行は自由が必須の条件、そのためには彰義隊に参加するのが早道だとおれは判断したのだ。

「……彰義隊に入るのはいいがね、その先にもうひとつ難問があるんじゃないかなぁ」

茂松が珍しく真剣な目付をしている。

「難問？　つまりどうやって金蔵を破るか、ということだな。だからそれはいまも言ったとおり……」

「いや、そのもっと先に難問があるなぁ」

「じゃあ、金をどうやって運び出すかということか？」

「その先……」

「仏蘭西《フランス》へ渡航する船の手配をどうするかということか。それはだな、品川沖に碇泊中の仏蘭西軍艦と話をつけて……」

「その先だってば」

「茂松、おまえも心配性だなぁ。そう先のことをあれこれ思案してどうするんだよ」

「でも性分だから」

「うーん、もっと先のこととなると、たとえば、慶喜様が仏蘭西国に滞在中に、このなんだな、旅愁というやつで淋しくなられて、仏蘭西娘かなんかと割りない仲になり、別れたくても別れられず、ええもう人生至るところに青山《せいざん》ありなーんちゃって、仏蘭西に永住なさるようになったら困るだろう、そういうことか?」

「いやァ、それじゃ先へ行きすぎだ。こんどはちょっと戻ってみてくんないか」

「こいつ、いい加減にしろよ、おまえとちがっておれは駕籠《かご》舁《かき》じゃないんだ。先へ行けの戻ってくれのといわれたって註文通りにゃ行かないんだ」

「つまり、言葉のことだよ。慶喜様は仏蘭西言葉は喋れないだろうし、そうなるとつい億劫《おっくう》になって、慶喜様が、余は仏蘭西国へは行かぬぞよ、なんて駄々をこねられることはないかね。御本人にいやといわれちゃなにもかも水の泡だよ」

「メー・ウイ」

時次郎が茂松の肩を叩いた。

「仏蘭西語だよ。まったくだ、げにもっともだ、と言ったのさ。ま、そういうわけで、衛生《もりお》ちゃん……」

「なんだ、そりゃ？」

「セ・ブレ」

こんどは時次郎がおれの方を向いた。

「慶喜様にはおれが随行する。心配はいらないよ」

「そうだったな。時次郎は仏蘭西語使いでもあったんだっけな」

「炊事も洗濯も買物も全部おれがやる。もっとも午前中は医学校へ通わせてもらうけどね。仏蘭西の次は英吉利《エゲレス》がいいな」

「ほう英吉利？　慶喜様のおよろこびになりそうなものがなにかあるのか？」

「いや、英吉利も医学が盛んなんだ。特に疾病予防学は万国一だろうな」

時次郎のやつ、さすが頭がいいだけあってちゃっかりしてやがると、おれは心の中で苦笑いした。それじゃ、自分が医学を勉強したいのが主で、慶喜様の仏蘭西行きを言い出したみたいじゃないか。いやまてよ、最初から、そういう魂胆だったのかもしれない。

「時次郎、おまえ、自分が仏蘭西へ行きたかったものだから、それで……」

おれの視線からひょいと目を反らせて、時次郎は顔を窓の外へ向けた。いつの間にか雨がやみ、久しぶりに青い空が窓いっぱいにひろがっていた。その青い空のどこかから郭公《かっこう》の啼く声がしている……。

2

その日の夕景、ちょうど晩飯の炊事がこれから始まろうという頃合いを計って、重太、甚吉、茂松、そしておれの四人は、例の大砲を曳いてがらがらと三橋《みはし》を渡り、上野のお山の黒門口へ行った。黒門口監守の彰義隊員は、はじめはけんもほろろ、足許の明るいうちにとっとと帰れといわんばかりの面付《つらつき》をしていたが、おれが尿筒《しとづつ》の使い方を説明したり、重太が投げ草履の秘術を披露したり、かつまた、その隊員の頭を甚吉が巧みな剃刀捌《かみそりさば》きで剃《あた》ってやったり、茂松が総目方十五貫もある「おれたち」の大砲を百二十五回も頭上に差しあげてみせたりしているうちに、これはなみたいていの者たちではないと悟ったようで、おれたちを、上野三十六坊のうちのひとつ、寒松院へ連れていってくれた。寒松院は左甚五郎の龍の彫物のあるので知られる高欄付きの鐘楼の、すぐ横にある寺である。不忍池を見下す庭に、ばかでかい金屏風が立て回してあり、それを背に、いずれも目付の鋭い壮年の侍が床几にふんぞりかえって高笑いを連発していた。それぞれ麻の打裂《ぶっさき》羽織に白袴、着込み鎖帷子《くさりかたびら》、小具足陣羽織で、威勢がいい。みんな隊長株らしい。するとここは彰義隊の本営か。

例の隊員が隊長株たちになにかごそごそと耳打ちをすると、中のひとり、でっぷりと肥った背の小さいのが、床几《しょうぎ》から立ちあがって、

「おまえたち、おもしろい芸当をやるそうではないか、ウハハハハ」

また高笑いを放った。おれたちのは芸当ではない。将軍様の日常のお役に立つための芸道であるぞ、とちょっとむっとなって黙っていると、隊員が「天野さまがああおっしゃっておる。さ、

早くやらんか」とせき立てた。この小男がいま江戸中の評判をひとりで攫《さら》っている彰義隊の実力隊長、頭並《かしらなみ》の天野八郎か。噂では、この男は上州甘楽《かんら》郡磐戸《いわと》村の庄屋の次男坊のはずである。つまり徳川家との関わりはほとんどないといっていい。それが徳川家祖廟守護のためと称して上野のお山で隊長面《づら》しているのだから、出しゃばりというべきか、お人善しというべきか、お節介焼きというべきか、おれがあの公秀や潔徳や美巳様などの京の不良餓鬼連から貰った言葉でいえば「関係ないのにご苦労はん」なことである。もっとも、徳川家と関わりのない男に上野のお山の守備をまかせなくてはならぬところが、徳川家に関わりのあった者たちの無気力さを現わしているといえばいえる。どっちにしてもおれにはあまり愉快なことではない。

などとここで理屈を並べて追い返されたのではなんにもならないから、おれたちはふたたびそれぞれの持ち芸を披露した。

「各藩の浪人どもが食い扶持《ぶち》稼ぎで入隊してくるのでな、いま、新入隊員の受け入れを制限しておる。が、おまえたちの芸は暇つぶしになる。それならたとえ食い扶持稼ぎでも許せるわ。よしよし、山に居《お》るがよい。ところで何隊に配属したらよいかのう」

彰義隊の頭並は不精髯を撫でながらおれたちを見た。そこでおれは、賄方《まかないかた》に配置願いたい、と答えた。というのは、彰義隊の賄所が、山下側の奥、御霊屋《おたまや》と大師堂《たいしどう》との間の武者溜の東隅にあることを知っていたからである。そして、その賄所の垣根ひとつ隔てて東に建っているのが福聚院なのだ。

「賄方になりたいだと？」

彰義隊の頭並は一瞬あっけにとられたような顔をしていたが、やがて床几《しょうぎ》の上の腹を左右に揺すってウハハハの高笑い。

「やはり睨《にら》んだとおりだ。おまえたちは食い扶持を稼ぎにきたのだな？」

他の隊長株たちも床几にそっくりかえって笑い出した。おれはかの押小路潔徳にならって、心の中で、

暇あれば床几に倚《よ》りて高笑い

彰義隊とはそれでいうなむ

と即興で一首詠みながら、また例の隊員の後に蹤《つ》いて中堂前を横切り、二十坪ほどの木ッ端葺の小屋へ着いた。壁のない、屋根だけのその小屋が賄所だった。

飯炊きは京の鮓処二十口屋《にじっくちや》でたっぷりと仕込まれているから、おれはその日の夕飯の炊事のときから重宝《ちょうほう》された。茂松は怪力を振《ふる》って薪を割る。他人《ひと》が一把の薪をつくってふうふういっているのに、やつは五把もこしらえて涼しい顔をしているから、これも重宝された。甚吉は、十人から居る賄方の髯を片っ端から剃ってやる。これは重宝された上に感謝された。そして重太は、握飯の弁当をつくるときに、板の上に竹の皮を横一列に二十枚も並べて置き、調理台のところから、握飯を握っては投げ投げては握り、合間にお菜の沢庵や奈良漬を宙に放りあげる。それが、竹の皮の上に均等におさまるから、仕事が早いばかりか、これは両国でも見ることのできぬ見世物、重宝された上に珍しがられた。しかも、こっちには、できるだけ綿密に福聚院の様子を知りたいという下心があるので、早朝から夜更けまで誰かが賄所《まかない》に残っている。それに加えて他人《ひと》のい

やがる早番遅番はみなふたつ返事で引き受けるから、ますます重宝された。

時次郎だけはあいかわらず千代本からお山へ通ってきている。やつには一日も早く仏蘭西語使いの達人になってもらわなければならぬゆえ、賄の仕事を免除したわけだ。

お山へもぐり込んで五、六日たったある雨の夜、おれたちは時次郎を囲んで遅い晩飯を喰いながら、福聚院の金蔵をどういうやり方で破るのがもっとも手っ取り早いか、智恵を寄せ合っていた。

「今朝早く、おれたちは金蔵から千両箱が二十個ばかり運び出されるところを見たんだ。千両箱を運び出した連中は十番組火消しの法被《はつぴ》を羽織っていたぜ。つまり新門辰五郎のところのやつらさ」

まず、おれが甚吉たちを代表して時次郎に報告した。

「……二万両か」

時次郎は十五間ほど先の闇の中に、ぼんやりと白く泛《うか》びあがっている福聚院の金蔵に、じっと目を向けていた。賄所の横で、夜中警護のために終夜焚かれている篝火《かがりび》の影が金蔵の白壁にゆらゆらと揺れている。

「あと、三万両はあるな。学寮での噂では福聚院にはいつも五万両前後金が用意されているらしいんだ」

「うん。重太もそれを確かめているぜ」

「というと……？」

「千両箱を運びだしている最中に、金蔵の入口の前を通ってみたんです」

重太は空《から》になった時次郎の湯呑に土瓶の茶を注いだ。

「そのときにちらっと見たところでは金蔵の奥に千両箱がざっと三、四十は積んでありましたよ。扉は五枚、うち二枚が鉄扉です」

「大砲でドカン！　と扉に一発くらわせてわっと金蔵に乱入するという荒っぽい方法も考えてみた……」

おれは賭所の奥に米俵と同居している「おれたち」の大砲を顎でしゃくってみせた。

「……が、五枚扉じゃどうにも歯が立たない」

「今日の夕方、縫之助が千代本へ痔の療治に来たので聞いてみたんだがね……」

時次郎は湯呑のなかのお茶を一気に飲み干し、

「金円という坊主は鍵をいつも法衣の下にぶらさげて歩いているらしい。ただし、四本だけ……」

「五枚扉に鍵が四本じゃ勘定が合わねぇぜ」

傍で剃刀を研いでいた甚吉が手をとめた。

「一本足りねぇじゃねぇか」

「そこが金円の金円たる所以さ。一本どこかに隠してあるらしい。つまり、身につけている四本の鍵を万一失くしても、四枚しか扉は開《あ》かない。またもう一本の鍵をだれかに見つけられ、盗まれても……」

「開くのは一枚だけってわけか」

「そうだ」

「用心深ぇ野郎だぜ」

「猜疑心《さいぎしん》も相当のものらしいよ。縫之助がこぼしていた。縫之助の行動を絶えずじっと監視している。千代本へ療治にくるのさえ命がけだ。まず、根岸にいる姉のところへ行って、裏口から脱け出し、湯島へかけつける……」

「痔の療治に行くといえばいいんだ」

「それでは艶消しだ。自分の口からは痔とはいえまい」

「そんなもんかね」

「そんなもんさ」

「でもよ、時次郎、縫之助が痔だということをその金円という坊主、よく気がつかねぇね」

「そこが技術《うで》というものだろう。それに縫之助の痔は深いが外からはそうはっきりとは見えない。一応、菊座《きく》の形になっている」

「しかしさ……」

「いい加減にしろ」

おれは土間の小魚の骨を拾って甚吉に投げつけてやった。

「おれたちは金蔵破りの話をしているんだ。菊《き》座《く》破りの話は他所《よそ》でしな」

「わかったよ」

甚吉は口を尖《とん》がらかしながら砥《と》石に向き直った。

「大砲も駄目、鍵を手に入れるのも難しいとなると、時次郎、他にどんな手がある？」

「うん。いつか衛生《もりお》ちゃんの言っていた方法しかないね」

「おれの言った方法だと？　おれ、そんないいこと言ったかね？」

「掘る、と言ったじゃないか」

時次郎は地面を指さした。

「目測だけど、この賄《まかない》所から福聚院の金蔵まで十五、六間。茂松がかかりっきりになればふた月でなんとか埒《らち》が明くんじゃないかい」

「ああ、いいよ」

別にごねもせず茂松はうなずいた。

「でも、穴を掘れば掘っただけ土が出るだろ？　それをどう始末したらいいのかね。もうひとつ、掘っているところを他人に見られたら、その言い訳がなんかあるかい？　墓穴を掘ってます、じゃ拙いだろう？」

「おれもじつはそのふたつをどうしたらいいか考えた」

「で、どうしたらいい？」

「ここは賄所だから、毎日、何枚か空の米俵が出るはずだ。掘り出した土は米俵に詰め、賄所のまわりに積みあげて行く……」

「それはいけないよ。地下道を掘っていますよーって、天下に触れて歩くようなもんじゃないか」

「ところがちがうんだな。嘘だと思ったら上野のお山をひとまわりしてごらん。新門辰五郎のところの若い者《もん》が、土の入った米俵作りに一所懸命だぜ。そしてその土入りの米俵を積み上げて、あっちこっちに陣地を作っている。賄所でも、それをはじめたということにすればいいんだ。誰かになにか訊かれたら、城にとってもっとも大切なところは賄所です、なぜって腹が減っては戦さができぬ、と昔から言うでしょう、だなんてとぼけていればいい」

「なーる」

「賄所のまわりの、目立つところの土も時々は適当に掘っておくことだ。他人《ひと》は、ははあ、米俵の土はそのへんからとっているんだな、と勝手に思い込んでくれる。こうした目くらましをかけておいた上で、地下道を夜から朝にかけて掘り進めて行くのさ」

「おもしろそうだなぁ」

茂松は右の手を拳骨にし、左の掌にばしと打ちつけた。

「おれ、やりたいなぁ」

「むろん、茂松にしかこんな荒仕事はやれやしないぜ。慶喜様が仏蘭西へお落ちのびることができるかどうかは、おまえのその二本の手にかかっている。もちろん、衛生ちゃんたちも手伝ってはくれると思うけどね」

「ひとりでやる」

断乎《だんこ》たる口調だった。

「おれ、これまで駕籠舁ばかりやってたろ？　だからいつも前か後に相棒がいるんだ。おれ、相棒のいない仕事を一度でいいからやってみたかったんだ」

「よし」

時次郎は茂松の肉の盛りあがった肩をぽんと叩いた。

「やってみるさ」

「うう、絶対にやるゥ！」

「でも、茂松、おまえ、いま『仕事』といったけど、これは仕事じゃない。ランテルプリズなんだ」

「ランラン……ラン？」

「ランテルプリズは仏蘭西語、こっちの言葉に直せば『事業』ってこと」

今夜の時次郎は冴えてる、と思った。これでは、おれと時次郎、どっちが黒手組の隊長かわからない。

「おまえ、なかなかやるじゃないか」

賞めたつもりだったが、時次郎はすこし顔を赭《あか》くした。

「仏蘭西へは行きたいからね。いままでみたいに、みんなのやったことにあれこれ文句を並べているだけじゃ、仏蘭西はいつまでも遠い……」

「しっ、誰かこっちへやってきます」

重太が口の前に人差し指を立てた。

ばしゃばしゃと水溜りを漕ぐ音がし、やがて篝火の光の中に『大慈院』と書いた傘が入ってきた。

「……賄方《まかないかた》はまだおるな?」

「は、はい」

おれは慌てて腰を浮かした。

「なにか?」

「幕府精鋭隊の者だ」

傘が窄《すぼ》んでかわりに角ばった顔があらわれた。額に面《めん》だこがひとつ。精鋭隊はこの一月に慶喜様を親衛するために旗本子弟の剣術使たちおよそ七十名で結成された集まりである。

「夜更けに苦労をかけるが、握飯弁当を八十人分、丑の刻(午前二時)までにこしらえてくれぬか」

「そりゃもう精鋭隊の方々の仰せとあれば、人殺し以外のことはたいていやってのけます。重太、お茶を差しあげな」

彰義隊の連中とちがって精鋭隊の隊員は威張らぬから好感が持てる。それになにより、向うは七十名の大世帯、こっちは五名の小人数と、数には開きがあるが、彼我とも、掲げる大目的は『慶喜様の親衛』と、まったく同一である。だから、精鋭隊と聞くと「あ、おれん家《ち》の人」という親愛の情が湧く。お茶の奉仕もその親愛の情の発露にほかならぬ。

「……ああ、うまい」

精鋭隊員は茶を喫してから、しみじみとひと息ついた。

「これが江戸で飲む最後の茶かもしれぬと思うと、腸《はらわた》に沁みわたる」

「まさか。大慈院は慶喜様の御座所、茶の葉が切れるということはございませんでしょう」

「いや、丑の刻すぎにわれわれ精鋭隊員は江戸から発つ。それで、これが江戸で飲む最後の茶かもしれぬと申したのだ」

精鋭隊が江戸を発つ、ということは慶喜様が江戸をお発ちになる、ということと同意である。おれは棒で脳天を一発がんと殴られたような気がした。甚吉たちも同じ気持とみえ、ただぽかんと口を開いたままである。

「……握飯もそのための用意だ。慶喜様お発ちと聞いて頭がどうかしたのだろう、大慈院の飯炊きが芯のある飯を炊いてしまってな。それで、ここへ駆けてきたのだ」

「行く先は水戸ですね？」

時次郎はあまり応えていないらしく口吻《くちぶり》は平静である。

「茶の馳走についほだされて、言ってはならぬことを口に出してしまったが、まあ、行先は水戸のようなところだ」

精鋭隊員は軽く会釈をして湯吞を置き、傘をひろげながら屋根の外へ出た。

「なにしろこんな陽気だ。飯《めし》が饐《す》えぬように梅干をふんだんにな。……さらば」

傘の大慈院の文字が闇のなかに消えた。

「衛生ちゃん、金蔵破りの計画、まったく変更の要なし、だよ」

これまで〈ええ、ぼくは向う河岸の火事を見物しているところなんです。火の手がひろがろうが、はたまた立ち消えになろうが、どっちでも構いません〉というような喋り方ばかりしていた時次郎とは思えぬほど、烈しい口調だった。慶喜様が水戸へお発ちになるという精鋭隊員の言葉にも驚いたが、時次郎のもの言いの変化には仰天してしまい、おれはしばらくやつの顔を眺めていた。

「むしろ、慶喜様を水戸から仏蘭西《フランス》艦にお乗せする方が易《やさ》しいかもしれないな。なにしろ、江戸湾砲台はいまや薩長に占領されてしまっているからねぇ。小舟に慶喜様をお乗せして、沖合いで待つ仏蘭西艦に辿りつくまでの間に、砲撃を受けて海の藻屑《もくず》になる公算が大きいんだよ、目下の江戸湾は。衛生ちゃん、金蔵を破ったら、水戸へ行こうよ、ね」

時次郎の気迫のようなものに圧《お》されて思わず頷《うなず》いてしまったが、おれは米を研《と》ぎ、大釜に湯を沸かし、そして、飯を炊いている間中、「へんだ、なんだかへんだな」と呟《つぶや》いていた。

丑の刻、八十人分の握飯弁当を戸板にのせ、雨の中を、御本坊と中堂の間を通り抜け、学寮に突き当って右に折れ、元光院の横道を大慈院に向った。

上野のお山のもっとも奥深いところに篝火が燃えていた。篝火を三つほど通り過ぎると大慈院の門があった。門を潜ったとき、おれは左方にいくつもの嗚咽《おえつ》を聞いた。だれか、それもひとりではなく大勢の人間が泣いているらしい。戸板ごと左方へ入っていってみた。すぐに小さな庭があった。百人にちょっと欠けるぐらいの頭数の侍たちが、雨に濡れた苔の上に正座している。泣いているのはその侍だった。弁当の上には雨除けがわりに板を載せておいてあるので、湿っける心配はない。弁当を庭の隅の松の根方におろし、侍たちの様子をそれとなく観察する。彼等は視線を申し合せたように前方のある一点に送っていた。視線を辿って行くと、その行きついたところに、離れ座敷があった。座敷の真中に大柄な体軀の、長顔の人物が正座して目をつむっている。その背後に剃刀《かみそり》を右手に構えた初老の男が立っていた。

おれの動悸の音が急に高くなった。ここは大慈院、慶喜様の御座所である。となるとあの長顔の人物こそ慶喜様、そして、庭に正座するこの侍たちは精鋭隊か……。

「あれ?」

傍で甚吉が小さく鋭い叫び声をあげた。

「剃刀持って突っ立っているのは本家の伯父貴だぜ。北小路本家八代目政吉だ」

だとするともう間違いはない。甚吉の伯父北小路本家八代目政吉は将軍家髪結之職総元締、慶喜様の月代《さかやき》に剃刀を当てることのできるただ一人の人間である。つまり、これを引っくりかえせば八代目政吉に月代を剃らせようとしているあの人物こそ、やはり案に違《たが》わず慶喜様だったのだ。おれの左手がひとりでに左腰の後方にのびた。左腰の帯の間には四本に分解した御尿筒《しとづつ》が差してあった。御尿筒がなんたるや知らぬ連中から一日に一度は、二本差というのは聞いたことがあるが四本差なぞ初めて見たよ、などからかわれながら持ち歩いているのだが、やはり携帯していてよかったと思う。慶喜様はいま小倉縞の袴を着用なさっている。あれならば尿筒の必要はない。だから、御尿筒が今夜慶喜様のお役に立つということは有り得ぬが、しかし、公人朝夕人竹組《くにんちょうじゃくにん》に属するおれとしては、慶喜様をこうやってはじめて拝みたてまつったそのとき、御尿筒を持っていなかったというのでは先祖に申しわけが立たない。それで吻《ほっ》としたのだ。

「伯父貴のやつ、いったいどうしたというんだろう?」

甚吉がそわそわと落ち着かない。たしかに八代目政吉は剃刀を持った手をぶるぶる慄わせながらただ突っ立っているだけである。

「まったく名人蝿《はえ》切りとまでいわれた伯父なのに、なにをもたもたしているんだろうな」

「……蝿切り？」

「ああ、自分のまわりを飛び交っている蝿を稽古台にして剃刀捌《さば》きの修練をしたところから付いた綽名《あだな》よ。恐しいもので、十年後には飛ぶ蝿の羽を切り落せるまでに上達したそうだ……」

と、そのうちに、慶喜様が背後を振り返ってなにかひとことおっしゃった。座敷まで七、八間はあるので、慶喜様のお声はきこえなかった。なおもしばらく政吉は躰《からだ》を固くしたままだったが、やがて、

「……も、申しわけございませぬ」

叫ぶように言い、庭に駆け降りて、その場に土下座をした。

「これが最後の御奉公かと思いまするると、万感迫って躰が震え、剃刀が使えませぬ。な、なにとぞお許しを……！」

「おねがいでございます！」

突然、甚吉が座敷に向って駆け出した。下手をするとこの狼藉者めがッと精鋭隊の剣士の刀の錆《さび》になってしまうだろう、止めなくては……！　と甚吉の襟がみに手を伸ばしたのだが、一瞬遅かった。

「わたくしそこへ控えおります北小路政吉の甥で甚吉と申し、御髪結之職たらんと目下修業中の

ものでございますが、なにとぞ御海容《ごかいよう》をもって、わたくしめに上様の御月代《さかやき》をお剃らせ申しあげる仕合せをお与えくださいまし」

甚吉は座敷にあがり、懐中から手拭《てぬぐい》包みをとり出した。そしてそれを畳の上に置き、深呼吸をひとつしてから、盥《たらい》の水をつまんで慶喜様のお頭《つむ》にぱっぱっと弾きかけ、手拭包みをほどいて剃刀《かみそり》をとり、素早く剃りはじめた。

おれは慶喜様の御用をつとめている甚吉がつくづく羨ましかった。おれは御尿筒《しとづつ》で、甚吉は剃刀で、重太は草履で、そして茂松は駕籠で、それぞれ将軍様のお役に立ちたいと、長い間、互いに切磋琢磨してきた仲間なのに、なぜ甚吉だけにその思いが叶《かな》うのか。これでは神も仏もないのではないか。

口惜しく思う一方、またうれしくもあった。とにかく黒手組の中にひとりでも年来の望みの叶う者があれば、それはとりもなおさず黒手組の光栄、黒手組のよろこびである。うまくやれよ、立派に大任を果すのだ、甚吉。

月代剃りが終りに近づいたころ、慶喜様が甚吉にぽつんとなにか仰せられた。

「あ、ありがたきおことば、北小路甚吉、一生忘れはいたしませぬ」

甚吉が背後《うしろ》で思わず頭をさげた。が、このとき、慶喜様が小さい叫び声をあげられ、右手をお頭《つむ》にお当てになった。お辞儀をしたとき、甚吉は知らぬうちに剃刀で慶喜様のお頭《つむ》を切ってしまったらしかった。甚吉はただぼんやりと突っ立っている……

すこし痛そうなお顔をなさりながら、慶喜様がお立ちあがりになった。が、いったん縁先までお出になったもののふとお立ち止まりになり、なにか考えるような素振りをなさった。そのとき、おれはすでに御尿筒を組み立てながら縁先に向って走り出していた。

「公人朝夕人《くにんちょうじゃくにん》三十俵三人扶持、土田衛生《もりお》、お上の御用を承りまする！」

縁先にお立ちになっている慶喜様の前で平伏しつつ、走りながら狙いを定めていたあたりへ御尿筒の当口を伸ばす、わずかに目をあげて袴の右裾、着物の前合せと当口が正しい経路で上に伸びつつあるかたしかめる。確信のいったところで御股の付根あたりへ当口を優しく突き当てる、付き当ったら当口で付近を探る、当口が目指すものに触れたら御尿筒を半まわりほど廻しながら捩《ね》じ込むようにして嵌《は》める、用意が備ったことをお知らせするために当口を軽く上下動させせお促し申し上げる……、これだけの微妙な、そして正確さの要る操作をおれは殆ど無我夢中で、しかもふたつかみっつ数える間のうちに完璧にやり終せていた。やがて、しゃわしゃわしゃあという音が御尿筒の排け口でし、掌の中の筒が温かくなってきた。

（……これが慶喜様の御温味《おんあたたかみ》なのだ）

おれは両の手でしっかりと筒を保っていた。掌に、永久に、いまのこの御温味を刻み込まなくてはならぬ。それにしても数瞬前からのことを思い返してみるとまことに不思議である。慶喜様とは生れてはじめてお目にかかったにもかかわらず、あのときのわずかな御素振りや御顔付から〈御尿筒入用〉ということを、なぜおれは間髪を入れずに察知することができたのだろう。ひょっとしたらこれが公人朝夕人の血というものなのか。同じく公人朝夕人だった親父が、祖父から受け継いだ御尿筒捧持役としての本能、経験、勘、そういったものが知らず知らずのうちにおれにも伝えられていたのか。

……排け口からの音が心なしか弱く低くなった。お済みになったらすぐに柔かに振りすばやく抜かねばならぬ。おれは身構えた。がそのとき、庭に正座し慶喜様とおれを凝《じっ》と見つめている精鋭隊の隊員たちの姿が目に入った。それまでのおれは無我夢中、隊員たちの姿が目には見えていながら心には見えていなかったのである。隊員たちのいくたりかが好奇心をはっきり顔に現わしていた。御尿筒《しとづつ》をはじめてみればだれだって目を丸くするが、しかしおれはこのとき、慶喜様に申し訳のないことをしてしまったと思った。いくたりかの隊員の物珍し気な顔を慶喜様も見ておいでのはずである。見世物でもたのしんでいるような彼等の視線は慶喜様にも不快なはず。なのになにゆえ、おれの突然の行為をお怒りにならないのか。そうだ、このお方はご自分がお怒りになれば、精鋭隊も怒り、おれが彼等の刀の錆《さび》になるだろうことをよくご存知なのだ。つまり、おやさしいのだ。慶喜様のこの洪恩《こうおん》におれはなにをもってお酬《むく》いしたらよいのか……。あまりのありがたさにおれの躰《からだ》ががたがたと震え出し、その震えが御尿筒に伝播し、あッと思ったときには、慶喜様の御用がまだ完全にはおすみになっていないのに御尿筒の当口《あてぐち》が外れてしまっていた。

慶喜様はしばらく、微動だになさらず大樹の如く立っておいでになった。袴の前が小皿ほどの大きさに、水気を吸って黒っぽくなった。

おれはどうしてよいかわからず両手で御尿筒を捧げ持ったまま屈《かが》んでいた。泣きたい、とおもった。が、泣く気力さえ、おれにはなかった。

やがて慶喜様は右の御足をわずかながら持ちあげられ、小さく痙攣なされたように細かくお振りになり、縁先を向うへややがに股気味に歩いて行かれた。右手をお頭《つむ》へ当てておいでになるのは、甚吉のおつけ申した月代の切傷がまだお痛みになっているせいだろう。

庭に控えた御近習の一人が縁先の沓脱《くつぬ》ぎに進み出て新しい麻裏草履《あさうらぞうり》をおいた。

「……もと将軍家草履持十二俵一人扶持、鶴巻重太、お上のご用を承りまする」

沓脱ぎのまえに飛び出した重太は、あっ気にとられている御近習の目のまえから麻裏草履を摑《つか》み取ると、しっかりした足取りでおれたちが握飯弁当をおいた松の木のところまで引き返した。そして、

「鶴巻流投草履術のうち、迂回行！」

と、唱えるや、一方の草履を庭の右手で燃えている篝火《かがりび》に、そしてもう片方を左手の篝火に投げつけた。双方とも篝火の二間ほど手前までは直進、あのままでは火の中に突っ込む、とおそらくだれでもが思ったそのとき、右手の篝火を目指していたのは左へ、左手の篝火に突入しようとしていたのは右へ大きく反れ、互いに吸い寄せられるように沓脱ぎの上に落ち着いた。隊員たちの間からどよめきが起った。が、すぐ熄《や》んだ。草履は双方とも裏返しになって並んでいたのだ。

「元・西丸駕籠之者五十俵五人扶持一力茂松……」

「……元・馬方爪髪役《そうはつやく》三十俵三人扶持丸本時次郎……」

沓脱ぎの左右に茂松と時次郎が進み出た。

「御草履をお直しいたします」

茂松が草履を揃え直した。慶喜様が沓脱ぎの上におりられた。

「お上……」

時次郎が歩き出そうとなされていた慶喜様に声をかけた。

「そのうちに仏蘭西《フランス》で……」

えっとなっておよろけになった慶喜様を茂松が咄嗟《とつさ》にお支えした。茂松がはじめて嬉しそうに皓《しろ》い歯を見せた。やがて茂松が手を離した。慶喜様は時次郎と茂松を凝《じつ》とごらんになり、それから首をお傾げになりながら、右手をお頭の傷に乗せ、いくらかがに股気味に、山門の方へ歩いてお行きになった。

慶喜様のうしろ姿や庭の篝火《かがりび》のあかりがだんだんにぼやけていった。おれはいったい嬉しいのか悲しいのか、自分でもよくわからなかった。

3

慶喜様の水戸への御立ちが、上野のお山の桜が散って若葉の出た時分。あれからふた月経って今は五月半ば、熟れて落ちた桜の実が人に踏まれて潰れ、あちこちの地面や石畳を濃紫色に染めあげている。

おれたちも彰義隊の諸君もあいかわらずで、こっちはせっせと飯を炊き、連中はせっせとその飯を喰うのくり返しである。あいかわらずでないのは茂松ぐらいのもの、大ぐらいの怠け者だったのが、このごろは大ぐらいの働き者、なにしろ、この六十日間、たったひとりで、賄所から福聚院の金蔵めざして十三日間も隧道を掘り進んだのだから、たいしたものだ。

とはいっても、やつの躰《からだ》は鉄気《かなけ》のもので出来ているわけではなく、切れば血が出て、殴れば瘤が出て、抓《つね》れば痣《あざ》が出て、水を飲めば尿の出る生身の躰、あと二間かせいぜい三間で金蔵の真下というところで、根《こん》尽き、疲れがどっと出て、とうとうひっくり返ってしまった。

「……ど、どうかこのまま掘らせておくれよ、衛生《もりお》ちゃん。きっと金蔵の下まで潜り穴を通してみせると、おれ、時次郎に約束したんだ。放っといておくれ。約束を反故《ほご》にしちゃ悪い……」

譫言《うわごと》のように言って手足をばたつかせるのを、寄って集《たか》って戸板に縛りつけ、千代本の下男部屋に運び込み、

「毎食、賄所《まかない》から精のつくものを届けてやるから、四、五日、のんびりと骨休めをしろ。でないと、おまえの掘った穴が、そのまま、おまえの墓穴《はかあな》になってしまうぞ」

脅かしをまじえて言い聞かせたら、やっと大人しくなった。茂松の介抱役に甚吉を残し、重太とふたりでお山に引き返すと、賄所裏の薪小屋の入口の前を、時次郎が額に皺を寄せ、爪を噛みながら行きつ戻りつしている。

隧道への入口は薪小屋の内部《なか》の隅っこにある。時次郎の袴の膝のあたりに泥土がついていた。おれたちが賄所を留守にしている間に、時次郎は隧道に潜り込んでいたのだろう。

「……おっと、時次郎、待たせてすまなかったな。すぐに昼飯にしてやろう」

言いながら手を挙げかけたが、時次郎が仇でも睨《にら》みつけるような凄い目付をしてこっちを見ているので、おれは手を途中でおろした。

「ど、どうしたい？」

「隧道の中に茂松がいない。あいつ、どこで遊び呆《ほう》けているのだ？」

「遊び呆けているだと？」

思わずかちんときて、

「そういう言い方をしちゃ茂松も浮かばれないだろうぜ」

こっちも尖《と》んがらかったもの言いになった。

「いま、おれも話そうと思っていたんだが、茂松は過労で倒れた」

時次郎は目を剝いて、

「まさか」

「まさかってことはないだろう。こんなことでおまえを担いだところで一文の得にもなりゃしないんだから」

「もしかしたら……」

時次郎の目が妙な具合に光った。

「茂松は仮病を使っているんじゃないだろうねぇ」

「言うに事欠いて、こいつ！」

鉄拳制裁ものだと思い、おれは拳骨を振りあげた。

「でも時次郎さん、あんたはこのごろ、まるで人が変ってしまいましたね」

おれと時次郎との間に、重太が割って入った。

「前の時次郎さんなら、まず、それで茂松の様子は？　と容態をたずねたはずです」

時次郎は苦虫を嚙み潰したような顔で、握った右手を左の掌にばしんばしんと叩きつけていた。この数カ月、時次郎はいつも両手に繃帯を巻きつけている。三日に一度ぐらいの割合で、両方の掌に切傷をこしらえてしまうのだそうだ。髯を剃るときに刃物を扱い損ねてね、というのが時次郎の説明であるが、それにしても、異様なほどの不器用ぶりである。切傷のある掌をあんなに打ってはずいぶん痛むだろうに、と思いながら、おれは時次郎を見ていた。

「……時次郎さんは子どものころから、もっと心のやさしい人でしたよ。それに心がやさしいからこそ、医者を志したはずです」

重太の意見はまだ続いている。

「他人が苦しんだり痛がったりしているのを見ていられない。その苦痛をすこしでも取り除いてやりたい。その時次郎さんのやさしさが医者を志させたのでしょう。そんなにやさしい時次郎さんが、仮病じゃないか、などと言い出すなんて信じられないな」

重太の説教がさすがに応えたのか、時次郎は掌を打つのはやめ、自分の足許を見ている。真夏が近いというのに時次郎は足袋をはいていた。両手の繃帯と同じようにこれも異様である。釘を踏み抜いたところがなかなか塞がらなくてね、とはこれまた時次郎の注釈だが、半年近くも塞がる気がないなんぞは、ずいぶん因循姑息な傷もあったものだ。いくら傷でも、いつまでも開けっ放しは不用心である。黴菌どもに空巣にでも入られたらどうする気だ。

だいたい、傷が治らないと言いながら、時次郎は歩くときに、足をほとんど庇っていない。このへんがどうも臭い。茂松に対して、早く掘れ、と発破をかけるときに、おれたちから、そんなら自分も鍬を持ったらどうだ、と剣突《けんつく》をくわぬようにするための、繃帯や足袋は隠れ蓑《みの》ではないのか。

つまり、時次郎の方こそ、己《おの》が手を汚さないために、仮病を使っているのではないか。おれはそう睨んでいる。

「おれたち黒手組にとって福聚院の金蔵を破るのが大事中の大事、それで時次郎さんもつい口が滑ったんだと思いますが、茂松が悲しみますよ。その罪滅ぼしに、今夜にでも茂松を診《み》てやってくださいよ」

「……悪かった」

時次郎がうなずいた。

「さっそく生気回復に効く漢方の煎じ薬でも煮てやろう」

重太は嬉しそうな顔付をして賄所に引っ込んだ。

「しかし、それにしても困ったな、衛生《もりお》ちゃん……」

時次郎は傍の桜の幹に背中を凭《もた》せ掛けておれを見つめている。

「茂松が治るまで穴掘りが中止というのは困る」

「たしかに、茂松が休んだ分だけ金蔵の千両箱を持ち出すのが遅れらぁな」

おれは小屋の横に積んであった薪の上に腰をおろし、襟を押しひろげて懐中に涼風を呼び込んだ。

「そしてその分だけ、水戸においでの慶喜様を仏蘭西国へお落しするのが遅れる。がしかしな、時次郎、これはどうにも仕方のないことなんじゃないのかい」

「仕方がないですむもんか」

時次郎は喧嘩口調で、

「昨十二日、江戸城の大総督府から上野《ここ》の御本坊の輪王寺宮公現法親王《くげんほうしんのう》様の許《もと》へ、解散をすすめに使者が訪ねて来ている」

「知ってるよ、それぐらいのことは……。大総督府は、彰義隊に解散の令旨をお出しいただきたい、そして法親王様にはすぐに京へ還御あらせられたいって口説き落しに来たんだろ？　ところが、さすがは上野のお山の総親玉だけのことはあらせられる、法親王様は、病気じゃ逢いとうない、とおっしゃって使者の野郎をお帰しなすってしまった。近ごろあんな胸のすっとしたことはなかったねえ」

「おれはそうは思わない。使者を追い返すのは、おれたちが金蔵を破ってからにして貰いたかった」

「……というと？」

「使者を追い返すということは、大総督府の言うことに傾ける耳は持っていない、と宣言するのと同じことなんだよ」

「だからその肘鉄砲《ひじ》が痛快じゃないか」

「大総督府としては面目まる潰れだ」

「わからんやつだな。だからこそ溜飲《りゅういん》がさがる」

「わかってないのは衛生ちゃんじゃないか！」

時次郎はこんどは怒鳴った。時次郎とは物心つくかつかないかというあたりからのつきあいだが、やつに怒鳴られたのはこれがはじめてである。おれはしばらく茫《ぼう》っとなってやつの顔を眺めていた。いったいなにがこの大人しい、勉強好きのお坊ちゃんをこれほどまでいらいらさせているのだろう。

「大総督府としては面目を保つために上野に総攻撃をかけてくるしかない。つまり、戦さがはじまる。それも、すぐに、だ」

「へーん、そうかねぇ」

「十日後か半月後、おそくともこのひと月うちにだ」

「おれはそうは思わないよ」

「黙って聞けよ！」

時次郎の白い額に稲妻みたいにぴぴぴと青筋が走った。

「池之端の商い見世も今朝あたりは軒並み大戸をおろしたままだ。商人たちは敏感だから、上野のお山の気配や噂から戦さの近いのを察したのだと思うんだ」

たしかにお山の周辺の繁華街は今朝あたり火が消えたようだった。おれたちが寐《ね》泊りしている千代本も、今夜から休業だそうで、さっき茂松を運んで帰ったとき、門の前で、これから本所へ避難するところだという主人やお抱え蔭間若衆とすれちがったばかりである。

だが、おれは戦さは当分はじまらないだろうと踏んでいる。というのは、寄せ手の御大将の有栖川宮熾仁《たるひと》親王は上野のお山の御大将であられる輪王寺宮公現法親王《くげんほうしんのう》の実の兄君であられるからで、そのへんの裏長屋の育ちとちがって雲の上の、そのまた上の氏と育ち、兄弟喧嘩をなさるわけがないのだ。

「……そりゃあたしかに熾仁親王と公現法親王は実の御兄弟だよ」

時次郎はおれの心を読んだらしく、にやっと笑った。

「しかし、おふたりとも旗印にしかすぎない。血を流すのは彰義隊と薩長芸土の藩士たちさ。だから、兄弟喧嘩はなさるまい、と安心するのはまちがいだ」

「だ、だがな、時次郎よ……」

「とにかく！」

時次郎はまた大声をあげた。

「金蔵破りを果さないうちに戦さになったらどうする？　すべてが水の泡だ。福聚院別当の金円が千両箱を他所《よそ》へ移すかもしれない、彰義隊が軍資金にと押えにかかるかもしれない、あるいはひょっとしたら、大総督軍自慢のアームストロング砲が金蔵にドカン！」

時次郎はばしーんと桜の幹を叩いたが、掌の切傷が痛んだのか、うッと顔をしかめた。

「……そうなったら、おれの仏蘭西行きは画に描いた餅だ」

「おまえが仏蘭西へ行くんじゃないんだ、時次郎」

対抗上、おれも両手に薪を持ち、それを拍子木のようにぱんと叩いて景気をつけた。

「おれたち黒手組が慶喜様を仏蘭西へお落し申しあげるのだぜ。ただ、仏蘭西語使いのおまえが黒手組を代表してあのお方のお供を勤める。これがはなしの筋だったはずだろう。主客を転倒させちゃいけない」

「そ、そう、たしかにそうだった」

珍しく素直に時次郎は頭をさげた。

「ただ、せっかくの計画だから、一刻も早い方がいいと思ったのだよ、衛生《もりお》くん」

「そりゃ早い方がいいにきまってら。だがね、時次郎、茂松はだいぶ弱ってるぜ。いま働かせちゃあ、あいつ死んじまうよ。茂松が元気を取り戻すまで隧道掘りは一時中止だ」

「甚吉に掘らせようよ。甚吉なら躰《からだ》も頑丈だし、茂松の代りにはなる」

「甚吉は茂松の介抱役に要る。茂松を千代本の下男部屋にひとりにしておけるものか」

「平気だよ。茂松は放っておいても死ぬようなやつじゃない」

「いや、黒手組の隊長としてはそんな情《じょう》のないことはできん！」

「そ、それじゃあ……」

時次郎はおれの顔を見た。

「衛生くんと重太に隧道掘りを引きついでもらえないものかなぁ」

「いつまで馬鹿ッ口を叩いていやがるんだ！」

おれは手に持った薪を時次郎の足許めがけて投げつけた。

「いやに利口利口《りこりこ》しくない口をきくじゃないか。お利口さんのおまえには似合わないぜ」

「でもさ……」

「やかましい！」

残るもう一本の薪をこんどは時次郎の顔へ投げつけた。時次郎は頭をさげてそれをよける。薪は桜の木の向うの福聚院の墓地へ落ちてからんと鳴った。墓石にでも当ったのだろう。

「賄《まかない》の仕事もこれで結構きついのだ。明け方の七ツ（午前四時）から夜の五ツ（午後八時）まで立ちづめ動きづめで何百人分もの飯をこしらえなくちゃならないんだ」

「し、しかし、夜の五ツから明け方の七ツまで、躰が空《あ》いているはずだ」

「いつ寐《ね》るんだよ」

「衛生くんや重太に、毎晩、徹夜をしろ、なんて酷なことを言っているんじゃないんだ。二日に一回、それが無理なら三日に一回でもいい、茂松の体力が回復するまで、一寸でも隧道を先へ……」

「時次郎よ、おれは隧道を掘るのがいやで、こんなことを言っているわけではない。むしろ、隧道をいっときでも早く掘り進み、下から金蔵を破るのが、おれたち黒手組の仕事だということはこれでもよく承知しているつもりだ。だが、いまは無理だ。茂松が復帰するまでは、隧道を掘り進めることは黒手組の手に余る。無理を通せば、黒手組そのものがぶっつぶれてしまう、自滅してしまう。時次郎、おれがいま、黒手組の隊長として言えることはそれだけだ」

　時次郎はがっくりと肩を落した。

「時次郎、おまえは秀才だから、同じところで足踏みをしたり、相手に勝ちを譲ったりするのがいやなんだろう。だがね、この世の中、舶来の時計のようにいつも勝ち勝ち進むというわけには行かないのだ。三度に一度は負けずばなるまいよ……」

「わかったよ、衛生くん」

「どうしても、足踏みするのがいやなら、自分で隧道を掘り進めることだな」

「そ、そういうことだね」

時次郎は弱々しい素振りでうなずき、桜の幹から背中を引き剝がした。

「……時次郎さん、ちょいと」

薪小屋に隣接する福聚院の墓地でだれかが時次郎の名を呼んだ。

「今日は五日に一度の痔の治療日だけれど、千代本へは行けそうもないの」

前髪の若衆が墓地の墓石の間に蹲《しゃが》んでこっちへ青白い顔を向けていた。若衆は、むろん、福聚院別当の金円に落籍《ひか》されて寺小姓に入っている縫之助である。

「うちのひとがこれなんです」

縫之助は左と右の人差し指を額の左右に立てた。

「たいそうな悋気《りんき》を起しているの。どうやらうちのひと、五日に一度わたしが外出するのは、千代本で時次郎さんと密会するためだということを勘づいたらしいんだわ。昨夜も徹夜で責められて……。ねえ、見て、時次郎さん」

縫之助は蹲み歩きで墓地を囲っている木の柵へ寄り、左袖をたくしあげた。縫之助の二の腕に大きな赤蚯蚓《みみず》が二匹這っている。

「焼火箸を押しつけられたの。あんまりひどい仕打ちじゃない？」

「正直に白状してしまえばいいじゃないか」

時次郎はぶっきら棒に言った。

「痔の治療に通っているのです、とありのままを打ち明けたらいいのだ」

「口が裂けたってそんなこと言えやしないわ。痔は蔭間《かげま》の耻《はじ》だもの……」

「じゃ、勝手に焼火箸でもなんでも押しつけられていればいいさ。こっちはいまそれどころじゃないんだ」

時次郎は脹れっ面のまま柵添いに学寮の方へ歩き出した。

「待って！」

縫之助は立って、柵の間からこちら側へ右手を伸ばし、

「いつもはあんなにやさしい時次郎さんがいったいどうしたの。わたし、時次郎さんの気に障るようなことをなにか言った？　ねえ、そんな風に冷たくしないで」

「うるさい男だな。こんなところできんきん声をあげていると金円に見つかってしまうぞ」

「……ひどい！」

縫之助は右の袂で眼をおさえ、

「わたし、男じゃないわ、蔭間です」

と、柵に凭れて泣きじゃくり、

「……わたしがどれだけ時次郎さんのことを大切に思っているか、それがわかってもらえたら……」

口説き節をはじめたが、ふとなにを思いついたのか、縫之助は泣きじゃくるのをやめた。

「時次郎さんがあんなに欲しがっていた金蔵の鍵の隠し場所も、わたし、ずいぶん苦労して探し

当てたのよ。時次郎さんの喜ぶ顔が見たいばっかりに……。それなのに時次郎さんたら……」

縫之助に背を向けていた時次郎が、む？　となって振り返り柵に一歩近づいた。いましがたまで、苦虫を嚙み潰したような表情をしていたのが、もう砂糖の塊でも舐めたようないい顔になっている。

「鍵はどこに隠してあった？」

「福聚院の、貴賓用の座敷後架《こうか》」

「後架……？」

「そう。便壺の中に細紐で吊してあった。時次郎さんから貰ってある座薬《ざやく》をあそこに挿《さ》し込もうと思って、昨日、貴賓用の後架に忍び込んだのだけれど、そのとき、偶然に……」

「でかしたぞ、縫之助」

時次郎は柵越しに縫之助の手を握った。

「その鍵と、金円がいつも腰にぶらさげている四本の鍵があれば、正面から楽々と金蔵に入ることができる。縫之助、五本の鍵をいますぐ欲しい。なんとかならないか？」

「便壺に吊してある鍵は今すぐにでも持って来《こ》れるけれど、五本まとめてとなると、うちのひとが寐《ね》てからでないととても無理よ」

「よし」

時次郎は縫之助の手をぐいと引き寄せた。

「今夜は金円をたっぷりと堪能させるのだ。腰の抜けるほどに、だ」

「まあ、時次郎さんたら露骨。露骨はいや……」

「気取らずによく聞け。金円が疲れて眠ってしまったら、五本の鍵を持ってまっすぐに千代本へ来るのだよ。いいな？」

「……ええ。やってみるわ。時次郎さんがどうしてもと言うなら」

「たのむ」

「……でも、いつかはうちのひとに知れてしまう。きっとわたし、半殺しの目にあうわね」

「福聚院に二度と戻らなければいい」

「じゃ、じゃあ時次郎さんと一緒に居ていいの？」

「ああ、いいとも」

「うれしい」

縫之助は時次郎をうっとりした眼付でみつめ、

「……時次郎さん、今夜こそわたしを背後《うしろ》から抱いてね」

と、声を低くした。

「そ、それは、まあ、そのときの成行き次第ということにしよう。では、待っているよ」

時次郎は縫之助を突き離し、

「早く行け。こんなところを金円に見つかっては拙《まず》い」

「……ええ」

縫之助はうなずいて蹲み、何度も時次郎を振り返って見ながら、墓石の間を縫うようにして向うへ去って行った。

「茂松には悪いが、隧道は要《い》らなくなりそうだねえ」

時次郎はおれに向って白い歯を見せた。

「黒手組の隊長としてはどう思う？」

「結構なことだ。まったく蔭間《かげま》も使いようだ。だが、時次郎、おまえ、縫之助に一生つきまとわれるぜ。厄介なものを背負い込んだとは思わないかい？」

「なあに、二十歳を過ぎれば蔭間もただの男さ。縫之助もやがては女の尻を追いかけまわすようになる」

「そんなもんかね」

「そんなもんさ。それにおれはどんなことがあっても縫之助の誘いははねのける。おれは、蔭間には……、いや蔭間ばかりではなく女にもだが、つまりそういうことには一切興味はないんだ。すくなくとも当分の間は……」

時次郎はこれまで見たこともないような、きびしい、そして淋しい表情になり、学寮の方に向って歩き出した。

「おい、時次郎、重太がおまえの昼食を拵《こしら》えているところだ。飯を喰っていけ」

大声で呼びとめたが、時次郎はこっちを振り返りもせずに、両大師堂の木立ちの奥へずんずん歩いて行く。猫背の背中を上下にも左右にも振らずに、すうっと滑るように歩き去るやつの後姿を、おれは幼いときから、いやになるぐらい見ているはずなのに、それがこのときは、なんだかはじめて見る他人の背中のように馴染めない感じがしてならなかった。やがて時次郎の猫背は木立ちの緑の中に滲むように消えてしまった。

4

その夜は忙しかった。寒松院の彰義隊本営から、《酢と梅干をたっぷりと使った握飯を作れるだけ作っておくように》という指令があったからである。五ツ（午後八時）から一刻半かかって六つの大釜で一度に飯を炊き、重太と二人で酢で掌を濡らし飯を握りはじめたとき、突然、賄所の横の薪小屋のあたりで、がたん！　となにか重いものが倒れるような音がした。

「……大総督軍が夜討をかけてきたんでしょうか？」

重太が首を縮めた。

「ま、まさか」

と答えたが、むろんこれは気休めである。握飯を大量に握るようにとの彰義隊本営からの指令は、重太の言うように、大総督府軍との会戦が近づきつつあるという意味にとれないことはなく、したがって、この上野のお山に敵の間者が潜入している公算もないとは決して言い切れないのだ。重太とおれは竈《かまど》から薪の燃えさしを一本ずつ抜いて構え、全身を耳にしながら、薪小屋の裏手の気配を窺っていた。と、そのうちに、がらがらがらと盛大に薪の崩れ落ちる音が起った。そして、その音がおさまったころ、

「……衛生ちゃん」

と、だれかが低い声で、おれを呼んでいるのが聞えた。

「茂松の声のようでしたよ」

と、重太がおれの耳に囁いた。

「しかし、茂松は千代本の下男部屋に臥《ふ》せっているはずだぜ」

「でも、いまのは絶対に茂松の声です」

「よ、よし。おまえの耳を信用しよう」

燃えさしを頭上に振りかぶり、いつでも打ちおろせるようにしながら、おれたちは賭所を出て、薪小屋の裏へまわった。大きな黒い人影が、小屋の板壁に寄りかかって、ふうふうと肩で息をしていた。

「……ほらね、衛生《もりお》さん、やはり茂松だったでしょう」

おれは茂松の肩をぽんと叩いた。

「病人がこのへんをうろついてちゃ困るぜ」

茂松の肩は、水をかぶったように濡れていた。

「だいたい、こんなに汗を掻いちゃ躰《からだ》に毒だよ」

茂松が、うううと唸った。

「ほらみろ、口も碌にきけないじゃないか。そりゃあ、茂松の気持もわからないではない。おまえ、隧道が気になるんだろう」

うううとまた唸りながら、茂松が首を横に振った。

「隠さなくてもいい。こっちにはちゃんとわかっているんだから。だが、いいか、茂松、おまえには気の毒だが、隧道掘りはもう中止だ。というのは、どうやら時次郎が福聚院の金蔵の鍵を手に入れたらしいのだ。だから、安心して養生しな」

「そ、その時次郎が……」

茂松の声は泣いていた。

「……その時次郎が殺されちまったんだよォ」

おれも重太もぽかんとして茂松の顔を眺めていた。茂松の目からぽろぽろと涙がこぼれ落ちている。

「衛生ちゃん、時次郎はもう息をしちゃいないんだよォ！」

「な、な、泣くな」

おれは茂松の肩を揺すぶった。

「い、い、いったい時次郎は、だ、だれに殺されたんだ？」

「金円が匕首《あいくち》で……」

「金円が……?!」

「うん。おれが下男部屋で寝《ね》ているとね、時次郎を訪ねて縫之助がやってきたんだ。で、時次郎は座敷で縫之助の尻《けつ》の治療をはじめた。そこへ金円が怒鳴り込んできたんだよ。この浮気者ッ、なんて大声をあげてさ……。金円は縫之助のあとをつけてきたらしいんだね。それで、時次郎の前に縫之助が尻《けつ》を出しているのを見て、二人が乳繰り合っていると思い込んだみたいなんだ」

「千代本には甚吉も居たはずだ。甚吉はなぜ止めに入らなかった？」

「金円がそれほど思いつめているとは考えていなかったんだよ。だから、おれと甚吉は下男部屋で、また痴話喧嘩がはじまりそうだよ、なんて言いながらうとうとしていたんだ。そうしたら、金蔵の鍵がどうしたこうしたと金円がひと声ふた声喚き立てて、それから、時次郎の悲鳴があがった……」

「そ、それで？」

「それで、甚吉と座敷にとんで行ってみると、時次郎が仆《たお》れていた。胸に匕首《あいくち》が突っ立っていた、そいでそこらへんは血の海……」

茂松はここでまたひとしきり泣きじゃくった。

「……で、金円の野郎はどうした？」

「逃げたあとだった。縫之助も、鍵もなかった。……で、甚吉は上野広小路の松坂屋へ行き、おれはここへきた」

時次郎の肉親としては、松坂屋に住み込んで飯炊きをしている母親がひとりいるだけである。甚吉はこの母親に急を知らせに行ったのだろう。

「……でもさ、衛生ちゃん、とってもおかしなことがあるんだよ」

茂松が突然小さくぷっと吹き出した。おれは背中に冷たい水をかけられたようにぞっとなった。茂松が狂ったのではないかと思ったからだ。

「ここへ来る前に、甚吉と二人で時次郎を別の座敷の、新しい布団の上に移したんだけどね、時次郎の両の掌、両足の裏、それからチンポコの先のてろてろ光ってるところ、なんていったかなあ……」

「……亀頭か？」

「うん、その亀頭に、もしゃもしゃと黒い毛が生えているんだよ。……おかしいね」

「ばかやろ！　時次郎が死んだというのに、おかしがっているやつがあるか！」

おれは茂松の横ッ面《つら》を思い切り平手で張ってやった。

「この罰当りの業報人《ごつぽうにん》め」

「おかしがっていちゃいけないことはわかっている。それに、おれだって、ほんとうのところは悲しい。金円の野郎をとっ捕まえてそれこそ八ツ裂きにしてやりたい……」

茂松は拳で何回も鼻をこすりあげた。

「……それに時次郎がどうしても死ぬ運命にあるのなら、おれがあいつにかわって死んでやってもいいと思っていたぐらいだ。おれたちは有象無象《うぞうむぞう》だ。だが、時次郎はちがう。あいつは生きていれば世の中の役に立つ男なんだ。おれたちの仲間ではいちばん長生きしていいやつなんだ。それがこんなに早くあの世に一番乗りしてしまうなんて……、おれ、口惜しくて、腹が立って……、でも、どうしてあいつのチンポコの先に毛が生えているんだろう……」

ぽろぽろ涙をこぼしていた茂松がまた吹き出した。おれと重太は泣いたり笑ったりしている茂松に肩を貸し、こっちはわあわあ泣きながら黒門口からお山をおりた。もう握飯を握るどころではない。むろん、彰義隊と大総督府軍とがいつ戦さをはじめようが、こっちの知ったことではなかった。なにしろ「おれたち」の時次郎が死んでしまったのだ……。

……千代本の二階の座敷に、時次郎は静かに横になっていた。白髪《しらが》頭のおばさんが枕許に坐って、時次郎の髪を結い直してやっていたが、おれたちが座敷に入って行くと、おばさんは顔をあげてきっとこっちを見あげた。おばさんの目は真っ赤だった。おばさんの隣りには甚吉がいた。おれたちが時次郎を囲むようにして坐ると、甚吉は泣きじゃくりながら、掛布団の裾をまくりあげた。時次郎の足が見えた。茂松の言っていたことは嘘ではなかった。時次郎の足の裏には二、三分の長さの黒い毛がびっしりと密生している。甚吉はさらに上の方まで掛布団を押し上げた。時次郎の手のひらにも毛が生えていた。時次郎はこのところ数カ月、いつも両手に繃帯を巻き、足には足袋をはいていた。時次郎は「顔の髯を剃ろうとして誤って剃刀で掌を傷つけてしまった」だの、「釘を踏み抜いちまって」だのその繃帯や足袋の言いわけをしていたが、あれは嘘の言いわけだったんだ。生えるべきではないところに毛が生えているのを、やづは繃帯と足袋で隠していたのだ。それにしても、時次郎はどうしてこんな変ちくりんなことになってしまったのか。

「……もう一個所、じつに妙なところに毛が生えている。見るかい、衛生ちゃん?」

と甚吉が訊いてきた。

「うん」

と、おれはうなずいた。

「おおよそのところは茂松に聞いて知っているけど、見せてもらおう。この先、何年、この世に生きることになるのか知らないが、おれは最後の最後まで時次郎のことをはっきりと憶えていたい。そのために、なんでも見ておきたいんだ」

甚吉が、時次郎の着衣の前を左右に払った。時次郎は褌をもうしてはいない。両股の間に、色の悪い大きな鱈子《たらこ》のようなものがだらりと垂れている。たしかに先端には黒い毛がふさふさと茂っていて、それは男根というよりも、洗い乾しにした太い筆のようだった。おれはぷっと吹き出し、それから涙で顔をくしゃくしゃにした。重太も茂松も、そして甚吉も、時次郎の股間に目を落してはぷっと吹き、ぷっと吹いては泣いた。

「……見世物じゃありませんよ」

おばさんが甚吉を押しのけ、布団を掛け直した。

「だ、だいたい、もとはといえばあんたたちのせいなんだから。時次郎がこんな奇妙な病気にかかったのは、あんたたちのおかげなんですよ」

「ど、どういう意味です、おばさん？」

おれはおばさんの言い方に、なにかひっかかるものを感じたので訊いてみた。

「たしかにおれたちは、時次郎にはいろんな迷惑をかけました。し、しかし、こんな奇病を時次郎にうつした憶えはありませんよ」

「……時次郎は亜米利加《アメリカ》に留学することになっておりました」

おばさんは坐り直し、ひとわたりおれたちの顔を見まわしてから、はなしはじめた。

「横浜吉原の黴毒ホスピタロの新頓《ニュートン》先生、それから平凡《ヘボン》先生の推薦で、早ければ今年中に、遅くても来年のうちに、亜米利加へ行くことになっていたのです」

この亜米利加留学のはなしは初耳だった。おれたちは耳を澄ませてはなしの続きを待った。

「……ところが、そこへあんたたちがやってきた。そして、新頓先生とは親友の、ブランドとかいう商人の倉庫に忍び込み、何千両もする武器を盗み出そうとした。時次郎はあんたたちを手引きしたのではないかと疑われ、新頓先生の代診をやめなければならなくなった。留学のはなしも同時にこわれてしまいました」

「たしかに横浜では時次郎に迷惑をかけました。しかし、おれたちは私腹を肥やすためにガットリング砲を盗み出そうとしたのではないのです。おばさん、おれたちは大樹《しようぐん》様のために、徳川のために盗人《ぬすつと》を志したのです。それに、こんなこと言っちゃなんだけど、留学のはなしがこわれたことと、時次郎のこの奇病とどこでどう繋がるんです。まるで関係がないと思うけど……」

「わたしのはなしはまだ終っていませんよ。他人《ひと》のはなしは最後まで聞くものです。失礼ですよ」

時次郎が平凡先生の字引『和英語林集成』を手に入れるために御家人株を売ってしまったので、このおばさんもいまは普通《ただ》のおばさんに成り下っているけれども、おれたちが餓鬼の時分は、薙刀《なぎなた》の女流名人として本所界隈では聞えていたものだ。おばさんに睨まれておれは気圧《けお》され、口をつぐんだ。

「……時次郎の掌や足の裏に毛が生えだしたのは、新頓先生の代診をやめさせられてからなのです。この春、江戸へ戻るとすぐ時次郎は、横浜に出かけて行き、自分がかかっている奇妙な病気のことを、新頓先生や平凡先生にはなしました。先生方の診立《みた》てはこうでした。留学が駄目になったことで心に痛手を受け、その心の痛手が身体の調子をおかしくしてしまったのだ、つまり心の痛手が掌や足の裏に毛が生えるという形で外見《そと》に出たのだ、と。それで時次郎は、どうすればこの奇病が治るのか、と訊きました。……すると平凡先生はこうおっしゃったそうです。『初志を貫徹して留学することだよ。きみの留学資金で他の人間を亜米利加へ出してしまったので、わたしたちはきみを援助できないが、なんとかして留学を果したまえ』……」

おばさんは時次郎の枕の下から油紙包を引っぱり出した。

「そのとき、平凡先生はご自分の友人の仏蘭西国のお医者様に紹介状を書いてくださった。時次郎は、これはぼくの命の次に大切なものだから大事に持っていておくれ、といってわたしに預けていました」

おばさんは油紙の中から、蟹文字《よこもじ》の書き付けを出し、ひろげておれたちに示した。

「時次郎のはなしでは、この紹介状の名宛人は仏蘭西国の剃盆怒《ソルボンヌ》大学校の教授方で波寿鶴《ぱすつーる》さんとおっしゃる大学者で、こういった病気にも詳しいお方なのだそうです。……けれどもこの紹介状を使うあてももうなくなってしまいました」

おばさんは紹介状を油紙で包むと時次郎の枕の下に押し込み、それから袂で目を押え、小刻みに肩先を震わせはじめた。

「……いまさらあなたたちを恨んでも時次郎が還ってくるわけではなし、言っても仕方のないことを言ってしまいました。堪忍してくださいね」

時次郎があんなに仏蘭西行きを焦っていたのは、波寿鶴とかいう先生に弟子入りするためだったのか！　おれはこのときはじめて、ここ数カ月の時次郎の奇妙な行動が腑に落ちた。茂松の病気で隧道工事が頓挫したことにあんなに腹を立てていたのも、また、福聚院別当の金円が狂的な焼餅やきなのを承知の上で縫之助に鍵を持ち出させたのも、仏蘭西《フランス》留学を果せば、そして波寿鶴先生に弟子入りすることができれば、掌や足の裏や亀頭に毛の生える奇病が治ることを知っていたからだったのだ。

「ばかやろう……」

おれは思わず時次郎に言った。

「なぜひとことそうと言ってくれなかったんだよ」

「そ、そうとも」

甚吉は涙で濡れた拳で布団を打っている。

「この男は水くさいんだよ。餓鬼のころからの仲間なのに、妙な遠慮をしやがって」

「よっぽど仏蘭西へ行きたかったんだろうなあ」

茂松は布団に顔を押しつけて泣いていた。

「かわいそうになあ」

「いまからでも連れてってあげたい……」

重太は布団に手を入れて、時次郎の手を撫でてやっていた。

「せめてもの罪ほろぼしに、時次郎さんを骨にして、その骨に仏蘭西を見せてあげたい」

重太の口説き節がおれの頭の中でしばらくぐわんぐわんと響きわたっていた。そうだ、重太の言うとおり、時次郎の骨に仏蘭西《フランス》を見せてやるのは、おれたちのつとめだ。黒手組の仕事なのだ。

「これからすぐに隧道を掘り進めようぜ」

おれはみんなに言った。

「こうなったらもうのんべんだらりと握飯なんぞ握っている暇はないぜ。一刻も早く金蔵を破って、仏蘭西行きの資金を手に入れるのだ。そして時次郎の骨を胸に抱いて、みんなで仏蘭西軍艦に乗り込む。どうだ、やってみないか？」

「やる！」

甚吉が拳を天井めがけて突き上げた。

「おれも……」

茂松は布団から顔をあげた。

「……慶喜様をどうします？」

重太はあいかわらず時次郎の手を撫でてやっている。

「むろん、時次郎と一緒に仏蘭西へお連れ申すさ」

おれはおばさんの方を向き、坐り直した。

「おばさん、時次郎を殺《や》ったのは上野福聚院の別当の金円です。そのことを町方へお届けくださ い。それから時次郎を骨にしておいてください。こういったことはすべて、本来なら、おれたち仲間がやるべき仕事ですが、理由《わけ》あってこれで失礼いたします。お許しください」

「そ、それであなたたち、いったいなにをしようというのですか？」

「時次郎が生きていたらいちばん喜んでくれそうなことにこれから取りかかるつもりです。おばさん、二日か三日したら、松坂屋へお訪ねしますよ。お土産に千両箱のひとつも持って参ります。その金で余生をのんびりとおすごしください。なおそのとき、時次郎の骨と一緒にさっきの波寿鶴先生宛の紹介状も貸してくださいますように……」

おばさんは目をぱちくりさせておれたちを見ていた。おれたちは時次郎に「待っていてくれよ」「一緒に仏蘭西へ行こうぜ」「それまでは成仏しちゃいけないんだから」「きっとまた逢おうね」と声をかけ、座敷を飛び出した。戸外《そと》には糠《ぬか》のような雨が降っていた。

上野のお山の賄所に引き返すと、おれたちはまず握飯を百個ばかり握った。隧道に潜り込んだら最後、福聚院の金蔵を破るまでは地上に出ない覚悟だった。三間の隧道を四人で掘り進むのにすくなくとも一日半はかかると見て、百個の握飯があれば充分だろうと踏んだのである。

隧道に潜る前に、念のため福聚院に行き、坊主を叩き起して、金円が戻っているかどうかたしかめてみた。もし、金円が戻っていれば、時次郎殺しを枷《かせ》にやつを責め立てて金蔵の鍵を召し上げようと考えたわけだ。が、金円は戻ってはいなかった。おれたちは、金円はおそらく、当分の間、福聚院へは姿を現わすまいと思った。やつは町方の目をおそれているはずだからである。そうなると、鍵は金円が持ち歩いているわけだから、当分の間、金蔵の五枚扉は開《あ》くことはなかろう。金蔵の中の千両箱がいくつあるか知らないが、まずこっちが貰ったも同然である。おれたちは福聚院から引っ返すとすぐに隧道に潜った。

掘った土をいちいち地上に運び出すことはしなかった。その手間を一寸でも、いや五分でも前進することに振り向けるのが『一刻も早く』という、いまの黒手組の旗印には適《あ》うからだ。それにうっかり地上に顔を出し、彰義隊に見つかったりしては大事《こと》である。

「握飯はどうなっておるのか⁈」

と、怒鳴りつけられるのはまだしも、隧道に戻るのが難しくなる。そこで掘った土はそっくり背後に移すという方法をとった。

四人が立ち働くには隧道はせまい。鍬《くわ》を使おうと思っても振り上げれば上につっかえるし、横なぐりにしようと思えばお互いの躰《からだ》が邪魔になる。そんなわけでおれたちの道具は折れた刀だった。折れた刀で滅多矢鱈に土の壁を突っつき、土を崩した。上が墓地なので、ときおり人骨がどさっと降ってくる。これはちっと気味が悪かった。そのうち疲れて手足が動かなくなった。睡魔に抗し難く立ったまま眠ってしまうこともあった。が、そのたびに、だれかが、

「時次郎を仏蘭西《フランス》へ連れて行こうぜ」

と、声をかける。するとそれに、

「……ああ、そうとも。時次郎に仏蘭西を見せてやろうな」

「うん、おれたちもやつと一緒に仏蘭西へ行くんだ」

「ときに仏蘭西にも女がいるかねえ」

「ああ、いるともさ」

「で、おれたちのぶらさがりものの寸法と仏蘭西女の壺の寸法は適《あ》うかしらねえ」

「だからそれを仏蘭西へ行って確かめてこようじゃないか」

などと答える声があり、四人で笑い合ううちに疲れは引っ込み、睡魔は退散した。

百個持って来た握飯が十個ばかりに減ったころ、茂松が折れた刀で隧道の天井を叩きながら言った。

「……ここんところしばらく天井から人の骨が落っこってこないね。それに、あれからもう三間はたっぷり掘り進んでいるはずだよ。……ということは、ここはもう福聚院の金蔵の真下あたりじゃないかしらん」

隧道掘りに関しては茂松が一番の玄人《くろうと》である。茂松の意見を重んじ、おれたちはこんどは真上の土を折れた刀で突っつきはじめた。真上を掘るのは、横に掘って行くよりも何層倍がとこ骨だった。土が、なにしろ、土砂のように降ってくるからだ。眼は砂でごろごろする、口も砂でざらざらする、背中は襟から入った砂でいっぱいになる、頭には砂が五分も六分も降り積もる。四人とも天辺《てつぺん》から爪先まで砂をかぶり、眼だけがぎらぎら光っていて、誰が誰やら見分けがつかね。加えて息をすれば土ぼこり、まるで土砂地獄だ。

だが、もちろん、よそうや、などと言い出すやつはいなかった。金蔵は目前にある。その金蔵に潜り込むことができれば、時次郎の骨を抱き、慶喜様を擁し奉って黒手組も仏蘭西国の土を踏むことが出来るのだ。この計画が実現すれば大総督府軍も真ッ蒼《まつあお》だろう。そして、なかなか気合いの揃わぬ東北雄藩は勇気百層倍、一致団結して薩長土芸に当るだろう。そうなれば、半枯れの葵がまた息を吹き返すことだろうし、黒手組は一躍天下の黒手組に出世する。さあ、がんばれ、やれ、挫けるな、勝利は目の前だ……

思いついたことを口々にがなり立てながら、小半刻ばかり、上に向って掘って行った。やがて、天井が固い漆喰土《しっくいつち》になった。

「いいぞ！」

茂松が手を叩いた。

「土蔵の金蔵ってのは、たいてい真中が漆喰土で、周囲《まわり》が板張りの床になっているんだがね、板張りの床の下に出たら一騒動だと思って、内心びくびくものだったのさ。なぜって、板張りの床を下から突き破るのはなかなか大仕事なんだぜ。板張りの床を破らずにすめば、それだけ千両箱とのご対面も早くなるってわけさ」

茂松の説明を聞いておれたちはわっと歓声をあげ、工材として持ち込んでいた丸太ん棒に一斉に獅噛《しが》みついた。そして、せーのの掛け声もろとも金蔵の屋根を貫き天にも届けとばかり力いっぱい丸太ん棒を突き上げた。ずぼ！　と気の抜けたような音と共に天井に直　径《さしわたし》三寸ばかりの穴が空いた。その穴に茂松が手をかけて、ぐいと下に引いた。漆喰土が崩れ落ち、穴が三尺にひろがった。おれたちは茂松を神輿《みこし》よろしく担ぎ上げ、穴の上に押し上げた。

茂松はこんどは穴の縁に跪《ひざまず》き、右手を穴の中へ差し伸べてきた。甚吉がその手に縋《すが》って金蔵へと這い上る。三番目は重太だ。

「どうだ、みんな、金蔵破りの大悪党になった感想は？」

重太の尻を上げながら、おれは茂松や甚吉に訊いた。

「周囲《まわり》はぐるりと千両箱の山、悪くはない心持だろう?」

茂松も甚吉も答えなかった。穴から這い上ったばかりの重太も、口をぽかんとあけたまま同じ方角を眺めている。

「感慨無量で声も出ないか。わかるわかる」

おれは上に向って右手をさしあげ、

「茂松、さあ、おれを引っぱりあげてくれ」

あげた手を振った。

「ああ……」

茂松がおれの手を握った。

「衛生《もりお》ちゃん……」

「なんだ?」

「上ってこない方がいっそ仕合せかも知れないよ」

「な、なに?」

「あ、あのねえ……」

「だからなんだってんだよ」

「……まあ、いいや。やっぱり自分の眼でたしかめてみるさ」

茂松がおれを穴の上へ引っぱり上げた。

「まったくどうしたというんだよ。せっかく宝の山に入りながら、どいつもこいつも地獄に堕ちた亡者みたいな不景気面《づら》をしてるじゃないか……」

　からかいながら正面を見て、おれは危うく腰を抜かしそうになった。

　金蔵の扉が外に向って大きく開いていたのだ。

　錠前は木端微塵《こっぱみじん》に壊されていた。それもただ壊されたのではない。大砲をずどんと打ち込まれたのか、あるいは仕掛け爆薬でどかんとやられたのか、錠前のあたりがまるく抉《えぐ》り取られたようになっている。そして鼻を刺すような硝煙の匂い。

「……だれかがおれたちの先を越しやがったな」

　躰《からだ》中の力がごっそりと抜け落ち、おれは漆喰土の上にがくんと両膝をついた。

「そのだれかが金円じゃないことははっきりしてる。野郎なら鍵で扉を開けるはずだからな」

　のろのろと躰をまわして、金蔵の内部《なか》を点検してみた。千両箱はおろか木箱ひとつ転がっていない。

「見事なほどきれいさっぱりと持ち出しやがったものだ。……おれたちの先を越したのは彰義隊かねえ」

「そ、それよりも衛生さん、福聚院が焼けてしまっていますよ」

　扉の間から戸外《そと》へ顔を突き出していた重太が素頓狂な声をあげた。

「……あ、吉祥閣も法華堂も、それから常行堂もなくなってる！」

「ば、ばかやろう！」

　扉のところへ四つん這いになって進みながら、おれは怒鳴った。

「千両箱がなかったからって、なにも狂っちまうことはないだろう」

「いや、重太の言うとおりだぜ」

甚吉が戸外《そと》からこっちへ怒鳴り返してきた。

「中堂までなくなっちまってら」

「そんなことがあってたまるか」

おれは金蔵の戸外《そと》へ出た。

「中堂といえば上野のお山の中心じゃないか。その中堂が……」

なくなっていた。

お山全体が濃紫の靄《もや》の中に沈んでいる。時刻が夕景に近いせいだろう、とはじめは思ったが、よく見るとその濃紫の靄は煙だった。あたり一面に火事場の匂いが立ちこめている。続けざまに嚔《くしゃみ》が出た。硝煙のせいだ。

「ず、ずいぶん、人死《ひとじに》が出てらあ」

茂松があっちこっちと指を差してまわる。仆れているのは打裂《ぶっさき》羽織や稽古着が多かった。五体に一体ぐらいの割合で、赤い毛や白い毛のかつらをかぶった毛唐服の男たちが転がっていた。打裂羽織も稽古着も、そしてかつらの長い毛もびっしょりと濡れている。すると、ついさっきまで雨が降っていたのだろうか。

「……彰義隊と大総督府軍とが戦さをしたんですね」

重太が言った。

「おれたちが隧道を掘っている間に、お山では戦さがあったんだ。土の下にいたおれたちには大砲の音もなにも聞えなかったけれども……」

「ま、そういうこったな」

甚吉がのろのろと墓石の間を賄所に向って歩いて行った。

「みろよ、重太。墓石の表面《おもて》があちこち欠けてらあ。鉄砲の弾丸の仕業だぜ、これは……」

「ああ。……それにしても馬鹿なばなしですね」

「なにがだよ」

「地上《うえ》では戦さが始まっているとも知らずに、空っぽの金蔵めざして隧道を掘っていたなんて、ほんとうに馬鹿です」

「ああ、まったくだ。世の中の馬鹿をおれたち四人が代表で請け負ってるみてえだ」

「賄所《まかない》は焼け残ってら」

茂松が駆け出した。

「喰いものがなにか残っているかもしれないよ」

「こんなときによくものを口に入れる気になるねえ。……とは言ってはみたが、おれもじつは腹ぺこだ。ちょいと賄所をあさってみるか」

甚吉たちの後に蹤《つ》いて歩きながら、おれは自分たちのことをまるで浦島太郎のようだ、と思った。龍宮ならぬ土の下で一日半かそこいら過して地上に戻ってきてみれば、なんだか知らぬが世の中ががらりと変ってしまっている。横浜で薩摩船を焼打ちしようとして間に合わず、伏見の戦さにもこの上野の戦さにも間に合わぬ、間に合わぬすきに世の中がいつもおれたちを出し抜いて先へ行ってしまう。世の中はおれたちになにか恨みでもあるのだろうか。

賄所の横に大砲があった。おれたちの木製大砲だった。雨に濡れて鈍く光っている。

(……こいつも間に合わない組だな)

おれは大砲を撫でまわした。

「飯は饐《す》えていて喰えたもんじゃないけど、大根の甘漬がある。喰うかい?」

茂松が漬物樽から大根を四本摑み出した。

「大根の甘漬か、結構ですねえ」

「これに熱いお茶があれば言うことはありませんね」

甚吉と重太が茂松の手の中から大根を取った。

「……衛生《もりお》ちゃんも一本どうだね」

茂松は左手の大根をおれに向って振ってみせ、右手に持ったやつを口に咥えた。そのとき、おれの心の中でなにかが炸裂した。

「馬鹿野郎!」

茂松の手から大根を叩き落し、

「大根なぞ喰っているときか」

甚吉と重太の大根を引ったくって地面に叩きつけた。

「いますぐ此処を発つぜ!」

おれは大砲の引綱を拾い上げた。

「さあ、みんなで大砲を押すんだ」

「ちょ、ちょっと衛生ちゃんよ、なにをそうかりかりしているんだよ」

甚吉が口を尖《とん》がらかしている。

「おれたちは、腹がへりまの大根なんだ。大根喰ってなにが悪い……」

「こんどこそ間に合うように、一刻も早く此処から出発するんだ」

「間に合うって何にだい？」

「世の中に、だよ。決ってるだろ」

「衛生ちゃんの言ってることがよくわからねえがね」

「歩きながら教えてやらあ。さあ、大砲を押しな」

おれは引綱を担いで、北へ歩き出した。北に一町も行けば新門口がある。新門口から坂を下れば御切手町、御切手町から、おれは水戸街道に出るつもりだ。

「このまま大根を囓っていてどうなる？　時次郎が浮かばれないぜ、やつは化けて出てくるぞ。いいか、おれたち黒手組はどんなことがあっても初志を貫徹するんだ。福聚院の金蔵に千両箱がなきゃあどっか他所《よそ》で見つけるまでのことさ。水戸へ着くまでにきっとどこかで金はこしらえる……」

大砲の後押しをしている甚吉たちのぶつぶつ言う声が聞える。が、おれは構わずに喋り続けた。

「……どんなことがあっても金を作る！　そう思い込んでいれば金は出来る。ひょっとしたら途中に千両箱が落っこっているかもしれない。また、金をお使い下さいと申し出る人がいるかもしれない。お、おい、しっかり押してくれ。骨惜しみするな。すこし重くなってきたぜ。……まあ、よくよくのときは商家へ押し入ってでも金を手に入れてみせる。こっちは四人も若い者がいるんだ。その気になればなんとかなると思うよ。水戸へ着いたら、早速、慶喜様にお目にかかる。慶喜様はきっとおれたちの顔を憶えてくださっているよ、うん。おお、よく来てくれたのう、なんという忠義の者よ、なーんてさ、目に涙を浮べて迎えてくださるぜ。そして、おれたちは慶喜様を口説き落して仏蘭西軍艦にお乗せ申し上げる。そのときはむろん、おれたちも時次郎の骨を抱いてお供をする。だいぶ重くなってきたな。おれにばかり力を出させるんじゃないよ、しようのない連中だな、まったく。とにかくいいかい、慶喜様を仏蘭西へお連れしたとき、はじめて、おれたちは世の中に追いつくことができるんだ。つまり、そのときこそ世の中に間に合う。……どうも重いな、台車の車輪の軸かなんかが錆びついているんじゃないかい。まあ、どっちにしても、世の中に間に合わないまま生きるなんて、生きていることにはならない、死んだも同然……」

新門口坂を登り切ったところでとうとう力が尽きた。ひと息入れようとして引綱を放り出し後を振り返ると、重かったはずだ、甚吉も茂松も重太もだれもいない。

「……みんな、どうしたんだ？　甚吉、餓鬼じゃあるまいし隠れん坊はよせ。茂松、わッ！　なんて脅したって無駄だぜ。おーい、重太、出てこい！　みんな。黒手組はこれからなんだぞ。おれたちはこれからひと山もふた山も当てるんだ！　……み、みんな、いったい、どこへ消えてしまったんだよォ」

どこか遠くでぱちぱちぱちと豆幹《まめがら》を炊くような鉄砲の音がしている。だが、甚吉たちの声はどこからも返ってこなかった。

「……おい、おまえたち、まさか本気で逃げを打つつもりじゃないだろうな」

と、おれは五、六歩、お山へ戻りかけた。が、そのとき、背後で、がらがらと大きな音がした。振り返ると、おれたちの大砲が坂下の御切手町に向って、次第に速度をあげながら滑って行く。そしておれたちの大砲はすさまじい勢いで坂下の民家の入口の柱にぶつかり、二回、三回と横に転回して停った。砲身がまっぷたつに割れたのが、折りから降り出した糠雨を通して、おれにははっきりと見えた。

追記

★一力茂松。明治十六年、京橋の畔の松田楼で開催された東京大食大会に出場し、大福を百八個平げ、胃破裂で死亡。三十六歳。
★土田衛生。明治三十二年、秋田県院内地方で鉱山試掘中に行方不明となる。ときに五十五歳。
★鶴巻重太。東京市吏員として集金中、上野広小路で自動車に轢かれ、三日後に死亡。本邦初の自動車による轢死。五十八歳。
★北小路甚吉。宮内庁理髪師。昭和二年、老衰死。八十一歳。

本書は一九七五年、㈱文藝春秋より刊行され、
一九七七年、文春文庫に収録された。

ちくま文庫

おれたちと大砲《たいほう》

二〇二一年四月十日　第一刷発行

著　者　井上ひさし（いのうえ・ひさし）
発行者　喜入冬子
発行所　株式会社　筑摩書房
東京都台東区蔵前二―五―三　〒一一一―八七五五
電話番号　〇三―五六八七―二六〇一（代表）
装幀者　安野光雅
印刷所　中央精版印刷株式会社
製本所　中央精版印刷株式会社

ISBN978-4-480-43733-4 C0193